**김
탁
환**

1968년 진해에서 태어나 서울대학교 국어국문학과와 동 대학원을 졸업했다. 대하소설 『불멸의 이순신』, 『압록강』을 비롯해 장편소설 『혜초』, 『리심, 파리의 조선 궁녀』, 『방각본 살인 사건』, 『열녀문의 비밀』, 『열하광인』, 『허균, 최후의 19일』, 『나, 황진이』, 『서러워라, 잊혀진다는 것은』, 『목격자들』, 『조선 마술사』, 『거짓말이다』, 『대장 김창수』 등을 발표했다. 소설집 『진해 벚꽃』, 『아름다운 그이는 사람이어라』, 산문집 『엄마의 골목』, 『그래서 그는 바다로 갔다』 등이 있다.

허균, 최후의 19일

2

허균, 최후의 19일

소설 조선왕조실록

17

2

김탁환

민음사

11일

어떤 결의

8월 16일 사시(巳時, 아침 9~11시)

의금부를 나서는 김개의 얼굴은 어둡다 못해 흙빛이었다. 융복(戎服, 무관들의 평상복) 차림인 것도 평소와는 달랐지만, 도성 안에서 남여 대신 백마를 타고 군졸을 이끄는 것은 동지의금이 되고 나서 처음 있는 일이었다.

"서둘러라. 건천동으로 갈 것이니라."

말고삐를 잡아끌며 군졸들을 독려했다. 종각을 돌아 효경교를 지나는 길을 택했다. 그는 아직도 의금부에서 이이첨과 나눈 대화를 믿지 못하고 있었다.

"좌참찬을 데려오게. 저항하면 오라로 묶어도 좋아."

지난밤, 기준격과 허균을 의금옥에 가두라는 어명이 내렸다는 것이다. 마른하늘에 날벼락, 우입서혈(牛入鼠穴, 소가 쥐구멍으로 들어감, 사리나 이치에 맞지 않음)보다도 더 어처구니 없는 일이었다.

"대감! 좌참찬을 의금옥에 가둘 수는 없소이다. 비밀 교서를 보여 주십시오."

이이첨이 화를 버럭 냈다.

"어허어, 내가 지금 어명을 사칭하기라도 한다 이 말인가? 자네와 좌참찬의 친분을 모르는 바는 아니네만 어찌 어명을 거역할 수 있다는 말인가? 나는 기준격을 잡으러 갈 테니 자네는 속히 건천동으로 가게."

김개가 두 눈을 동그랗게 뜬 채 고개를 저었다.

"비밀 교서를 보여 주시기 전에는 건천동으로 갈 수 없습니다."

"허튼소리 말게. 칠서의 변을 추국할 때나 서궁의 삭출을 논할 때, 전하께서 언제 일일이 밀지를 내리셨는가? 이런 일일수록 은밀히 아무런 흔적도 남기지 않아야 한다는 걸 모른다는 말인가? 동지의금! 자네가 계포(초나라의 강직하고 용감한 장수)처럼 의협심이 넘치는 줄은 아네만 지금은 내 말을 따르도록 해. 내가 언제 전하의 뜻과 다른 일을 자네에게 명령한 적이 있던가?"

김개의 목소리가 칙칙거리며 사정하는 투로 바뀌었다.

"대감! 좌참찬은 아니 되옵니다. 좌참찬만은……."

"나도 탑전에서 백방으로 교산을 변호하였다네. 하나 전하의 뜻이 워낙 강경하셨어. 지금은 교산을 의금부로 데려오는 것이 최선이네. 다른 사람이 가면 오해를 할 터인즉 동지의금이 가는 편이 낫지 않겠는가?"

이이첨은 어명을 핑계 삼아 뒤로 물러났다. 광해군까지 허락했다면 지금으로서는 허균을 잡아들이는 수밖에 없었다.

교산 형님을 의금옥에 가둘 수는 없어.

김개는 어금니를 깨물며 건천동으로 접어들었다. 멀리 허균의 기와집이 눈에 들어왔다. 노복들이 대문을 활짝 열어 놓은 채 길바닥에 물을 뿌리고 있었다. 김개는 말에서 내리자마자 큰 걸음으로 대문을 통과했다. 자주 허균의 집을 왕래해서인지, 그의 앞을 가로막는 노복은 없었다. 포졸들이 그를 따라 대문으로 들어서는 것을 보고서야 키가 크고 덩치가 좋은 장정 하나가 앞으로 썩 나섰다. 허균을 그림자처럼 따라다니는 돌한이었다.

"대감! 이 아침에 저 많은 포졸을 거느리구 웬일이신가유?"

"형님은 안에 계시느냐?"

돌한은 김개의 물음을 무시하고 딴전을 피웠다.

"안마당에 포졸을 들일 수는 없시유."

"이놈! 묻는 말에 대답하지 못할까?"

"얘들아! 얼른 나오덜 않고 뭐 하는 거여?"

돌한이 고개를 돌리며 큰 소리로 외쳤다. 건물 구석구석에서 장정들이 몰려나왔다. 도리깨를 든 녀석도 있었고 밀낫(풀을 밀어 깎는 낫)을 옆구리에 낀 녀석도 있었다. 패싸움이 벌어질 판이었다.

"왜 이리 시끄러우냐?"

허균이 벌겋게 충혈된 눈을 이리저리 휘돌리며 나타났다. 그 뒤를 퉁퉁 부은 얼굴의 박응서가 따르고 있었다. 돌한이 허균에게 뛰어갔다.

"대감마님! 저 포졸들을 보세유."

허균이 오른손을 들어 돌한을 옆으로 밀쳐 내는 시늉을 했다.

"무슨 일인가?"

김개는 허균과 박응서를 쳐다보며 어깨를 늘어뜨렸다. 방금 전까지 돌한을 꾸짖던 기개는 사라지고 없었다.

"형님! 견평방까지 가셔야겠습니다. 판의금부사께서 찾으십니다."

김개는 좋은 말로 찾아온 용건을 이야기했다. 허균은 고개를 끄덕인 후 흘깃 박응서를 곁눈질했다.

"알겠네. 판의금부사께서 부르신다면 가야겠지. 한데 아직 아침 식사 전이니 어떻게 하지? 자네는 아침을 먹었나?"

김개가 우물쭈물 대답을 미루자 허균이 다가가서 그의 어깨를 감쌌다.

"금강산도 식후경이라고 했어. 자, 들어가세. 어제 만든 한가위 음식이 많이 남았다네. 여기 있는 포졸들이 배불리 먹고도 남을 만큼의 고조목술(술주자에서 갓 짜낸 술)도 있어."

"혀, 형님!"

김개가 이맛살을 찌푸리며 몸을 약간 뺏댔다. 이이첨은 촌각을 다투는 일이라고 말했었다. 그러나 포졸들도 이미 입맛을 다시기 시작했고, 그 역시 허균과 대화를 나누고 싶었던지라 안방으로 따라 들어갔다. 허균이 상석에 앉았고 김개와 박응서가 그 앞에 나란히 자리를 잡았다.

"도원! 동지의금은 참으로 인정이 많고 시문에도 능한 사람이라네. 동지의금보다는 홍문관 제학(提學, 종2품)이 더 잘 어울리겠지?"

박응서가 다른 의견을 냈다.

"홍문관에도 어울리겠으나 이 풍채로 서책에 빠져 있기는 아깝지. 오위장(五衛將, 종2품)도 능히 감당할 인물일세."

김개는 허균의 환대가 마음에 걸렸다. 이이첨의 강권에 못 이겨 어쩔 수 없이 이곳까지 오기는 했지만, 꼭 허균을 배신하는 기분이 들었던 것이다. 그리고 박응서의 칭찬에는 비수가 숨어 있었다. 칠서의 변이 일어났을 때 박응서를 추국한 장본인이 바로 김개였던 것이다. 그때 김개는 이이첨의 명에 따라 박응서를 모질게 다루었다. 닷새 동안 밥을 주지 않았고 사흘 동안 잠을 재우지 않았으며 압슬(壓膝)과 주뢰(周牢, 주리를 트는 고문)로 무릎과 허벅지를 완전히 못쓰게 만들었다. 박응서의 등은 아직까지도 태배(笞背, 태로 등을 난타하는 고문)의 흉터 때문에 흉물스럽기 그지없었고 하루에도 서너 차례 무릎이 꺾였다. 박응서가 벗들을 배신하는 초사(招辭, 진술서)를 쓰고 석방된 다음, 박응서는 박응서대로 김개는 김개대로 함께하는 자리를 피해 왔다. 허균의 집을 자주 왕래하면서도 만난 적이 없었는데, 공교롭게도 바로 오늘 마주친 것이다. 그 악연을 아는지 모르는지, 허균은 화지 한 장을 들어 보이며 자랑을 늘어놓았다.

"이 그림을 보게. 도원이 어제 하루를 꼬박 쏟아서 그린 한죽이야. 이만하면 나옹이 살아 돌아와도 입을 쩍 벌릴 걸세. 도원이 대나무를 그린다기에 심심풀이인 줄 알았는데 이제 보니 도화서로 들어갈 생각이었구먼."

"과찬일세."

김개는 박응서가 그렸다는 그림을 유심히 살폈다. 마디가 굵은 대나무를 중심으로 아직 단단함을 갖추지 못한 어린 대나무 일곱 그루가 어지럽게 벌어져 있었다. 구도가 새롭고 필체에 힘이 넘쳤지만 도화서에 뽑힐 정도는 아니었다. 아침상이 들어오자 박응서가 몸을 일으켰다.

"많이 드시게. 나는 사랑방에 가서 화구를 챙겨야겠으이."

김개가 따라 일어서며 예의를 차렸다.

"함께 드시지요."

허균이 웃으며 김개에게 손을 휘휘 내저었다.

"그냥 두게나. 저 친구는 대취한 다음 날 하루 종일 굶는 버릇이 있다네. 간기(肝氣, 소화불량)가 심한 듯허이. 신경 쓰지 말고 우리끼리 드세."

허균이 먼저 숟가락을 들고 시원한 북엇국을 후루룩 삼켰다. 김개도 배가 고팠지만 지금은 한가하게 밥이나 먹을 때가 아니었다. 좌참찬 허균을 파멸시키려는 판의금부사 이이첨의 흉계가 시작되고 있었다.

"왜 들지 않고? 음식이 입에 맞지 않나?"

"아, 아닙니다. 형님! 제가 오늘 건천동에 온 것은 다름이 아니라……."

"어허, 보채지 말게. 이 정도 여유를 부린다고 화를 낼 판의금부사가 아니라네."

김개가 손을 뻗어 밥을 막 퍼 담는 허균의 숟가락을 잡았다.

"형님! 이렇게 수저나 놀릴 때가 아닙니다. 형님을 잡아들이라는 어명이 내렸어요."

허균이 김개의 손을 뿌리치고 하얀 햅쌀밥을 한입에 넣은 다음 젓가락으로 새우무침을 집었다.

"이 곤쟁이 새우 맛이 아주 그만이야. 옹강(瓮康)의 것은 짜고 통인(通仁)의 것은 단데, 호서(湖西)의 것은 맵고 크지. 이 두부는 창의문(彰義門, 북소문) 밖에서 만든 건데 말할 수 없이 연하다네."

"형님!"

김개가 자리에서 벌떡 일어섰다. 허균이 수저를 놓고 천천히 고개를 들었다. 두 사람의 시선이 마주쳤다.

"정녕 모르신다는 말씀입니까?"

"무얼 말인가?"

"이대로 그냥 가셨다가는 의금옥에 갇혀 큰 화를 당할 수도 있습니다. 대책을 마련해야지요."

허균이 김개를 힐책했다.

"어허, 죄인을 잡으러 온 동지의금이 오히려 죄인의 편을 들어서야 쓰나? 옛날의 인정과 도리를 잊지 않는 것은 고마우나 집에서 한 끼 따뜻한 밥을 먹도록 배려한 것만으로도 고마운 일이야. 함거는 가져왔는가?"

김개가 다시 자리에 주저앉으며 언성을 높였다.

"차라리 여기서 끝장을 봅시다. 이대로 가면 개죽음뿐이에요."

"……."

김개는 두 주먹을 힘껏 쥔 채 어깨를 들썩거렸다. 허균이 정색을 하고 물었다.

"동지의금! 내 어찌 자네의 마음을 모르겠나. 이것이 정녕 판의금부사가 나를 궁지로 몰기 위한 덫이라면, 자넨 누구 편을 들겠나? 내 편이 되어 줄 수 있겠어? 술자리에서 농담하듯 결정을 내리지는 말게. 목숨이 왔다 갔다 하는 일일지도 몰라. 자신이 없다면 날 그냥 의금부로 데려가게. 자네를 원망하는 일은 없을 거야. 한발 물러나 구경만 하면 자넨 다치지 않아. 판의금부사가 이기든 내가 이기든, 자넨 평생 부귀영화를 누릴 수 있을 거야."

"형님! 그 무슨 섭섭한 말씀이십니까? 당연히 형님을 도와야지요."

"진심인가?"

"팽월(한고조 유방의 장수, 건국 후 모반죄로 살해됨)을 위하여 통곡을 하고 끓는 물에 들어가기를 제 집 돌아가듯 여긴 난포(팽월의 심복, 삶아 죽이겠다는 위협 속에서도 팽월과의 의리를 지킴)처럼, 형님의 뜻에 따르겠습니다."

허균이 김개의 어깨를 가볍게 툭툭 쳤다. 그리고 서안 밑에서 서찰 하나를 꺼내 들었다.

"이게 뭔지 알겠나? 전하의 밀지야. 나를 형조 판서에 제수하고 해경이를 소훈으로 맞아들이겠다는 약조가 적혀 있네."

"그렇다면……?"

허균이 목소리를 낮추었다.

"사실은 어젯밤 전하께서 이곳을 다녀가셨다네."

"건천동을 말입니까?"

목소리를 낮추라며 허균이 손을 휘휘 내저었다.

"비밀 교서와 함께 한 가지 하교를 덧붙이셨다네. 나와 자네 그리고 공조 좌랑이 맡아 주었으면 좋겠다는 말씀까지 계셨지."

"그 하교가 무엇입니까?"

"판의금부사를 살피라셨네."

"옛?"

김개의 두 눈이 커졌다. 이이첨은 허균을 잡아들이라는 어명을 받았다고 하고, 허균은 이이첨을 감시하라는 어명을 받았다고 한다. 어명이 둘일 수 없는데, 어찌 이런 일이 일어난다는 말인가.

"형님! 판의금부사는 형님을 당장 가두라는 어명을 받았다고 했습니다."

허균이 웃으며 밀지를 들어 보였다.

"이것이 무얼 뜻하겠나? 전하께서는 결코 나를 의금옥에 가두라고 하명하지 않으셨네. 판의금부사 혼자서 일을 꾸미고 있는 게야. 어쩌면 전하의 의심이 옳을 수도 있어."

"의심이라뇨?"

"전하께서는 판의금부사가 역모를 꾸미는 게 아닌가 물으셨다네."

"판의금부사가 무엇이 답답해서 그런 짓을 합니까?"

"나도 판의금부사를 의심하지는 않지만 사람의 욕심이란 끝이 없는 법! 8월 들어 판의금부사의 언행이 석연치 않았던 건 사실이야. 내가 숭례문에 흉격을 붙여 민심을 살핀 다음 서궁을 치자고 했을 때, 판의금부사는 가타부타 대답이 없었어. 서궁을 죽이는 일이라면 무슨 짓이라도 하겠다고 큰소리치던 때를 생각해 보면 이해하기 힘든 태도였지. 무언가 다른 생각을 품고 있다는 느낌을 받았다네. 어쨌든 자네가 날 좀 도와줘야겠어."

"말씀하시지요."

"자네와 공조 좌랑이 의논해서 판의금부사를 미행토록 하게. 나도 윤황이를 시켜 따로 사람을 붙일 테니. 그리고 또 하나, 그날그날 판의금부사의 행적을 알아야겠으니 윤황이를 비롯한 내 수하 몇몇을 옥에서라도 만날 수 있을까? 전하께서도 이미 허락하신 일이야.”

“문제없습니다. 판의금부사가 자리를 비운 저녁에는 제가 의금부를 관할하니 얼마든지 형님 뜻대로 해 드릴 수가 있습니다.”

“고마우이. 자, 그럼 가 볼까.”

두 사람은 상을 물리고 방에서 나왔다. 도포를 입고 갓을 쓴 허균의 모습은 경치 좋은 계곡에서 탁족(濯足, 발을 씻음)이라도 하며 시라도 읊을 분위기였다.

“함거는 가져오지 않았습니다. 남여를 타고 가셔도 무방할 듯합니다.”

“자네를 곤란하게 하고 싶지 않으이. 괜찮다면 오랜만에 자네와 나란히 말을 타고 싶은데…….”

“그러시지요.”

대문 앞에 멈춰선 허균이 김개의 어깨를 툭 치며 물었다.

“자네, 아직도 도원과 사이가 편치 못한가?”

“그 이유를 아시잖습니까?”

“벌써 5년도 더 지난 일이야. 어명에 따라 도원을 추국한 자네에게 무슨 잘못이 있겠는가. 물론 도원에게 개인적으로 미안한 감정을 가질 수야 있겠지. 그렇다고 언제까지나 찜찜하게 지낼 수는 없는 일이야. 동지의금, 자네가 먼저 도원을 만나 묵은 감정을 털어 버리도록 하게. 따지고 보면 도원이 목숨을 건진 것도 자네 덕분이니까. 알겠는가?"

"형님 말씀대로 따르겠습니다."

김개는 동행한 의금부 감찰(監察, 정6품) 남보덕의 흑마를 허균에게 내주었다. 허균과 김개가 나란히 말에 올랐다. 남여 옆에서 교자꾼들과 이야기를 나누던 돌한이 허겁지겁 달려왔다.

"대감마님!"

허균이 김개를 돌아보며 말했다.

"이놈의 무례함을 용서하시게. 다 나를 위해서 그런 것이니……. 이노옴! 어서 무릎 꿇고 사죄드리지 못하겠느냐?"

돌한이 머쓱한 얼굴로 무릎을 꿇었다. 김개가 말고삐를 거머쥐며 웃었다.

"벌써 다 잊었습니다. 일어나라!"

돌한이 뒷머리를 긁적이며 일어섰다. 그는 허균과 김개의 행동을 이해할 수 없었다. 분명 포졸을 거느리고 허균을 잡으러 온 듯한데, 나란히 마상에서 농담을 주고받고 있는 것이다.

"자, 가세."

허균이 길을 재촉했다. 김개도 고개를 끄덕인 후 천천히 말머리를 돌렸다. 돌한이 달려 나와 허균의 앞을 막아섰다.

"대감마님! 어디루 가시는가유?"

허균이 돌한을 내려다보며 대답했다.

"며칠 산천 구경을 다녀올 터인즉, 내가 없는 동안 집 안 밖의 경계를 엄중히 하도록 하여라."

"대감마님! 못 가세유."

"이놈아. 누가 죽으러 가느냐? 왜 그리 퉁퉁 부은 얼굴로 쳐다보는 게야? 동지의금! 가세나."

포졸들이 잰걸음으로 허균과 김개의 뒤를 따랐다. 허균을 태운 말이 길모퉁이를 돌아선 후에도 돌한은 오랫동안 그 자리에 서 있었다.

견평방으로 들어서는 허균의 얼굴에는 긴장감이 맴돌았다. 5년 전 무륜당의 벗들이 의금옥에 갇혔다는 소식을 전해 들었을 때처럼.

유시(酉時, 오후 5~7시)

관복 차림의 병조 판서 류희분과 동지경연(同知經筵, 임금에게 유학을 강론하는 기관인 경연의 종2품 벼슬) 박자흥이 남여를 타고 나란히 쌍리동으로 들어섰다. 창덕궁에서 곧바로 오는 길이었다. 올해 쉰다섯 살로 광해군의 처남이기도 한 류희분은 화가 잔뜩 나 있었고, 서른여덟 살인 세자빈의 아버지 박자흥의 표정도 어둡고 칙칙했다. 나이 어린 박자흥이 먼저 입을 열었다.

"판의금부사께서 미리 언질을 아니 하신 것은 잘못된 일이오나 이제라도 이렇게 알려 왔으니 그만 노여움을 거두시지요."

류희분이 불그스름한 들창코를 손으로 쓰다듬으며 고개를 가로저었다.

"관송의 전횡(專橫, 권세의 남용)이 하늘에 닿았음이외다. 의정부의 일을 도맡아 하던 교산을 의금옥에 가두다니요? 삼정승이 모두 입궐하지 않는 판에 어찌 이런 일을 저지를 수가 있소이까?"

류희분은 박자흥을 꾸짖듯이 언성을 높였다.

작년 여름, 이이첨은 대론을 이끌면서부터 문창 부원군 류희분과 거리를 두었다. 박자흥이 사람 좋은 웃음으로 자신의 장인이기도 한 이이첨을 옹호했다.

"교산을 가두라는 어명이 내렸다지 않습니까? 숭례문 흉격을 추국하는 일은 곧 역모를 밝히는 일이기도 합니다. 촌각을 다투느라 미처 병판께 알릴 겨를이 없었을 터이지요. 소생도 방금 전에야 그 일을 알았습니다."

"허엇, 참! 사위인 동지경연에게도 귀띔을 하지 않았다 이 말씀이오? 참으로 지독한 사람이구먼."

류희분은 고개를 설레설레 저었다.

"강상의 죄인을 잡아들이는 건 어차피 의금부의 소관이 아니겠습니까? 이렇게라도 병판을 찾으시는 걸 보면, 장인어른도 병판과 뒷일을 의논하시려는 게지요."

"의논은 무슨! 결자해지라고 했소이다. 나는 판의금부사가 하는 일을 구경만 할 겝니다. 관송이 교산을 잡아 가두다니! 오른손에 칼을 쥐고 왼손을 자른 것과 무엇이 다르겠소이까? 세상 사람들이 비웃을 일이외다."

류희분이 계속 이이첨을 비웃자 박자홍의 마음도 편치 않았다. 그 역시 이번 일만큼은 무모하다고 생각했다. 아무런 귀띔도 받지 못했다는 섭섭함 역시 류희분보다 그가 더 컸다.

이제는 사위도 믿지 못하시는 겐가?

지난 5월, 박자홍은 명나라에 원군을 보내는 문제로 이이첨과 심하게 다투었다. 속히 군사를 보내야 한다는 이이첨의 주장을 탑전에서 정면으로 반대했기 때문이다. 박자홍은 명나라에서 조선에 원군을 청할 만큼 노추의 세력이 커졌다면 쉽사리 원군을 보낼 일이 아니라는 입장이었다. 그날부터 박자홍의 쌍리동 출입은 뜸할 수밖에 없었다.

사위보다도 더 신뢰하던 좌참찬을 의금옥에 가두었다면……? 지나치게 명분을 앞세우다가 궁지에 몰린 장인어른이 좌참찬을 짓밟음으로써 자신의 권세를 더욱 굳건히 하려는 게 아닐까? 하나 좌참찬이 누군가? 책략을 꾸미는 일이라면 장인어른 못지않은 위인이 아닌가? 조심할 일이다. 자칫하면 당할 수도 있어.

이이첨이 안마당에서 반갑게 두 사람을 맞이했다.

"어서들 오세요. 먼 길 오시라 해서 미안하외다."

류희분이 조금 전까지의 불만을 숨기고 예의를 갖추었다.

"광창 부원군께서 청하는 자리이니 삼수갑산이라도 가야지요."

"허허, 병판께서 그렇게 생각하신다니 참으로 고맙소이다. 자, 어서 들어갑시다. 밀창 부원군께서도 진작에 와 계십니다."

"아버님께서 오셨단 말입니까?"

박자흥의 얼굴에 놀라는 빛이 역력했다. 지난 4월 지돈령부사 박안세가 별세한 후, 박승종은 불효자를 자처하며 문밖출입을 삼가고 있었다. 기복(起復, 상중임에도 불구하고 국가의 필요에 의해 벼슬을 내려 나오게 하는 것)시켜 제직(除職, 벼슬을 제수함)하라는 어명이 여러 차례 내려졌으나, 박승종은 광해군의 뜻을 따르지 않았다. 이틀 전에는 동부승지 조유도가 어명을 받고 가서 출사를 종용했지만 소용없는 일이었다. 류희분과 박자흥이 서둘러 방으로 들어섰다. 박승종이 자리에서 일어나 그들을 맞이했다. 류희분이 다가가서 박승종의 손을 꼭 쥐었다.

"좌상 대감! 곡기를 끊고 보름이나 통곡하셨다더니 몰라보게 수척해지셨습니다그려."

"좌상이라니요? 당치도 않습니다. 어리석고 부족한 인간의 불효가 하늘에 닿았음이에요. 그저 죽을 날만 기다릴 뿐입니다."

박승종의 벼슬은 출사하지 않는 동안에도 우의정을 거쳐 좌의정 겸 도체찰사에 이르렀다. 도체찰사는 의정부의 정승이 어명을 받들어 군무를 총괄하는 최고의 자리였다. 명나라에 원군을 보내거나 노추의 침입을 방비하는 일 등은 모두 도체찰사의 손을 거쳐 이루어졌어야 하는 일이다. 그러나 박승종은 세상을 잊은 듯 두문불출이었다. 대간들의 탄핵 상소가 이어졌지만 세자빈의 조부 박승종이 그렇게 쉽게 무너지지는 않았다.

서로 사양하다가, 연장자인 이이첨이 마지못해 상석에 앉았다. 박자흥을 가운데 두고 류희분과 박승종이 좌우로 자리를 잡았다. 박자흥은 오른쪽에 앉은 아버지 박승종이 계속 마음에 걸렸다. 촌각을 다투는 화급한 일이 아니고서는 이렇게 문밖출입을 할 리가 없기 때문이다. 류희분과 박자흥의 얼굴이 딱딱하게 굳은 것을 본 이이첨이 가벼운 농담부터 던졌다.

"회맹(會盟, 모여서 맹세함)의 술자리를 즐긴 날이 겨우 1년 반 전인데, 아득한 옛일 같소이다."

"그러십니까? 저는 그날의 일이 아직도 눈에 선합니다."

류희분이 웃으며 맞장구를 쳤다. 박승종도 고개를 끄덕이며 기분 좋은 추억에 동참했다.

정사년(1617년) 3월 9일, 이른바 삼창으로 불리던 최고의 세도가들이 장원서(掌苑署, 궁중 정원의 꽃과 나무 등을 관리하는 관청)에 모였다. 광창 부원군 이이첨, 밀창 부원군 박승종, 문창 부원군 류희분이 바로 그들이었다. 뜰에 향을 피우고 음식을 차린 다음, 광해군에 대한 충성을 맹세하였으며, 세 집안에서 추천하는 인재들을 균등하게 등용하기로 약조하였다. 광해군은 친히 어온(御醞, 임금이 먹는 술)을 내려 이날의 모임을 격려하였다.

그러나 그 약조는 지켜지지 않았다. 이이첨이 대론을 이끌면서부터 자신의 문하생들로 요직을 채웠기 때문이다. 1년 반이 넘도록 삼창은 한자리에 모이지 않았다. 북인과 남인 혹은 북인과 서인 간의 앙금보다 세 집안의 감정의 골이 더욱 깊게 파였다는 소문까지 돌았다.

이이첨이 박승종과 류희분을 쌍리동으로 청했을 때, 두 사람은 놀라지 않을 수 없었다. 또 한 번의 피바람이 몰아치리라는 불길한 예감과 동시에 이제 다시는 이이첨의 언변에 속지 않겠다는 다짐을 했다.

류희분이 자신의 기억력을 자랑이라도 하듯 한술 더 떴다.

"그때 좌상 대감께서 이런 시를 지으셨지요. '아흐레 동안 바쁘다가 열흘 만에 만나니/ 그동안에 쌓인 회포 얼마나 애달팠나/ 찬 매화 꼿꼿한 대나무 맑은 운치 같이하니/ 가져온 향기로운 술에 모두가 취하누나.'"

이이첨이 너털웃음을 터뜨렸다.

"허허허, 역시 병판은 대단하십니다. 어떻게 작년 봄, 그것도 술자리에서 잠깐 들은 시를 글자 한 자 틀리지 않고 외우신단 말씀입니까."

박승종이 이이첨을 거들었다.

"그 시를 지은 나도 끝까지 외우지 못하는데, 참으로 놀랍습니다."

"허어, 그런가요?"

류희분은 웃음으로 두 사람의 칭찬을 받아넘겼다. 술상이 들어왔다. 아직 술을 마시기에는 이른 시간이었다. 이이첨이 좌중의 분위기를 살피며 말했다.

"늦은 저녁을 따로 준비해 두었습니다. 일찍이 교산이 이런 말을 했지요. 기뻐서 마실 때에는 절제가 있어야 하고, 피로해서 마실 때에는 조용해야 하고, 점잖은 자리에서 마실 때에는 소쇄한 풍도가 있어야 하고, 난잡한 자리에서 마실 때에는 규약이 있어야 하고, 새로 만난 사람과 마실 때에는 진솔해야 하고, 잡객들과 마실 때에는 꽁무니를 빼야 한다고 말입니다. 오늘의 만남이 그중 어디에 해당하는지는 모르겠으나 어온만큼은 아니 되더라도 석탄주(惜吞酒, 맛이 좋아 차마 삼켜 버리기 아쉽다는 술) 소리는 듣는 가주(家酒)이니 마음껏 드세요.”

류희분이 복숭아꽃 모양의 잔을 들어 요리조리 살폈다.

“호박배(琥珀杯, 호박으로 만든 술잔)가 아니오이까? 이 잔으로 술을 마시면 취하지 않을 것 같습니다.「장진주(이백의 권주 시)」라도 읊고 싶소이다. 요대(瑤臺, 신선이 사는 곳)가 바로 이곳입니다그려.”

이이첨이 웃으며 박승종에게도 잔을 권했다.

“상중이시므로 대취하지는 못하시더라도 저의 정성이니 맛이나 보십시오.”

박승종이 마지못해 잔을 받았다. 이이첨은 류희분과 박자흥에게도 차례차례 술을 따라 주었다. 단숨에 술잔을 비운 류희분이 콧구멍을 벌렁이며 박승종에게 말했다.

“좌상 대감! 이제 입궐을 하시지요. 벌써 넉 달씩이나 나랏일을 살피지 않으시니 처변할 일이 산더미와 같습니다. 모두들 좌상 대감이 조정에 나오시기만을 학수고대하고 있습니다.”

박숭종이 조정에서 멀어진 것은 작년 여름부터였다. 인목 대비의 삭출을 내켜 하지 않은 것이다. 영창 대군을 죽인 마당에 대비에게까지 치욕을 안길 필요가 있을까? 그렇지 않아도 친형인 임해군을 죽이고 아우인 영창 대군까지 죽인 마당에, 친어머니는 아니더라도 엄연히 선왕의 정비(正妃)인 인목 대비를 삭출하는 것은 득보다 실이 많다. 이이첨과 허균이 한 걸음 앞으로 나설수록 박숭종은 뒤로 두 걸음 물러섰다.

"죄인이 어찌 얼굴을 들고 세상에 나간단 말입니까? 또한 저는 늙고 병들어 대임을 맡을 수 없습니다. 병판께서 맡으셔야지요."

"헛참! 도체찰사는 바로 대감이십니다. 도원수가 요동으로 떠난 마당에 도체찰사가 뒤를 받쳐야 하지 않겠소이까?"

류희분이 언성을 높이자 분위기가 차갑게 식어 버렸다. 이이첨이 술을 권하며 말머리를 돌렸다.

"자자, 그 일은 차차 의논하기로 하고……. 동지경연, 자네는 아직도 원군을 파병한 시기가 일렀다고 보는가?"

박자흥은 올해 안에 원군을 보내자는 이이첨의 주장을 끝까지 반대했다. 보낼 때 보내더라도 겨울을 넘기자는 것이 그의 일관된 주장이었다.

"그러하옵니다, 장인어른. 이제 곧 삭풍이 몰아치는 겨울이옵니다. 노추는 추위에 익숙하오나 하삼도에서 올라간 우리 군사들은 살을 에는 추위를 이기지 못할 것이옵니다."

"그러니까 더욱 지금 원군을 보내야 하지 않겠는가? 올해를 넘기면 대명은 틀림없이 조선이 노추와 결탁했다고 여길 걸세. 추위를 무릅쓰고 싸우는 모습을 보여야 대명의 신뢰를 얻어 낼 수 있다고 보는데……."

박자흥이 여전히 고집을 꺾지 않았다.

"대명의 승리를 전제한다면 장인어른 말씀이 옳습니다. 하나……."

"하나?"

"만에 하나 패하기라도 하는 날이면, 조선은 꼼짝없이 노추의 공격을 받을 것입니다."

대부분의 젊은 신료들이 박자흥의 주장에 동조했고, 광해군 역시 그들과 뜻을 같이하고 있었다. 명분도 좋지만 국익이 우선이라는 입장이었다. 이이첨은 명분과 국익을 동시에 얻고 싶었다. 중원의 지배자 대명이 어찌 노추 따위에게 패할 수 있겠는가. 광해군은 이이첨의 원칙론에 고개를 젓는 경우가 잦았다. 노추가 요동에서 대명을 이기는 날이 오면, 광해군은 그 책임을 모두 이이첨에게 물을 것이다.

전하께서는 내가 부담스러운 게다. 어명을 고분고분 앵

무새처럼 따르는 젊은 신료들을 가까이 두시고 싶으시겠지. 하나 전하께서는 결코 나 이이첨으로부터 벗어나실 수 없다. 누가 전하를 용상에 앉혀 드렸는가? 그 용상을 10년 동안 지켜 드린 사람은 누구인가? 바로 나 이이첨을 비롯한 삼창의 힘이 아니었던가? 전하께서는 결코 외척을 몰아내고 정치를 하실 수 없다. 삼창을 배척하는 날이 바로 용상도 무너지는 날이 될 것이기 때문이다. 삼창만 하나로 뭉쳐 같은 의견을 내면, 전하께서도 결국 받아들일 수밖에 없으실 게다. 전하! 정녕 신이 귀찮아지셨나이까? 신을 버리고 싶으시옵니까? 하나 전하! 어쩌겠사옵니까. 이승에서 전하와 신은 같은 운명을 따라야 하옵니다. 전하의 광명이 신의 광명이옵고 신의 몰락이 곧 전하의 몰락이옵니다. 유념하시옵소서.

이이첨의 얼굴에 묘한 미소가 피어올랐다.

"전쟁을 염려하는 건 나 역시 마찬가지라네. 하나 지금 전쟁을 피하는 길은 오직 하나, 대명이 승리하는 것뿐일세. 노추가 대명을 이기게 되면, 우리가 원군을 보냈든 보내지 않았든, 노추는 압록강을 건너올 게야. 예의가 무엇인지도 모르는 오랑캐와 무슨 평화를 논의할 수 있겠는가? 임진년의 난을 생각해 보게. 개국 이래 그토록 많은 은혜를 베풀었건만 은혜를 원수로 갚은 거야. 그게 바로 오랑캐지. 오랑캐와는 평화를 논할 수 없네. 힘으로 누르는 것만이 유일한 길이야. 만에 하나 노추가 대명을 꺾는다면, 결국 노추는 조선을 삼키려 들 걸세. 그러니 지금 우리가 해야 할 일이 무엇인가는 명확하지 않은가? 자네들은 나를 명분에만 집착한다고 비난하지만, 이건 명분을 얻는 것뿐 아니라 실리까지 취하는 길일세. 아니 그런가?"

박자흥은 제대로 답변을 못했다. 이이첨이 그렇게 멀리까지 내다보고 있을 줄은 몰랐던 것이다. 노추가 승리하면 조선은 어차피 침략을 받을 수밖에 없다는 지적이 그의 심장을 날카롭게 찔러 댔다. 박자흥을 비롯한 젊은 신료들의 언행을 탐탁지 않게 여기던 류희분이 이이첨을 거들었다.

"판의금부사의 말씀이 옳습니다. 요즈음 젊은 것들은 전쟁을 무슨 연의 읽듯 한다니까요. 전쟁이 나면 팔도강산이 불바다가 되는 겁니다. 어떻게든 막아야지요. 대명이 있고서야 조선의 안위도 보장되는 겁니다."

이이첨이 정색을 하며 류희분에게 물었다.

"한데 왜 병판께서는 도원수를 배웅하러 나오지 않으셨소이까?"

류희분의 얼굴이 벌겋게 달아올랐다.

"그, 그건 지독한 감환 때문에……."

이이첨은 류희분의 얼굴을 슬쩍 살핀 다음 박승종에게

물었다.

"교산의 일을 의논해도 되겠습니까?"

"그러시지요."

두 사람은 류희분과 박자홍이 도착하기 전에 벌써 의견을 주고받은 모양이었다. 박자홍이 먼저 이이첨에게 물었다.

"어명도 없이 좌참찬을 의금옥에 가둔 것이 사실입니까?"

"내게만 은밀하게 좌참찬을 잡아들이라고 하교하셨어. 좌참찬이 도망치지 못하도록 미리 가둘 필요가 있었거든. 공식적인 어명이야 내일 아침에 내려오겠지."

이이첨이 술잔을 비운 다음 손등으로 입술을 훔쳤다.

"좌참찬을 잡아들인 죄목이 무엇입니까?"

"그 죄목을 정하자고 이렇게 모인 걸세."

류희분이 끼어들었다.

"죄목을 정한다? 하면 죄목도 없이 좌참찬을 잡아들였다 이 말씀이시오?"

이이첨이 박승종과 류희분을 번갈아 쳐다보며 조용히 입을 열었다.

"이야기를 시작하기에 앞서 미리 살필 일이 있습니다. 작년 봄 장원서에서 우리가 맺은 맹약은 여전히 유효한 것이겠지요?"

함께 살고 함께 죽는다는 맹약을 상기시키는 것이다. 두 사람이 동시에 고개를 끄덕였다.

"좋습니다. 하면 이제 모든 걸 말씀드리도록 하지요. 교산은 역모를 꾸미고 있소이다."

"방금 여, 역모라고 하셨소이까?"

깜짝 놀란 류희분이 술잔을 떨어뜨렸다.

"그렇소이다. 이달 안에 교산은 범궁을 계획하고 있음이 틀림없소이다."

"좌참찬이 무엇이 아쉬워 역모를 꾸민단 말씀이십니까? 부귀와 영화를 한 손에 쥐었는데 역모라니요, 범궁이라니요? 증거가 있소이까?"

류희분은 술상에 침이 튈 정도로 언성을 높였다. 올해 벌써 대여섯 차례나 허균과 술자리를 가진 것이다. 그들 사이에 늘 있는 사사로운 술자리였지만, 이이첨이 역모를 거론하는 순간 둔기로 뒤통수를 얻어맞는 기분이었다. 이이첨이 서안 아래 두었던 서찰 두 장을 꺼내 들었다.

"이건 한보길 등이 우경방을 풀어 달라고 좌포도청에 올린 정문(呈文, 하급 관청에서 상급 관청에 올리는 공문서나 청원서)이고, 이건 좌참찬이 역시 우경방을 석방하라고 좌포도대장 김예직에게 보낸 서찰이외다. 우경방은 봉학의 난과 연루되어 지난달에 하옥된 중죄인입니다. 한데 왜 좌참찬과 한보길 등이 그를 석방하라고 요구하는 걸까요? 또 하나 이상한 건 김예직이 이 서찰을 받고 순순히 우경방을 풀어 주려 했다는 점입니다."

"좌포도대장이 중죄인을 그냥 풀어 주려 했다 이 말씀입니까?"

박자흥이 이이첨의 손에서 허균의 서찰을 넘겨받았다.

……우경방은 당초부터 나의 눈과 귀가 되어 유생들을 불러 대론에 대한 소장을 올리는 일을 돕느라 안팎에서 힘을 다했으니 종사에 공이 큰 사람입니다. 조정을 원망하는 패들이 경방을 모함하여 반역의 무리에 가담했다고 거짓 고변하였는바, 그의 죄를 잘못 추궁하다가 공이 큰 사람을 죽일까 걱정이 됩니다. 속히 석방하여 대론의 올바름을 널리 알릴 수 있도록 하여야겠습니다. ……

박자흥이 서찰을 류희분에게 넘겨주며 물었다.

"장인어른! 우경방의 죄목이 정확히 무엇입니까?"

"육조의 인장을 위조한 중죄인이네. 그 때문에 봉학의 난을 진압하기 위해 북삼도로 파견하려던 군사들이 열흘이나 발이 묶였어."

류희분이 서찰을 다시 박승종에게 넘겼다.

"이걸로는 좌참찬의 죄를 물을 수 없을 것 같소이다. 우경방이 대론을 지지한 것이 사실이고 그 뒤를 좌참찬이 살펴 온 것도 사실인데, 이 정도 서찰이야 보낼 수 있는 것 아닙니까?"

박승종이 서찰을 일람한 후 류희분의 말을 가로챘다.

"좌포도대장이 서찰 한 장에 죄수를 풀어 주려고 한 게 문제지요. 병판이라면 이런 서찰을 받고 옥문을 열겠소이까? 뭔가 좋지 않은 일이 숨겨져 있는 게 틀림없소이다."

이이첨이 고개를 끄덕였다.

"좌상 대감 말씀이 옳습니다. 좌참찬이 숭례문 흉격에 깊이 연루되었음은 다들 짐작하시겠지요? 며칠 동안 좌참찬은 성균관 유생들을 동원해서 하인준과 우경방을 석방시키기 위해 갖은 노력을 다하고 있소이다. 그와 아울러 사아리의 장정 100여 명이 도성으로 들어왔어요."

"사병들까지 움직였다는 말씀입니까? 하나 그 사병들은 주상 전하의 하교가 있어야지만 움직일 수 있지 않습니까?"

류희분은 허균을 옹호하는 입장을 견지했다.

"그렇지요. 지난 8일 전하께서는 좌참찬과 저에게 서궁에 대한 도성 백성들의 민심을 살피라는 하교를 내리셨습니다."

"그렇다면 문제될 것이 없지 않소이까? 좌참찬은 어명에 따라 흉격을 붙인 것이고 장정들도 그 뒷일을 감당하기 위해 끌어들인 게지요."

이이첨이 약간 짜증 섞인 표정으로 류희분을 노려보았다.

"그렇지요. 아직까진 좌참찬을 옭아맬 결정적인 증거는 없소이다. 하나 하인준을 석방시키려는 좌참찬의 노력은 이해한다 쳐도 우경방까지 동시에 구하려는 건 이상하지 않습니까? 이렇게 서찰까지 띄워 지금 우경방을 빼내야 하는 이유를 모르겠습니다. 해괴한 옷을 입은 낯선 자들이 저 잣거리를 활보하고 다닌다는 점도 그렇고, 허공에서 밤마다 이상한 소리가 들려온다는 점도 그렇고, 무엇보다 북삼도를 헤집고 다니던 박치의와 봉학의 무리가 한 달 가까이 잠적한 게 마음에 걸립니다."

"하면 그동안 도성에서 일어난 변고들이 모두 그들의 짓이라는 말씀이시오?"

"그럴 수도 있다 이 말씀입니다."

류희분이 오른쪽 주먹으로 이마를 치며 혀를 찼다.

"쯧쯧! 판의금부사답지 않게 일을 너무 급히 처리하신 게 아니오이까? 사실이 명명백백하게 밝혀질 때까지 기다려야 했소이다. 있지도 않은 부스럼만 만든 꼴입니다."

침묵이 흘렀다. 박승종과 박자흥도 류희분의 입장에 동

조하는 듯했다. 어명을 따른 허균에게 죄를 물을 수는 없는 일이었다. 이이첨이 술 한 잔을 천천히 들이켰다.

"전하의 뜻에 따라 숭례문에 흉격을 붙였고, 전하의 뜻에 따라 장정들을 움직였다고 칩시다. 이 일을 이대로 묻어 두고 지나간다면, 전하는 곧 좌참찬으로 하여금 장정들을 동원하여 서궁을 범하도록 하명하실 겝니다. 그리되면 전하의 뜻이 모두 좌참찬의 뜻이 되는 것이외다. 더군다나 좌참찬의 여식을 소훈으로 들인다고 하니, 좌참찬이 우리를 짓밟을 날도 멀지 않았어요. 조정에는 좌참찬을 따르는 젊은 신료들이 참으로 많소이다. 좌참찬은 영창 대군을 죽인 것도, 임해군을 죽인 것도, 능창군을 죽인 것도 모두 삼창의 손에서 나왔다고 공공연하게 떠벌리고 있습니다. 좌참찬에 대한 저의 의심이 설령 잘못되었다손 치더라도, 그것 역시 의심을 사게 만든 좌참찬의 잘못이 아니겠소이까? 좌참찬이 우리의 머리를 밟고 올라서기까지 그냥 기다릴 작정이시오이까?"

이이첨이 말을 끊고 세 사람과 차례차례 눈을 맞추었다. 류희분과 박승종도 허균의 세력이 커지는 것을 원하지 않았다. 무엇보다도 허균은 개인의 평안과 행복을 추구하는 그들과는 다른 족속이었다. 그는 인목 대비를 몰아세우는 과정에서 인간적인 배려라고는 털끝만큼도 없는 냉정함의

극치를 보여 주었다. 어떤 일을 성사시키기 위해서라면 개인의 안위 따위는 관심도 없는 위인이었다. 그런 허균의 칼날이 삼창을 향한다면 섬뜩한 일이 아닐 수 없었다. 허균의 앞날을 미리 막는 것이 최선이었다.

"좌참찬을 잡아들여 그의 여식이 소훈으로 들어오는 것을 막고, 그를 따르는 성균관의 유생들과 젊은 신료들에게도 엄히 경고를 할 필요가 있소이다. 작년 동짓달에 올린 기준격의 상소문을 처음부터 다시 살펴야겠지요."

"기준격도 잡아들일 작정이십니까?"

"벌써 잡아들였소이다. 기준격과의 일은 좌참찬이 가장 덮어 두고 싶어 하는 부분이니까 더더욱 들추어낼 필요가 있습니다. 그가 제자에게 비난받아 마땅한 부도덕하고 어리석은 스승임을 만천하에 알려야만 합니다."

철저하게 허균을 짓밟겠다는 뜻이다.

"그래도 좌참찬의 죄가 밝혀지지 않는다면 어떻게 하시겠소이까?"

류희분이 계속 정곡을 찔러 댔다. 이이첨은 눈을 반쯤 감고 류희분을 쳐다보며 입으로만 웃었다.

"……그때는 전하께서 좌참찬을 풀어 주시겠지요."

우선 잡아들여 추국부터 하자는 이이첨의 주장은 배수진을 치자는 것과 다름없었다. 허균의 죄가 밝혀지지 않으면 오히려 이이첨이 무고죄로 잡혀 들어갈 수도 있는 것이다. 없는 죄라도 허균에게 덧씌워야지만 진흙탕으로부터 벗어날 수 있다. 이이첨의 각오를 전해 들은 세 사람은 긴장하지 않을 수 없었다. 박승종이 떨리는 음성으로 물었다.

"염두에 두신 죄목은…… 역모입니까?"

"물론이오. 능지처참할 대역 죄인입니다."

침묵이 감돌았다. 기어이 허균을 대역 죄인으로 죽이겠다는 것이다. 류희분이 고개를 갸우뚱거리며 어렵게 입을 열었다.

"한 가지만 물어도 되겠소이까? 좌참찬을 이렇게 죽일 요량이었다면, 왜 5년 전에 그를 받아들였습니까? 좌참찬이 예의와 법도를 따르지 않고 제멋대로 행동하는, 그야말로 '괴물'이라는 걸 그때는 몰랐소이까?"

허균을 발탁한 이이첨에게도 책임이 있지 않느냐는 추궁이었다. 좌중의 시선이 이이첨에게 쏠렸다. 그는 잔기침을 뱉은 후 길게 설명을 늘어놓았다.

"그때도 지금도 괴물이오. 좌참찬이 괴물이 아니었던 적은 단 한순간도 없었소이다. 그러나 때론 괴물도 인간을 위해 필요한 법입니다. 자, 5년 전을 생각해 보십시다. 왕실과 혼인을 한 것 외에 우리 세 가문이 내세울 게 있었소이까? 서인은 물론이고 남인과 일부 북인까지도 우리를 업신여

겼지요. 겨우겨우 용상을 지킬 수는 있었으나 사림의 힘을 규합할 수 없었던 게 사실입니다. 그런 어느 날, 허균이라는 괴물이 나를 찾아온 게요. 허균이 누굽니까? 아니, 허균의 집안이 어떤 집안입니까? 그의 아버지 허엽은 화담 서경덕의 수제자이면서 서산 대사와 친구였고, 큰형 허성은 선왕의 총애를 한 몸에 받았을 뿐 아니라 서인들과도 가까운 친분을 유지하였으며, 작은형 허봉은 서애 류성룡, 손곡 이달, 석봉 한호 등과 호형호제하면서 사명 대사와도 친하지 않았소이까? 이런 가문의 일원이었기에 허균은 아버지와 작은형으로부터 화담의 학풍을 이어받았고, 큰형을 통해 오성 이항복과 마음으로 만났으며, 작은형의 친구 서애 류성룡을 통해 퇴계의 학풍을, 손곡 이달을 통해 성당의 시를 익혔고, 서산 대사나 사명 대사로부터 불교의 정수를 배웠던 겁니다. 나이 든 사림들은 그를 가리켜 괴물이니 뭐니 하며 비난했지만, 젊은 사림들은 솔직히 그의 박학함과 재능 그리고 벼슬에 연연하지 않으면서 팔도를 떠도는 탈세속적인 삶을 추앙했던 것이 사실이외다. 즉 허균을 얻는 것은 허균 개인을 받아들이는 데 그치는 것이 아니라 허균과 맥이 닿아 있는 여러 세력을 규합하는 게지요. 솔직히 그를 징검다리 삼아 남인이나 서인과 대화를 나누었던 것이 사실이고, 그와 개인적 친분이 있는 승려나 군관, 역관, 서자를 우리에게 유리하도록 적절히 활용하지 않았소이까? 그 누구도 많은 이들을 그만큼 깊게 포용할 수는 없습니다. 왜 내가 그 괴물을 받아들였는지 이제 이해하실 수 있겠소이까?"

박승종이 곧이어 물었다.

"그렇다면 지금 좌참찬을 죽이려는 건 더 이상 쓸모가 없어졌기 때문이오?"

이이첨이 고개를 저었다.

"아닙니다. 여전히 그 괴물은 우리에게 많은 이득을 줄 수도 있지요. 하나 문제는 괴물이 너무 비대해져서 이제 우리까지 집어삼키려 한다는 데 있소이다. 우리 앞에는 좌참찬만이 보이지만, 얼마나 많은 배후가 숨겨져 있을지 모르는 일입니다. 지금 괴물을 죽이지 않는다면 영원히 그를 누를 수 없을지도……."

설명을 하던 이이첨의 고개가 천천히 아래로 내려갔다. 그리고 술상 위의 잔을 들어 창문을 향해 냅다 던졌다.

"웬 놈이냐?"

그림자 하나가 언뜻 창문 아래를 스치고 지나갔다. 이이첨이 황급히 일어나 창문을 열어젖혔다. 그림자의 주인은 이미 사라지고 없었다. 시원한 가을바람이 방 안으로 확 밀어닥쳤다. 뒤따라 일어선 류희분이 고개를 삐쭉 내밀며 말했다.

"가을바람에 떨어진 나뭇잎이었겠지요."

이이첨은 아무런 대꾸도 없이 마당으로 나갔다. 그림자가 일렁인 바로 그 자리에 깊게 팬 발자국이 선명했다. 누군가가 들고양이처럼 섬돌 아래에 숨어서 그들의 대화를 엿듣고 있었던 것이다.

교산!

허균의 얼굴이 스치고 지나갔다. 쌍리동까지 침입하지는 않으리라고 생각한 것이 실수였다. 박자홍이 뒤따라 마당으로 내려서며 목청을 높였다.

"장인어른! 좌포도청에 연통을 넣으시지요. 좌참찬의 무리들 중에는 앞뒤 가리지 않고 일부터 저지르는 불한당들이 많습니다. 이대로 있다가는 큰 낭패를 보실 수도 있사옵니다."

12일

망설임은 죽음이다

8월 17일 오후

희정당을 지나 대조전으로 향하는 김 상궁의 발걸음은 어딘지 모르게 무겁고 어색했다. 돌멩이에 맞은 어깨와 옆구리가 아직까지도 성치 않았던 것이다. 대전 상궁이 편전을 비우고 대조전으로 간다고 해서 앞을 가로막는 이는 아무도 없었다. 높고 푸른 가을 하늘을 배경으로 대조전의 솟을지붕이 나타나자, 걸음을 멈추고 잠시 숨을 골랐다. 한없이 어진 중전 유씨지만 가끔씩 비수 같은 말로 그녀의 가슴을 찌르기도 했다. 임해군의 사형을 반대했었고, 영창 대군을 강화도 교동으로 유배 보내겠다는 결정이 내려진 날에는 밤새 눈물로 광해군을 설득하기까지 했다. 중전에 대한 광해군의 사랑은 남달랐다. 임진년에 북삼도로 함께 몽진을 떠나면서부터 키워 온 사랑이었다. 두 사람은 가시방석 같은 세자와 세자빈의 자리를 10년이 넘도록 지켜 냈다. 중전의 언행은 그 어느 신하보다도 광해군의 마음을 흔들어 놓기에 충분했다. 대론이 일어나서 인목 대비를 삭출하고 서궁에 유폐시키는 동안에도 중전은 끝까지 인목 대비를 감싸고돌았다. 대비가 중전보다 여덟 살이나 아래였지만 중전은 깍듯하게 어머니의 예로 대비를 받들었다.

넓은 월대로 올라섰다. 월대는 경사스러운 날에 춤과 노래가 펼쳐지는 곳이다. 8년 전 세자빈을 맞이하던 날, 딱 한 번 이곳에서 연희가 베풀어졌었다. 광해군이 영창 대군과 인목 대비를 홀대하기 시작하면서부터 월대는 늘 비어 있었다. 김 상궁이 툇마루로 다가서며 혼잣말을 했다.

"아니 될 일이야. 아니 될 일이고말고."

툇마루를 열고 들어서자 넓은 대청마루가 나왔다. 중궁전 박 상궁이 종종걸음으로 달려왔다.

"마마님! 어인 일이시옵니까?"

"따르시게."

왼쪽 볼이 살짝 얽은 박 상궁은 고양이 앞에 생쥐마냥 제대로 얼굴을 들지도 못했다. 김 상궁은 박 상궁을 데리고 다시 월대로 나왔다. 주위를 살핀 다음 작지만 날카로운 음성으로 박 상궁을 꾸짖었다.

"어찌 된 일인가? 어떻게 중궁전에서 서궁으로 음식을 보낼 수가 있어?"

 그저께 저녁, 중전이 보낸 한가위 음식을 변 상궁이 몰래 가지고 들어가다가 윤 상궁에게 들킨 일이 있었다. 중전의 일거수일투족을 감시해야 하는 박 상궁으로서는 큰 실수가 아닐 수 없었다.

 "자네를 믿었는데, 혹 마음을 중전 마마께 빼앗긴 것은 아닌가?"

 "아, 아니옵니다. 색장나인(色掌內人, 궁중에서 편지를 전하는 일을 맡아보던 나인) 중에 금향이라는 발칙한 아이가 있어서……."

 박 상궁은 당장이라도 그 자리에 털썩 주저앉을 것처럼 심하게 사지를 떨었다.

 "그 아이는 내쫓았는가?"

 "그게……. 중전 마마께서 곁에 두고 감싸시는 바람에……."

 "박 상궁! 치도곤을 당해야 정신을 차리겠는가? 앞으로도 자네는 중전 마마께서 서궁에 음식을 내리는 것을 그냥 보고만 있겠다 이 말인가?"

 "그것이 아니옵고……. 마땅한 죄목이 없는지라……."

 얽은 흉터가 더욱 벌겋게 상기되었다.

"대식(對食, 동성애)으로 잡아들이시게."

"……."

박 상궁이 놀란 눈으로 김 상궁을 쳐다보았다. 중궁전의 색장나인을 대식으로 잡아들이라? 참으로 무시무시한 명령이었다. 김 상궁은 아무 일도 아니라는 듯 코웃음을 쳤다.

"흥, 뭘 그렇게 놀라는가? 그 정도 죄목은 되어야 궁궐 밖으로 내쫓을 수 있지 않겠는가? 오늘 중으로 속히 처리하게."

"알겠사옵니다."

박 상궁은 속으로 안도의 한숨을 쉬었다. 그녀에게 뒤처리를 맡기는 것은 이 정도로 꾸짖음을 그치겠다는 뜻이다.

"중전 마마께서는 어떠하신가?"

"서궁에 음식이 전해지지 않았다는 소식을 들으신 후부터 이틀째 죽만 드시고 계십니다."

평소에도 소선을 즐기던 중전이지만, 죽으로 끼니를 잇는다는 것은 김 상궁을 향한 무언의 시위였다. 김 상궁이 고개를 끄덕이며 말머리를 돌렸다.

"중궁전을 드나드는 대신은 누구누구인가?"

"이달 들어 병판 대감만 두어 차례 다녀가셨을 뿐이옵니다. 중전 마마께서는 병판 대감은 물론이고 대신들과도 면대하시는 것을 극히 꺼리시는지라……."

"알겠네. 다시는 이런 일이 없도록 각별히 주의하게. 또 한 번 이런 변고가 일어나면, 그땐 자네를 소주방으로 보내 평생 물질이나 하도록 만들겠네."

"명심하겠사옵니다."

"이 일을 쌍리동에는 은밀히 알렸겠지?"

"그러하옵니다. 더욱 엄중히 서궁을 감시해야 한다는 마 마님의 뜻도 전해 올렸사옵니다."

"알겠네."

김 상궁은 다시 월대를 지나 대청마루로 올라섰다. 쌍둥이처럼 좌우로 벌려 선 방 중에서 오른쪽이 중전 박씨가 거처하는 곳이다. 그 큰 방은 다시 아홉 개의 방으로 나누어지는데, 가운데가 왕과 왕비의 침실이고 나머지 여덟 개는 만약의 사태에 대비하여 상궁과 나인이 머무르는 곳이다.

"아뢰시게."

뒤따라오던 박 상궁이 앞으로 나서서 목소리를 다듬었다.

"마마! 대전 상궁이옵니다."

"……."

아무런 대답이 없었다. 박 상궁이 난처한 얼굴로 다시 아뢰려는 순간, 김 상궁이 문을 확 열어젖혔다. 출궁을 당하고도 남을 짓이었다. 중전 유씨와 마주 보며 앉아 있던 세자빈 박씨가 고개를 돌려 앙칼지게 꾸짖었다.

"이 무슨 짓인가?"

김 상궁은 아무런 대꾸도 없이 앞으로 걸어 나와 자리를 잡고 앉았다. 약이 오를 대로 오른 세자빈이 더욱 목소리를 높였다.

"김 상궁! 어찌 이렇듯 무엄하단 말인가? 중전 마마를 능멸하고 있음이야. 이러고도 정녕 살기를 바라는가?"

김 상궁은 허리를 깊이 숙이며 큰 소리로 아뢰었다.

"죽여 주시옵소서!"

세자빈은 입을 다물었다. 죽여 달라는 김 상궁의 어투에 비장함이 서려 있었다. 이제 갓 스무 살을 넘긴 세자빈은 궁궐에서 산전수전을 겪은 김 상궁의 적수가 아니었다. 절대로 김 상궁과 맞서지 말라는 외조부 이이첨의 당부도 떠올랐다.

"어째서 죽은 목숨이라는 게냐?"

얼굴선이 갸름한 중전이 세자빈과 눈을 맞춘 다음 김 상궁에게 물었다. 중전으로서의 무게와 차분함이 배어 있었다.

"중전 마마께서 서궁에 내리신 음식을 소첩이 막았나이다. 중전 마마의 뜻을 따르지 않은 죄, 죽어 마땅하옵니다. 죽여 주시옵소서."

중전은 잠시 생각에 잠겼다. 김 상궁이 저렇듯 저자세로 나온 적이 없었다. 세자빈은 고개를 갸우뚱거렸다. 서궁과의 접촉을 금한다는 어명이 내리기는 했지만 중전으로서 그 정도의 아량은 베풀 수 있다는 생각도 들었다. 어색한 침묵을 견디지 못하고 세자빈이 끼어들었다.

"김 상궁! 한가위를 맞아 중궁전에서 특별히 내린 음식을 막은 이유가 무엇이냐?"

김 상궁이 기다렸다는 듯이 이야기를 술술 풀어 나갔다.

"숭례문에 흉격이 나붙은 것을 두 분 마마께서도 아실 것이옵니다. 흉격을 붙인 자들은 김제남의 잔당인 바, 그들이 서궁 마마께 연통을 넣을 것은 불을 보듯 뻔한 일이옵니다. 어리석게도 서궁 마마께서는 아직까지 주상 전하의 하해와 같은 은혜를 갚을 생각은 아니하시고 왕실과 조정을 향한 불만만 키우고 계시옵니다. 지금은 서궁으로 들어가는 그릇 하나도 허투루 볼 수 없는 상황이옵니다."

중전이 기가 막힌다는 표정으로 김 상궁의 말을 가로막았다.

"그 무슨 망언이냐? 하면 내가 서궁에 내린 음식과 숭례문에 붙은 흉격이 연관이 있다 이 말이냐?"

김 상궁이 목소리를 키웠다.

"아니옵니다. 어찌 소첩이 그런 의심을 품을 수 있겠사옵니까. 다만 서궁 마마께 접근하려는 불측한 무리들을 물리치기 위해서는 서궁을 아무도 근접할 수 없는 곳으로 만들어야 하기에 드리는 말씀이옵니다. 중전 마마의 효심을 어찌 소첩이 모르겠습니까만, 지금은 서궁 마마보다 소훈을 들이는 일에 마음을 쏟으시옵소서."

'소훈'이라는 단어를 듣는 순간, 세자빈의 얼굴이 흙빛으로 변했다.

"아직 처녀단자를 거두고 있지 않느냐? 한데 소훈을 들이는 일에 마음을 쏟으라니?"

중전이 따지듯이 물었다. 김 상궁이 세자빈의 안색을 살피며 차분히 답했다.

"어명을 받들어 소훈을 들이기는 하나 세손 아기씨는 빈궁 마마께서 낳으셔야 하옵니다. 하희(진(陳)나라의 음탕한 여인)나 동곽강(제나라의 음탕한 여인)과 같은 여인을 소훈으로 받아들인다면 왕실에 큰 화가 미칠 것이옵니다. 소훈을 들이는 것은 어명이므로 어쩔 수 없다 하더라도, 중전 마마께서 세자 저하께 빈궁 마마를 더욱 아끼시라는 하교를 내리시옵소서."

뜻밖의 도움을 받은 세자빈의 얼굴이 금방 밝아졌다. 중전도 김 상궁의 말을 순순히 받아들이는 눈치였다.

"세자를 불러 그렇게 이르도록 하겠다. 한데 대전을 비우고 예까지 온 이유가 무엇이냐? 서궁에 음식을 넣은 것을 따지기 위함이냐?"

"아니옵니다. 중전 마마께 두 가지 청을 드리기 위해서이옵니다."

"청이라니?"

김 상궁이 고개를 들어 중전과 세자빈을 살핀 다음 다시 아뢰었다.

"처녀단자를 받고 나면 소훈의 물망에 오른 규수들을 마마께서 직접 보실 생각이시온지요?"

"물론이다. 세자의 후궁을 고르는 일인데 내 어찌 살피지 않을 수 있겠느냐?"

"처녀단자를 넣은 규수들 가운데는 좌참찬 허균의 여식도 있사옵니다. 하나 허균은 역모에 연루되어 의금옥에 갇혔으니, 그 여식을 대궐 안으로 불러들여서는 아니 될 것이옵니다."

중전이 침착하게 되물었다.

"좌참찬이 의금옥에 하옥되었다고는 하나 아직 추국을 시작하지 않았으니, 죄가 있는지 없는지는 더 두고 보아야 할 것이야. 한데 이렇게 서둘러 그의 여식을 거론하는 까닭이 무엇이냐?"

"좌참찬이 의금옥에 갇히지 않았다고 하더라도 그의 여식은 소훈으로 들이기에 합당하지 않사옵니다. 좌참찬이 팔도의 기생들과 놀아나고 서자들과 어울리며 잡술에 심취하였음을 마마께서도 아실 것이옵니다. 그런 자의 여식이 어찌 이 나라 세자의 후궁이 될 수 있겠사옵니까?"

세자빈이 김 상궁을 편들고 나섰다.

"좌참찬의 여식은 음탕하고 투기가 심하며 안하무인이라 하더이다. 들이지 마시옵소서."

중전은 세자빈에게 시선을 옮긴 다음 타이르듯 말했다.

"소문은 소문일 뿐이다. 소훈을 들이는 일에 세자빈이 간섭해서는 아니 될 것이야. 좌참찬의 여식에 대해서는 좀 더 시일을 두고 알아보도록 하마. 김 상궁! 나머지 청은 무엇이냐?"

김 상궁의 표정이 딱딱하게 굳었다. 요즈음 들어 부쩍 그녀를 향한 중전의 시선이 곱지 않았던 것이다. 예전 같으면 그녀에게 일임했을 일들을 하나씩 둘씩 직접 챙겼고, 그녀의 청이라면 무조건 반대부터 하고 나섰다. 그렇다고 물러설 김 상궁이 아니었다.

"변 상궁과 문 상궁을 중궁전으로 불러들이시옵소서."

상궁과 나인 그리고 후궁을 다스리는 것은 내명부를 맡은 중전의 몫이었다.

"서궁에 있는 변 상궁과 문 상궁 말이냐? 그들은 서궁 마마께서 입궁하실 때부터 지척에서 서궁 마마를 뫼셔 왔다.

한데 그들을 불러들이라니? 혹 그들이 무슨 잘못이라도 저질렀느냐?"

중전은 두 상궁을 그대로 서궁에 두고 싶었다. 그들마저 서궁을 떠나면 인목 대비의 처지가 더욱 가여워지는 것이다.

"마마! 서궁 마마께서 아직도 역적 김제남의 죽음을 안타까워하는 까닭이 어디에 있다고 보시옵니까? 두 상궁이 곁에서 계속 서궁 마마를 부추기고 있사옵니다."

"생각해 보겠다."

중전은 그 정도로 김 상궁의 입을 막으려고 했다. 그러나 김 상궁은 물러서지 않았다.

"마마! 영창을 죽였다고 마음을 놓으셔서는 아니 되옵니다. 아직 정원군 형제들이 두 눈 시퍼렇게 뜨고 살아 있사옵니다. 후환을 없애셔야 하옵니다."

"알았다고 하지 않느냐!"

중전이 짜증을 내며 고개를 돌렸다. 세자빈이 뒷일을 자신에게 맡기고 그만 나가 보라는 눈짓을 보냈으나 김 상궁은 또 다른 제안을 하고 나섰다.

"마마! 소첩이 지금 서궁으로 갈 터이온데 서찰을 적어 주시면 전해 드리겠사옵니다."

"진심이냐?"

서찰을 전해 주겠다는 말에 중전이 허리를 앞으로 당기

며 물었다.

"중전 마마의 마음을 편히 하는 일이라면 서찰뿐이겠사옵니까. 음식을 마련해 주신다면 그것까지 가져가도록 하겠사옵니다."

김 상궁은 짐짓 여유를 부렸다. 중전이 잠시 생각을 한 후 다음과 같이 하교했다.

"음식은 됐고……. 서찰을 적어 줄 터인즉 꼭 전하도록 하라."

"알겠사옵니다."

김 상궁은 공손히 답한 후 자리에서 물러났다. 툇마루에서 잠시 기다리니 중전의 서찰이 내려왔다. 그녀는 그 서찰을 품에 넣고 박 상궁에게 다시 한번 주의를 준 다음 서둘러 돈화문으로 향했다.

오늘따라 덩이 심하게 흔들렸다. 교자꾼들의 발걸음이 불규칙하더니 기어이 돌부리에 발을 헛디뎠고, 덩이 왼쪽으로 몹시 쏠렸다. 덩을 세우고 교자꾼들을 꾸짖을까 생각도 해 보았지만 마음을 고쳐먹었다. 오늘 아침, 편전으로 들던 광해군이 던진 농담이 떠올랐기 때문이다.

"김 상궁! 산해진미를 혼자만 먹지 말고 과인에게도 권하도록 하라."

나날이 불어나는 몸이 문제였다. 아랫배가 접힌 지는 오래되었고 이제는 허벅지와 어깨까지 물살이 차올랐다. 내의원에 은밀히 사람을 넣어 살 빼는 약을 먹어도 헛수고였다. 주름살이 느는 것도 억울한데 뚱뚱보가 되는 것은 참을 수 없는 수치였다. 교자꾼들도 몸무게의 차이를 느끼는 걸까? 괜한 자격지심이 마음 한편을 무겁게 짓눌렀다.

후궁으로 들어앉았더라면, 모르긴 몰라도 종1품 귀인이나 정1품 빈의 자리까지는 올랐으리라. 그러나 김 상궁은 그 자리를 깨끗하게 포기했다. 주상 전하께서 납시기만을 기다리는 삶이 싫었기 때문이다. 젊어 한때 아름다움과 애교로 임금의 총애를 받겠지만, 점점 나이가 들고 뚱뚱해지면 자연히 임금의 마음도 돌아서는 법이다. 그 순간부터 궁중의 법노에 얽매여 죽을 때까지 뒷방 신세를 면치 못하는 것이 후궁의 운명이다. 그녀는 정5품 상궁에 머물더라도 한 남자에 얽매이지 않고 대궐 전체를 관장하기를 원했다. 남자의 사랑에 의지해서 평생을 살아가기보다 남자를 이용할 줄 아는 영리한 여자였다. 어쨌든 나이를 먹고 살이 찌는 것은 불쾌한 일이다. 호리호리한 몸매에 맑은 얼굴을 그대로 간직한 중전을 보니 더욱 부아가 치밀었다.

서궁에 도착한 후에도 불편한 심기는 바뀌지 않았다. 윤 상궁이 달려 나와 반갑게 맞이했지만 인사도 받는 둥 마는 둥 했다. 윤 상궁은 한가위 날 밤에 중궁전에서 보내온 음식을 발견한 공을 은근히 내세우며 김 상궁의 비위를 맞추었다.

"마마님! 그날 이후로는 개미 새끼 한 마리 들이지 않고 있사옵니다."

김 상궁은 윤 상궁을 젖히고 앞마당으로 걸어 들어갔다. 섬돌 아래에서 무엇인가를 의논하던 문 상궁과 변 상궁이 김 상궁을 발견하고 서둘러 입을 닫았다. 김 상궁이 웃으며 그들에게 다가갔다.

"무슨 이야기를 그토록 즐겁게 나누십니까? 소첩에게도 들려주세요."

키가 큰 문 상궁이 앞으로 한 걸음 나섰다.

"또 무얼 살피려고 예까지 오셨는가?"

큰 키만큼이나 성격이 날카롭고 직설적이었다. 김 상궁은 웃음을 잃지 않았다.

"완전히 소첩을 간자 취급하시는군요. 내간(內間, 적에게 매수되어 간첩 행위를 하는 내부의 첩자) 흉내를 낸 건 문 상궁이 아니었던가요?"

중궁전에서 보내온 음식을 은밀히 들여오기 위해 내금위의 별감에게 옥비녀를 건넨 이가 바로 문 상궁이었던 것이다.

"한가위를 맞이하여 내리신 음식까지 막는 이유가 뭔

가?"

뒤에 섰던 변 상궁도 목소리를 높였다. 김 상궁도 지지 않고 맞받아쳤다.

"소첩은 겁이 많아 생간(生間, 적국을 살핀 뒤 살아 돌아오는 첩자)이 되는 것도 주저하지만, 두 분 마마님은 사간(死間, 적에게 죽임을 당하는 첩자)이 될 각오까지 하신 듯하옵니다. 천하를 속일지라도 소첩을 속이지는 못하지요."

문 상궁이 두 눈을 부릅뜨고 김 상궁을 내려다보며 오른손을 들었다.

"하늘을 속이고 있는 사람은 바로 김 상궁 자네야. 지금은 비록 덩을 타고 다니며 잘난 체를 하지만, 나는 자네가 한 마리 독사에 불과하다는 걸 잘 알고 있으이."

김 상궁도 독사라는 비아냥거림은 참기 힘든 듯 웃음을 뚝 그쳤다. 그리고 고개를 돌려 윤 상궁을 찾았다.

"윤 상궁! 이제 곧 자네 혼자 서궁 마마를 모실 걸세. 할 수 있겠는가?"

변 상궁의 얼굴이 흙빛으로 변했다. 김 상궁이 자신과 문 상궁을 서궁으로부터 떼어 놓으려는 모략을 꾸미고 있는 것이다. 그들마저 서궁을 떠나면 인목 대비는 홀로 감옥에 갇히는 것과 다를 바 없었다.

"할 수 있사옵니다. 맡겨만 주십시오."

윤 상궁이 벌어진 입을 다물 생각도 않고 큰 소리로 아뢰었다.

"서궁 마마! 김 상궁이옵니다."

"들라!"

방으로 들기 전에 김 상궁이 귀엣말을 했다.

"변 상궁과 문 상궁이 가까이 오지 못하도록 막게."

"알겠사옵니다."

김 상궁이 방으로 들어가서 예를 갖추는 동안, 인목 대비는 서안에 시선을 고정시킨 채 꼼짝도 하지 않았다. 김 상궁이 품에서 나무 상자를 꺼내 서안 위에 놓았다.

"영락비녀〔瓔珞簪〕와 봉황머리꽂이〔鳳凰簪〕이옵니다. 중전 마마께서 보내셨사옵니다."

그제야 인목 대비도 고개를 들고 나무 상자를 살폈다. 중전이 김개시에게 이런 심부름을 시킬 리가 없지 않은가? 그 마음을 알겠다는 듯이, 김 상궁은 품에서 서찰 한 장을 꺼냈다.

"그리고 중전 마마께서 이것을 보내셨사옵니다."

"중전이?"

인목 대비가 서둘러 서찰을 받아 펼쳤다. 둥글둥글하고 끝이 말려 올라간 필체를 보니 중전의 언문 서찰이 분명했다.

옥체 평안하시온지요.

직접 뵙지 못하올 사정 때문에 이렇게 글월이나마 적어 올리나이다. 마마께옵서 늘 따뜻한 웃음과 넓은 손길로 내명부를 살펴 주실 때는 몰랐사온데, 이제 서로 떨어져 만나 뵙지 못하는 때에 이르러서는 기대고픈 마음이 더욱 사무치옵니다. 눈물로 세월을 탓하시며 자주 곡기를 끊는다는 연통을 전해 들었사옵니다. 부디 마음을 강건하게 두시옵소서. 마마의 끝 간 데 없는 슬픔을 헤아릴 길은 없사오나 하루하루 조금이라도 나은 때가 오리라 믿으시고 서책도 살피시고 나무와 새와 흙의 풍광도 즐기시옵소서. 올릴 말씀은 많사오나 부끄러운 마음 가눌 길 없어 이만 쓰옵니다.

"이제 소첩을 믿으시겠사옵니까?"

김 상궁이 양 볼을 천천히 밀어 올리며 부드럽게 웃었다.

"중전께 전하라. 폐서인에게 영락비녀와 봉황머리꽂이는 지나친 선물이라고."

받지 않겠다는 뜻이다. 김 상궁이 조금 목소리를 높였다.

"서궁 마마! 마마께서 받지 않으시면 돌아오지 말라고 엄히 하교하셨사옵니다. 중전 마마의 정성을 생각하시어 받으시옵소서."

인목 대비와 김 상궁의 시선이 마주쳤다. 변 상궁은 김 상궁의 말이라면 긍정도 부정도 하지 말라고 틈만 나면 충고했다. 울분도 설움도 가슴 깊이 묻어 두고 때를 기다리는 것이 상책이라는 것이다. 그러나 중전의 정성이 담긴 선물이라면 받아들이기로 마음을 고쳐먹었다.

"알겠다. 두고 가거라. 하나 다음부터는 이런 선물을 받지 않겠다고 정중히 아뢰도록 하라."

"알겠사옵니다."

인목 대비는 나무 상자를 열어 보지도 않고 서안 아래에 내려놓았다. 김 상궁이 험험 목소리를 다듬었다.

"서궁 마마! 죽으로 끼니를 잇고 계신다 들었사옵니다. 옥체 불편하시옵니까? 내의원을 부르오리까?"

"아니다. 이제 다 나았느니라."

인목 대비는 단칼에 김 상궁의 호의를 거절했다. 잠시 침묵이 찾아들었다. 김 상궁은 바로 지금이 본론을 꺼낼 순간이라고 생각했다.

"마마! 하남대장군에 대해 들으셨사옵니까?"

"……."

대답하지 않았다. 변 상궁과 문 상궁이 숭례문 흉격의 일을 귀뜸해 주었으나, 김 상궁 앞에서 그 일을 알고 있다고 말할 수는 없는 노릇이다.

"모르시옵니까?"

"모르네."

"참으로 해괴한 일이옵니다. 하남대장군이 나타나서 서궁 마마의 한을 풀어 드린다고 하였사옵니다. 서자가 용상을 차지하기 위해 적자를 죽였다고도 하였사옵고, 용상이 탐이 나서 제 아비의 밥에 독을 넣었다고도 하였사옵니다. 정녕 모르시옵니까?"

"나는 모르는 일이야. 천지 사방에 검극이 가득한데 내어찌 그런 일을 알 수 있겠는가?"

인목 대비가 정색을 하고 되물었다. 떨리는 입술을 바라보며 김 상궁이 고개를 끄덕였다.

"그렇군요. 소첩은 혹 하남대장군이 마마께 연통을 넣지 않았나 의심하였사옵니다. 이것은 소첩만의 생각이 아니오라 흉격의 내용을 아는 많은 대신들의 공통된 추측입니다만……."

김 상궁이 말끝을 흐렸다. 피 냄새가 확 인목 대비의 얼굴을 감싸는 느낌이었다.

"하남대장군이 혹시 정원군이 아니옵니까? 새문동에 왕기가 있음은 도성 백성이라면 누구나 아는 사실이옵니다. 정원군이 아니라면 그 자제분인 능양군이나 능원군이 하남대장군일 수도 있사옵니다."

"……."

이번에도 역시 침묵했다. 정원군의 셋째 아들 능창군이 역모에 연루되어 목숨을 잃은 것도 안타까운데, 이제 능양군과 능원군까지 죽일 생각인가? 눈물을 뚝뚝 흘리며 서문(西門, 서소문, 죄인이나 송장은 이 문을 통하여 도성 밖으로 나갔음)을 나서던 영창 대군의 앳된 얼굴이 떠올랐다. 가슴이 미어지듯 아파 왔다.

"마마! 혹시 좌참찬의 일을 모르시옵니까?"

"좌참찬이라면……?"

"교산 대감 말씀이옵니다."

허균의 일을 왜 내게 와서 묻는 걸까?

인목 대비는 김 상궁의 물음 자체를 이해할 수 없었다.

"좌참찬에게 무슨 일이 있는가?"

눈치 빠른 김 상궁은 인목 대비의 표정에서 그녀가 정말 아무것도 모른다는 사실을 알아차렸다.

"아, 아니옵니다. 교산 대감이 서궁을 한번 찾으시겠다고 하였사온데 오셨나 해서 드리는 말씀이옵니다."

"좌참찬이 예까지 올 이유가 없지."

"그렇군요. 소첩이 실언을 하였사옵니다……."

김 상궁은 잠시 뜸을 들인 후 차분한 어조로 이야기를 맺었다.

"마마! 소첩은 마마께서 여생을 편안히 보내시도록 정성을 다할 것이옵니다. 하나 만약 마마께서 하남대장군과 뜻을 통하시거나 하남대장군의 정체를 알면서도 소첩에게 가르쳐 주시지 않는다면, 소첩은 마마를 지켜 드릴 수 없사옵니다. 마마! 주상 전하와 중전 마마의 은공을 잊으시면 아니 되옵니다. 소첩은 마마께서 다시 창덕궁으로 돌아가시기를 진심으로 바라고 있사옵니다. 마마께서 창덕궁으로 돌아가시는 날, 진연(進宴, 궁중 잔치)에서 덩실덩실 춤을 추는 것이 소첩의 마지막 소원이옵니다. 널리 헤아려 주시옵소서."

자시(子時, 밤 11~1시)

삼경(三更)이 넘었는데도 견평방 일대는 대낮처럼 훤했다. 수많은 햇불 아래 군사들이 겹겹이 의금부를 에워싸고 있었던 것이다. 좌참찬 허균이 잡혀 들어온 어제부터 경계를 더욱 엄중히 하라는 판의금부사의 명령이 일제히 하달되었다. 숭례문으로 파견되었던 군졸들도 되돌아왔고 좌우 포도청과 함께 도성의 야경을 도는 것도 중단되었다. 아직까지 본격적인 추국은 이루어지지 않고 있었다. 해 질 무렵 추국을 시작하라는 어명이 내렸지만, 추국을 맡은 신료들이 대부분 퇴청한 후였기에, 본격적인 추국은 아무래도 내일 아침부터 시작될 전망이었다. 이이첨은 내일의 추국을 위해 쌍리동으로 돌아가서 쉬겠다고 했다. 퇴청을 서두르는 이이첨의 뒤꽁무니를 따라다니며 동지의금 김개가 볼멘소리를 해 댔다.

"대감! 정녕 좌참찬을 추국하실 작정이십니까? 좌참찬이 그런 일을 꾸미지 않았으리라는 건 대감께서 더 잘 아시지 않습니까?"

이이첨은 고개를 돌리지도 않고 답했다.

"자네의 괴로운 심정은 이해하네만 어명이 내렸네. 어명을 따르는 것이 신하된 도리가 아니겠는가?"

"숭례문에 격문 한 장 붙인 걸 가지고 이렇듯 좌참찬을 버리실 수 있는 겁니까? 소생이라도 좌참찬을 위해 상소문을 올리겠습니다."

이이첨이 뒤돌아서며 정색을 했다.

"말조심하게! 멸문지화를 당하고 싶다면 어디 자네 마음대로 해 보게나."

이이첨이 퇴청한 후에도 김개는 우두커니 혼자 앉아 있었다. 서책을 읽는 것도 아니고 칼이나 활을 손질하는 것도 아닌, 그야말로 멍한 상태로 타들어 가는 촛불을 바라보았다.

형님!

김개는 허균과의 만남을 추억하고 있었다. 두 사람이 급속히 가까워진 것은 3년 전 승정원에서 함께 승지 생활을 하면서부터였다. 김개가 동부승지, 좌부승지, 우부승지를 거치는 동안 허균은 좌부승지, 우승지를 거쳐 좌승지를 역임했다. 그전까지는 기인(奇人)이라거나 괴물이라는 세평에 의존하여 허균을 바라보았는데, 숙직을 같이 서며 대화를 나누는 동안 허균이라는 인간의 매력에 흠뻑 빨려 들어갔다. 무엇보다도 놀라운 것은 그의 해박한 지식이었다. 5월의 문신정시(文臣庭試)에서도 장원을 차지한 허균의 실력은 다른 급제자들과 격을 달리했다. 고금의 역사는 물론이고 지난해 명나라에서 일어난 사건까지 소상히 알고 있었다. 호형호제할 만큼 가까워진 후, 김개는 부러움에 가득 찬 눈으로 이렇게 물었다.

"형님은 좋겠소이다. 시선(詩仙)의 재능을 타고나셨으니 그 누가 형님을 대적하겠습니까?"

허균이 장난스럽게 웃으며 이렇게 답했다.

"자넨 재능이라는 걸 믿나? 나는 재능을 믿지 않네. 그건 한갓 우스갯소리일 뿐이지."

"지나친 겸손이십니다. 형님께서는 스물다섯 살에 벌써 조선의 시를 살펴 『학산초담』을 펴내셨소이다. 이게 보통 재능이오이까?"

"자넨 언제부터 글을 읽기 시작했는가? 아니 아니, 밤을 새워 서책과 씨름한 때가 언제냐고 묻는 편이 낫겠군."

"글이야 대여섯 살부터 읽기 시작했습니다만 본격적으로 글의 맛을 느끼기 시작한 것은 스무 살이 가까워서지요."

허균이 천천히 고개를 끄덕였다.

"나의 마철(磨鐵, 쇠 방망이를 갈아서 바늘을 만듦. 열심히 공부하는 것을 비유함)은 다섯 살부터였네. 밤을 새워 당나라와 송나라의 시들을 읽었다네. 코피가 쏟아지고 눈병이 날 정도로 열심이었지. 그렇게 15년을 보내고 세상에 나오니, 사람들이 나를 일러 놀라운 재능이라고 하더군. 하나 타고난 재능이란 없는 거라네. 술 한잔 걸치면 시가 술술술 나온다는 식의 이야기야 웃자고 하는 소리일 뿐. 남들이 평생 읽을 시를 난 그때 다 읽어 버린 것 같아. 구태여 남들과 다른 무언가를 찾는다면, 방마다 그득그득 귀한 시집들이 쌓여 있었던 게지. 악록 형님과 하곡 형님이 힘껏 모아 두신 거였어. 누이와 난 자연스럽게 그 시집들을 읽으면서 시를 배웠다네. 알겠는가?"

허균의 명성 뒤에는 그러한 노력이 숨어 있었다. 허균의 글재주를 보고 호감을 가지게 되었지만, 정작 허균의 문하로 자진해서 들어간 것은 그의 방대한 사유를 접한 후였다.

"형님께서는 왜 불교나 도교에도 관심을 가지시는지요?"

"불교와 도교에 관심을 갖는 것이 아니라 인간이란 무엇인가에 흥미가 있는 거야. 서책이란 무엇일까? 수만 개의 글자로 수만 가지 이야기를 담고 있지만 결국 인간이란 무엇인가라는 물음에 저마다의 답을 밝힌 거라네. 20년이 넘도록 공맹을 읽었으니 그들의 대답이야 더 들을 필요도 없고, 하지만 여전히 인간에 대한 물음은 속 시원하게 해결되지 않고⋯⋯. 그래서 공맹이 아닌 다른 사람들은 어떤 대답을 했는지 둘러본 거야. 그런 내가 어찌 노장이나 석씨의 주장을 절대적인 답으로 생각할 수 있겠나? 공맹이나 노장이나 석씨나 지금 이야기를 나누고 있는 자네까지도 내게는 모두 마찬가지라네. 인생의 의미를 가르쳐 주는 사람이라면 누구라도 만날 것이고, 인간의 얼굴이 그려진 서책이라면 어떤 책이라도 읽을 걸세."

"인간이란 무엇인가라는 물음이 뛰어난 학인 한 사람의 깨달음만으로 해결되는 건 아니지 않습니까?"

그때 김개는 갓 서른을 넘긴 나이였다. 내면에의 침잠보다 현실에 대한 분노와 새로운 삶을 향한 갈망에 사로잡혀 있었다. 허균은 그런 돌발적인 물음에도 흔들림이 없었다.

"대각성도(大覺成道, 부처의 깨달음)를 얻는다면 그것을 중생에게 널리 알려야겠지. 그러려면 우선 한계를 두지 말아야 해. 나의 가족, 나의 스승, 나의 임금, 나의 나라, 더 나아가서 이 세계에 대해 끊임없이 물어야 하는 걸세. 나에게 찾아온 화두는 결코 그 화두가 던져진 상황 속에서는 해결되지 않는 법이야. 한 단계 더 위로 올라서야 하지. 세상에 분노를 느끼는가? 그렇다면 그 분노를 해결할 수 있는 방법을 찾게. 내가 몸담고 있는 관계에 얽매이지 말고 높은 산봉우리에 서서 평야를 내려다보듯, 세상 전체를 손아귀에 넣게. 알겠나?"

"형님께서 무륜당의 서자들과 친하게 지낸 것도 그 때문입니까?"

"그래. 그들은 새로운 나라를 향한 뜨거운 열망과 구체적인 계획까지 지녔던 사람들이었지. 그들을 죽인 건 참으로 아까운 일이네. 판서 자리 하나는 능히 도맡을 인재들이었어."

"새로운 나라라고 하셨습니까? 그것은 금상을 몰아낸다는 뜻입니까?"

갑자기 허균이 김개의 어깨를 치며 웃음을 터뜨렸다.

"그 정도야 서인들도 늘 꿈꾸는 게 아닌가? 무륜당은 그보다 더 근본적인 물음을 지니고 있다네."

"하면 역성(易姓)을 가리키는 겁니까?"

"그보다도 더 근본적이지."

근본적인 물음!

김개는 허균이 말한 근본적인 물음이 무엇일까 생각해 보았다. 왕을 바꾸는 것도 아니고 왕조를 바꾸는 것도 아니라면, 어떻게 세상을 바꿀 수 있단 말인가? 허균의 주장을 이해할 수는 없었지만, 깊고 넓게 만물을 살피는 그의 태도를 흠모하게 되었다. 적어도 그의 주장에는 권력에 대한 속된 욕망이 없었던 것이다.

"찬집낭청(纂輯郎廳)을 모시고 왔사옵니다."

원종을 데리러 갔던 의금부 서리 박충남의 목소리였다. 김개는 추억을 접고 손수 방문을 열었다.

"어서 오십시오."

김개가 반겨 맞았지만 원종은 답례도 하지 않을 만큼 잔뜩 화가 난 얼굴이었다. 허균을 잡아간 장본인이 바로 김개라는 것을 전해 들은 모양이었다. 방으로 들어가지도 않고 마당 한가운데서 큰소리를 쳤다.

"동지의금! 좌참찬을 잡아간 것도 모자라서 이제 나까지 가두려는 것이오?"

박충남에게 허균의 서찰을 쥐어 보냈지만, 원종은 그 서찰의 진위조차 의심하는 눈치였다. 의금옥에 갇힌 사람이 서찰을 보낸다는 것 자체가 있을 수 없는 일이었다. 김개는 주위의 눈을 의식하며 낮은 목소리로 말했다.

"자자, 이야기는 방으로 들어와서 하십시다."

이마에 난 커다란 종기 때문에 얼굴이 온통 불그스름한 박충남이 옆에서 거들었다.

"일단 들어가시지요."

원종은 콧김을 내뿜으며 어깨를 좌우로 두어 번 흔든 다음 대청마루로 올라섰다. 김개는 의금부 감찰 남보덕을 불렀다. 남보덕은 김개와 함께 칠서의 변을 처결하였을 뿐 아니라 허균과 몇 차례 합석한 적도 있었다. 허균에 대한 존경과 흠모는 김개보다 더하면 더했지 덜하지 않는 위인이었다.

"좌참찬을 정중히 모셔 오너라. 한 치의 결례도 있어서는 아니 될 것이야."

남보덕이 나가자마자 술상이 들어왔다. 허균이 좋아하는 대하(大蝦, 왕새우)가 가운데 놓여 있었다. 김개는 허균을 의금옥에 가두기는 했으나, 목에 가(枷, 목에 씌우는 나무칼)를 씌우지도 않았고 발목에 착고(着錮, 죄수의 발목에 채우는 형구)를 채우지도 않았다. 동지의금이 받는 밥상과 똑같은 밥상을 가져다주었고 지필묵과 서책도 원하는 만큼 넣어 주었다.

"여기까지 걸어올 수는 있는 거요?"

허균이 벌써 치도곤을 당했다는 소문이 돌았던 것이다.

김개는 원종의 부리부리한 눈과 텁수룩한 수염, 큰 덩치에도 전혀 주눅 들지 않았다. 원종이 힘으로 상대를 제압한 다음 쌍도끼로 끝장을 낸다면, 김개는 느릿느릿 몸을 움직이다가 단숨에 상대의 숨통을 끊는 표창을 즐겨 애용하였다. 맞붙어 싸우더라도 결코 지지 않을 자신이 있었다.

"족쇄라도 채우고 굶기는 줄 아시오? 단지 감옥에 갇혀 있다 뿐이지, 좌참찬께서는 이곳으로 오기 전과 다름이 없소이다."

원종이 비꼬듯 말했다.

"그러려면 무엇하러 교산을 잡아갔소이까? 괜한 소리로 사람 헷갈리게 만들지 말고 빨리 나를 교산이 있는 의금옥으로 데려가시오."

"남 감찰이 모시러 갔으니 곧 오실 겁니다. 자, 술이나 한 잔 받으시지요."

김개가 술병을 들었으나 원종은 술잔을 쥐지도 않았다. 당장이라도 바위 같은 주먹으로 술상을 내리칠 기세였다.

"대감! 뫼시고 왔사옵니다."

박충남이 황급히 일어나서 방문을 열었다. 맨상투에 바지저고리 차림의 허균이 방 안으로 들어섰다. 하옥된 사람답지 않게 옷도 깨끗하고 웃음도 맑았다. 원종이 벌떡 일어서서 허균의 손을 맞잡았다.

"괜찮으시오?"

허균이 허리를 뒤로 젖히며 웃었다.

"허허허, 원 정랑은 내가 벌써 산송장이라도 되었으리라 생각하신 모양이구려. 동지의금이 새색시처럼 보살펴 주니 힘든 게 무엇이겠소. 건천동보다도 여기가 더 편하고 좋소이다. 거문고를 벗 삼아 술을 마시지 못하는 게 안타까울 뿐이라오."

김개가 허균에게 상석을 내주었다.

"형님, 이리로 앉으세요. 형님이 좋아하시는 대하와 청주를 준비했습니다."

"상식(尙食, 임금의 식사를 맡은 벼슬아치)을 부르기라도 하셨는가? 참으로 진수성찬이로세. 의금부에서 마시는 술맛은 또 어떠할꼬?"

허균이 스스럼없이 자리를 잡고 앉자, 김개가 뒤에 서 있던 남보덕에게 명령했다.

"잡인들의 출입을 금하도록 하라."

"알겠사옵니다."

남보덕이 나간 후에도 박충남은 조용히 문 앞을 지켰다. 허균은 원종의 솥뚜껑만 한 주먹을 내려다보며 농담을 던졌다.

"나는 혹 원 정랑이 동지의금에게 힘자랑이라도 하지 않

76

았는지 걱정이 되었소이다."

원 정랑이 김개를 돌아보며 사과했다.

"미안하게 되었소. 동지의금이 좌참찬을 배신한 줄만 알았어요. 직접 군졸을 이끌고 건천동을 급습했다는 소식을 전해 들었을 때는 피가 거꾸로 솟았소이다."

김개가 느긋한 미소와 함께 술을 권했다. 한 순배가 돈 다음 먼저 입을 연 사람은 김개였다.

"형님! 내일부터 본격적인 추국이 시작됩니다. 기준격과 형님을 대면시킬 뿐 아니라 어쩌면 형신까지 할지도 모르지요. 조용히 이번 일을 무마하기는 틀렸습니다. 판의금부사가 벌써 사헌부와 사간원에 손을 쓴 것 같습니다. 내일부터는 형님을 삭탈관직시키라는 상소문이 줄을 이을 겁니다. 아무리 뛰어난 묘책을 찾아내더라도 감당할 수 없을 터이니, 장차 이 일을 어찌합니까?"

원종의 마음은 더욱 급했다.

"오늘 당장 의금옥을 나갑시다. 군사들이 견평방을 둘러싸고 있다고는 하나 내 수하에 열 명만 움직여도 무사히 좌참찬을 도성 밖으로 빼낼 수 있어요. 감옥이라니? 좌참찬이 왜 감옥에 갇혀야 한단 말이오? 당장 나갑시다, 당장!"

허균이 즉답을 미루고 방문 앞에 앉은 박충남에게 시선을 돌렸다. 박충남은 마음의 상처가 얼굴에 드러나는 특이

한 체질의 소유자였다. 이마의 종기를 살피는 허균의 눈길은 안타까움 그 자체였다.

"이리 오게. 자네도 술 한 잔 받아."

박충남이 엉거주춤 몸을 일으켜 허균의 곁으로 갔다. 술을 받아 마시는 박충남의 두 눈에 눈물이 그득했다. 원종이 박충남을 따끔하게 꾸짖었다.

"왜 우나? 누가 죽기라도 했어?"

허균이 원종을 만류했다.

"그만두게나. 눈물을 흘리지 않고는 버틸 수 없는 세상인 게야."

허균은 김개와 원종의 얼굴을 번갈아 쳐다보며 말했다.

"나는 탈옥할 수 없네. 세 가지 이유 때문이야. 먼저, 나의 죄가 밝혀진 것이 하나도 없네. 판의금부사가 아무리 나를 형신하고 추국한다 하더라도 증거가 없는 이상 풀어 줄 수밖에 없을 게야. 이런 마당에 탈옥을 해 버린다면 죄를 스스로 인정하는 것과 무엇이 다르겠는가? 둘째, 주상 전하께서는 판의금부사의 뒤를 살피라고 밀교를 내리셨네. 내가 감옥에 갇혀 있어야 관송이 마음을 놓고 이런저런 약점을 드러낼 게 아니겠나? 마지막으로, 내가 지금 탈옥하면 누구보다도 동지의금이 다쳐. 공조 좌랑도 무사하지 못할 게고 하 진사나 우경방도 죽은 목숨이나 다름없지. 나를 걱정하는 자네들의 마음을 모르는 바는 아니지만, 동지의금이 내 곁에서 지금처럼만 도와준다면 구태여 위험을 자초할 필요는 없어. 원한다면 언제든지 나갈 수 있으니까. 의금옥에서 나가고 안 나가고는 내가 알아서 할 테니 염려들 놓으시게."

원종이 반대 의견을 개진했다.

"교산! 망설임이 죽음일 수도 있소이다. 교산이 의금옥에 갇혀 있는데 어떻게 밖의 일을 우리 뜻대로 할 수가 있겠소? 나갑시다. 일단 나간 후에 뒷일을 염려해도 늦지 않을 것이외다."

허균이 웃으며 고개를 돌린 다음 김개에게 말했다.

"잠시 자리를 피해 줄 수 있겠는가? 원 정랑과 할 이야기가 있네."

"알겠습니다."

순순히 일어서는 김개의 표정이 밝지만은 않았다. 형님은 아직도 나를 신뢰하지 못한다는 말인가? 김개가 나간 후에도 박충남은 여전히 방문 앞을 지켰다. 허균이 바깥의 인기척을 살피며 목소리를 낮추었다.

"박 두령의 뜻이오?"

오늘 밤 탈출시키라는 것이 박치의 명령인지를 묻고 있는 것이다.

"그렇소이다."

"원 정랑! 아직은 시간이 있어요. 바깥의 일은 박 두령의 명령에 따르시오. 매일매일 아침저녁으로 박 도사를 통해 이곳 정황을 알릴 터인즉 너무 걱정 말고……. 윤황이는 쌍리동에 잠복하고 있소?"

"그렇소이다. 각궁을 겨누며 근처에 숨어 있지요. 언제라도 명령만 떨어지면 이이첨의 이마에 화살을 꽂겠다고 했소이다."

허균은 김윤황의 날렵한 활 솜씨를 떠올리며 고개를 끄덕였다.

"아직 하 진사와 우경방을 만나 보지 못했소. 그쪽 감옥에는 관송의 부하들이 진을 치고 있어서 쉽게 접근할 수가 없구려. 하나 곧 그들과도 만나게 될 게요. 사나흘만 더 지켜봅시다. 그때까지도 별 진척이 없다면 탈옥하겠소."

"동지의금을 어디까지 믿는 게요? 그가 변심하면 좌참찬은 의금부를 빠져나갈 수 없소이다."

"동지의금은 내가 잘 압니다. 성격이 급하긴 해도 착하기 이를 데 없는 위인이지요. 끝까지 나를 도울 거요. 그보다 원 정랑에게 청이 하나 있소이다."

"무엇이든지 말씀하시오."

"건천동의 가솔을 도성 밖으로 옮기고, 신창동과 건덕방에도 내 뜻을 전해 주실 수 있겠소? 관송이 사람을 풀어 감시할 터이니 은밀하게! 할 수 있겠소?"

본부인 김씨는 물론 추섬과 성옥까지 챙기고 있는 것이다. 만에 하나 일이 잘못되면 가장 먼저 잡혀 올 사람들이었다. 원종도 허균의 착잡한 마음을 헤아리고 선선히 응낙했다.

"염려 마시오. 내가 맡아서 할 터인즉……."

"또 하나 아들 녀석 문젠데……. 워낙 고집이 센 녀석이니 내가 의금옥에 갇혔다고 해도 몸을 숨기려 들지 않을 게요. 그러니 박 두령에게 그 아이를 타일러 달라고 부탁해 주오."

"그렇게까지 할 필요가 있소이까? 내가 가서 그냥 끌고 오겠소."

허균은 원 정랑의 우직하고 단순한 성격이 좋았다. 그러나 이번 일은 그렇게 처리할 문제가 아니었다.

"꼭 박 두령이어야만 하오."

"교산이 그렇게까지 말씀하시니 알겠소이다. 박 두령에게 부탁하도록 하지요."

"고맙소."

허균이 술잔을 비우고 빈 잔을 원종에게 내밀었다. 원종은 차올라 오는 술을 바라보며 허균의 다짐을 받았다.

"이 술이 결코 남미주(藍尾酒, 최후에 마시는 술잔)가 되어서는 아니 될 것이오. 교산! 나흘 이상은 기다리지 않을 것이외다. 나흘 후에도 교산이 의금옥에 갇혀 있다면, 나는 박 두령과 함께 창덕궁으로 갈 게요. 우리 모두 교산이 떨쳐 일어서기만을 고대하고 있소이다. 우경방의 은신처에서 혈주를 마시며 나눈 맹세를 이제 이룰 때가 되었소이다. 하진사와 우경방이 설령 의금옥에서 목숨을 잃더라도 어쩔 수 없는 일이외다. 큰일을 이루기 위해서는 작은 희생이 따르는 법이지 않소이까? 나흘 안에 좌참찬의 결심이 서기를 바라겠소."

"하하, 그럽시다. 나흘 안에 모든 것을 끝내기로 내 약조를 하지요."

허균의 웃음이 터지는 것과 동시에 박충남의 눈에서 눈물 한 방울이 뚝 떨어졌다. 불승애감(不勝哀感)이었다. 박충남의 눈물을 본 사람은 아무도 없었다. 아직은 지는 해를 바라볼 때가 아니라 희망을 논할 시간이라고 믿었던 것이다.

박충남을 따라서 옥으로 돌아왔다. 구석 자리에 놓인 붓과 벼루 그리고 반으로 접은 종이가 눈에 띄었다. 동지의금 김개의 배려로 밤에는 글을 지을 수 있었다. 허균은 그 시간의 대부분을 아들 굉에게 서찰을 쓰면서 보냈다. 방금 전 옥을 나가기 전에도 서찰을 쓰던 중이었다. 허균이 종이를 펴서 들었다.

굉에게 부치노라.

의금옥에 들어온 지도 하루가 지났구나. 밤낮없이 벽만
바라보며 앉아 있었더니, 허리도 아프고 다리도 저리고 무
엇보다도 두 팔이 심심해서 요동을 친다. 다행히 글을 지을
수 있게 되어 너에게 나의 심회를 적어 두려 한다.

네가 열심히 성당의 시를 독파하고 있음을 전해 들었다.
삼대를 계속 의원을 한 집안에서만이 명의가 나온다는 말
이 있듯이, 너도 시를 읽고 짓는 것을 게을리하지 마라. "시
의 도는 삼백 편에 크게 구비되어 있다."라고 했거니와 그
화하고 부드럽고 인정이 도타워서 족히 선심을 감발시키고
악을 징계할 만한 것은 「국풍」이 가장 훌륭하니, 「국풍」을
거듭해서 읽도록 해라.

그리고 성당의 시라면 외우기를 힘써라. 양사홍이 초집
한 『당음』과 고정례의 『당시품휘』, 이반룡의 『당시산』은 읽
었겠지? 아름다운 시가 많은 것도 아니요, 대개 주목할 만
한 작가는 한 시대에 몇 사람이 되지 않는다. 그리고 한 사
람이 남긴 시 또한 몇 편이 되지 않으니 열심히 하면 충분
히 외울 수 있을 게다.

그다음 너는 그 누구도 닮지 말고 너만의 시풍을 만들어
라. 명나라 사람으로 시를 짓는 자들은 선뜻, 나는 성당이
다, 나는 이두다, 나는 육조(六朝)다, 나는 한위(漢魏)다라

고 스스로 표방하여 모두가 문단의 맹주가 될 수 있다고 여기지만, 내가 보기에는 혹은 그 말을 표절하고 그 뜻을 답습하여 집 아래 집을 얽음을 면하지 못하면서도 과장되게 스스로를 내세우는 쓰레기와 같다. 너는 절대로 그런 놀음에 말려들어 성정을 해치는 일이 없도록 해라.

꼭 하나 네가 명심할 일은 시를 읽고 쓰다가, 시보다 더 중요한 일이 있다면 그 일을 하라는 게다. 이백과 두보의 오랜 여행이 어디서부터 비롯되었는가를 깊이 이해해야 한다. 그들의 방랑이 단순한 멋 부림이 아니고 삶의 비밀을 캐내기 위한 악전고투였음을 살피라는 뜻이다…….

어떻게 끝맺음을 할까 생각하며 고개를 돌렸다. 박충남이 그때까지도 돌아가지 않고 서 있었다. 무엇인가 할 말이 있는 듯한데 선뜻 입을 열지 않았다. 허균이 먼저 박충남의 이마를 바라보며 물었다.

"무슨 일인가? 아직도 불길함을 지울 수 없는 모양이지?"

그제야 박충남이 품에서 서찰 한 장을 끄집어냈다. 서찰을 건네받는 허균의 양손이 가볍게 떨렸다. 횃불이 걸린 벽으로 몸을 돌린 후 서찰을 폈다. 옥구슬이 굴러가듯 동글동글 써 내려간 글씨가 까마득하게 펼쳐졌다. 추섬의 글씨였다.

　그리운 님 보셔요.

　님 계신 곳으로 찾아가려다 발길을 돌렸습니다. 님이 원하시는 게 뭘까 생각해 보았지요. 님을 믿고 기다리는 것, 님 생각하며 눈물 흘리지 않는 것, 님의 글과 그림을 매일 아침 다시 읽는 것. 님의 소식을 듣고 조금도 놀라지 않았답니다. 님은 언제나 가고자 하셨던 바로 그 길로 걸어가고 계시는 것이니까요. 님의 뜻이 이루어지는 날을 기다릴 뿐이지요. 님의 목소리 그리며 오늘 밤도 사랑의 시를 짓겠어요. 속히 와서 솜씨 보시고 칭찬해 주셔요. 그리고 우리 사랑의 결실도 보여 드리고 싶어요. 하나 저를 위해 움직이지 마시고 님의 뜻대로 하셔요. 기다리겠어요.

　사랑의 결실? 추섬이 아이를 가졌단 말인가?

　허균의 얼굴이 환해졌다. 사랑을 나누면 아기가 생기는 것이 당연한 이치이거늘, 그는 여태껏 추섬과의 사이에서 아기를 얻으리라고는 생각지 못했던 것이다. 추섬의 반짝거리는 두 눈 위에 그녀와 똑같은 눈동자를 가진 아기를 겹쳐 보았다. 당장이라도 달려가서 추섬의 손을 잡고 춤이라도 덩실덩실 추고 싶었다.

추섬!

웃음이 사라지면서 두 눈이 붉게 충혈되었다. 이 사랑을 제대로 책임질 수 있을까? 추섬의 또릿또릿한 눈망울 위로 이매창의 고운 입술이 떠올랐다. 그리고 또 그에게 사랑을 준 여인들의 얼굴이 손에 잡힐 듯 그려졌다. 사랑의 정원에서 청년 허균은 이렇게 스스로를 합리화했었다.

눈부신 젊은 날은 번개처럼 빨리 지나가는 법! 이 시절 한 차례의 환락은 만종의 녹봉보다도 더 값어치가 있지. 참으로 즐거움을 얻을 수만 있다면 비웃고 욕하는 사람이 아무리 많다고 해도, 어찌 나의 털구멍 하나라도 움직일 수 있으리.

광주 기생 광산월, 평양 기생 춘랑, 전주 기생 춘영, 남원 기생 옥화, 강릉 기생 부월. 웃음도 많고 눈물도 많은 여인들이었다. 조선 팔도 산맥의 모양이 제각각이듯, 그들과 나눈 사랑의 빛깔도 모두 달랐다. 그 사랑 안에서 술과 시를 벗 삼아 늙어 가리라 생각한 적도 있었다. 그러나 그는 그들과의 사랑을 하나도 제대로 책임지지 못했다. 운명의 사슬은 그를 항상 이별의 강 언덕으로 이끌었고, 시간의 부침 속에서 그녀들과의 인연도 끊어졌던 것이다.

추섬은 그에게 마지막 사랑이었다. 비록 나이는 어리지만 그의 방종과 울분을 머리끝에서 발끝까지 이해하는 여인이었다. 이 사랑만큼은 꼭 지키고 싶었다.

다시 네 곁으로 돌아갈 수 있을까? 네 무릎을 베고 누워 사랑의 시를 읊조릴 수 있을까? 우리의 아기를 함께 어를 수 있을까?

허균은 두 눈을 크게 뜨고 깊게 숨을 들이쉬었다.

살아 돌아가야겠지. 아비 없는 자식을 만들 수는 없지 않은가? 늦둥이니까, 더더욱 정성을 쏟아서 아비 노릇을 해야겠다. 암, 그래야 하고말고.

"이보게!"

그때까지 기다리고 서 있던 박충남이 희미하게 웃어 보였다.

"답장을 쓰시겠습니까?"

"그랬으면 좋겠네."

"밖에서 기다리겠습니다."

박충남이 옥을 나간 후에도 허균은 추섬의 서찰을 오른손에 쥔 채 우두커니 서 있었다. 눈물을 흘리지 않고는 견딜 수 없을 만큼 아름다운 시와 노래와 그림과 풍경이 눈앞에 어른거렸다. 왼손으로 두 눈을 훔치고 똑똑히 정면을 응시했다. 눈부신 아름다움은 온데간데없고, 횃불에 일렁이는 옥문과 벽이 그의 사랑을 가로막았다.

13일

외나무다리

8월 18일 오전

맑고 높은 가을 하늘이었다. 허공을 빙빙 돌며 먹잇감을 찾는 수리들의 움직임은 평화롭기까지 했고, 덕월산(德月山)의 송림을 넘어 황주천(黃州川)의 절벽 아래로 불어 내리는 바람은 가볍고 시원했다. 강을 거슬러 오르는 크고 작은 배들은 깎아지른 절벽을 음미하기라도 하듯 쉬엄쉬엄 움직였다. 절벽 위에는 승선루(昇仙樓)나 용금정(湧金亭)이라고도 불리는 월파루(月波樓)가 자리 잡고 있었다. 누각 바로 아래의 바위에는 명나라 사신 주지번의 '黃閣赤壁(황각적벽)'이라는 글씨가 새겨져 있었는데, 월파루의 풍경이 중국의 적벽강과 흡사하다고 하여 붙여진 이름이었다.

고요하던 월파루는 오늘따라 중무장한 군졸들로 붐볐다.

대명군을 돕기 위해 지난 6일 도성을 떠난 강홍립의 군사들이었다. 황해도의 북단인 황주까지 왔으니, 이제 중화(中和)만 지나면 평양이었다. 압록강변의 상황이 악화되고 있다는 급보와 함께 속히 평양성으로 입성하라는 부원수 김경서의 서찰이 도착한 것은 어제 아침이었다. 지금쯤 원군은 황주를 출발하여 중화로 들어섰어야 했다. 그러나 강홍립은 어제저녁 어찰(御札, 임금의 편지)을 받자마자 행군을 멈추더니, 오늘 아침에는 갑자기 월파루에서 궁술 시합을 열겠다는 군령을 내렸다. 평안도 순변사 우치적이 한달음에 도원수 군막으로 달려온 것은 당연한 이치였다.

"도원수! 노추가 압록강까지 내려왔다는 소식을 듣지 못하셨소이까? 한가하게 궁술 시합이나 벌일 때가 아니에요."

부장 정국호의 도움을 받으며 두석린갑을 입던 강홍립이 미소를 지으면서 우치적을 달랬다.

"장군! 이제 겨우 몸을 추슬러 갑옷을 입고 상방참마검을 들 수 있게 되었습니다. 끝을 알 수 없는 성은을 만분의 일이나마 갚아야지요. 그동안 도원수가 죽을병에 걸렸다는 흉문이 돌았음을 잘 알고 있습니다. 궁술 시합을 열어 도원수의 강건함을 보여 주고 싶어요."

강홍립은 봉황을 새긴 투구를 머리에 썼다. 며칠 사이에 기력을 많이 회복한 것만은 사실인 듯했다.

"평양이 지척이에요. 궁술 시합이야 평양에서 해도 늦지 않소이다. 우리가 여기서 지체하는 동안 4군 6진이 노추에게 큰 낭패를 당할 수도 있음을 왜 모르시오이까?"

우치적은 노추의 급습을 염려하고 있었다.

"먼저 전쟁터에 도착하여 적을 기다리는 자는 편안하고 뒤에 전쟁터에 도착하여 갑자기 전투에 응하는 자는 피로하다고 했소이다. 적을 움직이되 적에 의해 움직여서는 안 된다는 말이지요."

노추가 국경을 침범하더라도 급히 군사들을 몰아가지는 않겠다는 뜻이다.

"오랑캐의 무리는 빠르기가 범과 같아요. 전쟁터에 닿기도 전에 전투가 모두 끝날 수도 있소이다."

강홍립이 천천히 고개를 저었다.

"아니지요. 지금 노추는 대명과 전쟁을 벌이고 있습니다. 결코 먼저 조선을 치지는 못할 겝니다. 장군! 지금 우리 군사들에게 필요한 것이 무엇인지 아십니까?"

강홍립의 갑작스러운 질문에 우치적은 수염을 쓸며 머뭇거렸다.

"적국으로 깊숙이 들어가면 마음을 하나로 합치고 얕게 들어가면 도망하여 흩어지기 쉽다고 했지만, 군사들이 깊숙이 들어간다고 반드시 용맹하게 싸우는 것은 아닙니다.

국경을 넘기 전에 군사들의 마음을 다독거려야 죽음의 땅에 들어가더라도 용맹함을 잃지 않는 것이지요. 평양성으로 들어가면 벌써 전쟁터에 도착한 것과 마찬가지일 터. 특히 도성에서 출발한 군사들은 노추와 맞닥뜨린 적이 한 번도 없는 하삼도 출신이 대부분이외다. 이곳에서 다시 한번 전의를 다지는 것도 나쁘지 않을 겁니다. 내일 새벽 평양으로 떠나도록 하지요."

우치적은 다시 한번 출정을 독촉하려다가 그만두었다. 지금까지 도원수가 내린 군령이 바뀐 적은 없었다. 우치적은 궁술 시합을 주관할 만큼 강홍립이 회복되었다는 사실을 위안으로 삼기로 했다. 강홍립이 죽음의 땅으로 들어가겠다는 말을 직접 내비친 것도 이번이 처음이었다.

"장군! 장군께서 오늘 시합에 사용할 활과 화살을 고르도록 하시지요."

"도원수의 궁술 솜씨야말로 대단하시지 않습니까? 직접 하실 일이지, 어찌 소장에게……."

"허허, 장군께서 궁술과 검술의 달인이라는 건 조선 팔도에 모르는 사람이 없소이다. 원 통제사에게서 검술을, 이 통제사에게서 궁술을 배운 장군을 누가 당하겠소이까? 벽력포(霹靂砲, 벼락 치는 소리가 나는 대포)도 쏘고 궁술 시합도 제대로 갖추어 할 생각이니 도와주세요."

우치적은 원균과 이순신의 후광을 업고 살아왔다. 때때로 그런 칭찬이 부담스러웠지만, 임진년에 두 통제사를 도와 왜군을 무찌른 것이 그의 가장 큰 자랑거리임에는 틀림없었다.

"알겠습니다. 활은 각궁 중에서 실중력(實中力, 강궁 다음으로 센 활)을 쓰도록 하고, 화살은 노시(盧矢, 검은색을 칠한 무과 시험이나 수렵용 화살)가 좋겠소이다."

"바탕(사대에서 과녁까지의 거리)은 얼마나 두는 것이 좋겠습니까?"

"관소과녁(과거 시험을 치를 때 150보 거리에서 쏘던 과녁)보다는 더 두어야겠지요. 300보 정도로 하고 알과녁에 맞는 것만 관중(貫中, 과녁을 맞힌 것)으로 삼도록 합시다. 기사(騎射, 말을 타고 달리면서 활을 쏘는 것)는 터가 좁아 할 수 없을 것이니, 대신 한 번에 일획(一獲, 화살 50발)을 쏘아서 사수의 힘과 끈기를 시험하는 것이 어떻겠소이까?"

"좋습니다. 하면 과녁은 어디에 세울까요?"

"소장의 생각으로는 월파루 옆에 두는 것이 좋을 듯하외다. 오늬 바람(사대에서 과녁으로 부는 바람) 때문에 거리를 맞추기 힘들 터이니, 사수의 솜씨를 더욱 잘 살필 수 있겠지요."

강홍립이 웃으며 고개를 끄덕였다.

"과연 그렇군요. 화살이 절벽을 지나 황주천으로 떨어지는 것 또한 장관일 터, 그렇게 하십시다."

궁술 시합은 사시(巳時, 오전 9~11시)부터 시작되었다.

100명이 넘는 참가자들이 월파루 앞에 나란히 서서 정간배례(正間拜禮, 활을 쏘기 전에 사대 건물 중앙 벽에 모신 '정간'이라는 현판 모양의 나무 앞에서 허리 굽혀 예를 표시하는 것)를 했다. 그리고 차례대로 한 순씩 쏘아서 솜씨가 뛰어난 사수 열 명을 추려 냈다. 때마침 오늬 바람이 촉 바람(과녁에서 사대 쪽으로 부는 바람)으로 바뀌어 과녁까지 화살을 날리는 것도 힘에 겨웠고, 뒷바람(북쪽에서 불어오는 바람)과 앞바람(반대쪽으로 부는 바람)까지 끼어들어 사수들을 당황시켰다. 먼저 쏜 아홉 명의 사수 중에는 과녁을 맞힌 이가 한 사람도 없었다. 월파루에서 이 광경을 내려다보던 강홍립이 장난꾸러기 소년처럼 우치적에게 물었다.

"장군! 아무래도 장군께서 지나치게 바탕을 멀리 두신 것 같소이다. 이래 가지고선 과녁을 맞히는 사수가 한 명도 나오지 않겠어요. 군사들의 사기를 높이려고 준비한 시합인데, 되려 그들의 어깨를 축 늘어뜨리게 만들지나 않을까 걱정입니다. 장군께서 먼저 시범을 보이시는 게 어떻겠는지요?"

"허허, 그럴까요?"

우치적이 수염을 쓸며 강홍립의 청을 순순히 받아들였다. 강홍립이 손을 휘휘 저으며 만류했다.

"노, 농담입니다. 아무리 장군께서 임진년에 큰 공을 세우신 명장이시라지만, 환갑을 넘기셨는데……."

"늙은이가 무슨 활이냐는 겝니까? 이래 봬도 아직 정량궁(正兩弓, 활체가 크고 두꺼운 큰 활)을 한 획은 더 쏠 수 있소이다."

우치적이 화를 버럭 내며 투구를 벗은 다음 누각을 내려갔다. 궁대(弓帶, 활을 쏠 때 허리에 매는 띠)를 넘겨받아 허리에 매고 사대에 섰다. 월파루의 하늘을 떠가는 뭉게구름과 그 곁을 맴도는 수리들을 살핀 다음, 월파루 아래 세워진 대장기를 노려보았다. 하늘로 오르는 두 마리의 용이 일제히 오른쪽으로 펄럭이고 있었다. 뒷바람이 불고 있는 것이다. 크게 심호흡을 한 다음 비정비팔(非丁非八, 사대에 설 때 발의 자세, 정(丁)을 닮지도 않고 팔(八)을 닮지도 않음)의 자세로 서서 활을 배꼽 앞으로 들어올려 시위에 오늬를 먹였다. 숨을 들이쉬고 허벅지에 힘을 주면서 오른손이 귀를 스치도록 화살을 당겼다. 주위의 웅성거림이 고요 속으로 빠져들었다. 만작(활을 쏘기 위해 시위를 최대한 당긴 상태)에 들어가고 왼손이 고정된 순간 오른손을 가만히 놓았다. 허공을 가르며 날아간 화살은 정확하게 과녁의 중심에 꽂혔다.

"관중이오!"

징 소리와 함께 개자리(화살의 적중 여부를 확인하기 위해 과녁 앞에 판 웅덩이)에 숨어 있던 군사가 고전기(告傳旗, 화살의 적중 여부를 알려 주는 깃발)를 흔들었다. 우레와 같은 함성과 박수가 이어졌다. 우치적은 궁대에서 다시 화살 하나를 빼어 들었다. 이번에는 처음보다 더 빠르게 화살을 날렸다. 역시 명중이었다. 우치적은 화살 다섯 발을 모두 과녁에 꽂은 후에야 궁대를 풀고 고개를 돌려 강홍립을 바라보았다. 강홍립은 자리에서 일어나 상방참마검을 흔들며 노궁사의 탁월한 활 솜씨에 경의를 표했다. 그때 군사들 틈에서 한 사내가 튀어나왔다.

"움직이지 않는 솔(과녁)을 맞히는 거야 누군들 못하겠습니까?"

눈썹이 짙고 눈이 부리부리하며 어깨가 떡 벌어진 사내는 바로 임경업이었다. 강홍립의 곁에 서 있던 부장 정국호가 큰 소리로 꾸짖었다.

"닥쳐라. 여기가 어딘데 감히 나서는 게냐?"

강홍립이 정국호의 말을 가로막았다.

"그대는 누구인가?"

"올해 무과에 급제한 임경업이라 하옵니다. 함경도 갑산으로 추방을 가는 길에 평양까지 동행하게 되었사옵니다."

"임경업! 그래, 그대도 순변사처럼 과녁을 맞힐 수 있다 이 말이냐?"

"그러하옵니다. 터과녁(움직이지 않는 과녁)을 맞히는 거야 쉬운 일이외다."

"그렇다면 어디 솜씨를 보여라. 만약 단 한 발이라도 과녁을 맞히지 못할 때에는 중벌로 다스리겠다."

"사대에 서기에 앞서 도원수께 한 가지 청이 있사옵니다."

"무엇이냐?"

곁에 서 있던 우치적의 얼굴이 벌겋게 달아올랐다.

"이러지 말게. 이런다고 자넬 데려갈 성싶은가?"

임경업은 우치적의 말을 무시하고 강홍립에게 아뢰었다.

"만약 소생이 과녁을 모두 맞히면 압록강을 건널 수 있도록 허락하여 주시옵소서."

"나를 따라 요동으로 가고 싶다 이 말이냐?"

강홍립과 임경업의 시선이 마주쳤다. 그들은 아직 엇갈린 서로의 미래를 모르고 있었다. 강홍립은 청나라에 억류되었다가 정묘호란과 함께 길잡이 노릇을 하며 귀국할 운명이었고, 임경업은 불굴의 의지로 끝까지 청나라와 맞서 싸우다가 목숨을 잃을 운명이었다. 그러나 지금 강홍립은 대명국을 도우러 가는 조선군의 도원수였고, 임경업은 이제 겨우 과거에 급제한 스물다섯 살의 청년이었다. 임경업의 깊은 눈을 들여다보며 강홍립이 고개를 끄덕였다.

"그렇게 하지. 내 약조하겠다."

"감사하옵니다."

임경업은 방금 우치적이 섰던 사대로 성큼성큼 올라섰다. 각궁을 건네는 우치적의 얼굴이 잔뜩 일그러졌다. 촉 바람이 불어와 임경업의 양 볼을 때렸다. 임경업은 촉 바람이 오늬 바람으로 바뀔 때까지 기다리지도 않고 그대로 화살을 빼어 들었다. 허공을 가른 화살이 휘이이익 바람 소리를 내며 과녁에 꽂혀 흔들렸다.

"관중이오!"

고전기를 흔드는 군사의 목소리도 크고 우렁찼다. 임경업이 한껏 여유를 부리며 천천히 고개를 돌려 강홍립을 쳐다보았다. 다시 화살 하나를 빼어 들고 과녁을 향해 쏘았다. 화살 네 개를 쏘는 데 걸린 시간이 우치적의 절반도 되지 않았다. 이제 마지막 화살 하나만 과녁에 꽂으면 원군에 합류하게 되는 것이다.

임경업은 열광적인 주변의 분위기를 즐기며 천천히 쉰 걸음 뒤로 물러섰다. 사대에서 350보나 떨어진 과녁을 맞히겠다는 것이다. 마지막 화살을 궁대에서 뽑아 오늬를 먹였다. 화살이 귀를 스치도록 힘껏 당긴 다음 분문(糞門, 똥구멍)에 힘을 주었다. 과녁의 홍심이 태양보다도 더 커 보였다. 그 홍심은 어느새 흉악한 노추의 얼굴로 변했다.

압록강을 건너 요동으로 가리. 넓은 들을 누비며 노추의 이마에 화살을 꽂으리라.

그 순간 갑자기 공중에서 살기를 느꼈다. 뭉게구름 아래를 맴돌던 수리가 먹잇감을 발견한 듯 황주천을 향해 전속력으로 내려오기 시작한 것이다. 임경업은 재빨리 활을 추켜올려 화살을 날렸다. 시위를 떠난 화살은 과녁을 넘어 절벽 위로 떠올랐다. 아쉬워하는 탄성 소리에 뒤이어 덕월산을 무너뜨릴 듯한 환호성이 터져 나왔다. 검은 화살이 정확하게 수리의 가슴을 꿰뚫은 것이다. 임경업이 천천히 양팔을 추켜올려 군중들의 환호에 답했다. 임경업을 못마땅하게 여기던 우치적도 어깨를 다독거려 주었다.

"대단허이. 김세적(조선 성종 때의 명궁)이나 신호(조선 선조 때의 명궁)보다도 더 뛰어난 솜씨야."

"감사하옵니다."

우치적에게 읍한 다음 다시 한번 원군에의 동참을 강홍립으로부터 확약받으려는 순간, 녹색 깃을 허리에 꽂은 전령이 달려와서 월파루 아래에 엎드렸다. 평양에서 부원수 김경서가 보낸 전령이었다.

"노추가 압록강을 건넜사옵니다."

"무, 무엇이라고?"

군중의 시선이 일제히 모아졌다. 전령이 큰 숨을 몰아쉬며 다시 아뢰었다.

"어젯밤 삭주에서 급보가 날아들었사옵니다. 압록강변에 진을 치고 있던 노추 200여 명이 야음을 틈타 일제히 강을 건넜다 하옵니다."

강홍립이 상방참마검으로 바닥을 쿵 찧으며 물었다.

"그래서?"

전령은 어리둥절한 표정으로 강홍립의 안색을 살폈다.

"그래서 어찌 되었는가 이 말이다."

"압록강의 초군(哨軍, 보초병)들이 활과 총을 쏘며 대응하였사옵니다. 다행히 노추는 강을 건너 되돌아갔다 하옵니다."

강홍립이 눈살을 찌푸리며 전령을 힐책했다.

"노추가 압록강을 넘어온 게 어제오늘 일이냐? 노략질을 하려던 놈들을 물리쳤으면 그만이지, 밤길을 다투어 이곳까지 소식을 전하는 이유가 뭐지? 부원수가 도성에도 전령을 보냈느냐?"

"그, 그러하옵니다."

강홍립의 얼굴이 싸늘하게 굳었다. 원군이 하루라도 빨리 평양에 도착하도록 김경서가 일을 꾸미고 있는 것이 틀림없었다. 전령이 기어들어 가는 목소리로 다시 아뢰었다.

"부원수께서도 곧 도착하실 것이옵니다."

우치적이 전령의 말을 가로챘다.

"부원수가 평양을 떠나 이곳 황주로 오고 있다 이 말이냐?"

"그러하옵니다."

전령의 대답이 끝나기도 전에, 부원수 김경서가 덕월산 아래에 이르렀다는 급보가 날아들었다. 지금은 임경업에게 상을 내리는 것이 문제가 아니었다. 출정을 독촉하던 김경서가 평양을 떠나 황주까지 직접 찾아왔다는 것은, 평양 입성을 한없이 미루는 강홍립과 사생결단을 내겠다는 의지의 표현인 것이다. 강홍립은 속히 과녁과 활을 치우도록 했다. 행군을 미루고 궁술 시합이나 즐겼다는 트집을 잡히지 않기 위해서였다. 임경업도 하는 수 없이 화살과 활을 챙겨들고 군사들 틈에 섞여 산을 내려갔다.

부원수 김경서는 사장(射場, 활터)이 채 정비되기도 전에 흑마를 타고 월파루에 다다랐다. 전령을 보낸 후 곧 뒤를 따른 것이다. 두정갑의 어깨에 댄 견철이 번쩍거렸다. 아래로 넓게 퍼져 나가는 투구의 가운데에 부원수임을 알리는 '副(부)'라는 글자가 선명했다. 월파루 아래에서 기다리던 우치적이 냉랭한 분위기를 바꾸기 위해 먼저 말을 걸었다.

"부원수! 오랜만이외다."

우치적과 김경서는 임진왜란을 치르는 동안 여러 차례 만난 적이 있었다. 우치적이 털털하고 앞뒤를 가리지 않는 용장이라면, 김경서는 차분하고 꼼꼼하게 잘잘못을 따지는 지장이었다. 고개를 들어 강홍립을 노려보던 김경서도 우치적의 인사를 받고 시선을 돌렸다.

"섭섭하외다."

김경서는 우치적에게 불만을 토로했다. 강홍립이 속히 평양에 입성하도록 채근하지 않았음을 원망하는 것이다. 우치적은 웃음을 거두지 않고 김경서의 팔을 잡아끌었다.

"허허, 우선 월파루에 오르도록 하십시다. 적벽강이 따로 없을 만큼 풍광이 그만이에요."

"지금 풍광이나 즐기고 있을 땝니까?"

김경서는 툴툴거리면서도 못 이기는 척하며 우치적의 뒤를 따랐다. 큰 키에 툭 튀어나온 광대뼈, 배꼽까지 길게 흘러내린 수염이 인상적이었다. 절벽을 타고 휘도는 바람에 반백의 수염이 부스스 흩날렸다. 김경서는 강홍립보다 네 살이 적었지만, 변방에서 크고 작은 전투를 치르며 평생을 살아왔는지라 나이가 더 들어 보였다. 강홍립은 키가 큰 김경서를 올려다보며 딱딱한 어조로 물었다.

"부원수가 예까지 웬일이시오? 며칠 안에 평양으로 입성하겠다는 전령을 어제 아침에도 보냈는데……."

김경서가 황주천 쪽으로 시선을 비스듬히 둔 채 비웃듯 뇌까렸다.

"전령이야 열 명도 넘게 보내셨지요. 하나 벌써 평양에 입성하셨어야 할 도원수께서는 여전히 황해도에 계십니다. 황해도가 아무리 풍광이 좋다 해도, 황주천만 아름답다 마시고 대동강의 가을 달도 구경하시는 것이 어떻겠소이까?"

강홍립이 목소리를 높였다.

"부원수는 내가 지금 일부러 행군을 늦추고 있다 이 말씀이오?"

김경서가 지지 않고 맞받아쳤다.

"천하가 다 아는 사실을 어찌 도원수만 모르고 계십니까?"

강홍립의 눈자위가 심하게 실룩거렸다.

"……그렇다면 나의 멱살이라도 잡으려고 내려왔소? 이 자리가 그렇게도 탐이 나면 그대가 도원수를 맡으시오. 이런 굴욕을 당하면서까지 원군을 이끌 마음은 없소이다."

"뜻대로 하십시오. 처음부터 도원수께서는 이런 날을 기다리신 것이 아니오이까?"

"무엇이라고?"

강홍립이 상방참마검을 빼어들었다. 도원수의 명령을 따

르지 않는 자는 지위고하를 막론하고 베어도 좋다며 광해
군이 내린 칼이었다. 김경서는 번뜩이는 칼날 앞에서도 동
요하지 않았다. 오히려 가슴을 앞으로 디밀며 다가서기까
지 했다.

"전쟁터에 나선 지 30년이 가까웠소이다. 그동안 남쪽
오랑캐, 북쪽 오랑캐 가리지 않고 맞섰지만, 단 한 번도 싸
우기를 주저한 적은 없소이다. 열 명의 군졸로 천 명의 오
랑캐와 맞서라고 해도 나섰을 것이외다. 압록강을 건너라
는 어명이 내린 지 오래인데 평양에서 벌써 몇 달 째 공염
불만 하고 있으니, 후세는 반드시 김경서가 노추를 두려워
하였노라 비웃을 겁니다. 자, 어서 소장의 목을 베시오. 그
리고 그 치욕의 명단에서 소장의 이름을 지워 주시오."

우치적이 두 사람 사이에 끼어들었다. 도원수가 상방참
마검으로 부원수를 베려 했다는 소문이 퍼지도록 방관할
수는 없었다.

"자자, 진정들 하세요. 나라를 위해 큰일을 하실 분들이
이래서야 되겠소이까? 서로 간에 오해가 있는 듯하니 자리
를 잡고 앉아서 해결하도록 하십시다."

"오해는 무슨!"

김경서는 자신의 뜻을 꺾지 않았다. 우치적이 두 번 세
번 강권한 후에야 겨우 탁자를 사이에 두고 둘러앉게 되었

다. 월파루에 남은 이는 강홍립, 우치적, 김경서 셋뿐이었고, 호위병은 모두 덕월산 송림으로 물러났다. 김경서가 두정갑 속에서 두루마리 다발을 꺼냈다.

"이것이 무엇인지 아시오이까? 속히 군사들을 이끌고 대명군을 도우라는 교지외다."

강홍립이 탁자 위의 교지와 김경서의 얼굴을 번갈아 쳐다보며 묘한 웃음을 흘렸다.

"부원수! 장수의 다섯 가지 미덕이 무엇인지 아시는가요?"

"용(勇), 지(智), 인(仁), 신(信), 충(忠)이 아니오이까?"

"부원수는 지장으로 불린다고 들었소만, 이제 보니 그 다섯 가지 미덕 중에 유독 지(智)만 부족한 것 같소이다."

김경서가 허리를 꼿꼿이 세운 채 따져 물었다.

"소장이 어리석다 그 말씀이오이까?"

강홍립이 눈을 내리깐 채 차분히 답했다.

"그렇습니다. 부원수는 지난 몇 달 동안 원군을 보내지 않은 것을 내 탓이라고만 생각하시는가요?"

"……."

"정녕 전하께서 원군을 보내고 싶으셨다면 나를 귀양 보낸 다음 새로운 도원수를 세워 원군을 지휘하게 했을 겁니다. 하나 전하께서는 그렇게 하지 않으셨소."

우치적이 끼어들었다.

"이렇게 하루 속히 요동으로 가라는 교지를 내리시지 않으셨소이까?"

강홍립이 미소를 지으며 두석린갑 안에서 서찰 한 장을 꺼내 김경서가 내민 교지 옆에 놓았다.

"어제 전하께서 보내신 밀지입니다. 최대한 사태를 관망하며 시일을 끌라는 하교가 담겨 있지요."

김경서가 서둘러 서찰을 꺼내 훑었다. 지금까지 자기가 받은 일곱 장의 교지와는 정반대의 어명이었다.

"이, 이럴 수가!"

우치적이 밀지를 넘겨받아 읽기를 마칠 때까지, 강홍립은 잔잔한 미소와 함께 조용히 기다렸다.

"이제 어심의 행방을 아셨소이까? 어심은 늘 하나여야 하지만, 때에 따라서는 둘일 수도 있고 열일 수도 있으며 헤아릴 수 없을 만큼 많을 수도 있는 법입니다. 부원수! 앞으로는 우리 둘이서 모든 일을 해결해야만 하오. 다시는 서로 다른 어명을 받고서 상대방을 의심하는 일이 없도록 합시다. 지금부터 내게 오는 밀지를 모두 부원수에게 보일 터이니, 부원수도 부원수 앞으로 오는 밀지를 내게 보여 주시오. 평양에 입성하는 순간부터 우리는 하나가 되어야 합니다."

김경서는 그 순간까지도 자기 앞에 닥친 상황을 믿지 못하겠다는 듯 상기된 표정이었다. 당장 폭발할 것만 같았던 그날의 회합은 이렇게 끝이 났다.

우치적이 가슴을 쓸어내리며 조금은 가벼운 마음으로 덕월산을 내려오니, 임경업이 기다리고 있었다. 우치적은 임경업을 모른 체하고 군막 안으로 들어섰다. 임경업이 따라 들어왔다.

"고이헌! 이제 멋대로 순변사의 군막을 왕래하는 것이냐?"

임경업이 퉁퉁 부은 얼굴로 우치적을 졸라 댔다.

"장군! 이제 소생도 압록강을 건널 수 있는 것이지요?"

우치적이 피갑을 벗으며 너털웃음을 터뜨렸다.

"허허, 자넨 다섯 개의 화살 중에서 겨우 네 개만을 과녁에 꽂았을 뿐이야. 다섯 개를 모두 명중시키지 못했으니 어찌 자네를 원군에 넣을 수 있겠는가?"

"장군! 그건 억지십니다."

"억지라니?"

"날아가는 수리를 쏘는 것이 움직이지 않는 솔을 맞히는 것보다 백배는 더 힘들다는 것을 아시지 않사옵니까? 월파루에서는 그 어느 명궁보다도 소생의 활 솜씨가 뛰어나다고 칭찬을 하시더니, 이제 와서 원군에 끼워 줄 수 없다니요?"

"함경도로 가는 군관들은 평양까지 동행하지 않고 내일 육진으로 곧장 보내기로 했다네. 그런 줄 알고 채비를 갖추도록 하게."

"장군!"

임경업은 우치적의 오른팔에 매달리다시피 했다. 반드시 압록강을 건너 요동으로 가고 싶었던 것이다. 우치적이 왼손을 들어 임경업의 두 팔을 감싸 쥐었다. 평생을 전쟁터에서 살아온 노장의 묵직함이 전해졌다. 두 사람은 한동안 서로의 눈을 노려본 채 꼼짝도 하지 않았다. 이윽고 우치적이 자리에서 일어나 갑옷 옆에 일렬로 걸어 둔 검 중에서 가장 긴 장검을 가지고 왔다.

"받게!"

"이, 이것은……?"

임경업은 선뜻 손을 내밀지 않았다. 그에게 장검을 주는 의미를 몰랐던 것이다. 우치적이 두 눈을 부릅뜨고 재촉했다.

"받으래도!"

그제야 임경업은 두 손으로 공손히 장검을 받아 들었다. 우치적이 가슴 속에 쌓아 둔 이야기를 펼쳐 놓은 것은 바로 그 순간이었다.

"이 통제사께서 노량의 큰 싸움이 일어나기 전날 밤 내게 주신 검이라네. 20년 동안 하루도 빠짐없이 검을 닦는 데 정성을 쏟았지."

"그토록 아끼시는 검을 왜 소생에게 주시는지요?"

"아무래도 이제 난 필요 없을 듯허이. 그러니 자네가 갖게. 날아가는 수리를 맞힐 정도라면 이 검의 주인이 될 자격이 충분해. 다만 지금부터 내가 하는 말을 명심해서 듣게."

"……."

"나는 자네가 압록강을 건너가는 것도 좋고 갑산으로 추방을 가는 것도 무방하다고 생각하네. 하나 자네가 원군에 합류하든 합류하지 않든, 원군의 운명은 이미 정해져 있어. 자네 때문에 전쟁에서 승리한다든가, 자네 때문에 전쟁에서 패배하는 일은 없다 이 말이네. 자넨 놀라운 활 솜씨를 지녔으나 아직 전쟁이 무엇인지도 모르는 철부지야. 그 솜씨로 노추 몇 놈쯤 죽일 수도 있겠지. 하나 결코 노추와 대명의 전쟁 자체를 어쩌지는 못해. 지난번에도 말했지만, 자넨 아직 보고 느끼고 배워야 할 것이 많네. 시간의 무게도 견뎌야 하고 삶이라는 놈의 변화무쌍함도 알아야 해. 그러니까 자넨 갑산으로 가서 관방(關防, 변방의 방비를 위하여 설치한 요새)에 머무르도록 하게. 경척(京尺, 국가에서 정한 표준

이 되는 자)처럼 한 치의 어긋남도 없는 존재가 되었을 때 다시 세상으로 나오도록 해. 대명이 승리하면 다행이지만, 만에 하나 노추가 힘을 얻게 된다면 조선은 전쟁의 불바다에 휩싸일 걸세. 임진년의 왜란보다 더욱 끔찍한 나날이 찾아올 거야. 그때 자네가 이 통제사처럼 떨쳐 일어서도록 하게. 도탄에 빠진 왕실과 조정 그리고 백성들을 구하도록 힘과 지혜를 기르라 이 말일세. 다행히 나도 여생을 북삼도에서 보낼 것 같으니 자넬 보살필 수 있을 게야. 다시는 압록강을 넘어가겠다고 고집을 부리진 말게. 아직은 때가 아니라고만 생각해. 아침마다 이 장검을 보며 이 통제사의 정신을 배우도록 하게. 용맹함과 지혜로움과 인자함과 부하에 대한 믿음과 왕실에 대한 충심을 자네 가슴에 채워 넣으라 이 말일세. 알겠는가?"

임경업의 시선이 장검에게로 향했다. 불패의 신화를 남긴 통제사 이순신의 장검이었다. 천천히 칼집에서 장검을 빼어 들었다. 번뜩이는 푸른빛이 군막을 가득 채웠다. 남해 바다를 호령하던 이 통제사의 음성이 들려오는 듯했다.

그날 밤

돈화문 앞에서 남여에 오르는 성지의 두 다리가 눈에 띠

게 흔들렸다. 광해군이 내린 어주를 연거푸 석 잔이나 마신 것이다. 광해군은 용여(龍輿, 임금이 타는 수레)를 내줄 뜻을 비쳤으나, 성지는 하해와 같은 성은에 감읍하며 김일룡과 함께 조용히 물러 나왔다. 내금위 군사 10여 명이 호위하는 가운데, 두 사람을 태운 남여는 나란히 신문으로 향했다. 성 밖 보은사(普恩寺)에서 술자리를 잇기 위함이었다. 코끝이 발갛게 달아오른 김일룡은 더위를 참기 힘든지 관복의 긴 소맷자락을 계속 뒤척이다가 사모를 벗어 무릎 위에 놓았다. 성지는 오른손으로 가사를 어루만지며 김일룡을 꾸짖었다.

"이보게. 어서 사모를 쓰게나. 세인들의 눈이 무섭지도 않나?"

김일룡은 오히려 목화까지 벗는 시늉을 했다.

"대사! 이 밤에 누가 우릴 본다고 이러십니까? 관복을 몽땅 벗어 버리고 싶지만 겨우 참는 겁니다. 아무래도 보은사까지 가는 건 너무 먼 것 같습니다. 적선방 근처에 소생이 자주 가는 집이 있으니 그곳으로 가시지요. 마음껏 즐기다가 나자빠져도 탓할 사람 아무도 없는 곳입니다."

성지가 검은 염주를 손안에서 천천히 돌리며 김일룡을 타일렀다.

"이왕 밤을 즐길 바에야 보은사가 낫지 않겠나? 곡차도 이미 준비시켜 두었고 계집이야 부르면 되는 것이고……. 적선방보다야 보은사가 우리 같은 사람들이 즐기기엔 좋은 터이지. 아니 그런가?"

"헤헤, 대사의 뜻이 정 그러시다면 그도 좋겠지요. 한데 필운산 자락 말고도 궁궐터를 두세 군데 더 찾아보라는 전하의 말씀은 알다가도 모르겠습니다."

"뭐가 말인가?"

김일룡이 눈알을 아래위로 빙빙 돌리며 잔기침을 몇 차례 뱉었다.

"서별궁에 이어 또 궁궐을 지으시겠다는 게 아닙니까? 그렇게 짓다가는 도성 안이 온통 궁궐로 가득 차겠습니다."

성지가 흰 수염을 쓸어내리며 조용히 말했다.

"그게 어쨌다는 겐가? 천하의 명산에 사찰이 가득하기를 바라는 것이 불제자의 마음이듯이, 도성 곳곳에 궁궐이 들어서기를 바라는 것 역시 군왕의 당연한 바람이야. 대명국의 궁궐을 보지 못해서 자네가 그런 소리를 하는구먼. 그곳의 궁궐은 조선의 궁궐보다 백배는 더 크고 웅장하다네. 하루 종일 길을 잃고 헤맬 정도야."

"하나 궁궐터가 어디 그렇게 쉽게 잡힙니까? 필운산 자락이나 새문동도 겨우 찾은 곳인데, 이제 어디를 또 살펴본다는 말인지요?"

"걱정 말게. 부처님께서 다 앞일을 밝혀 주시겠지. 자고로 불제자는 구걸을 하더라도 끼니 걱정을 아니하는 법이야."

"대사께서 그렇게 말씀하시는 건 당연하지만 소생이야 어디 그렇습니까? 내일이 염려스럽고 모레를 걱정하는 게 중생이지요."

성지가 김일룡의 쭉 찢어진 눈을 살피며 미소를 지어 보였다.

"걱정 말게. 관상을 보아하니 자네는 곽자의(안녹산의 난을 평정한 사람으로 부귀공명의 표본임)처럼 부귀공명을 누릴 상이야. 이승에서는 오직 기쁨만이 가득해. 군소리 말고 다음 달부터 나와 함께 새로운 궁궐터를 찾아 나서도록 하세."

"정말입니까? 정말 소생의 얼굴에 부귀공명이 그득한가요?"

"그렇대도."

육조거리를 지나 신문에 이를 때까지 두 사람은 말이 없었다. 취기를 견디지 못한 김일룡은 고개를 떨군 채 곯아떨어졌으며, 성지는 눈을 지그시 감고 계속 염주알을 굴렸다. 김일룡을 잘 타이르기는 했으나 그 역시 궁궐터를 보러 다니는 것이 내키지 않았다. 그동안 누린 복록과 영화를 생각한다면 광해군이 원하는 바를 무조건 따라야 하겠지만, 전쟁이 터질지도 모르는 상황에서 궁궐을 늘리는 것은 무모한 일이 아닐 수 없었다. 광해군도 그런 성지의 마음을 눈치챘는지, 다음과 같은 하교를 내렸다.

"창덕궁을 다시 지을 때도, 금원에 꽃과 나무를 심을 때도, 대신들은 모두 과인의 뜻을 받아들이지 않았다. 임진년 왜란의 상처가 아물지 않았다는 것이 그 이유였지. 하나 과인은 창덕궁을 완전히 복구했고 금원도 예전처럼 꾸몄다. 그랬더니 대신들은 과거의 잘못은 잊고 자신들이 큰 공을 세웠다며 앞다투듯 나섰다. 필운산 자락에 인경궁(仁慶宮)을 짓자고 했을 때도, 새문동에 경덕궁(慶德宮)을 짓자고 했을 때도 대신들이 반대하기는 마찬가지였다. 하나 이제 두 궁궐이 제 모습을 드러내기 시작하자, 대신들은 또 자신들의 공을 내세우고 있다. 왕실을 튼튼히 하는 데는 정해진 시기가 따로 있는 게 아니다. 왕실을 위해 만백성이 피땀을 흘리는 것은 언제나 옳은 일이야. 인경궁과 경덕궁의 역사가 끝난 후 과인은 창덕궁이나 창경궁보다도 더 크고 아름다운 궁궐을 짓고 싶다. 대사! 그대가 이 일을 끝까지 맡아 주었으면 좋겠다."

광해군의 말은 사실이었다. 처음에는 무모한 듯 보이던 일들도 하나둘 진척시키다 보면 제자리를 찾았다.

인경궁과 경덕궁의 역사를 마무리한 후 새로운 궁궐을 짓기까지는 적어도 10년은 걸리리라. 그동안은 국사(國師) 대접을 받으며 편히 지낼 것이니, 이 어찌 기쁜 일이 아니랴. 전하의 만수무강을 기원하는 법회라도 열어야겠다. 강홍립이 이끌고 떠난 군사들이 용감하게 싸워 노추를 물리치도록 빌고 또 빌어야지. 나라가 평안해야 왕실이 강건해지고, 왕실이 강건해야 나의 일생도 행복해지는 법!

신문 앞은 일렁이는 횃불들과 늘어선 군사들로 삼엄하기 그지없었다. 숭례문에 흉격이 붙은 이후로 도성 경비가 한층 강화된 것이다. 사대문, 사소문의 출입이 엄격히 통제되었다. 그러나 내금위 군사들의 호위까지 받은 성지와 김일룡은 예외였다. 싱루에서 성 안팎을 살피던 우포도대장 윤홍이 성지 일행을 발견하고 황급히 달려왔다.

"대사! 퇴궐이 늦으셨습니다."

"전하께서 인경궁에 대해 이것저것 물으시는 바람에 그렇게 되었습니다. 그나저나 참으로 고생이 많으시오. 눈이 쑥 들어간 게 맥이 없어 보입니다."

그제야 김일룡도 부스스 눈을 비비며 정신을 차렸다. 윤홍이 반갑게 인사를 건넸다. 천하제일의 풍수쟁이 김일룡으로부터 명당자리 하나라도 얻어 내는 것이 윤홍의 바람이었다.

"저런! 어주를 드셨군요. 잠시 쉬었다 가시는 것이 어떻겠소이까? 마침 귀한 구렁이 술을 준비해 두었는데 목이라도 축이시지요."

뱀술이라면 사족을 못 쓰는 김일룡이었다. 힐끔힐끔 성지의 눈치를 살피며 입맛을 다셨다. 성지도 뱀술에 끌렸지만 출가한 승려가 드러내 놓고 술잔을 기울일 수는 없는 노릇이었다.

"하면 자넨 윤 대장과 정담을 나누다가 오도록 하게. 난 먼저 가서 「관경변상도」를 살펴보고 있을 테니."

윤홍이 성지를 보며 「관경변상도」에 대해 아는 체를 했다.

"「관경변상도」라면 극락세계를 열여섯 관상으로 설명한 그림이 아닙니까? 그 귀한 그림이 보은사에 있었습니까? 혹 실례가 아니 된다면 소장에게도 그 그림을 보여 주실 수 있겠는지요?"

김일룡이 끼어들었다.

"당연히, 대사께서 보여 주실 겁니다. 대사! 소생은 이곳에서 밤을 보낸 후 내일 새벽 윤 대장과 함께 보은사로 가겠습니다."

"좋도록 하시오."

성지의 표정이 딱딱하게 굳었다. 윤홍의 방해로 보은사에서의 술자리가 취소된 것이 아쉬웠던 것이다. 윤홍이 내금위 군사들에게 명령을 내렸다.

"그만 돌아가도록 하라. 여기서부터는 우포도군관들이 대사를 모실 것이야."

"알겠사옵니다."

내금위의 군사들이 물러간 다음, 윤홍은 우포도군관인 동인남, 차인헌, 전승현을 불렀다. 성지를 무사히 보은사까지 모시도록 신신당부를 하기 위함이었다.

"여러 모로 신경을 써 주시니 참으로 감사합니다."

"별말씀을 다 하십니다. 그럼, 내일 새벽에 뵙지요."

김일룡은 벙글벙글 웃으며 손을 흔들어 댔다. 성지는 동석하고 싶은 마음을 염주알을 굴리며 꾹 눌러 참았다.

언제 한번 단단히 김일룡을 혼내 줘야겠군!

신문을 벗어나자마자 어둠이 코앞으로 불쑥 밀어닥쳤다. 도성 안에 비해 도성 밖은 어둠 그 자체였다. 옹기종기 모여 있는 인가에서도 불빛이 새어 나오지 않았다. 군관들 중에서 연장자인 동인남이 침착하게 아뢰었다.

"대사님! 보은사 근처 수생리(水生里)에서 제가 태어났습죠."

"그러한가?"

"보은사까지는 뒷걸음질을 쳐도 갈 수 있으니, 안심하시고 잠시 눈이라도 붙이시지요."

"괜찮네."

아닌 게 아니라 피곤이 엄습해 왔다. 밤새 김일룡과 술잔을 기울일 생각에 들떠 있던 마음도 어느새 착 가라앉았고, 교자꾼과 군사들의 발소리에 맞춰 염주알을 굴리던 오른손도 조금씩 둔해졌다. 눈꺼풀이 한없이 무거워지면서 「관경변상도」에 그려진 정토왕생의 세계가 펼쳐졌다.

은은한 녹색이 천하를 휘감는 가운데 붉은빛을 띤 나무와 풀이 보였다. 그 사이로 금빛 얼굴의 부처들이 하나씩 나타났다. 아미타삼존불의 얼굴이 손에 잡힐 듯 다가왔다. 양손을 뻗어 그 세계로 들어가려는데 갑자기 절벽이 나타났다. 한없이 추락하는 느낌이 들었고 땅바닥의 서늘한 기운과 함께 눈이 번쩍 뜨였다.

"억!"

주위를 둘러보았다. 호위하던 군사들도 남여를 멘 교자꾼의 모습도 사라지고 없었다. 어둠 속에서 탁한 목소리 하나가 날아들었다.

"네 앞에 칼과 도끼가 있다. 어느 걸 택하겠느냐?"

성지는 황급히 몸을 일으켰다. 맞바람이 불자 머리 위에서 나뭇가지들이 소리를 내며 흔들렸다. 길이 아닌 숲에 들어와 있었다. 다시 목소리가 날아들었다.

"죽음을 피하려 하지 말라."

공포가 찾아들었다. 남여에서 내려 뒷걸음질을 쳤다. 기분 나쁜 웃음소리가 사방에서 메아리처럼 흘러나왔다. 갑자기 오른쪽 발목이 확 잡아채이면서 공중에 몸이 거꾸로 매달렸다.

"하하하, 하하하핫!"

웃음소리와 함께 숲 여기저기에서 사람들이 모습을 드러냈다. 하나같이 장삼을 입고 가사를 걸친 불제자였다. 여장을 든 노승이 가만히 다가섰다. 명허였다.

"네 스승이 누구냐?"

"……."

여장이 허공을 가르며 성지의 등을 때렸다. 윽 소리와 함께 성지의 몸이 좌우로 흔들렸다.

"스승이 누구냐?"

"이놈들! 내가 누군 줄 알고 이러는 게냐? 내가 바로……."

명허의 여장이 이번에는 성지의 배를 후려갈겼다. 성지의 몸이 새우처럼 앞으로 탁 튀어올랐다.

"마지막으로 묻겠다. 스승이 누구냐?"

"……서, 산, 대사……."

"이노옴!"

명허의 여장이 춤을 추며 성지의 온몸을 난타하기 시작

했다. 살이 찢어지고 피가 튀었다. 가사와 장삼이 피로 얼룩진 것은 물론이고 흰 수염 끝에서 피가 뚝뚝 떨어져 내렸다. 갑자기 어둠 속에서 명허를 만류하는 목소리가 들려왔다.

"멈추시오. 아직 죽여서는 아니 되오."

동인남과 함께 나무 뒤에서 명허를 지켜보던 박치의였다. 여장을 쥔 명허의 손이 부르르 떨렸다. 차인헌과 전승헌이 달려와서 허공에 매달린 성지를 끌어내려 응급 처치를 했다. 실낱같은 숨소리가 들려왔다. 박치의는 성지의 생사를 확인한 다음 명허에게 조용히 속삭였다.

"대사! 열흘만 참으시오. 열흘 후에 대사께서 저 요물을 씹어 삼키든 찢어발기든 상관하지 않겠소이다. 하나 지금은 저 요물로부터 얻을 게 많습니다. 지난밤에도 말씀드렸듯이, 저 요물은 창덕궁을 중건하는 데 깊이 개입했으니 그 누구보다도 궁궐 내부를 속속들이 알지 않겠소이까? 만약을 대비해서 비밀스러운 길을 만들어 두었는지도 모르고……. 특히 우리는 금원 쪽 사정을 전혀 모릅니다. 오늘 내일 동안 철저하게 저 요물을 족쳐야겠지요. 하나 절대로 죽여서는 아니 됩니다. 아시겠습니까?"

명허가 여장을 내리며 사과했다.

"미안하오. 나도 모르게 감정이 격해졌나 보오."

쓰러져 있는 성지를 노려보며 큰 소리로 꾸짖었다.

"이놈! 바로 너 같은 요승 때문에 목숨을 걸고 이 나라를 구한 수많은 불제자들이 오명을 뒤집어쓰는 게다. 가사와 장삼을 걸치고도 중생을 위해 바른 도리를 다하지 못하는 너 자신이 부끄럽지도 않느냐? 이 땅에서 불교가 냉대받는 것은 바로 너 같은 요승이 있기 때문이다. 공맹을 탓하고 조정을 원망하기 전에, 우리 자신을 돌아볼 필요가 있어. 너 하나 벌한다고 이 땅의 불교가 제자리를 찾는 건 결코 아니다. 하나 너로부터 시작인 게야. 널 벌한 다음, 조선 팔도를 돌며 요승들을 찾아내겠다. ……스승님은 한평생을 청렴하게 살다 가셨느니라. 한데 감히 네가 그런 분의 제자를 사칭할 수가 있느냐? 조용히 지난날을 뉘우치며 기다려야 할 게다. 하늘의 무서움을 뼈저리게 느껴야 할 게야."

박치의가 몸을 돌려 동인남을 불렀다.

"우리가 저 요물을 데려가겠네. 자네들은 돌아가서 내가 이른 대로 윤 대장에게 고하도록! 성지 대사를 보은사까지 뫼셨는데, 대사께서 갑자기 주상 전하로부터 밀지를 받고 열흘쯤 외유를 다녀오겠노라고 말씀하신 후 길을 떠나셨다고, 약속을 지키지 못해 윤 대장에게 참으로 미안하다고!"

동인남이 고개를 갸웃거리며 토를 달았다.

"그렇게 전해 올리기는 하겠습니다만, 윤 대장이 의심이라도 하면⋯⋯?"

박치의가 웃으며 명허에게 고개를 끄덕여 보였다. 명허
가 여장을 휘돌리자 건장한 체구의 무승들이 둘둘 만 비단
을 어깨에 지고 나왔다.

"이걸 가져가게. 「관경변상도」야. 미리 보은사에 들러 잠
시 가져왔다네. 이 그림을 보여 주면 윤 대장도 믿을 걸세.
또 다른 문제가 있나?"

"없습니다."

박치의가 엽전 꾸러미를 내밀었다.

"군사들의 입을 단단히 막도록 하게."

"알겠습니다. 염려 마십시오."

엽전 꾸러미를 건네받은 동인남의 얼굴이 환하게 밝아
졌다. 동인남 일행이 돌아간 다음 박치의가 다시 명허에게
말했다.

"대사! 먼저 돌아가세요. 옛 벗이 마침 옥루동(玉淚洞) 계
곡에서 발을 씻고 있다니 만나 보고 가겠습니다."

명허가 여장으로 땅을 두 번 콕콕 찧으며 물었다.

"죽일 겁니까?"

즉답을 피한 박치의는 가만히 웃기만 했다.

자정을 넘기면서부터 먹구름이 걷히고 둥근달이 제 모
습을 드러냈다.

한가위 보름달만큼 크지는 않았지만 만물을 품에 안고 고즈넉한 기운을 더하기에는 부족함이 없었다. 계곡을 따라 흘러내리는 청량한 물소리가 달빛과 어울려 멋을 더했다. 물놀이를 즐기던 한량들도 대부분 하산한 시각, 오직 한 사내만이 밤의 정취를 만끽하고 있었다. 박응서였다. 바지와 속곳을 벗어 버리고 촬촬촬 흘러내리는 계곡물로 뛰어드는 모양새가 여유로웠다. 탁족을 즐기는 사람들이 기껏해야 발목이나 무릎을 담그는 데 반해, 그는 거의 하반신 전체를 얼음처럼 차가운 계곡물에 내맡기고 있었다.

　"휴우!"

　다시 바위로 올라서서 두 다리를 쭉 펴고 앉아 마른 수건으로 물기를 훔쳤다. 갑자기 경풍증(驚風症, 경련을 일으키는 병)에라도 걸린 사람처럼 두 발이 심하게 요동을 쳤다. 양손으로 아무리 허벅지를 눌러도 떨리는 다리를 멈출 수 없었다. 종아리보다도 더 가는 흉터투성이 허벅지에는 아직도 상처가 아물지 않은 듯 누런 진물이 흘러내리기까지 했다. 수건으로 진물을 닦던 박응서는 간간이 어금니를 깨물며 고개를 치켜들었다. 지독한 통증이 온몸을 휘감는 모양이었다. 이 밤에 잠을 쫓아 가며 옥루동 계곡을 떠나지 않는 이유를 알 것도 같았다. 난치병에 좋다는 옥루동의 계곡물로 허벅지의 상처를 치료하려는 것이다.

"흑!"

갑자기 양손으로 눈자위를 훔치기 시작했다. 고통을 참을 수 없어서가 아니라 더 이상 상처를 치료할 수 없다는 절망감 때문이었다. 왼쪽 허벅지가 천천히 썩어 들어 가고 있었다. 처음에는 무거운 추가 발목에 달린 것처럼 불편했는데, 차츰 발을 놀리기도 힘겨워졌고, 어제 아침부터는 아예 발을 심하게 절지 않고는 걸을 수도 없었다. 의원을 찾아갔더니 뼛속부터 썩고 있다고 했다. 아무리 약을 먹어도 절름발이를 면할 수 없다는 것이다. 땅을 두드리고 하늘을 우러르며 통곡할 일이었다.

그의 곁에는 아무도 없었다. 아내도 자식도 친구도 모두 떠난 것이다. 삿갓을 쓰고 고개를 푹 숙인 채 이를 악물고 이곳 옥루동까지 올라왔다. 행여 지인을 만나 누추한 자신의 몰골을 들키기 싫었던 것이다. 천벌을 받아 마땅하다는 비난이 하루 종일 귓전을 때렸다.

힘겹게 속곳을 입고 바지까지 끌어올렸을 때, 그때까지 숲에서 그를 지켜보던 장정 둘이 가슴을 부여잡고 쿵 소리를 내며 동시에 쓰러졌다. 박응서를 감시하라는 이이첨의 밀명을 받은 의금부의 군관들이었다. 어둠을 뚫고 익숙하게 다가선 박치의가 그들의 가슴에 꽂힌 피 묻은 단검을 뽑아 들었다.

틀림없이 소리를 들었을 텐데도, 박응서는 고개를 돌리지 않고 바위에 부딪혀 반짝이는 계곡물만 바라보았다. 박치의는 천천히 걸음을 옮겨 그의 곁에 나란히 앉았다.

　"도원!"

　박응서는 여전히 고개를 돌리지 않았다.

　"여역시, 파암 자네였군. 교산의 뒤에 자네가 있으리라 짐작은 했네만, 이렇게 빨리 만날 줄은 몰랐으이."

　박치의가 곧장 말을 받았다.

　"목을 가지러 왔네."

　박응서는 구부러진 허리를 편 다음 고개를 들어 달을 바라보았다.

　"언제부터 보고 있었나? 처음부터?"

　박치의가 조용히 고개를 끄덕였다.

　"기분이 좋았겠군. 자네의 바람대로 나는 천벌을 받았다네. 곧 이 다리의 뼈와 살이 썩어 문드러질 터인즉……."

　"닥쳐!"

　박치의가 갑자기 박응서의 멱살을 잡고 일어섰다. 독사 눈에서 불꽃이 튀었다.

　"겨우 다리 하나 잃는다고 천벌을 논하지 마라. 너 때문에 죽은 사람이 몇이나 되는 줄 아느냐?"

　박응서가 온몸을 축 늘어뜨리며 씨익 웃었다.

"무륜당의 벗들을 이야기하는 건가? 그래, 내가 그들의 이름을 발설한 건 사실이지."

박응서가 갑자기 허리를 숙이며 입을 틀어막고 기침을 쏟았다. 차가운 계곡물에 오랫동안 몸을 담근 것이 화근이었다. 박치의는 멱살을 쥔 손을 풀고 박응서가 기침을 멈출 때까지 기다렸다.

"넌 우릴 배신했다. 구천을 떠도는 벗들의 한을 씻기 위해서라도 넌 오늘 내 손에 죽어야 해."

박응서가 고개를 치켜들었다.

"그래, 소원이라면 그렇게 하게. 나도 구차하게 살고픈 마음이 없으이. 하나 내 목숨을 빼앗는다고 벗들의 원통함이 씻어질까? 아니야. 결코 그렇지 않네."

엉거주춤한 자세로 앉아 있던 박응서가 뒤로 콰당 넘어졌다. 왼발이 갑자기 저려 오면서 힘을 줄 수 없었던 것이다. 박치의는 돌부처처럼 꼼짝도 않고 서서 박응서가 몸을 추스를 때까지 기다렸다.

"변명할 생각은 없네. 자네들을 고변한 건 분명히 나 박응서야. 하나 나는 결코 나 혼자 살겠다고 자네들을 고변한 게 아니었어. 이이첨이 내게 약조를 했다네. 무륜당의 서자들이 김제남과 함께 영창 대군을 옹립하려 했다고 고변만 하면, 무륜당의 일을 묻어 주겠다고 말일세. 독사 같은 이이첨의 말을 곧이곧대로 믿은 것이 잘못이라면 잘못이겠지만, 나는 결코 나 혼자 살아남을 생각은 아니었어…… 흐흐흑! 왜 이제야 왔는가? 하루라도 빨리 자네의 손에 죽고 싶었네. 죽느니만 못한 삶을 자네는 아는가? 세상은 나를 구더기 보듯 했네. 송장 구덩이에 스스로 몸을 뉘일까 하루에도 열두 번은 더 생각했지. 하나 왜 내가 지금까지 보잘것없는 목숨을 이어 왔는지 아는가? 그건 바로 박치의, 자네를 만나기 위함이었네. 내가 이대로 자결이라도 해 버리면, 이 가슴에 시커멓게 타 버린 숯덩이를 누가 알아준단 말인가? 나는 자네와 만나야만 했네."

"헛된 소리 마. 우리 중에 누구도 그런 제안을 받지 않았어."

박치의의 목소리는 시퍼렇게 날이 서 있었다. 박응서가 주먹으로 바위를 내리치며 킬킬킬킬 웃기 시작했다.

"그래, 나뿐이지. 망할 놈의 운명이 내 목덜미만을 잡아챘던 거야. 자네들은 늘 내가 구부정한 자세로 세상의 어두운 곳만 쳐다본다고 놀렸었지. 바로 그 모습이 이이첨의 눈에 들었던 걸세. 킬킬킬킬…… 이이첨의 눈이 틀린 것만은 아니지. 그래, 파암 자네라면 끝까지 버텼을지도 몰라. 하나 말일세. 그때 내가 버텼대도 무륜당의 벗들은 무사했을까? 자네처럼 포위망을 벗어나 팔도를 누비며 화적질을 할 수도 있었겠지. 하나 대부분은 결국 잡혔을 테고 그때처럼 죽어 갔을 게야. 조령에서 은을 약탈한 것 자체가 문제였네. 자네가 그 일을 하자고 나서지만 않았어도, 우린 여전히 무륜당에서 노닐고 있을 걸세. 아니 그런가? 킬킬킬킬!"

박치의의 두 손이 부들부들 떨렸다. 당장이라도 박응서의 급소를 찌를 것만 같았다. 박응서가 갑자기 웃음을 멈추고 정색을 했다.

"자네가 도성을 어슬렁거릴지도 모른다는 이야기는 이이첨에게 하지 않았다네……. 그리운 벗에 대한 마지막 우정일까. 아무리 노력해도 인간다운 삶을 누리기는 틀렸으므로 이도 저도 상관하지 않겠다는 걸까……. 모르겠으이. 이이첨에게 한 번 속지 두 번 속지 않겠다는 복수심 때문인지도 몰라……. 사람들이 그러더군. 박응서는 이이첨의 개라고. 하나 나는 개만도 못하지. 짖지도 못하고 도둑을 잡지도 못하고 도둑이 도성에 들어와 있는 걸 주인에게 알리지도 못해……. 이렇게 자네가 건강한 걸 보니 기분이 좋군. 어디 가서 술이라도 질펀지게 마시고픈데……. 어렵겠지?"

박치의가 품에서 단도를 꺼냈다. 박응서가 천천히 고개를 끄덕였다.

"그래, 내 목숨을 가져갈 시간이 됐다 이 말인가? ……마지막으로 하나만 더 당부하겠네. 교산이 의금부에 갇혔다고 들었네. 자넨 물론 끝까지 교산과 함께 일을 도모할 생각이겠지만, 나라면 내일 당장 군사를 일으키든지, 아니면 감쪽같이 도성을 빠져나가겠네. 교산이 의금부에 갇힐 경우는 두 가지뿐인데 어느 쪽도 자네에게 유리하지 않아. 먼저 이이첨과 교산이 짜고 자넬 잡기 위해 덫을 놓았을 수도 있지. 이 경우라면 자넨 지금 당장 도성을 빠져나가야만 해. 또 하나 이이첨이 선수를 쳐서 교산을 잡은 것일 수도 있어. 이 경우래도 자네의 정체가 곧 드러날 걸세. 그러니 시간을 끌 여유가 없겠지? 자넨 부디 이 진흙탕에서 살아남아 좋은 세월 누리시게나."

유언을 마친 박응서는 양손으로 왼쪽 다리를 움켜쥔 후 가까스로 오른쪽 다리 위에 포개 얹었다. 고개를 숙이고 목을 길게 앞으로 뺐다. 눈을 크게 떴다가 다시 꽉 감았다. 단칼에 고통 없이 죽기를 바라는 자세였다. 단도를 어깨까지 치켜든 박치의가 한 걸음 앞으로 다가섰다. 바위에 부딪히는 물소리가 격렬하게 귓전을 때렸다. 힐끗 하늘을 곁눈질한 박치의는 어금니를 악물고 오른손을 아래로 내리그었다. 휘익 소리와 함께 칼날이 정확하게 박응서의 왼쪽 귀를 잘랐다.

"아악!"

박응서가 양손으로 왼쪽 귀를 움켜쥐며 나뒹굴었다. 박치의는 침착하게 박응서의 뒤통수를 주먹으로 내리쳤다. 박응서가 귀를 움켜잡은 채 앞으로 쓰러져 정신을 잃었다. 박치의는 달빛 아래에서도 정확하게 박응서의 잘려 나간 귀를 찾아서 단도로 내리찍었다. 독사눈으로 그 귀를 찬찬히 노려본 다음 입안으로 툭 털어 넣었다. 질겅질겅 생살을 씹으면서 박응서에게 다가갔다. 몇 군데 혈을 짚어 지혈한 후 수건으로 머리를 돌돌 말아서 묶었다. 박응서의 귀에서 뿜어져 나온 피로 옷과 양손이 얼룩졌지만 아랑곳하지 않았다.

이이첨을 죽이고 나서 너의 오장육부를 씹어 삼켜 주마!

귀를 꿀꺽 삼킨 다음 박응서를 가볍게 들쳐 업고 계곡을 뛰어오르기 시작했다. 한 마리 늑대보다도 날렵한 몸놀림이었다.

14일

형과 아우

8월 19일 정양(正陽, 정오)

희정당에서 모처럼 웃음소리가 흘러나왔다. 광해군과 중전 유씨의 다정한 음성이 월대에서도 또렷하게 들렸고, 간간이 세자와 세자빈의 목소리도 섞여 들었다. 김 상궁의 발걸음은 낮것(점심 식사)을 거두어 나오는 궁녀들을 살피느라 분주했다. 장국상에 오른 온면과 변육, 전유어, 배추김치 등이 말끔히 비워져 있었다. 변비에 대한 공포로 점심을 거르기 일쑤였던 광해군으로서는 이례적인 일이다. 김 상궁은 생과방(生果房, 각 전각에 딸린 음식을 만드는 곳)에 연통을 넣어 햇과일을 종류별로 상에 올리도록 했다. 월대까지 나와서 궁녀들을 부리던 김 상궁의 입가에 묘한 미소가 피어올랐다.

희정당에는 광해군 내외와 세자 내외만 있는 것이 아니었다. 정원군과 그의 장남 능양군이 모처럼 부름을 받아 입궐하였다. 3년 전, 셋째 아들 능창군이 죽은 후로는 대궐 출입을 삼가던 정원군이었다. 광해군도 구태여 정원군을 찾지 않았고, 작년에 정원군을 새문동에서 쫓아낼 때도 하교만 내렸을 뿐 직접 만나지는 않았다. 왕위에 오르기 전에도 광해군은 다섯 살 아래인 이복동생 정원군과 별다른 만남이 없었다. 정원군은 원래 조용한 성품인 데다가 형인 신성군의 그늘에 가려 광해군의 관심을 끌지 못했다. 그러나 임진년에 신성군이 병으로 죽은 후로, 정원군은 신성군에 대한 선조의 그리움까지 덧입고 자랐다. 현재 왕실의 종친들 중에서 가장 존경을 받는 이가 바로 정원군이었다. 광해군이 정원군의 셋째 아들 능창군을 죽음의 구렁텅이로 밀어 넣은 것도 정원군의 기세를 꺾기 위함이었다. 조금이라도 역모의 조짐이 보이면 정원군은 물론 그 아들들까지 모조리 참하겠다는 경고인 것이다.

"글공부는 어딜 하고 있느냐?"

광해군이 수염을 쓸면서 능양군에게 물었다. 세자보다 세 살이 위인 능양군은 눈썹이 짙고 입술이 두터우며 귓불이 유난히 길어 후덕한 상이었다.

"오현(광해군 2년(1610년)에 문묘에 배향된 김굉필, 정여창, 조

광조, 이언적, 이황)의 문집과 함께 「한서열전」을 읽고 있사옵
니다."

"기특하구나. 사서(史書)를 충실히 살펴야 큰일을 할 수
있는 법이지. 그래, 가장 네 마음에 드는 인물이 누구이더
냐?"

"소무이옵니다."

광해군이 다과상의 수정과를 한 모금 마신 다음 다시 물
었다.

"소무라……. 왜 유독 그를 지목하는고?"

"소무가 흉노에 19년 동안 머물렀사온데, 그동안 단 한
차례도 한나라를 원망하지 않았사옵니다. 신하된 자 중에
서 그 누가 소무만큼 절개를 지킬 수 있겠사옵니까. 안전한
곳에서는 너나없이 오랑캐를 비웃고 업신여기지만, 오랑캐
의 땅에서도 그런 충절을 지키는 신하는 거의 없사옵니다."

광해군이 고개를 끄덕였다.

"과연 그렇도다. 하면 과인이 능양군을 노추나 왜에 보내
더라도 능양군은 능히 그 일을 감당할 수 있겠느냐? 오랑
캐에게 굴복하지 않고 이 나라를 위해 목숨을 걸 수 있겠느
냐 이 말이다."

정원군의 얼굴이 차갑게 굳었다. 그들 부자를 입궐시킨
까닭이 혹시 여기에 있지나 않을까 염려스러웠다. 지금 능

양군이 압록강을 건넌다면 고스란히 노추의 포로가 되는 것이다. 그러나 능양군의 대답은 거침이 없었다.

"전하! 어리석고 미약한 몸이지만 신명을 다 바치겠나이다."

광해군의 시선이 정원군에게 향했다.

"허허허, 부전자전이로고. 정원군! 기억나는가? 그대가 열 살을 채 넘기지 않았을 무렵, 과인이 그대에게 오늘과 똑같은 물음을 던졌었지."

"기억하고 있사옵니다."

"그때 그대 역시 소무를 꼽았었다. 또박또박 맑은 음성으로 소무가 이릉의 회유를 물리치면서 남긴 말을 암송했지."

광해군의 목소리는 어느덧 촉촉하게 기억의 늪으로 젖어 들고 있었다. 광해군의 왼편에 앉은 중전 유씨가 살갑게 웃으며 끼어들었다.

"정원군의 시문이 뛰어나시다고 들었습니다만 그렇게까지 출중하신 줄은 몰랐어요. 능양군! 그날 정원군이 암송한 대목을 외울 수 있겠느냐?"

좌중의 시선이 다시 능양군에게 쏠렸다. 능양군이 가볍게 주먹을 쥐었다 편 다음 시를 읊듯이 소무의 말을 옮기기 시작했다.

"우리 부자는 아무런 공덕도 없건마는, 모두에게 벼슬을 내려 주시어 그 지위가 장군에 이르고 작위를 받아 형제들이 황제를 가까이에서 모실 수 있었으니, 항상 간과 뇌수를 땅에 뿌리고 충성을 바치기를 원했소. 지금 이 한 몸 죽어 충성을 바칠 수 있다면 비록 도끼를 맞고 솥에 끓여진다 해도 참으로 달고 즐겁겠소. 신하가 임금을 섬기는 것은 자식이 아버지를 섬기는 것과 같소. 자식이 아버지를 위하다가 죽는다 해도 아무런 한이 될 것이 없소.' 소무는 이렇게 이릉을 꾸짖었사옵니다."

광해군이 자세를 고쳐 앉은 다음 정원군에게 물었다.

"정원군! 그대도 소무처럼 과인을 위하여 죽을 수 있는가?"

정원군이 이마가 바닥에 닿을 만큼 허리를 굽혔다.

"전하! 신의 충정을 헤아려 살피시옵소서. 신은 이 목숨이 다하는 순간까지 전하를 받들 것이옵니다."

"과인이 그대의 집을 빼앗고 그대가 금과옥조로 아끼던 능창군을 죽였는데도?"

내가 너의 모든 것을 빼앗고 너를 개돼지보다 못한 놈으로 취급한다고 해도, 너는 내게 충성을 하겠는가?

"전하!"

정원군의 눈에서 굵은 눈물이 뚝뚝 떨어졌다. 광해군은 그 눈물을 외면하고 끝까지 칼날을 곧추세웠다.

"정원군이 두 구의 시체를 원한다는 상소문이 올라왔느니라. 두 구의 시체가 누구누구의 시체인지 아느냐? 바로 과인과 세자의 시체이니라. 그대가 낮에는 허공에 돌돌괴사(咄咄怪事, 놀랄 만큼 괴이한 일이라는 뜻으로 이유 없이 임금에게 쫓겨난 것을 탄식하는 것, 진(晉)나라의 은호가 종일토록 허공에 쓴 글자임)를 쓰고, 밤이면 역도들을 모아 새문동의 왕기를 이어갈 방도를 구한다고 적혀 있었느니라."

"전하! 신을 죽여 주시옵소서."

역모를 고변하는 글에 이름이 오른 것만 해도 더할 나위 없는 불충이었다. 무조건 중벌을 청하는 방법 외에는 다른 길이 없었다. 화기애애하던 자리가 순식간에 북풍한설 몰아치는 벌판으로 바뀌었다. 정원군은 이마를 바닥에 대고 흐느꼈고, 중전 유씨와 세자빈 박씨 그리고 세자는 난처한 표정으로 광해군의 눈치만 살폈다. 자세를 흐트러뜨리지 않는 사람은 능양군뿐이었다. 정원군과 함께 중벌을 청하는 것이 마땅한 상황이었지만, 능양군은 끝까지 사죄의 말을 더하지 않았다. 보다 못한 정원군이 소매를 잡아당겼으나 능양군은 오히려 허리를 더욱 꼿꼿하게 폈다. 분위기를 바꾼 쪽은 광해군이었다.

"허어, 울음을 그치라. 등에 부스럼이 생겨 고생이 심하다고 들었는데 이제 보니 마음까지 약해졌도다. 과인이 어찌 간신들의 말만 믿고 종친을 해할 수 있겠는가? 정원군! 과인과 그대는 사사롭게는 형제다. 부모가 모두 돌아가신 마당에 형제보다 더 가까운 사이가 어디 있으리. 과인은 종친 중에서도 늘 그대를 생각하며, 형제가 화목하게 술을 마시고 즐기는 광경을 노래한 『시경』의 「상체 편」을 함께 읽을 날을 기다렸느니라. 새문동의 집을 빼앗고 능창군을 불행에 빠뜨린 것도 그대를 살리기 위해서였음을 알아주었으면 좋겠다. 이제 다시는 그대에게 고통을 주지 않을 터이니, 그대도 과인에 대한 묵은 감정을 말끔히 씻도록 하라.”

“성은이 망극하옵니다.”

“그렇다고 과인의 귀에 듣기 좋은 이야기만 하라는 것은 결코 아니다. 지금의 조정은 구언교서(求言教書, 임금이 신하의 직언을 구하기 위해 내리는 교서)를 내려도 직언을 하는 신하가 드물도다. 과인은 그대가 왕실과 백성을 위해 많은 직언을 해 주기를 바라고 있느니라.”

“명심하겠사옵니다.”

정원군은 중전 유씨가 건네준 수건으로 눈물을 훔치며 계속 머리를 조아렸다. 광해군이 이번에는 능양군과 세자를 번갈아 보며 말했다.

“세자에게 형제가 없으니, 능양군과 세자는 친형제보다도 더욱 가깝게 지내야 하느니라. 능양군은 자주 동궁전으

로 와서, 세자와 함께 세상의 바른 도리를 배우고 익혀 수
성(守成, 제도를 만들고 법도를 세워 다스림의 도구를 완비하는 것)
과 경장(更張, 선왕의 유지를 잘 계승하여 나라를 개혁하는 것)을
이루도록 하라."

"명심, 또 명심하겠나이다."

중전 유씨가 덕담을 보탰다.

"전하! 세자와 능양군이 저렇듯 총명하고 늠름하니 왕실
의 영화가 무궁할 것이옵니다."

광해군도 중전 유씨의 말을 순순히 받아들였다.

"그래야지. 다시는 형제끼리 피를 흘려서는 아니 될 것이
야."

중전 유씨가 서안 옆에 놓아두었던 비단 보자기를 내밀
었다.

"연주 군부인(連珠郡夫人, 정원군의 아내이자 훗날 왕위에 오르
는 능양군(인조)의 어머니)에게 전해 주세요. 칠보화접뒤꽂이
〔七寶花蝶簪〕입니다."

"중전 마마의 은혜가 바다와 같사옵니다."

정원군이 앞으로 나아가서 보자기를 받았다. 그때 대전
내관 최보용이 다급한 목소리로 아뢰었다.

"전하! 도승지 입시이옵니다."

광해군이 고개를 설레설레 저으며 짜증 섞인 목소리로

읊조렸다.

"오늘 오후에는 편전에 나가지 않겠다고 일렀거늘…….
잠시도 쉴 틈이 없으니……."

최보용이 다시 한 번 아뢰었다.

"전하 도승지 한찬남 입시이옵니다."

"들라 하라."

도승지 한찬남이 방으로 들어섰다. 그는 광해군에게 곧
바로 나아오지 않고 방문 앞에서 정원군과 능양군을 살피
며 잠시 머뭇거렸다.

"무슨 일인가? 오늘은 정원군과 함께 희정당에 머무르겠
다고 하지 않았는가?"

"……."

한찬남은 즉답을 피한 채 가만히 고개만 숙이고 있을 따
름이었다. 어색한 분위기를 눈치챈 정원군이 먼저 자리에
서 일어섰다. 광해군이 양팔을 앞으로 내밀며 만류했다.

"왜 벌써 일어서는 건가? 오늘은 과인과 함께 밤새도록
취해 보자꾸나."

정원군이 한찬남을 흘낏 살핀 다음 능양군에게도 그만
일어나라는 눈짓을 보냈다.

"전하! 화급한 일이 있는 듯하니 신들은 그만 물러가겠
나이다."

광해군도 두 번 세 번 막지는 않았다.

"그래, 정원군의 안색이 창백한 걸 보니 오늘 당장 균천 풍악(鈞天風樂, 아름다운 천상의 음악, 여기서는 궁중 음악)을 벗 삼아 술상을 마주하기는 어려울 것 같구나. 오늘은 그냥 돌아가고 다른 날 다시 부르도록 할 터이니 그때까지 각별히 먹을 것을 살피고 몸조심하도록 하라."

"알겠사옵니다."

정원군과 능양군은 나란히 희정당을 빠져나왔다. 정원군은 선정전을 지나 돈화문에 이를 때까지 앞만 보고 걸었다. 돈화문을 통과한 후에야 걸음을 멈추고 하늘을 우러러 긴 한숨을 내쉬었다. 뒤따라 나온 능양군이 떨리는 음성으로 입을 열었다.

"아버님! 오늘의 이 치욕을 반드시 갚겠습니다."

정원군이 고개를 획 돌려 능양군을 노려보았다.

"어허, 어디서 그런 망언을 입에 담는 게냐? 전하를 위해 천천세 만만세를 빌어도 부족한 은혜를 입었음이야."

눈치 빠른 능양군이 자신의 경솔함을 곧 사죄했다. 다행히 그들의 대화를 엿들은 자는 없었다.

"아버님! 소자가 잘못하였사옵니다."

그 순간 정선방에서 곧장 돈화문으로 달려오는 발소리가 어지러웠다. 판의금부사 이이첨과 훈련대장 이시언을 태운 남여가 나는 듯이 정원군 앞에 다다랐다.

"정원군이 아니시외까? 참으로 오랜만에 뵙사옵니다."

이이첨이 먼저 아는 체를 했다. 뒤따라 내린 이시언이 마저 인사를 보탰다.

"능양군께서도 동행하셨군요. 전하께서 두 분을 청하셨다는 소식은 들었사옵니다. 한데 이렇게 빨리 퇴궐하시옵니까?"

정원군이 미소를 지으며 답했다.

"전하와 점심을 함께하고 다과상까지 받았습니다. 때마침 도승지가 급한 용무로 뵙기를 청해 서둘러 나오는 겝니다. 두 분께서도 승정원의 연통을 받고 오시는 길이 아니십니까?"

이시언이 쌍호흉배를 손으로 쓸어내리며 말했다.

"그렇습니다. 아무리 급해도 무슨 연고인지는 일러 주어야 할 터인데……. 혹시 아시고 계십니까?"

정원군이 고개를 가로저었다.

"미안합니다. 나도 아는 게 없어요. 자, 어서들 들어가 보세요. 전하께서는 희정당에 계시니 그곳으로 가시면 자초지종을 알 수 있겠지요."

이이첨이 능양군에게 시선을 고정시킨 채 말했다.

"그러지요. 그동안 너무 소원했던 것 같아 참으로 죄송하옵니다. 일간 한번 들르겠사옵니다."

"그러세요. 판의금부사라면 언제든지 환영입니다."

이이첨과 이시언이 공손하게 읍하여 예의를 차렸다.

두 사람은 돈화문을 지나 금천교에 이를 때까지 두런두
런 대화를 나누었다. 이시언은 훈련원이 아니라 쌍리동 이
이첨의 집에서 승정원의 연통을 받았다. 특별한 공무가 없
으면 이이첨과 함께 겸상으로 점심을 먹는 것이 요즈음의
일과였다. 이시언이 금천교 앞에서 걸음을 멈추고 이이첨
에게 따지듯 물었다.

"도대체 누가 대감 댁을 정탐한다는 말입니까?"

이이첨이 오른손을 들어 어도(御道, 궐내의 모든 길은 세 부
분으로 나누어져 있는데, 그중 임금만이 걸을 수 있는 가운데 길)를
가리켰다.

"저 길을 걷고 싶은 놈이겠지요."

"그렇다면 역도들이 아니오이까? 당장 의금부와 포도청
의 군사들을 풀어 그들을 붙잡지 않고 무얼 하시는 겁니
까? 그놈들이 언제부터 쌍리동을 어슬렁거렸나요?"

"의금부 관원들을 동원할 수는 없지요. 그렇지 않아도 판
의금부사가 전횡을 일삼는다고 아우성인데, 의금부의 관원
들까지 쌍리동으로 데려갔다가는 당장 탄핵을 받을 겁니
다. 포도청의 군사들도 안 됩니다. 쌍리동을 정탐하고 다니

는 자들이 바로 그들일지도 모르는 일이니까요."

"그 말씀은 전하께서 포도대장들에게 은밀히 대감을 감시……."

이이첨이 서둘러 이시언의 입을 막았다.

"자자, 이 이야기는 그만 합시다. 어쨌든 훈련원의 관원들이 열흘 전부터 쌍리동에 머무르는 바람에 한결 편히 잠을 자게 되었소이다. 이 모두가 이 대장의 따스한 보살핌 덕분이에요. 잊지 않겠습니다."

"별말씀을! 한데 대감, 궁금한 것 하나 여쭈어도 되겠소이까?"

"말씀하시지요."

"교산이 의금부에 끌려간 지 사흘이 지났는데 아직 추국도 하지 않고 있다고 들었습니다. 어찌 된 영문인지요? 교산에게 죄가 있기는 있는 겁니까?"

그것은 이시언 한 사람만의 궁금증이 아니었다. 교산이 의금부로 끌려갔다는 소식에 고개를 갸우뚱거리던 사람들은, 사흘이 지나도록 변변한 추국 한 번 이루어지지 않자 다시 의혹을 품었다. 관송과 교산이 서로 짜고 큰일을 꾸미는 중이라는 소문이 심심치 않게 대궐 안팎을 떠돌았다. 이이첨은 난간 기둥의 돌짐승들을 차례차례 살피며 되물었다.

"이 대장의 생각은 어떠시오? 교산에게 죄가 있는 것 같습니까, 없는 것 같습니까?"

이시언이 품대를 끌어올리며 혀를 찼다.

"허엇참! 소장이 어떻게 압니까? 그걸 밝히려고 추국을 하는 게 아니었던가요? 결정적인 증거가 있기에 종2품 의정부 좌참찬을 잡아들였다고 믿고는 있습니다만……."

이시언은 바로 그 증거를 이이첨에게서 듣고 싶었다. 그러나 이이첨은 고개를 돌려 진선문을 바라보며 딴전을 피웠다.

"하루 이틀만 더 두고 보세요. 곧 본격적인 추국이 시작될 것이외다."

이이첨이 금천교를 지나 진선문을 향해 똑바로 나아갔다. 이시언이 종종걸음으로 뒤를 따르며 재차 물었다.

"그러니까 교산이 죄를 짓기는 지었다 이 말씀이군요. 도대체 무슨 죄를 지었기에 의금부로 잡아들였소이까? 소장에게만 귀띔해 주실 수 없겠소이까?"

이이첨이 걸음을 멈추고 뒤돌아섰다. 이시언은 마른침을 꼴깍 삼키며 이이첨의 대답을 기다렸다. 임진왜란 동안 전장을 누비며 큰 공을 세웠던 이시언의 건장한 체구에 비해 이이첨의 몸은 왜소하기 짝이 없었다. 그러나 이이첨은 조금도 주눅 들지 않고 이시언을 똑바로 노려보았다. 이이첨은 이시언의 궁금증을 풀어 주는 대신 그의 입을 막는 쪽으로 대화를 유도했다.

"호옥시, 이 대장도 교산과 얽힌 일이 있소이까?"

이시언은 한 걸음 뒤로 물러서며 양손을 휘휘 내저었다.

"없소이다. 교산과 몇 차례 술을 마신 적은 있지만 얽힌 일이라니요? 어디서 무슨 소릴 들으셨는지 몰라도, 나와 교산을 한데 묶는 건 터무니없는 모함이외다."

"그렇다면 안심입니다. 이 대장의 마음이야 누구보다도 내가 잘 알지요. 자, 여기서 지체하지 말고 어서 희정당으로 가십시다."

두 사람이 희정당에 이르자 대전 내관 최보용이 곧바로 아뢰었다.

"전하! 판의금부사와 훈련대장 입시이옵니다."

"들라 하라."

이이첨과 이시언이 예의를 갖추는 동안, 광해군은 읽고 있던 밀서를 한찬남에게 건넸다.

"노추가 압록강을 건너왔다."

이이첨은 한찬남으로부터 넘겨받은 밀서를 서둘러 폈다. 부원수 김경서가 보낸 밀서였다. 이시언이 두 눈을 부릅뜨고 큰 소리로 아뢰었다.

"전하! 신을 보내 주시옵소서. 신이 가서 저 배은망덕한 오랑캐를 단칼에 쓸어 버리겠나이다."

광해군은 이시언을 쳐다보지도 않고 이이첨이 입을 열기만을 기다렸다. 하늘의 도리를 바로 세우기 위해서 반드시 노추를 응징해야 한다고 주장한 장본인이 바로 이이첨이었다.

"우의정을 부르시지요."

칭병하고 출사하지 않았던 우의정 박홍구가 오늘 아침 입궐한 것을 이이첨도 전해 들은 모양이었다. 그러나 광해군은 늙고 병든 우의정보다 원군의 모집에서부터 파병까지 총괄하였던 비변사 당상관 이이첨이 이 일을 맡아야 한다고 생각했다.

"병중인 우의정이 무슨 의견을 내겠는가? 경과 훈련대장 두 사람만이 이 일을 책임지고 처리할 수 있을 것이야. 가을을 넘기기 전에 출병을 독촉했던 경이 아닌가? 삼정승도 없고 허균마저 의금옥에 가두었으니, 경이 이 일에 책임을 지도록 하라."

광해군은 모든 책임을 이이첨의 어깨에 확실히 지웠다. 이이첨은 눈을 감고 잠시 뜸을 들인 다음 압록강의 상황을 긍정적인 방향으로 해석했다.

"김경서의 밀서에는 200여 명이 강을 건넜다고 적혀 있을 뿐이옵니다. 김경서가 이 보고를 평양에서 받았을 터이니, '200'이라는 수도 사실인지 아닌지 명확하지 않사옵니다. 설령 이 주장이 사실이라고 하더라도, 노추가 떼를 지어 도강하는 것은 해마다 한 번씩은 있는 일이옵니다. 과히 심려치 마시옵소서."

광해군이 강하게 반론을 제기했다.

"하나 지금은 노추가 대명과 전쟁을 시작하지 않았느냐? 압록강과 두만강 근처의 여러 부족들도 대명과의 일전을 위해 요동으로 떠났다고 들었다. 한데 200여 명이나 도강을 한 것은 단순한 노략질로 볼 수만은 없지 않느냐? 벌써 전쟁이 시작되었는지도 모른다. 틀림없이 전쟁이 시작된 것이다. 임진년에도 이랬느니라. 단순한 노략질이라고 안심했다가 동래를 잃고 겨우 스무 날 만에 도성까지 빼앗겼어. 노추라면 더 빨리 치고 내려올 수도 있느니라. 어쩌면 벌써 의주가, 아니 아니, 4군 6진이 놈들의 손에 넘어갔을 수도 있다. 한데 심려하지 말라니? 경은 임진년의 잘못을 다시 범하고 싶은 것인가? 도승지와 훈련대장의 생각은 어떠한가?"

광해군이 한찬남과 이시언을 바라보며 동의를 구했다.

전쟁! 광해군의 추측이 사실이라면 참으로 끔찍한 일이 아닐 수 없었다. 한찬남과 이시언은 고개를 숙인 채 광해군의 시선을 피했다. 그러나 이이첨은 이미 모든 방비책을 준비해 두었다는 듯이 담담한 어투로 아뢰었다.

"전하! 먼저 도성을 튼튼히 지키셔야 하옵니다. 조금이라도 노추와 내통한 의심이 가는 자들은 모조리 베시옵소서. 감옥에 갇힌 죄수들은 언제라도 역심을 품을 수 있사오니 제일 먼저 죽여야 할 것이옵니다. 그다음엔 세자 저하를 평양으로 보내시옵소서."

"세자를?"

광해군의 두 눈이 커졌다.

"임진년의 일을 기억하시옵소서. 하삼도에서 의병이 들불처럼 일어났으나 그들의 마음을 하나로 모을 구심점이 없었나이다. 동요하는 북삼도의 민심을 다스리면서 의병을 이끌고 적의 선봉과 맞설 분은 세자 저하뿐이시옵니다. 세자 저하를 평양으로 보내시고 전하께서 그 뒤를 받치신다면 백전백승을 거둘 것이옵니다."

이이첨에게 이런 복안이 있을 줄은 몰랐다. 광해군 역시 노추와의 전쟁을 염두에 두고는 있었지만, 이처럼 치밀하게 계획을 짜지는 않았다. 지금 노추와의 전쟁이 시작된다면, 임진년의 류성룡처럼 조정을 이끌 대신은 이이첨뿐이다. 그러나 광해군은 이이첨의 혜안을 드러내 놓고 칭찬하지는 않았다. 류성룡이 속마음을 다 드러냄으로써 군왕의 신임을 얻었다면, 이이첨은 손에 쥔 것조차도 등 뒤로 가린 채 보여 주기를 꺼렸다.

　광해군은 용상에 오르기까지 전적으로 이이첨의 책략을 믿고 따랐다. 영창 대군을 옹립하려 했던 유영경의 무리를 물리치고 무사히 즉위한 것도 따지고 보면 이이첨의 공이었다. 광해군은 뒷짐을 진 채 이이첨이 임해군과 영창 대군과 능창군을 제거하는 과정을 지켜보았다. 그러나 전쟁이라는 극한 상황은 이이첨과의 관계를 다시 생각하도록 만들었다. 전쟁이 시작되면 왕권이 약화되고 이에 따라 권력의 공백이 생길 것이며 그 공백을 노리는 많은 반란이 일어날 것이다. 이런 상황에서는 그 어떤 신하도 믿을 수 없다. 더구나 이이첨처럼 명분이나 의리보다 개인의 영달을 추구하는 위인이라면 더더욱 경계할 필요가 있는 것이다. 만에 하나 몽진을 떠날 경우, 가장 먼저 노추에 투항할 신하가 바로 이이첨과 같은 자이다. 광해군은 이제부터라도 명분에 죽고 의리에 사는 신하들을 모아야겠다는 생각을 했다. 허균이라면? 갑자기 옥에 갇힌 허균의 얼굴이 떠올랐다. 허균도 이이첨처럼 책략에 밝긴 하지만 이이첨과는 근본적으로 다른 인간이다. 재물보다는 의리를, 개인의 영달보다는 멋진 시 한 수를 더 사랑하는 인간, 허균!

　갑자기 아랫배가 쏴아 쓰려 왔다. 광해군은 끙 하고 허벅지 안쪽을 당긴 다음 신하들을 모두 물리쳤다.

"며칠 더 지켜본 후 다시 논의토록 하겠다. 다들 물러가
도록 하라!"

저물 무렵

어둠이 짙게 드리우기 시작하면서부터 추섬의 손길은
더욱 바빠졌다. 며칠 사이에 몰라볼 정도로 야윈 뺨에는 핏
기가 하나도 없었다. 이재영의 지시대로 허균의 시문들을
없애는 중이었다. 서책들을 찢는 그녀의 두 눈에 눈물이 고
였다. 어금니를 굳게 다물어 흐느낌이 밖으로 새어 나가지
는 않았지만, 참으로 깊고 아득한 울음이었다.

무명 수건으로 눈물을 훔치다가 품에서 서찰을 꺼내 들
었다. 지난밤에 의금부 서리 박충남이 전해 준 허균의 서찰
이었다. 눈물이 가득 고인 눈으로 님의 글씨를 한 자씩 훑
어 내리기 시작했다. 밤사이 백 번도 넘게 읽은 글이건만
볼 때마다 새롭고 가슴이 뜨거웠다.

답장을 보낸다.

반짝이는 너의 눈동자를 직접 본 것처럼 기쁘구나. 나는
건강하고 편안하다. 나에게 힘을 북돋워 주려는 네 마음이
곱구나. 기쁜 소식 알려 줘서 더욱 고맙다. 좋은 음식만 먹

고 좋은 책만 읽고 좋은 소리만 듣도록 해라. 지금의 고통들은 그저 지나가는 겨울바람이거니 생각해라. 겨울강 아래로 흐르는 강물을 떠올려도 좋겠지. 훌륭한 시를 지으라는 조화옹의 선물인지도 모른다. 행복한 시인은 없다고 그랬던가? 이 눈보라가 지나고 나면 제대로 세상을 읽고 시를 지으리라는 확신이 든다. 나를 믿고 기다려 다오. 다시 만나 그리운 님의 얼굴 어를 때까지.

"대감!"

굵은 눈물방울이 서찰 위로 툭 떨어져 내렸다. 2년 전 늦봄의 정취가 그녀의 가슴을 파고들었다.

그때 추섬은 도성에서 가장 이린 기생이었다.

가무에 능하고 시문에도 재주가 남다르다는 소문이 퍼진 후부터, 도성에서 내로라하는 한량들이 끊임없이 모여들었다. 추섬은 그들을 따뜻하게 맞아들였으나 쉽게 정을 주지는 않았다. 술에 취한 사내들이 힘으로라도 그녀를 취하려 들면 조용히 품에서 은장도를 꺼냈다.

"백영(진나라 목공의 딸이자 초나라 평왕의 부인. 오나라 왕 합려가 초나라를 침범하여 백영을 겁탈하려 하자 단도를 쥐고 합려를 꾸짖어 물리쳤음)의 일을 잊으셨나요? 살아서 욕을 당한다면 죽어서 영화롭게 되는 것만 못하다고 하였습니다. 나으리께서 사대부의 덕을 버리신다면 올바른 선비의 길을 갈 수 없고, 음란한 소첩 역시 세상을 살아가기가 힘들겠지요. 오늘의 작은 실수로 두 가지 치욕이 생기는 것입니다. 나으리께서 소첩을 원하시는 것은 즐기기 위함인데 소첩이 가슴에서 피를 뿜으며 죽는다면 무슨 즐거움이 있겠는지요?"

좌참찬 허균은 다른 한량들과 달랐다. 그녀의 춤과 노래에 찬탄을 보내지도 않았고 술자리에서 손목을 쥐는 일도 없었다. 다른 기생들에게는 곧잘 농담도 하고 속치마 속으로 머리를 디밀었지만, 추섬 앞에서는 미동도 없이 술잔만 기울였다. 허균의 얼굴에는 부귀영화를 누리는 고관대작의 도도함보다 「회사부(굴원이 투신자살하던 날 지은 부)」의 참담함이 서려 있었다.

그런 자리가 대여섯 번 지나간 어느 저녁이었다.

그날따라 허균은 유난히 일찍 추섬을 찾았다. 어디서 낮술을 먹었는지 얼굴이 불콰하고 걸음을 똑바로 옮기지 못할 만큼 취해 있었다. 추섬은 황혼을 등진 채 그를 별실로 안내했다.

"환생을 믿느냐?"

허균이 술상을 받자마자 뜬금없이 물었다. 추섬에게 던진 첫 물음이었다.

"아니 아니다. 환생이란 그 사람이 죽고 난 뒤 또 다른 생이 시작되는 것이지. 네가 매창의 환생일 리가 없어."

'매창'이라는 두 글자가 그녀의 귀에 들어왔다. 이매창이라면 시문과 인품에서 황진이와 쌍벽을 이루는 부안의 기생이 아닌가.

"소첩이 이매창을 닮았다 이 말씀이십니까?"

허균은 대답 대신 시 한 수를 읊기 시작했다. 이매창에 대한 그리움이 담뿍 담긴 시였다.

"신묘한 글귀는 비단을 펼쳐 놓은 듯/ 청아한 노래는 가는 바람 멈추어라/ 복숭아를 딴 죄로 인간에 귀양 왔고/ 선약을 훔쳤던가 이승을 떠나다니/ 부용의 장막에 등불은 어둑하고/ 비취색 치마에 향내는 남았구려/ 명년이라 복사꽃 방긋방긋 피어날 제/ 설도(당나라의 이름난 기생)의 무덤을 어느 뉘 찾을는지/ 처절한 반첩여의 부채라/ 비량한 탁문군(사마상여의 아내. 사마상여가 첩을 두자 자신의 신세를 슬퍼하며 「백두음」을 지음)의 거문고로세/ 나는 꽃은 속절없이 한을 쌓아라/ 시든 난초 다만 마음 상할 뿐/ 봉래섬에 구름은 자취가 없고/ 한바다에 달은 하마 잠기었다오/ 다른 해 봄이 와도 소소(남제의 이름난 기생)의 집엔/ 낡은 버들 그늘을 이루지 못해."

추섬은 지천명을 눈앞에 둔 사내의 회한 어린 눈망울을 들여다보았다. 이매창이 아무리 가무와 시문에 뛰어났다고 한들, 전라도 촌구석 부안의 기생일 뿐이지 않은가? 그것도 이미 6년 전에 운명을 달리한 여자를 왜 이토록 그리워하는 걸까?

"이매창과 못다 이룬 정이라도 있으신가요?"

"정이라……. 후훗, 사랑 때문에 이런다고 생각하는 게냐? 아니다. 사랑이 문제라면 벌써 그녀를 품었을 테고 또 그녀를 잊었겠지. 사랑이란 그렇게 눈부시게 타올랐다가 가없이 스러지고 마는 허깨비 놀음이 아니더냐?"

허균은 신축년(1601년) 부안에서 이매창을 처음 만났다. 그때 이미 이매창은 허균의 벗 이귀의 사랑이었다. 그 해부터 이매창이 죽은 경술년(1610년)까지, 두 사람은 함께 만나 술을 마시고 시문을 짓고 서찰을 주고받으면서 서로를 아꼈지만 결코 동침하지 않았다. 처음에는 이귀와의 의리 때문이었지만, 그녀와 이귀의 사이가 틀어진 뒤에도 이런 식의 만남이 유지되었다. 어찌 보면 오누이 같고 어찌 보면 애인 같은 관계가 10년 가까이 지속된 것이다. 허균과 이매창의 티없는 사랑을 추섬도 진작부터 알고 있었다. 그러나 그녀는 그 소문을 믿지 않았다. 서경덕과 황진이의 사랑이든, 허균과 이매창의 사랑이든, 사랑하는 남녀라면 당연히 몸과 마음이 하나가 되어야 한다고 생각했던 것이다.

"하오면 대감께 매창은 무엇이었는지요?"

허균은 추섬이 따른 술잔을 단숨에 비운 후 답했다.

"지음(知音)이라고나 할까! 매창은 난설헌 누님처럼 탈속의 길을 걸었지. 단서(丹書, 도가의 경전)를 열심히 읽어 곧 단대(丹臺, 신선이 사는 곳)에 도달할 경지에 있었더랬다. 우리는 서로를 알아보았지. 하늘의 버림을 받고 진흙 같은 속계(俗界)에 떨어졌음을…… 무사(無邪)의 주시(周詩)(『시경』을 가리킴. 공자는 사념이 없다는 한마디 말로 시경을 대변할 수 있다고 했음)만이 우리를 위로했더랬다."

추섬은 허난설헌과 이매창의 시를 읽은 적이 있었다. 님에 대한 그리움과 원망, 눈물과 한숨이 묻어나는 시도 있었지만, 신선들의 세계를 노래한 시도 적지 않았다. 아무리 노력한들 어찌 인간이 신선처럼 살 수 있다는 말인가? 지금 이곳의 고통을 피해 머나먼 곳으로 달아나고픈 어리석은 바람에 다름 아닌 것이다. 추섬의 목소리는 그 어느 때보다도 쌀쌀맞았다.

"대감! 소첩은 매창이 아니어요. 소첩을 통해 매창을 보시겠다면, 다시는 이곳으로 오지 마세요. 소첩은 이매창이 아니고 추섬이랍니다."

그제야 허균은 이매창에 대한 그리움을 접고 열여섯 살의 기생 추섬을 발견했다. 이매창을 많이 닮긴 했지만 추섬은 이매창보다 두 뼘이나 더 키가 크고 앙증맞은 보조개까지 있었다. 이매창의 춤사위가 부드러운 곡선이라면 추섬의 춤사위는 힘이 넘치는 직선에 가까웠다. 이매창의 노래가 가늘고 길게 늘어진다면 추섬의 노래는 흥이 많고 정이 넘쳤다. 이매창의 시가 이루지 못한 사랑에 대한 아쉬움과 현실로 바뀌기 힘든 신선 세계에 대한 갈망을 담고 있다면 추섬의 시는 호방하지 않지만 사물을 정확하게 옮기면서 그에 어울리는 정감을 담고 있었다. 마흔여덟 살의 형조 판서에게 딱 부러지게 자신의 의견을 밝히는 열여섯 살의 기생, 추섬.

"그렇구나. 네 말이 맞다."

허균이 술잔을 비우고 그 잔을 추섬에게 건넸다. 그녀는 잔을 받으면서 허균의 얼굴을 똑바로 쳐다보았다. 허균의 입술은 미소를 머금었으나 눈망울은 여전히 물기에 젖어 있었다. 추섬이 허균에게 마음을 빼앗긴 것은 바로 그 순간이었다. 세상의 온갖 기쁨과 슬픔이 바로 이 남자의 얼굴에 담겨 있었던 것이다. 술잔을 내려놓고 무릎걸음으로 다가가서 양 손바닥을 그의 두 눈에 갖다 댔다. 촉촉함과 따뜻함이 동시에 전해졌다. 허균이 양손을 들어 그녀의 허리를 감쌌다.

"아씨!"

추섬은 돌한의 걸걸한 목소리를 듣고 추억에서 깨어났다.

"잠시만…… 잠시만 더 기다리도록 해라."

"알겠습니다유."

추섬은 허균의 겉옷 한 벌을 가지런히 방바닥에 놓았다. 이재영은 험한 산길을 걸을지도 모르니 남장(男裝)을 하는 편이 낫겠다고 했다. 그만큼 상황이 긴박하게 돌아가고 있는 것이다.

대감!

속곳에서부터 두루마기까지 허균의 옷들을 어루만지니 다시 감정이 북받쳤다.

의금옥에 갇힌 지 벌써 사흘이 흘렀구나. 얼마나 고초를 겪고 계실까.

비녀와 치마저고리는 물론 속곳까지 벗고 조심스럽게 아랫배를 쓸었다. 입맛이 없어지면서 헛구역질까지 치밀어 올라 하루에 한 끼도 못 먹을 지경이었다. 그녀는 기꺼이 이 고통들을 감내했다.

아가야. 조금만 참으렴! 며칠 밤만 지나면 아빠가 오실 거야. 그때까진 엄마가 널 지켜 줄게.

서둘러 허균의 속곳과 바지와 두루마기를 차례차례 입고 패랭이를 썼다. 품이 넓고 소매가 길었지만 그런대로 입을 만했다. 의관을 다시 한 번 고치고 대청마루로 나서는데, 현응민과 김윤황이 황급히 뛰어 들어왔다. 마당에서 추섬을 기다리던 이재영이 두 사람을 보고 깜짝 놀라며 물었다.

"아니, 천어가 웬일이오? 건덕방의 일은 어떻게 하고?"

이재영이 추섬을, 현응민과 김윤황이 성옥을 맡아 목멱산으로 가는 것이 애초의 약속이었다. 그런데 건덕방으로 향했던 두 사람이 갑자기 신창동으로 들이닥친 것이다. 김윤황이 주위를 살피는 동안 현응민이 숨을 헐떡이며 말했다.

"당했소. 관송이 손을 썼어요. 의금부 관원들이 이미 그곳을 덮쳐 다 잡아갔소이다."

성옥과 송취대 그리고 충복인 종남까지 모두 끌려갔다는 것이다. 건덕방을 급습했다면 신창동도 위험하다. 이재영이 왼손으로 오른쪽 팔꿈치를 감싸쥐며 물었다.

"하면 이곳도 벌써 들이닥쳤어야……. 그렇군! 혹시 이 근처에서 낯선 자들을 보지 못했소?"

두루마기 안에 흑각궁을 감춘 김윤황이 주위를 두리번거리며 답했다.

"대다방동(大多坊洞) 근처부터 장정 서넛이 짝을 지어 나타났다 사라지곤 했습니다. 따돌린다고 둘러 오긴 했습니다만……."

이재영이 고개를 끄덕였다.

"우리가 나오기를 기다리고 있다는 말이군. 하면 두 패로 나누어 길을 나서는 수밖에 없겠소. 두 사람은 돌한이를 데리고 먼저 떠나도록 하시오. 미행을 따돌리고 남별궁 뒤에서 만납시다. 나는 그대들이 나간 뒤에 은밀히 창동(倉洞) 쪽으로 내려가서 남별궁으로 가리다. 자시(子時, 밤 11~1시)까지 오지 않을 때에는 각자 잠적하였다가 다시 연통을 넣도록 하고."

현응민이 걱정스러운 얼굴로 물었다.

"혼자서 할 수 있겠소?"

추섬을 무사히 탈출시킬 수 있겠느냐는 물음이다. 이재영이 빙긋 웃어 보였다.

"문제없소이다. 그대들이 먼저 저들의 시선을 유도하면 그 틈으로 조용히 사라질 테니."

"알겠소. 여인을 믿지요. 하나 그쪽 산길은 매우 험하니 조심하셔야 하외다. 그럼 남별궁에서 만납시다."

현응민이 김윤황과 돌한을 데리고 대문을 나서자마자, 이재영은 추섬과 함께 뒤뜰 쪽문 옆 참나무에 숨었다. 현응민과 김윤황이 앞장을 서고 돌한이 그 뒤를 따랐다. 현응민이 앞만 보며 물었다.

"나타났는가?"

김윤황이 곁눈질을 하며 답했다.

"대문 앞에서부터 따라오고 있습니다. 꼬리를 달고 다닐 일이 아니니 소정동(小貞洞)에서 해치웁시다."

"몇 놈인가?"

"지금은 넷입니다. 번갈아 뒤를 밟고 있으니 다 합쳐 봐야 여덟이나 아홉이겠죠. 중석정동(中石井洞) 근처까지는 이대로 가다가 하석정동(下石井洞)부터 달아나면 놈들도 본색을 드러낼 겁니다. 소정동 대숲까지만 무사히 도착하면 그다음 일은 제게 맡기십시오."

"알겠네."

세 사람은 상석정동(上石井洞)에 이를 때까지 묵묵히 앞만 보고 걸었다. 그러다가 중석정동에 이르자 뒤로 처졌던 돌한이 앞서 달리기 시작했고 그 뒤를 현웅민과 김윤황이 따랐다. 그들이 줄행랑을 놓자 뒤따라오던 의금부 관원들이 거리로 뛰어나왔다. 미행을 들켰으니 숨을 필요가 없던 것이다. 여덟 명의 장정이 한꺼번에 그들을 뒤쫓기 시작했다. 소정동 입구의 대숲까지 따라갔지만 세 사람은 흔적도 없었다. 관원들이 둥글게 모여 대책을 숙의하려는 순간 휴우욱 하는 소리가 어둠을 갈랐다. 연장자로 보이는 사내가 목을 부여잡고 쓰러졌다. 김윤황이 날린 울고도리(날아가면서 우는살)가 목덜미를 관통한 것이다.

"흩어져!"

남은 일곱 명이 엄폐물을 찾아 사방으로 뛰었다. 바위 뒤에 숨는 이도 있었고 돌담 아래에 도마뱀처럼 납작 웅크린 이도 있었으며 아예 소나무를 타고 올라가는 이도 있었다. 그러나 어느 곳도 그들의 생명을 지켜 주지 못했다. 휴우욱 휴우욱 소리가 날 때마다 사내들은 제각기 목과 이마와 가슴을 부여잡고 피를 쏟았다. 그렇게 일곱 명이 화살을 맞고 쓰러졌다. 요행히 김윤황의 울고도리를 피해 담벼락에 덩굴처럼 붙어 있던 홀쭉이는 돌한의 차돌 주먹을 맞고 심장이 터져 즉사하고 말았다. 대숲에서 이 광경을 지켜보던 현응민이 칭찬을 아끼지 않았다.

"역시 명궁 중의 명궁이로세. 이토록 지독한 어둠 속에서 어떻게 놈들을 정확히 맞힐 수 있는가?"

김윤황도 현응민의 칭찬이 싫지만은 않은지 마른침을 삼키며 환하게 웃었다.

"별것 아닙니다. 볼 수는 없지만 들을 수는 있지 않습니까? 누구라도 울고도리가 날아가는 소리를 들으면 두려워서 저도 모르게 꼼지락대는 법이지요."

"그렇군. 그래서 많고 많은 화살 중에 울고도리를 선택한 게로군."

돌한이 왼손으로 오른쪽 주먹을 쓸며 다가왔다.

"남별궁으로 가실 테지유?"

현응민이 돌한과 김윤황을 번갈아 보며 고개를 저었다.

"여인은 아직 창동을 벗어나지도 못했을 거야. 일찍 가서 시간을 죽일 필요가 뭐 있겠나? 차라리 쌍리동으로 가세. 오늘쯤 놈들이 모여 또 무슨 모의를 할 게 틀림없어."

현응민과 김윤황은 허균이 잡혀간 후부터 줄곧 쌍리동 근처를 맴돌았다. 이이첨을 감시하면 무엇인가 소득이 있으리라는 막연한 추측 때문이었다. 쌍리동을 지켜보라는 허균의 서찰을 받은 다음부터는 주야로 쌍리동을 살폈다. 16일 밤, 박승종과 박자흥 그리고 류희분이 쌍리동을 찾은 이후 아무도 이이첨을 만나러 오지 않았다. 그러나 오늘은 의금부 관원들이 건천동은 물론 추섬과 성옥의 집까지 들이닥쳤으니, 그들로서도 무엇인가 대책을 논의할 것 같았다. 돌한이 뿌루퉁한 볼을 실룩이며 반대 의견을 냈다.

"미행을 따돌린 후 남별궁으로 곧장 오라고 하셨시유."

김윤황이 돌한을 꾸짖었다.

"우리가 뭐 여인이 부리는 종인 줄 아는가? 여인은 겁쟁이야. 도성 밖으로 달아날 궁리만 하지, 정작 좌참찬을 구할 방도는 하나도 없어. 쌍리동을 살피라는 건 좌참찬의 명령이야. 왜 하필 우리 두 사람에게 쌍리동을 맡겼겠는가? 이이첨의 명줄을 끊어 놔야지만 좌참찬이 풀려날 수 있기 때문이지. 잠자는 호랑이의 수염을 뽑은 벌이 어떤가를 가르쳐 주려면, 관송의 내장까지도 꺼내 봐야 한다 이 말씀이야. 좌참찬을 하루라도 빨리 옥에서 구해 내려면 쌍리동을 떠나선 안 돼."

"그래도……. 대감마님께서는 봉상시 주부의 뜻에 따르라고 하셨습니다유."

이번에는 현웅민이 돌한의 어깨에 오른손을 올린 채 눈을 부라렸다.

"지난 열엿새 날에 무슨 일이 있었는 줄 아느냐? 윤황이와 내가 이이첨의 집 건너편에서 잠복하고 있는데, 갑자기 장정 세 사람이 후문을 넘어왔어."

현웅민이 잠시 말을 끊고 돌한의 얼굴을 바라보며 고개를 끄덕였다.

"그래! 우리 말고도 쌍리동을 살피는 놈들이 있었던 게야. 그들이 누군지 아느냐? 윤황이와 내가 은밀히 뒤를 밟았지. 그들은 모두 좌포도청으로 들어가더군. 나중에 알아보니 좌포도군관 조명도, 강문범, 용은태였어. 좌포도대장 김예직이 군관들을 풀어 판의금부사 이이첨을 감시하고 있었다 이 말이야. 무엇인가 냄새가 나지 않아? 자, 가세. 오늘은 그 군관들을 사로잡아 일의 앞뒤를 맞춰 보자고!"

그들은 건천동을 멀리 돌아서 쌍리동으로 향했다. 박치의가 이미 허균의 아내 김씨와 딸 해경을 안전한 곳으로 피신시켰으므로 건천동을 지나칠 이유가 없었던 것이다. 쌍리동에 도착한 세 사람은 대문 건너편에서 매복했다. 지난번에는 좌포도군관들이 후문을 넘었으므로, 이번에는 정문 근처에서 나타날 가능성이 컸다.

"이놈들!"

갑자기 등 뒤에서 호랑이처럼 으르렁거리는 음성이 들려왔다. 세 사람은 깜짝 놀라 뒤를 돌아보았다. 김윤황의 오른손에는 이미 각궁이 쥐어져 있었다.

"뭘 그렇게들 놀라는가? 도둑질이라도 하다가 들킨 사람들 같구먼."

덩치 큰 원종이 연꽃잎만 한 손바닥을 펼쳐 보이며 사람 좋게 웃었다. 현응민이 가슴을 쓸어내리며 물었다.

"원 정랑이 예까지 웬일이신지요?"

원종이 턱짓으로 이이첨의 집을 가리키며 답했다.

"자네들하고 같은 이유지. 아무래도 저기서 구린내가 난다 이 말씀이야."

현응민이 저녁나절부터 방금 전까지 벌어진 일을 간단하게 알려 주었다.

"건덕방은 늦었고 신창동은 다행히 탈출에 성공했을 겁니다."

원종은 고개를 치켜들고 지나가는 말투로 뇌까렸다.

"피신을 시키려면 진작 했어야지. 교산의 부탁을 받은 17일에 가솔을 옮겼다면 이런 낭패를 당하지 않았을 것을!"

그 말이 듣기에 거슬렸는지, 김윤황이 한마디했다.

"그게 다 이이첨의 의심을 사지 않으려고 했던 게지요."

"아무리 그래도⋯⋯."

현응민이 둘 사이에 끼어들었다.

"의금옥에 끌려가도록 내버려 두는 것보다 지금이라도 탈출시키는 편이 백배 낫지요. 자, 그건 그렇고 이제 적당히 자리를 잡고 기다리도록 합시다. 으흐! 가을바람이 꽤 찬걸."

현응민이 자리를 잡고 넙죽 엎드렸다. 그들은 사이좋게 나란히 엎드려 시간을 흘려보냈다. 밤하늘을 살펴 시간을 가늠하던 돌한이 현응빈에게 남별궁으로 가기를 다시 재촉했다.

"이제 곧 자시예유. 아무래두 오늘은 벨일이 없을 듯허니 얼른 가세유. 지금 가셔야만 해유."

김윤황이 돌한의 머리를 누르며 짧게 말했다.

"왔다!"

담벼락에서 검은 물체가 어른거렸다. 그는 보통 사람 키의 서너 길은 족히 되는 담을 가뿐하게 뛰어내렸다. 뒤이어 두 사내가 담벼락 위에 고개를 디밀었다. 김윤황이 각궁에 화살 두 개를 동시에 걸며 속삭였다.

"일단 두 놈을 처치하고 나머지 한 놈만 잡읍시다."

"그래, 그렇게 해."

현응민의 대답이 떨어지자마자 김윤황이 활시위를 놓았다. 어둠을 가르고 날아간 철전(鐵箭, 쇠살촉으로 끝이 둥글며 깃이 좁은 근거리용 화살)은 막 담벼락을 넘으려는 두 사내의 심장에 꽂혔다. 쿠쿵 소리와 함께 그들이 담장 안으로 떨어지자마자, 아래에서 망을 보던 사내가 왜관동 쪽으로 냅다 뛰기 시작했다. 그러나 그도 역시 채 스무 걸음도 내딛기 전에 오른쪽 허벅지를 움켜쥐며 나뒹굴었다. 김윤황이 날린 철전이 허벅지에 꽂힌 것이다. 현응민은 돌한과 함께 재빨리 담장 밑으로 뛰어갔다. 시끄러운 소리를 듣고 이이첨의 노복들이 달려 나올지도 모르는 상황이었다. 고통을 참지 못해 아랫입술을 물어뜯는 사내는 좌포도군관 강문범이었다.

"너, 너희 놈들은……. 악!"

원종이 가볍게 뒤통수를 갈겨 강문범을 기절시켰고 돌한이 그를 들쳐 업었다. 각궁을 다시 두루마기 안에 숨기고 달려온 김윤황이 앞장을 섰다. 원종이 두 주먹을 번갈아 맞잡으며 웃었다.

"하핫, 이제 가지. 아직 자시를 지나지는 않은 듯허이."

돌한과 현응민도 따라 웃으며 김윤황의 뒤를 따랐다. 이제 남별궁 뒷산으로 가서 이재영과 추섬을 만나면 하루 일이 끝나는 것이다. 현응민의 얼굴이 점점 더 밝아졌다.

겁쟁이 이재영은 좌포도군관을 둘이나 죽였다고 화를 내겠지. 하나 이미 엎질러진 물이 아닌가. 언젠가는 오늘의 공을 인정할 날이 오리라.

길모퉁이에서 길고 무거운 몽둥이가 불쑥 나왔다. 김윤황의 두 눈이 커지는 것과 동시에 몽둥이가 턱을 후려쳤다. 억 소리도 내지르지 못한 채 앞으로 고꾸라졌다. 원종이 몽둥이를 양손으로 붙들어 앞으로 잡아당겼다. 장정 하나가 연줄에 매달린 방패연처럼 끌려 나왔다. 박수를 치듯 두 손으로 사내의 머리를 잡고 뒤로 꺾어 버린 원종은 품에서 쌍도끼를 꺼내 닥치는 대로 휘두르기 시작했다. 머리와 가슴에서 숨풍숨풍 피를 쏟으며 쓰러진 시체가 금방 예닐곱 구나 되었다.

"이놈들! 심심하던 차에 자알 걸렸다. 덤벼, 모조리 덤벼!"

원종은 어둠을 노려보며 고함을 질러 댔다. 갑자기 웅성거림이 뚝 끊어졌다. 원종이 쌍도끼를 빙빙 휘돌리며 앞으로 달려 나가려는 순간, 밤하늘에서 쇠그물이 확 퍼지며 떨어져 내렸다.

"어이쿠!"

비명 소리와 함께 원종이 쓰러졌다. 그물에 걸린 멧돼지 신세가 된 것이다. 현응민과 돌한이 걸음을 멈추고 주변을 살폈다. 스무 명이 넘는 장정들이 어느새 그들을 삥 둘러 쌌다.

"이, 이런!"

그들은 좌포도군관이 살해당하는 장면을 지금까지 구경만 하고 있었던 것이다.

하면 이놈들은 좌포도군이 아니다. 누구지?

꼬리에 꼬리를 무는 질문을 채 끝내기도 전에 장정들이 우르르 달려 나왔다. 중국말이나 왜말에는 천부적인 소질을 지닌 현응민이지만 몸으로 부대끼는 일에는 재주가 없었다. 내지른 주먹을 가슴에 맞고 주저앉자마자 무수한 발길질이 쏟아졌다.

그러나 황소의 목뼈를 맨손으로 부러뜨리는 괴력의 사나이, 돌한은 달랐다. 그는 들쳐 업었던 강문범을 냅다 던진 다음 숫자의 우위만 믿고 달려드는 장정 둘의 콧잔등을 내려앉혔다. 손에 잡히는 대로 꺾고 부러뜨리기를 밥 먹듯이 했다. 장정들은 돌한의 괴력을 보고 슬슬 뒷걸음질을 쳤고, 그 순간 돌한은 있는 힘을 다해 북쪽으로 달아났다. 돌한이 어둠 속으로 사라진 뒤에야 장정들이 고래고래 고함을 지르며 뒤를 쫓았다. 그러나 끝내 잡을 수 없었다.

"이놈들이라도 끌고 가자!"

그들은 쓰러진 원종과 김윤황, 현응민을 들쳐 업었다. 원종의 쌍도끼에 머리가 터지고 돌한에 의해 목이 부러진 장정들의 시체도 빠짐없이 챙겼다. 그들은 방금 돌한이 사라진 길을 따라서 빠르게 걸음을 옮기다가 오른쪽으로 방향을 돌려 마정교(馬井橋)를 왼편으로 끼고 달렸다. 잠시 후 훈련원에 도착한 그들은 한 사람이 겨우 드나들 정도의 좁은 쪽문으로 모습을 감추었다. 자정을 훨씬 넘긴 시각이었다.

훈련원의 쪽문이 완전히 닫힌 후 어두운 골목에서 덩치 좋은 사내가 모습을 드러냈다. 돌한이었다.

15일

갈림길

8월 20일 평단(푸르, 새벽 3~5시)

허굉은 벌써 나흘째 동가식서가숙으로 도성을 떠돌고 있었다. 허균과 기준격이 의금부로 끌려간 16일 아침, 기윤헌은 그에게 도성 밖으로 몸을 피하라고 권했다.

"작년 그믐과는 또 다른 상황이야. 관송이 그때 일을 재론하겠다는 건 핑계고 틀림없이 등 뒤에 비수를 숨기고 있어. 네가 내 집에 머무르는 것은 위험천만이다. 만에 하나 교산에게 불리한 쪽으로 일이 진행되면, 관송은 너를 가장 먼저 잡아들이려 할 게야. 떠나라. 심심산천으로 가서 세월을 낚도록 해."

그러나 허굉은 도성을 빠져나가지 않았다. 아무리 미워도 아버지는 아버지인 것이다. 아버지의 옥사가 끝날 때까지 도성에 머무르기로 결심했다. 기윤헌이 얼마간의 노자를 보태 주었다. 다정다감한 스승은 허굉이 정치의 소용돌이에 말려들지 않기를 진심으로 바랐다.

"도성을 나서는 순간부터 시를 지어도 좋다. 시흥을 쫓아 팔도를 유람해라. 백성들의 삶을 몸으로 겪은 후에야 시다운 시가 나오는 법! 전쟁의 상흔이 깊은 곳이라면 어디든지 가고, 굶주림과 병마에 허덕이는 백성들을 보면 나서서 돕도록 해라."

기윤헌은 허굉을 조선 제일의 시인으로 만들고 싶었다. 스승은 제자의 재능과 노력이 여러 갈래로 분산되기를 원치 않았다.

"청운의 길로 나서지 마라. 시와 정치는 확연히 다른 길이다. 두 마리 토끼를 동시에 잡을 수는 없지. 교산의 절필을 늘 마음에 새기도록 해. 개원(開元, 당나라 현종의 연호)과 대력(大曆, 당나라 대종의 연호) 사이에 네 뜻을 두어라. 임금이 금포(錦袍, 비단으로 만든 도포나 두루마기, 황제가 하사한 금포를 이태백이 입은 적이 있음)를 내리더라도 흔들려서는 아니 된다."

허균은 계축년(1613년)에 자진해서 이이첨의 그늘로 들어온 후부터 시작(詩作)을 게을리했다. 시혼이 사라져 버렸다는 평계를 댔지만, 하루아침에 없어질 재능이 아니었다.

광해군의 강권이나 명나라 사신을 접대하는 자리에서는 마지못해 몇 편을 짓기도 했다. 그러나 허균은 그것들을 시라고 여기지 않았다.

스승의 슬하를 떠난 나흘 동안, 허굉은 발길 닿는 대로 돌아다녔다.

서책을 읽기 시작한 기억의 첫 장 이후로 이렇듯 자유로운 시간을 가진 적이 없었다. 나흘 동안 그는 단 하나의 글자도 읽지 않았다. 스승은 길을 나서는 제자에게 서책을 지니지 못하도록 했다. 온몸으로 세상과 부딪치기를 바라는 마음에서였다. 그러나 제자는 세상을 껴안고 씨름하기에는 준비가 부족했다. 첫날 그가 빈 방에 홀로 앉아 하루 종일 두보의 시를 암송한 깃은 서책으로부터 벗어나지 못한 한계를 고스란히 드러낸 것이었다. 그러나 그다음 날부터 그는 예전의 삶의 방식을 접고 거리를 돌아다니기 시작했다. 도성의 사람과 집과 산과 강과 나무를 구경하는 것이 그의 일과였다.

숙소를 정하고 잠자리에 들기가 무섭게 곯아떨어졌다. 요즈음처럼 몸을 많이 움직인 적이 없었다. 발이 통통 부르트고 입술이 짓무르기까지 했다. 그러나 그는 걷는 것을 포기하지 않았다. 사람들과 섞여 호흡하고 웃고 울고 싶었다. 저잣거리에는 수많은 말들이 흘러넘쳤다. 이 세상 모든 일이 그곳 장사치들의 혀끝에서 떠오르기도 했고 사라지기도 했다. 창덕궁 편전에 앉은 광해군의 자세까지 알아맞힐 정도였다. 요즈음 저잣거리의 화제는 단연 전쟁이었다. 광해군이 아무리 포도대장들을 통해 민심을 가라앉히려고 해도 소용없었다. 노추의 기세가 하늘을 찌를 듯하며, 그 병력이 임진년 조선에 들어온 왜군보다 열 배나 많다는 소문이 돌았다. 피난을 가긴 가야겠는데 목구멍이 포도청이라 하는 수 없이 남아 있다는 신세 한탄까지 곁들여졌다. 그들은 너나없이 노추와의 전쟁을 기정사실로 받아들이고 있었다. 또 하나 은밀하게 흘러나오는 소문은 허균과 관련된 것이었다. 그들은 나는 새도 떨어뜨린다던 좌참찬 허균이 의금옥에 갇힌 이유를 다양하게 분석했다.

"두고 보라지! 틀림없이 교산은 사약을 받을 거여. 인목대비를 그 지경까지 괴롭혔으니 천벌이 내린 게지. 술주정뱅이인 데다가 천하의 난봉꾼이며 엄숭(명나라의 간신)보다도 더 간사한 놈에게 정치를 맡긴 것 자체가 잘못이여."

"어림없는 소리! 교산이 순순히 당할 것 같은가? 권모술수를 부리기로는 조조보다도 더한 위인일세. 이참에 관송을 혼내 주고 더욱 높은 벼슬을 차지하게 될걸."

"흥, 관송과 교산이 싸우긴 왜 싸워? 무언가 딴 꿍꿍이가 있는 거야. 서인이나 남인을 슬쩍 떠보는지도 모르지. 성동

격서(聲東擊西, 동쪽에서 소리 지르고 서쪽을 침), 혼수모어(混水
摸魚, 물을 일부러 흐리고 고기를 잡음)도 몰라?"

백성들의 눈에 비친 아버지의 흉악하고 비틀어진 얼굴
을 발견했다. 사대부의 바른 도리를 따르지 않고 주색을 탐
하며 개인의 부귀영화를 위해 왕실을 엉망진창으로 만든
위인. 그 사람이 바로 아버지 허균이었다.

"굉아!"

서늘한 새벽바람을 타고 그를 부르는 음성이 들렸다. 귀
에 익은 목소리였다. 허굉은 눈을 뜰 수 없었다. 나흘 동안
잠자리를 옮겨 다니며 도성 구경을 즐기느라 쌓인 피로가
온몸을 짓눌렀다.

"일어나라, 굉아!"

다시 귓전을 울리는 목소리. 꿈이 아니었다. 누군가 머리
맡에서 그의 이름을 부르고 있었다. 눈꺼풀이 파르르르 떨
리면서 천천히 위로 올라갔다.

"누, 누구냐?"

수건 한 장이 코와 입을 덮었다. 손을 들어 버둥거렸지
만 워낙 강한 힘이 가슴과 배를 누르는 통에 꼼짝도 할 수
없었다. 칡꽃 비슷한 향기가 코로 들어왔고, 뒤이어 얼굴을
빨아 당길 만큼 진한 흙냄새가 밀려왔다. 최음단을 마신 것
이다. 몸이 허공으로 붕 뜨는 기분이 들다가 이내 정신을

잃었다.

얼마나 시간이 흘렀을까.

산새 소리가 온몸을 감쌌다. 서늘한 바람이 불어 내려왔고 나뭇가지 사이로 내리쬐는 태양이 이마를 달구었다. 눈을 뜨고 싶었지만 제대로 눈꺼풀을 움직일 수 없었다. 계곡물 소리를 확인하고서야 지금 누워 있는 곳이 산중임을 알았다. 최음단의 지독한 향기 때문에 아직도 정신이 흐리멍덩하고 어지러웠다.

누가 날 이곳까지 데려왔을까?

뒤섞여 웅웅거리던 소리들이 차츰 제자리를 찾았다. 두런두런 이야기를 나누는 사내들의 목소리가 들려왔다. 그중 하나는 새벽녘에 들려온 바로 그 음성이었다. 허굉은 여전히 잠든 체하며 두 사람의 대화를 유심히 들었다.

"애를 저 지경으로 만들어서 데려오면 어떻게 하는가?"

"순순히 따라 나올 애도 아닌데, 싸우기라도 하라는 말인가?"

화를 내는 쪽은 이재영이 분명한데 되받아치는 사내는 누군지 가늠이 되지 않았다.

"자네가 요즈음 너무 심하다는 걸 알고는 있나? 성 첨지를 두들겨 팬 건 어쩔 수 없다손 치더라도 도원의 귀를 자르다니……. 생각만 해도 끔찍허이."

"죽이지 않은 것만 해도 되려 내게 감사해야지. 자네는 서양갑이나 내 아우 치인이가 어떻게 죽어 갔는지를 몰라서 그런 소릴 하는가?"

"복수는 또 다른 복수를 낳을 뿐일세. 우리가 사사로운 복수나 하자고 모인 건 아니지 않나?"

"이런 걸 가리켜 적반하장이라고 하는 거야. 잘 듣게. 일을 망치고 있는 건 내가 아니라 자네와 교산이야. 숭례문에 흥격을 붙이는 대신 내 말대로 범궁을 했으면 벌써 우리 세상이 되었을 걸세. 복수는 또 다른 복수를 낳을 뿐이라고? 자네는 날 복수의 화신쯤으로 여기는가 본데, 난 결코 무륜당의 복수나 하려고 여기에 온 것이 아니야. 개인적인 복수가 목적이었다면 몇몇 부하들을 이끌고 벌써 이이첨을 비롯한 삼창의 목을 베었겠지. 내게는 꿈이 있다네."

"꿈이라고?"

"그래. 제대로 된 나라를 만들고 싶어. 그 아비가 왕이냐 사대부냐 농부냐에 따라 자식의 인생이 결정되지 않는 나라를 원한다네."

"하지만 자넨 너무 성급해."

"성급하다고? 쌍리동에서 잡힌 사람들도 모두 여인 자네가 책임졌어야 할 사람들이 아닌가? 자, 이제 교산을 비롯해서 우경방, 하인준, 현응민, 김윤황까지 잡혔네. 이러고도

더 기다려야 한다는 말인가? 일의 성패를 결정짓는 것이
시간임을 왜 몰라?"

"교산의 서찰을 보았지 않은가? 아직은 때가 아니네. 관
송을 비롯한 삼창의 무리들이 이상한 낌새를 눈치챘어. 지
금 군사를 일으켰다가는 전멸하고 말 걸세."

"유리한 상황을 포착해서 밀어붙이는 게 바로 세(勢)라는
걸 자네는 모르는가? 지금보다 더 좋은 때가 언제라는 말
인가? 전쟁의 공포로 백성들은 두려움에 떨고 있고, 도성을
지키는 군사들 가운데 상당수가 원군으로 차출되지 않았는
가? 진화타겁(趁火打劫, 불이 난 틈을 타서 도둑질을 함)이란 바
로 이런 때를 두고 하는 말이야. 교산과 자네가 나서지 않
겠다면 나 혼자서라도 하겠네."

허균은 그제야 낯익은 음성의 사내를 기억해 냈다. 무륜
당의 여러 아저씨들 중에서 특히 그를 예뻐하던 독사 박치
의의 목소리였다.

"어허! 지금 자네가 움직이면 옥에 갇힌 이들은 모두 죽
게 돼. 교산이 죽어도 좋다는 말인가?"

"어차피 이대로 가다가는 머지않아 죽을 목숨이야. 큰일
을 도모하다 보면 작은 희생이 따르게 마련이지."

"교산을 잃는 것이 작은 희생인가? 다른 이들은 몰라도
교산은 꼭 살려야 하네. 교산이 없다면 우리가 어떻게 완전

히 새로운 나라를 만들 수 있겠나? 파암, 자네 혼자 그 일을 감당할 수 있을 것 같아?"

박치의는 잠시 대답을 미뤘다. 새로운 나라를 만드는 구체적인 계획을 전적으로 허균에게 의존하고 있었던 것이다.

"자네 말이 맞네. 교산을 구해 내는 것이 급선무겠어. 그렇다면 더욱 서둘러야지. 동지의금 김개가 변심이라도 하면 우리가 어떻게 교산을 구해 내겠는가? 이제 웬만큼 잡아들였으니 본격적인 추국이 시작될 걸세. 교산이 형신을 당해 앉은뱅이가 되기 전에 하루라도 빨리 꺼내 오도록 하세."

"아직 하루 이틀은 여유가 있어. 교산과의 서찰 왕래도 자유롭고 관송의 움직임도 의외로 조용해."

"바로 그 점이 더욱 마음에 걸려. 도원의 실종이 보고되었을 텐데도 아무런 반응이 없으니…… 이이첨은 결코 속내를 드러내지 않고 남 속이기를 밥 먹듯이 하는 위인이야. 그런 자와 술수로 맞서다가는 당하기 십상이지. 잔꾀를 부리지 못하도록 확실하게 힘으로 눌러 버리는 것이 최선이라네. 여인! 나는 자네의 신중함을 아끼네만, 그 신중함이 두려움을 낳고 용감한 행동마저 경솔한 짓으로 치부하지 않기를 바랄 뿐이야."

"도원은 어찌할 건가?"

"용서하라 이 말인가? 용서하고 말고를 떠나 스스로 배신의 책임을 져야겠지."

갑자기 박치의가 몸을 돌려 오른손으로 허굉의 이마를 짚었다. 이재영도 시선을 옮겨 허굉의 안색을 살피다가 천천히 몸을 일으켰다.

"육조거리로 가서 분위기를 살펴보고 오겠네."

이재영이 갓을 고쳐 쓰고 산길을 따라 사라지자마자, 흰수염을 늘어뜨린 노승과 쇠 방망이를 어깨에 멘 사내가 나타났다. 명허와 봉학이었다. 박치의와 이재영의 대화가 끝날 때까지 근처에서 기다렸던 모양이다. 박치의가 먼저 명허에게 물었다.

"대사! 무승들은 어떻소이까? 혹 변산으로 돌아가자는 말은 없습니까?"

명허가 입가에 엷은 미소를 띠며 잔잔하게 답했다.

"괜한 걱정을 하십니다. 토굴에서 몇 년 동안 면벽도 하는데, 이 정도 기다림이야 아무것도 아니지요."

그러나 봉학은 명허와 입장이 달랐다.

"두렝님! 깅방 행님도 붙들리 갔고, 교산 이하 처음부터 우릴 돕기루 했던 자들도 모조리 감옥에 갇혔습네다. 더 무얼 기다리시는 겝니까? 당장 창덕궁을 치자우요. 조 쥐새끼같은 이재영이가 또 무에라 알랑방귀를 끼었습네까? 두렝님! 이재영이는 범궁할 뜻이 없습네다. 그놈부터 죽이자우요."

사사건건 범궁의 시기를 늦추려고만 하는 이재영을 제거하자는 것이다. 22일이 다가올수록 이재영은 더욱 흔들릴 것이다. 그렇게 흔들리는 자를 곁에 두느니 차라리 제거하는 편이 나을 수도 있다. 그러나 허균은 새로운 나라를 만들기 위해서는 이재영의 도움이 절대적이라고 누누이 강조해 왔다. 지금 이재영을 제거한다는 것은 허균과 영원히 갈라서는 것을 의미했다. 박치의가 명허를 쳐다보며 물었다.

"대사는 어찌 생각하십니까?"

명허가 조용히 입을 열었다.

"죽일 자는 죽여야겠지요. 하나 그를 죽임으로 해서 또 다른 다툼이 있을까 그것이 걱정입니다."

명허 역시 허균과의 관계가 마음에 걸리는 것이다. 박치의는 고개를 끄덕이며 봉학을 달랬다.

"어차피 모두 붙들려 갔으니 이번 거사는 우리끼리 할 수밖에 없다. 이재영이 뭐라고 반대를 해도 밀어붙이면 그만인 게야. 죽이지는 말고, 범궁의 구체적인 계획을 알리지 않는 선에서 따돌리면 돼. 그건 그렇고 원 정랑이 맡고 있던 사아리의 장정들은 거두어들였느냐?"

봉학이 웃음을 터뜨렸다.

"하하, 염려 마시라우요. 지난밤 교산의 비밀 서찰이레 들고 가서리 단숨에 잡았습네다. 언제라도 동원할 수 있시요. 고론데 언제 창덕궁을 까부시는 겝니까?"

박치의가 단단한 음성으로 답했다.

"2~3일만 더 기다려. 그때까지 말썽 생기지 않게 단속 잘하고. 저잣거리로 내려가지도 마. 이제 우리가 나서지 않더라도 노추가 밀고 내려온다는 소문이 꼬리에 꼬리를 물고 도성을 감쌀 테니까. 알겠나?"

"알갔시요!"

"그럼 가서 다시 한번 지도를 보도록 하지!"

그들의 목소리가 차츰 희미해졌다. 지도가 있는 곳으로 장소를 옮기는 듯했다.

인기척이 없음을 확인한 허굉은 천천히 몸을 일으켰다. 그사이에 시력도 완전히 회복되어 주변 풍광이 또렷하게 구분되었다. 중천에 떠 있는 해를 보니 적어도 정오는 넘은 듯했다.

독사 아저씨가 도성에 들어와 있다니…….

5년 넘게 허굉은 박치의를 만나지 못했다. 화적 떼의 괴수가 되어 북삼도의 수령들을 죽이고 재물을 약탈한다는 풍문만 전해 들었을 뿐이다. 박치의를 붙잡는 이가 노비라면 면천을, 사대부라면 당상관을 시켜 준다는 방이 붙었다. 현상금에 눈이 어두워 박치의를 잡겠다고 나선 자가 1000명이 넘었지만, 대부분 박치의의 그림자도 구경하지 못했거나 아예 박치의 밑에서 도적질을 시작한 이도 있었다. 노추가 준동하면서부터 소문이 더욱 흉흉해졌다. 박치의가 노추의 길잡이 역할을 맡겠다고 자청했다거나 노추가 박치의에게 영의정 자리를 보장했다는 말까지 들려왔다. 소문대로라면 박치의는 압록강 근처에서 노추를 기다리고 있어야 하는 것이다.

"깨어났구나. 자, 이거라도 마시렴."

박치의가 바가지에 떠온 물을 내밀었다. 허균은 갈증을 참으며 따지듯 말했다.

"역도군요. 아버지와 아저씨는 정말 국적(國賊)이에요."

박치의가 묘한 미소를 흘렸다. 얼굴의 다른 부분은 고정시킨 채 작고 날카로운 눈으로만 웃는 웃음이었다. 그러다가 바가지를 확 쏟아 버린 다음 계곡물 소리가 촬촬촬 들려오는 곳으로 내려갔다. 허균도 몸을 일으켜 그 뒤를 따랐다. 박치의는 소나무들이 풍경을 가린 으슥한 바위 아래 자리를 잡고 앉았다. 사풍세우(斜風細雨, 비껴 불어오는 바람과 가늘게 내리는 비)도 들이치지 않을 만큼 아늑한 공간이었다. 허균은 대여섯 걸음쯤 거리를 둔 채 멈춰 섰다.

"산쟁이(산에서 사냥과 약초를 캐며 사는 사람)들이 잠시 머물렀다 가는 곳이야. 이야기를 나누려면 이리 들어와."

물소리 때문에 박치의의 목소리가 잘 들리지 않았다. 허 굉은 못 이기는 척하며 바위 아래로 들어갔다. 박치의는 하얗게 부서지는 물살에 시선을 고정시킨 채 이야기를 시작했다.

"국적이라고 했느냐? 넌 국적이 무엇인지 알고는 있는 것이냐? 어명을 따르면서 군왕을 이롭게 하는 것을 순(順)이라고 하고, 어명을 따르면서 군왕을 이롭게 못하는 것을 첨(諂)이라고 하며, 어명을 거스르고 군왕을 이롭게 하는 것을 충(忠)이라고 하고, 어명을 거스르고 군왕을 이롭게 못하는 것을 찬(纂)이라고 한다. 군왕의 명예나 치욕, 나라의 흥망을 돌보지 않고 구차하게 녹봉만 받으며 사리사욕을 채우는 것을 바로 국적이라고 하지. 이치가 이러한데 어찌 교산과 내가 국적일 수 있겠느냐?"

"소생을 속일 생각은 마십시오. 역모를 꾸미는 자들이 국적이 아니라면 누가 국적이겠습니까?"

"역모라……. 역모일 수도 있겠지. 하나 교산과 내가 꿈꾸는 것은 결코 역모가 아니야. 자, 차분히 따져 보도록 할까? 굉아! 넌 왜 가출을 했지? 교산이 평소 친하게 지내던 기 정승을 모함하고 네 스승인 기윤헌을 궁지로 몰아넣었기 때문이냐? 하나 그건 교산만을 탓할 수는 없지. 기준격이 먼저 교산을 공격했으니까."

허굉이 고개를 저었다.

"그 때문만은 아닙니다. 아버지는 뜻을 꺾으셨습니다."

"어떤 뜻 말이냐? 변산으로 내려가서 신선술을 익히려던 뜻 말이냐?"

박치의가 말을 끊고 입을 반쯤 벌린 채 웃어 젖혔다.

"허허허! 교산은 신선이 될 팔자가 아니었던 게지. 너는 어려서 기억을 못하겠지만, 무신년(1608년) 가을, 교산은 정말 이수(梨樹, 높이가 백 장이나 되는 나무, 국에 섞어서 끓여 먹으면 신선이 된다고 함)를 끓여 먹을 작정을 했었지. 계응(진(晉)나라 사람으로 고향을 떠나 벼슬을 하다가 고향의 농어회와 순채가 생각나서 낙향함)이 고향을 생각하는 것처럼, 그는 늘 변산 자락을 그리워했어. 도성에 있던 식솔들을 모두 불러 내렸을 정도였으니까 각오가 참으로 대단했지. 우리가 벌 떼처럼 달려가서 만류하지 않았다면 교산은 분명 지선(地仙, 승천하지 않고 지상에 사는 신선)이 되었을 게야. 우리가 열흘 낮 열흘 밤을 설득한 끝에 교산은 벽곡(辟穀, 생식만 하고 화식을 하지 않음)을 중단하고 다시 속세로 눈을 돌리게 되었단다."

"차라리 그때 산림처사를 자임하시는 편이 나았습니다."

"임자년(1612년)에도 교산은 변산에 머물렀었지. 전라도를 유람했지만 종착지는 항상 변산이었어."

"북인과 손을 잡은 바로 그 순간부터 아버지는 간신 이상도 이하도 아닙니다. 백성의 가슴에 못을 박고 군왕의 눈을 멀게 만드는 것이 아버지의 일이었습니다. 도(道)로는 같이 갈 수 있으나 권세로는 같이 갈 수 없다는 옛말도 있지 않습니까?"

박치의의 목소리가 조금 커졌다.

"굉아! 너까지 그런 생각을 품고 있었던 게야? 네 아버지가 어떤 분인지를 아직도 모르는구나. 교산이 정말 이이첨과 힘을 합쳐 나라를 좌지우지하는 간신이라면 내가 어찌 교산과 같은 하늘 아래에서 얼굴을 맞대겠느냐? 금과(金瓜, 철봉 끝에 참외 모양의 둥글고 노란 쇠를 붙인 무기)로 벌써 교산의 뒤통수를 갈겨 버렸을 테지. 하나 교산은 부귀영화가 한낱 물거품에 불과하다는 걸 안다. 그런 교산이 구전문사(求田問舍, 개인의 이익만을 추구하는 것)에 집착할 까닭이 없지. 세상에 나가지 않겠다는 교산을 설득한 사람이 바로 나야."

허굉의 두 눈이 휘둥그레졌다.

"왜 그런 권유를 하셨습니까?"

박치의는 즉답을 피하고 작은 돌멩이를 들어 계곡 아래로 던졌다. 탁타닥, 바위에 부딪히는 소리가 메아리처럼 들려왔다.

"계축년(1613년)에 일어난 일을 너도 알고 있겠지? 무륜 당에서 시와 술을 즐기던 벗들이 모조리 역도로 잡혀 들어 갔단다. 다행히 나는 화를 면했지만 아까운 사람들이 목숨 을 잃었지. 이이첨은 우리가 영창 대군을 옹립하려 했다고 누명을 씌웠어."

"누명입니까?"

"허허허, 누명이지. 한두 번 영창 대군을 군왕으로 세우 면 어떨까 이야기는 했었지만 대부분 반대했는걸. 영창 대 군보다야 차라리 지금 임금이 낫다고들 그랬어……. 하여 튼 그렇게 누명을 씌워 놓고 보니, 무륜당의 우두머리가 없 었던 게야. 무륜당이야 마음 맞는 벗들이 모인 곳인데 우두 머리니 뭐니 이런 게 있을 턱이 없지. 그때 이이첨에게 지 목된 인물이 바로 교산이었어. 교산에게는 두 갈래 길이 있 었지. 하나는 더 깊은 산중으로 들어가서 세상을 잊고 여생 을 보내는 것. 조금 외롭기는 하겠지만 이게 그래도 가장 편한 길이었어. 마침 그때가 교산이 단서(丹書)를 다시 읽으 며 광성자(공동산의 석실에 은거한 상고(上古)의 선인(仙人)) 흉내 를 내기 시작하던 무렵이었지. 나머지 하나는 자진해서 호 랑이 굴로 뛰어드는 거야. 이이첨이 교산을 희생시켜 얻고 자 하는 걸 교산이 스스로 갖다 바치는 게지. 저물 무렵, 나 는 만조가 시작되는 변산 갯벌에서 교산을 만났어. 그때 교

산은 벌써 신선의 길을 가기 시작했더구나. 나는 가슴을 치
며 교산을 만류했지. 너 혼자 신선이 되는 건 비겁한 짓이
다. 무참하게 죽어 간 무륜당의 벗들을 기억하라. 그들의
이름을 다시 반듯하게 세워 역사에 올려야 하지 않겠는가.
무륜당에서 나눈 우리의 맹세를 헛되이 버리지 말라. 안으
로 안으로만 침잠하지 말고 세상으로 나서라. 관송과 맞서
서 우리의 뜻을 지켜 줄 사람은 교산 너뿐이다. 그래도 교
산은 침묵으로 일관했지. 나는 단도를 빼어 들고 교산을 협
박했어. 신선의 길로 가야겠거든 이 칼로 네 목을 찔러 버
리겠다. 아니, 차라리 이 칼로 내 심장을 찔러라. 그땐 이미
발목까지 물이 찰랑찰랑 들어차기 시작했어. 교산은 물끄
러미 단도를 쳐다보더군. 그리고 시선을 내게 옮기더니 이
렇게 말했어. 어이쿠, 여기서 어서 나가자고. 잘못하면 새로
운 나라를 구경도 못하고 물귀신이 되겠어! 허허허, 그 후
교산의 행적은 나보다도 네가 더 잘 알 거야. 교산은 도성
에 머물렀고 나는 북삼도를 누볐으니까.”

“아버지를…… 믿으십니까?”

“믿지. 내가 나는 못 믿어도 교산은 믿어. 5년 남짓 세월
이 흐르는 동안, 교산의 근황을 간간이 접했지. 교산이 완
전히 이이첨의 개가 되었다는 소문이었어. 내가 데리고 다
니던 녀석들 중에는 교산을 찾아가서 죽여 버리겠다는 놈

들까지 있을 정도였으니까. 나는 요즈음도, 아니 오늘 아침에도 교산을 믿지 말라는 충고를 들었단다. 하나 나는 교산을 믿어."

"아저씨! 아버지를 믿는 까닭을 아직까지 말씀하시지 않으셨습니다."

박치의가 몸을 돌려 허궁의 어깨에 두 팔을 얹었다. 그리고 뚫어져라 그의 얼굴을 노려보았다. 허궁도 박치의의 시선을 피하지 않았다.

"그래, 바로 이 눈이야. 그날 내가 변산의 갯벌에서 보았던 눈! 이런 눈을 가진 사람은 결코 거짓을 말하지 않아."

허궁이 피식 실없는 웃음을 터뜨렸다.

"그건 이유가 되지 않아요. 차라리 맹목적인 믿음이라고 하십시오."

박치의가 가볍게 주먹으로 허궁의 명치를 툭 쳤다. 허궁의 몸이 저도 모르게 앞으로 수그러졌다.

"맹목이 아니야. 사람다움을 발견했을 뿐이지. 넌 아직 어려서 내 말을 이해하지 못하겠지만, 난 그 사람의 말보다 눈빛, 웃음, 걸음걸이를 더 믿는단다. 말은 달라지기도 하지만 눈빛이나 웃음이나 걸음걸이는 바뀌지 않거든. 눈빛과 웃음과 걸음걸이가 말보다 훨씬 더 오랫동안 단련된 것임을 너도 깨닫게 될 게다."

"반역을 위해 아버지가 관송의 수하로 들어갔다는 겁니까?"

다시 최초의 물음으로 돌아갔다. 허평도 허균이 개인의 영달을 위해 이이첨 밑으로 들어간 것이 아님을 이해하는 눈치였다.

"역도(逆徒), 국적(國賊), 반역(叛逆)이라……. 광해군이나 관송의 눈에는 그렇게 보이겠지. 하나 우리는 결코 광해군이나 관송을 죽이려고 마음을 합친 게 아니야. 우리가 원하는 것은 완전히 새로운 나라지."

"완전히 새로운 나라?"

"예를 하나 들어 볼까. 공자가 그 오랜 세월 동안 여러 나라를 돌아다닌 이유가 뭐였지? 새로운 나라를 만들기 위함이었어. 지금 이 세상에는 없는 나라. 인(仁)으로 모든 일이 해결되는 나라. 오직 요임금만이 그 하늘을 본받았다고 주장하면서 돌아다닌 이유가 바로 여기에 있어. 아득한 과거에 요순이 있었다는 건 오늘날은 없다는 뜻이며, 바로 지금 없다는 말은 앞으로 새로 만들어야 한다는 게지. 그런 나라를 만들려는 공자의 뜻을 받아들인 군왕은 단 한 사람도 없었지. 꿈은 다만 꿈일 뿐이고 현실은 더없이 냉혹하다는 걸 알고 있었던 거야. 완전히 새로운 나라를 만들려면 완전히 새로운 사람들이 있어야 하거든. 그 나라를 세우는 방법도

군왕을 찾아가서 제발 나를 중용하시오, 이러는 게 아니라 강제로 군왕을 용상에서 끌어내려야지. 이제 우리가 한낱 역도나 국적이나 반역자가 아니라는 걸 이해하겠어? 우리는 이 나라가 완전히 썩어 문드러지는 것을 막으려는 게야. 이대로 몇 년만 더 가면, 조선은 오랑캐의 침략을 받지 않더라도 제 풀에 쓰러지고 말아. 몇몇 간신을 죽인다거나 군왕에게 책임을 묻는다고 해결될 문제가 아니지. 그래서 우린 번발작란(燔髮灼爛, 불을 끄느라고 머리카락을 태우고 살을 뎀)에 그치는 게 아니라 사신곡돌(徙薪曲堗, 섶을 옮기고 구들을 굽게 하여 불이 나지 않도록 방지함)을 하려는 게야. 완벽한 단 한 번의 사신곡돌!"

솔직히 허균은 박치의의 주장을 이해할 수 없었다. 반정을 통해 군왕을 바꾸는 것이 아니라 완전히 새로운 나라를 만든다? 그렇다면 그 나라는 누가 다스리는가? 박치의가 그의 등을 철썩 때렸다.

"어렵게 생각하지 마. 사람이 사람을 차별하지 않는 나라를 만들 테니까."

사람이 사람을 차별하지 않는 나라? 사농공상의 구별을 없애겠다는 말인가? 세상에 그런 구별이 없는 나라가 어디 있는가? 노추와 왜처럼, 힘센 놈이 잘 사는 나라를 만들겠다는 것인가?

"실패하면 어떻게 하실 겁니까?"

박치의가 가볍게 송곳니를 보이며 미소 지었다.

"실패? 우리는 꼭 성공할 게다."

"만에 하나 실패한다면?"

허굉의 질문은 집요했다. 박치의가 어깨를 으쓱 들어 보이며 답했다.

"실패하더라도 달라지는 건 없다. 거사에 가담한 이들은 잡혀 죽거나 병신이 될 게고 나나 교산의 목숨도 위태로울지 몰라. 그렇다손 치더라도 마찬가지다. 왜냐하면 바로 네가 있으니까. 네가 우리 뒤를 이을 테니까."

허굉의 목소리가 커졌다.

"소생이 왜 아저씨처럼 됩니까? 싫습니다."

"싫어도 어쩔 수 없는 일이란다. 넌 또 다른 허균, 또 다른 박치의가 될 수밖에 없어. 네가 아무리 벗어나려고 발버둥을 쳐도 소용없다."

"소생은 절대로 아버지와 아저씨처럼 살지 않겠습니다."

"그래? 그럼 어떻게 살겠다는 게냐? 과거 시험에 장원급제하여 당상관이라도 되겠다는 게냐? 헛된 망상은 버려! 거사에 실패하는 바로 그 순간부터 너는 역적의 아들이 되는 게다. 역적은 삼족을 멸한다는 걸 너도 잘 알고 있지 않느냐? 넌 평생 깊은 산이나 외딴 섬에 숨어 화전이나 일구

든가 아니면 네 아버지를 역적으로 지목한 세상을 향해 비수를 들이댈 수밖에 없다. 내가 보기에 넌 결코 화전이나 일구며 목숨이나 부지할 애가 아니다. 그렇다면 지금의 나처럼 범궁을 계획할 수밖에 없겠지.”

“이 나라가 소생을 그렇게 쉽게 버리지는 않을 겁니다.”

“웃기는 소리! 넌 아직도 이 나라의 왕실과 조정을 믿느냐? 명심해라! 지금부터 네겐 나라가 없다. 조정도 없고 왕실도 없다. 그렇다고 외롭다거나 불안해하지는 마라. 이 따위 나라는 없는 게 낫다. 우리가 새로운 나라를 만들면 가장 먼저 너를 맞아들이마. 허허허!”

박치의가 엉덩이를 털며 자리에서 일어섰다.

“더 궁금한 게 있거든 네 아버지께 직접 여쭤 봐.”

“아, 아버지를 뵐 수 있나요?”

의금옥에 갇힌 아버지와의 만남은 꿈도 꾸지 않은 일이다. 박치의가 가볍게 손뼉을 치며 답했다.

“네가 원하기만 한다면!”

그날 밤

쌍리동 이이첨의 집은 모처럼 활기가 넘쳤다. 초상화를 선보인다는 명목으로 대신들을 초청한 것이다. 서안 오른

편에 초상화가 걸려 있었다. 심의를 입고 상투관을 쓴 그림 속의 이이첨은 당장 기침이라도 할 만큼 세밀하고 정교했다. 그렇다고 이이첨의 모습을 있는 그대로 묘사한 것은 아니었다. 이이첨은 평소 턱이 좁고 광대뼈가 튀어나와 날카로운 느낌을 주었는데 초상화는 온화하기 이를 데 없었다. 박승종, 박자흥, 류희분, 이시언, 김예직 등이 둘러앉아 초상화를 살폈다. 가장 늦게 도착한 김예직이 미안함을 감추기라도 하듯 먼저 입을 열었다.

"판의금부사의 고고한 기품이 그대로 담겨 있습니다."

박승종이 칭찬을 이었다.

"사돈! 나랏일 하시기에도 바쁘실 터인데 언제 초상화는 준비하셨소이까? 사돈의 여유가 부럽습니다그려."

이이첨이 눈웃음을 지으며 왼손으로 가볍게 입 주위를 훔쳤다.

"부끄럽습니다. 허주가 워낙 꼼꼼하게 살펴서 그리된 것이지 고고한 기품이라니요? 당치도 않소이다. 허허허."

박자흥이 이이첨의 겸손에 이의를 달았다.

"아닙니다. 장인어른! 아무리 허주가 조선 제일의 화가라고 해도 어찌 있지도 않은 것을 그릴 수 있겠는지요? 장인어른의 절의와 우국충정이 자연스럽게 드러난 것입니다."

류희분도 고개를 끄덕이며 거들었다.

"그래요. 판의금부사야말로 전하를 위해 불구덩이에라도 뛰어들 충신이지요. 한데……."

류희분이 이야기를 멈추고 좌중을 둘러보았다. 이이첨이 다음 말을 잇도록 독촉했다.

"말씀하세요."

"판의금부사께서 이렇듯 강호지락(江湖之樂, 자연에 묻혀 은거하는 즐거움)을 그리워하시는 줄은 몰랐소이다. 호랑이 가죽이 깔린 의자 위에 사모관대 차림으로 앉지 않으시고, 심의에 상투관 차림으로 대청마루에 앉은 까닭이 무엇이오이까? 뒤늦게라도 산림처사의 길을 걷고 싶으신가 보지요?"

판의금부사의 초상화치고는 의관이 지나치게 수수하고 소박했던 것이다.

"역시 병판의 눈은 속이지 못하겠소이다. 초상화를 보고 귀거래하려는 속마음을 읽어 내시다니……. 솔직하게 말씀 드리리다. 내 나이 벌써 쉰아홉입니다. 시절도 태평성대니 낙향할 때가 되었지요. 이제부터라도 완사종(위나라 사람 완적, 노장의 학문을 좋아한 술꾼)의 호방함을 흉내 내고 싶소이다."

이시언이 깊은 숨을 내쉬며 이이첨을 만류했다.

"어허! 낙향이라니요? 당치도 않습니다. 노추가 국경을 어지럽히고 숭례문에 흉격이 붙는 지금을 어찌 태평성대라고 하십니까? 전하께서 오직 판의금부사께 의지하여 조정의 대소사를 풀어 나가시는 것을 정녕 모르신다는 말씀이오이까? 다시는 그런 말씀 마십시오."

박승종도 이시언의 뜻에 동조했다.

"그래요. 사돈이 없으면 누가 조정의 공론을 이끌겠습니까. 계속 의금부를 맡아 주세요."

이이첨이 고개를 돌려 박승종을 쳐다보며 말했다.

"우상도 나오셨는데 이제 좌상도 출사를 하시지요. 전하께서는 좌상께서 출사하시기만을 손꼽아 기다리고 계십니다. 두 분 정승께서 의정부를 지키신다면, 더욱 홀가분한 마음으로 낙향할 수 있을 것 같습니다. 사안석(동진(東晉)의 대장군, 일찍이 동산에 은거하며 잔치를 베풂)이 동산(東山)에서 노닐던 흥취나 따를까 합니다만."

"어허 무슨 말씀을! 나는 죄인입니다. 삼년상을 마친 후에도 출사하지 않을 터이니 그리들 아세요. 판의금부사께서 이렇듯 조정을 잘 이끌고 계신데 나까지 나아가서 번거롭게 만들 필요가 있겠소이까?"

박승종은 여전히 기복할 수 없다고 버티었다. 박자홍이 말머리를 재빨리 돌렸다.

"한데 허주는 정녕 어진을 그리지 않을 생각인가요? 언젠가 허주가 그린 축토지(逐兎鷲, 토끼를 쫓는 독수리)를 보았는데 그야말로 탁월한 솜씨였습니다. 달아나는 토끼의 두 눈에는 죽음에 대한 공포가 서려 있었고 뒤쫓는 독수리의 성난 발톱에는 살기가 번득였지요. 신기(神技)가 그 속에 숨어 있었습니다."

이이첨이 입맛을 쩝쩝 다셨다.

"여러 차례 권하긴 했지만 극구 사양하는 바람에……. 올해가 가기 전에 반드시 어진을 그리도록 만들겠습니다."

류희분이 끼어들었다.

"하면 어진을 그리기 전에 허주를 우리 집으로 데려가겠습니다. 판의금부사 홀로 산림처사를 자처하도록 둘 수는 없는 일이지요."

"허허허, 그렇게 하시지요. 하나 허주의 그림 값이 만만치 않으니 각오를 단단히 하셔야 할 것이외다."

이이첨의 농담에 좌중이 웃음을 터뜨렸다. 웃음이 끝나기를 기다려 박자흥이 이이첨에게 물었다.

"교산의 잔당을 잡으셨다지요?"

이이첨과 김예직의 시선이 마주쳤다. 김예직이 헛기침을 하며 고개를 돌렸다. 이이첨은 미소를 잃지 않은 채 좌중을 둘러보며 말했다.

"찬집낭청 원종과 역관 현응민, 군관 김윤황을 생포했소이다. 셋 다 교산이 수족처럼 부리던 놈들이지요. 숭례문에 흉격이 나붙은 뒤로 행방이 묘연했는데, 지난밤 쌍리동 근처를 배회하다가 훈련도감의 관원들에게 붙잡혔습니다. 모두 훈련대장의 공이외다. 언제 또 군사들을 쌍리동에 풀어 두셨소이까?"

이이첨이 눈을 찡긋하며 화살을 이시언에게 돌렸다. 이시언도 미소로 화답하며 입을 열었다.

"교산이 의금부에 갇혔으니, 그 잔당이 도성에 남아 있다면 당연히 판의금부사를 해치려고 하리라 짐작했던 것이외다. 운 좋게도 세 놈을 붙잡았으나 아직 도성에 교산의 잔당이 더 많이 있음을 유념해야 합니다."

이이첨이 다시 김예직을 똑바로 쳐다보며 말했다.

"좌포도대장과 훈련대장께서 쌍리동을 밤낮으로 살펴 주시는데 무슨 걱정이 있겠소이까. 허허허!"

김예직의 얼굴이 벌겋게 달아올랐다. 이시언이 류희분에게 물었다.

"병판께서는 노추의 움직임을 어찌 생각하시오이까? 곧 북삼도로 내려올 것이라는 소문이 파다합니다만……."

류희분은 올해 들어 병조 판서로서의 책무를 제대로 수행하지 않고 있었다. 광해군이 찾기 전에는 입궐하지 않았고 탑전에서도 불그스름한 들창코를 훌쩍거리며 사태를 관망하기만 했다. 어떤 날은 감환을 핑계 삼기도 했고 어떤 날은 낙상하여 발목을 삐었다는 거짓말도 했다. 류희분의 고민은 그가 더 이상 군무를 총괄하지 못한다는 점이었다. 광해군은 광해군대로 북삼도의 병마사들과 연통을 취했고, 이이첨은 이이첨대로 독자적인 소식통을 가지고 있었다. 류희분만이 수족을 모두 잘린 채 중간에 끼인 형국이었다.

"그걸 제가 어찌 압니까? 판의금부사께서 알아서 하실 일이지요."

이이첨이 토라진 류희분을 힐끔 살핀 다음 이시언에게 답했다.

"우리를 정탐하기 위해 도강했던 겁니다. 당분간 노추와 북삼도에서 맞서는 일은 없을 테니 걱정들 마세요. 하나 노추가 아니더라도 나라를 어지럽히는 무리들은 얼마든지 있소이다. 요임금이 사흉(四凶, 네 명의 악인, 공공(共工), 환두(驩兜), 삼묘(三苗), 곤(鯀))을 쳐서 악을 징계하였고 주공(周公)은 관숙(管叔)과 채숙(蔡叔)을 죽여 난을 미리 막았음을 유념할 필요가 있지요."

류희분이 토를 달았다.

"하면 교산이 사흉과 같다 이 말씀이시오?"

"사흉보다 더하면 더했지 덜하지 않소이다."

이이첨의 한마디에 좌중의 분위기가 싸늘하게 식었다.

산림처사를 자임할 때와는 얼굴빛이 완전히 달랐다. 박승종이 헛기침을 뱉으며 다시 물었다.

"꼭 교산의 목숨을 앗아야 하겠소이까? 교산은 약점도 많지만 장점도 많은 사람입니다. 대명의 사정을 그 누구보다도 소상히 알고 있으며 조선을 오가는 명나라 사신들과도 사이가 좋습니다. 또한 재작년부터 대명에 보내는 여러 글들을 교산이 도맡다시피 하지 않았습니까? 의금옥에 가두어 방종을 꾸짖는 것은 좋습니다만 목숨을 앗을 필요까지야 있겠습니까? 다시 한번 신중히 살피시지요."

이이첨은 벽에 걸린 자신의 초상화를 노려보았다. 류희분이 박승종을 지원하고 나섰다.

"그래요. 지난번에도 말했지만 교산을 죽이는 건 지나친 일 같소이다. 나라가 어지러울 때는 한 사람이라도 쓸 만한 인재를 구해야 하는 법이에요. 정 교산이 마음에 걸린다면, 삭탈관직을 시킨 다음 남해의 외딴 섬으로 귀양을 보내는 게 어떻겠소?"

이이첨의 눈길이 김예직에게 향했다.

"좌포도대장도 같은 생각이시오?"

김예직은 말을 더듬으며 제대로 답변을 못했다.

"그, 그것이 숭례문에 휴, 흉격을 붙인 사람이 교산이라고 하, 하더라도…… 그간의 공을 생각하면……"

이이첨이 칼날처럼 김예직의 말을 잘랐다.

"여러분은 나를 택하시겠소, 교산을 택하시겠소?"

반드시 허균을 죽이겠다는 의사 표시였다. 박자흥이 차분한 어투로 따지듯 물었다.

"교산을 죽일 명분이 없습니다. 좌포도대장의 말씀처럼, 비록 교산이 숭례문에 흉격을 붙였다고 하나 그건 이미 전하와 장인어른의 양해를 얻은 후에 벌인 일이니 문제 삼을 수 없지요. 며칠 안에 전하께서 교산을 풀어 주실 게 분명해요. 장인어른께서는 교산이 역모를 꾸미고 있다고 의심하시지만 증거를 찾지 못하셨잖습니까?"

도둑이 제 발 저린 것처럼 김예직이 불쑥 끼어들었다.

"교산이 좌포도청에 서찰을 띄워 우경방을 풀어 달라고 청한 것 가지고 말들이 많은 모양인데, 그건 어디까지나 대론을 전개할 때 우경방이 세운 공을 인정해 달라는 것뿐이외다. 혹시 어제 잡은 세 놈이 역모를 꾸몄다고 이실직고를 했소이까?"

이이첨이 가만히 고개를 저었다.

"하면 교산의 집에서 살생부라도 나왔소이까?"

역시 고개를 저었다.

"그렇다면 더더욱 교산의 죄를 물을 수 없습니다. 아무리 혹독한 형신을 가한다고 한들 몇 마디 말만 엮어서 역모를 만들 수는 없는 일이외다. 더구나 교산이 보통 위인이오이까? 판의금부사께서 아무런 증거도 확보하지 못했음을 손바닥 보듯 훤히 알고 있을 겝니다."

이이첨의 입가에 야릇한 미소가 피어올랐다. 무뚝뚝한 표정보다도 그 웃음이 더욱 좌중의 가슴을 서늘하게 만들었다. 이윽고 이이첨이 입을 열었다.

"역모가 분명하오. 하루 이틀 안에 명명백백한 증거를 보여 드리겠소이다. 살생부도 가져와서 여러분의 이름을 하나씩 확인시켜 드리리다."

박자흥이 고개를 갸웃거렸다. 저토록 자신만만한 태도가 납득이 가지 않았던 것이다. 자신이 모르는 어떤 증거가 이이첨의 손에 넘어갔을지도 모른다는 생각이 들었다.

"장인어른! 조금만 귀띔해 주십시오."

"알고 싶은가? 다들 알고 싶습니까?"

좌중이 모두 고개를 끄덕였다. 이이첨은 오른쪽 손바닥으로 왼쪽 손등을 가볍게 툭툭 치며 수수께끼를 풀듯 이야기를 시작했다.

"교산이 의금옥에 갇힌 지 벌써 나흘이 지났소이다. 그의 수족인 우경방, 하인준, 원종, 현응민, 김윤황도 모두 잡아들였지요. 평소 교산의 성품을 생각들 해 보세요. 죄도 없는데 감옥에 갇혔다면, 더구나 혼자가 아니라 그를 추종하는 무리와 함께 갇혔다면, 교산이 가만있었겠소이까? 틀림없이 상소문을 쓴다, 주위에 도움을 청한다 난리 법석을 떨었을 것이외다. 하나 우리 중에 누구 교산으로부터 도움을 요청받은 사람이 있습니까? 없습니다! 교산은 우리는 물론 그 누구에게도 도움을 청하지 않고 쥐 죽은 듯이 의금옥에 갇혀 있습니다. 모든 불편을 감내하고 있다 이 말씀이지요. 교산이 왜 그렇듯 참고 있는 걸까요? 전하께서 풀어 주시리라 믿기 때문에? 아니면 판의금부사가 풀어 주기까지 조용히 기다리기로 마음을 정했기 때문에? 둘 다 아닙니다. 경술년(1610년)의 일을 기억해 보세요. 과거 시험의 대독관이었던 교산이 부정한 방법으로 조카를 합격시켰다고 42일 동안이나 의금옥에 갇히지 않았소이까? 그 일이 있는 연후부터 교산은 의금옥이라면 치를 떱니다. 하루라도 의금옥에 다시 들어간다면 차라리 자결을 하겠노라 고백할 정도였으니까요. 또한 교산은 그때부터 그 누구도 믿지 않게 되었소이다. 나는 물론 전하까지도."

박승종이 물었다.

"그렇다면 교산이 왜 새색시처럼 얌전하게 의금옥에 갇혀 있는 겁니까?"

"바로 그 점이 마음에 걸립니다. 평소의 교산답지 않음……. 그렇다면 무엇인가 믿는 구석이 있다는 이야긴데,

전하나 우리가 아니라면 누구겠습니까?"

류희분이 앵무새처럼 이이첨의 말을 반복했다.

"전하나 우리가 아닌 누구라……? 전하나 우리의 도움이 없다면 교산은 의금옥을 나올 수 없지요."

"바로 말씀하셨소이다. 전하나 판의금부사인 제가 허락하지 않는 한 교산은 의금옥에서 세월을 죽일 수밖에 없습니다. 하나 교산은 너무나 천하태평입니다. 전하나 제게 아무런 도움도 청하지 않고 벌써 나흘을 보낸 게지요. 어젯밤에야 저는 교산이 믿는 바가 무엇인지를 알아냈소이다."

이이첨은 이야기를 끊고 잠시 좌중을 살폈다.

"모르시는 분도 계시겠지만, 도성에 낯선 장정들이 많이 들어와 있는 것이 여러 통로로 확인되었습니다. 더러는 노추나 왜의 간자라고도 하고 더러는 화적 떼일지도 모른다고 했지요. 하지만 그들의 정체를 확실히 알 수는 없었습니다. 그런데 드디어 그들이 움직이기 시작했소이다. 두 사람이 실종된 겁니다."

"누굽니까?"

이시언이 두 눈을 부릅뜨고 물었다.

"한 사람은 박응서고 또 한 사람은 성지입니다. 박응서는 그제 아침, 성지는 전하를 배알한 후 그제 밤 늦게 신문을 나갔는데, 그 후로 그들을 본 사람이 없소이다."

박자홍이 눈썹을 추어올리며 물었다.

"그거야 우연의 일치일 수도 있지 않을까요? 성지야 명당자리를 찾기 위해 지방으로 내려갔을 수도 있고, 박응서야 감시가 소홀한 틈을 타서 어디 먼 곳으로 달아났을 수도 있고……."

이이첨이 고개를 가로저었다.

"아닙니다. 우연이 아니에요. 사람을 풀어 사방으로 수소문했지만 그들의 흔적은 어디에도 없었습니다. 성지는 오늘 아침에 전하를 뵙기로 약속까지 했는데 나타나지 않았고, 다리가 불편한 박응서가 혼자 힘으로 달아난다는 건 상상할 수도 없는 일이지요. 누군가가 두 사람을 죽였거나 데려간 겁니다. 자, 처음부터 다시 정리해 봅시다. 교산을 비롯하여 의금옥에 갇힌 이들은 하나같이 감옥에서 조용히 지내고 있다. 성지와 박응서가 동시에 사라졌고, 교산의 수족과도 같은 세 사람이 쌍리동을 살피고 있었다. 이게 어찌 된 일일까요?"

박승종이 목소리를 낮게 깔면서 입을 열었다.

"듣고 보니 참으로 괴이한 일입니다. 하나 옥에 갇힌 교산이 성지나 박응서의 실종과 연관이 있다는 건 지나친 비약이 아니오이까? 의금옥에 갇힌 죄인이 어떻게 그런 짓을 도모할 수 있단 말입니까?"

이이첨이 두 손으로 양쪽 눈을 번갈아 꾹꾹 누르며 답했다.

"교산이라면 가능하지요. 신선술을 익힌 교산이 아닙니까, 허허허! 두고들 보세요. 교산이 어떻게 둔갑술을 부렸는지 꼭 밝힐 테니. 내일부터는 본격적으로 추국을 시작하겠습니다. 병판이나 훈련대장, 좌포도대장께서도 저를 도와 추국을 살펴 주세요. 이제까지는 교산과 그 무리들의 움직임을 지켜만 보았지만, 내일부터는 자를 건 확실히 자르고 풀 건 명명백백하게 풀도록 하겠소이다. 위관(委官, 죄인을 추국하는 관리)들도 내일부터는 모두 추국청으로 나오셔야 할 것이외다."

이이첨은 병조 판서 류희분과 동지경연 박자흥을 차례차례 쳐다보았다. 우의정 박홍구가 추국의 일을 총괄해야하지만, 아직 병세가 깊고 출사한 지 얼마 되지 않았으므로이이첨이 맡아서 할 수밖에 없었다. 류희분과 박자흥이 심각한 표정으로 답했다.

"그러겠소이다."

"내일 의금부에서 뵙지요."

모임은 그 정도로 끝이 났다. 좌포도대장 김예직을 남도록 한 후, 이이첨은 나머지 사람들을 대문 밖까지 배웅하고돌아왔다. 자리에 앉자마자 단도직입적으로 물었다.

"언제부터 쌍리동을 감시하셨소이까?"

김예직이 동문서답을 했다.

"전하께 어젯밤 일을 그대로 아뢰겠소이다."

김예직은 오늘 아침에야 조명도와 용은태의 시신을 훈련도감으로부터 넘겨받았다. 살아 돌아온 강문범에게 물어보았으나 사건의 전모를 파악하기가 어려웠다. 이이첨이 먼저 김예직의 궁금증을 풀어 주었다.

"좌포도대장께서 특별히 두 군관을 아끼셨다고 들었습니다. 참으로 유감이외다. 김윤황은 명궁으로 소문이 자자한 놈이지요."

"하면 대감께서 그들을 죽인 게 아니라 이 말씀입니까?"

이이첨이 너털웃음을 터뜨렸다.

"허허허, 아무럼 내가 좌포도군관을 죽였겠소이까? 믿지 못하겠다면 김윤황을 불러다 드리리다. 자기가 그들을 죽였다고 솜씨 자랑을 늘어놓았답니다. 자, 이제 나의 궁금증도 풀어 주시오. 쌍리동을 감시한 게 언제부터입니까?"

"……."

김예직은 끝내 입을 열지 않았다. 이이첨은 자기 식대로 그 침묵을 해석했다.

"그랬군요. 오래전부터 감시의 눈초리를 느끼고 있었습니다. 그게 좌포도군관임을 미처 몰랐지만 말입니다. 어제

일을 탑전에 아뢰지는 않으셨지요?"

김예직이 천천히 고개를 끄덕였다. 이이첨은 가볍게 턱수염을 쓸며 김예직의 귓가에 속삭였다.

"하면 전하께는 평소처럼 아뢰세요. 쌍리동에는 아무 일도 없다고. 단 한 명의 대신도 관송의 집을 찾지 않았다고. 하실 수 있으시겠소이까?"

"그렇게만 아뢰면 이 일을 덮어 주시겠소?"

교산의 잔당에게 좌포도군관이 둘씩이나 목숨을 잃었다는 사실이 알려지기라도 하면, 김예직을 삭탈관직시키라는 상소가 줄을 이을 것이다. 어제 일은 처음부터 끝까지 덮어 버리는 것이 최선이었다.

"물론입니다. 그 정도 편의는 봐 드려야지요. 한데 한 가지 청을 드려도 되겠습니까?"

"무엇이든지 말씀만 하세요."

"믿음직한 군사 스무 명만 추려 주십시오. 내일 새벽에 은밀히 쓸 데가 있어서 그럽니다."

"군사들이야 의금부에도 있지 않습니까?"

"사정이 있어서 그러는 것이니 더 이상은 묻지 마세요. 해 주시겠습니까?"

"알겠습니다. 지금 좌포도청으로 가서 소장이 직접 군사들을 뽑도록 하지요."

"고맙소. 오늘의 후의를 잊지 않으리다."

김예직이 물러가자 이이첨 혼자만 남았다. 고개를 숙인 채 방 안을 빙빙 돌면서 주먹으로 옆구리를 톡톡 쳐 댔다. 갑자기 고개를 치켜들고 벽에 걸린 초상화를 응시했다. 눈 썹과 턱수염이 더욱 하얗게 보였다. 두 다리는 여전히 움직였지만 시선은 초상화에 고정되었다. 섭심(攝心, 마음을 한 곳에 고정시켜 산란하지 않게 만드는 것)의 시간이 시작된 것이다.

산림처사!

처사로 살아가는 나날은 결코 없을 것이다. 그는 누구보다도 정치권력의 냉정함을 알고 있었다. 지금은 그의 권세가 나는 새도 떨어뜨릴 정도지만, 그것은 이이첨이라는 개인의 권세가 아니라 판의금부사라는 자리, 세자빈의 외조부라는 지위, 그리고 그를 둘러싸고 있는 대신들과의 관계 속에서 형성된 것이다. 그 자리와 지위와 관계를 떠나는 순간, 그에게 남는 것은 죽음뿐이다. 한 나라를 쥐고 흔들었던 위인에게 강호지락의 즐거움이 찾아온 적은 결코 없었다. 그래서 더욱 처사의 삶이 부러운지도 모른다. 허주 앞에 저토록 소박한 모습으로 앉아 있었는지도 모른다.

교산이 전하와 나를 신뢰하지 않듯이 나도 교산과 전하를 믿지 않는다. 전하와 교산은 어떻게 생각하면 같은 족속이다. 원대한 야망, 호방한 성품, 남을 제압하고도 남는 언

변, 이곳이 아닌 다른 곳을 그리워하는 기질까지. 저잣거리에서 마주쳤다면 농주 한 사발에 호형호제하는 벗이 되었으리라. 하나 나는 다르다. 나는 그들처럼 다른 삶과 사랑을 꿈꿀 만큼 여유롭지 못하다. 나에게는 부원군이라는 지위, 판의금부사라는 자리가 전부다. 나는 이 권세와 영광을 지키기 위하여 노심초사하는 위인이다. 남들이 무슨 욕을 해도 나는 그렇다. 그리고 나는 이러한 나의 삶을 결코 부끄러워하지 않는다. 솔직히 누군들 나와 같은 삶을 살고 싶지 않겠는가. 전하와 교산이 별종이라면 별종이지, 나는 평범한 사대부일 따름이다.

"동지의금께서 오셨사옵니다."

"드시라 하여라!"

평소라면 대청마루까지 마중을 나갔을 터이지만 오늘은 그대로 안방에 머물렀다. 어두운 방에서 초상화를 바라보는 자세로 김개를 맞이하는 편이 낫다는 생각이 들었던 것이다. 동지의금 김개가 조용히 방문을 열고 안으로 들어서다가 등을 지고 서 있는 이이첨을 보고 움찔 몸을 떨었다. 등 뒤에서 김개가 먼저 말을 건넸다.

"허주의 솜씨로군요."

"어떻게 알았나?"

이이첨은 자세를 바꾸지 않고 여전히 초상화를 노려보

며 물었다.

"재주가 극진하고 붓을 놀리는 솜씨 또한 난숙하지만 결코 법도를 넘지 않는 것이 바로 허주의 그림이지요."

이이첨이 고개를 끄덕였다.

"그렇군! 언젠가 교산도 내게 그런 품평을 했다네."

두 사람은 서안을 가운데 두고 마주 보며 앉았다. 유난히 호롱불이 어두웠지만 이이첨은 심지를 고칠 생각을 하지 않았다.

"내일부터 본격적인 추국을 시작할 걸세. 준비에 차질이 없도록 하게."

"……알겠습니다."

조금 뜸을 들였지만, 김개는 다른 말을 덧붙이지 않았다.

"곤장도 충분히 준비하고 압슬에 쓸 바위와 태배에 필요한 채찍들도 새것으로 바꾸도록! 형신을 할 옥리들은 기름진 고기를 배불리 먹여 푹 재우도록 해."

"……분부대로 하겠습니다."

이이첨은 김개를 뚫어져라 쳐다보았다. 김윤황과 현응민 그리고 원종이 훈련도감에서 의금부로 이첩된 후부터, 김개는 유난히 말을 아꼈다. 불길한 예감이 온몸을 감쌌던 것이다. 이이첨은 더 이상 말을 돌리지 않기로 했다.

"박응서를 설득한 것은 자네의 공일세. 난 평생 자네에게

빛이 있어."

"그것이 어찌 소생의 공이겠습니까? 소생은 그저 대감의 뜻에 따랐을 뿐입니다."

"이번에도 내 뜻을 따라 줄 수 없겠는가?"

김개의 시선이 잠시 천장에 머물렀다가 이이첨의 콧등 위로 내려왔다. 긴 한숨이 흘러나왔다.

"좌참찬을 죽이는 일만 아니라면 어떤 분부라도 따르지요."

"교산을 배신할 수 없다 이 말인가? 교산을 배신하지 않는 것이 곧 판의금부사인 나 관송을 배신하는 일인데도 고집을 부릴 텐가?"

나를 배신하든가 교산을 배신하든가 둘 중 하나를 택하라!

이이첨의 최후통첩이었다. 김개는 이미 마음을 정한 듯 주저하지 않고 답했다.

"소생은 대감도 배신하지 않고 좌참찬도 배신하지 않겠습니다. 두 분께서 화해하셔서 다시 악담(岳湛, 진(晉)나라의 반악(潘岳)과 하후담(夏侯湛), 두 사람은 문장에 능하였으며 매우 사이가 좋았음)처럼 지내시기만을 바랄 따름입니다."

"늦었네. 그런 날은 오지 않을 거야. 서산(西山, 중국의 수양산, 백이, 숙제가 지조를 지키며 죽은 곳)의 뜻을 흉내 낼 생각은 아예 말게. 자네가 날 꼭 도와줘야 해. 교산이 자네를 통해 의금옥 밖으로 밀서를 내갔음을 진작부터 알고 있었네. 그 밀서가 누구에게 갔는지만 알려 주게. 조정의 신료들 중에서 교산과 뜻을 모은 이가 누구고, 의금부, 포도청, 훈련도감의 군관들 중에서 교산을 따르는 이가 누구며, 도성 안에 들어와 있는 장정들의 우두머리가 누구인지만 귀띔해 주면 되는 일이야."

"소생은 아무것도 모르옵니다. 설령 알고 있다손 치더라도 밀고자가 될 수는 없습니다."

"……."

이이첨은 충직하고 입이 무거운 김개를 유독 아꼈다. 칠서의 변을 그에게 맡긴 것도, 동지의금이라는 자리를 준 것도, 모두 그 신뢰감을 표현한 것에 다름 아니었다. 김개가 허균과 어울린다는 풍문을 들었을 때도 언젠가는 다시 자신에게 돌아오리라고 여겼다. 그러나 김개는 이미 허균이라는 나무에 새로운 둥지를 튼 지 오래였고, 이이첨의 품에서 행복했던 순간들은 까맣게 잊은 듯했다. 이이첨이 마지막으로 입을 열었다.

"나는 자네를 살리고 싶으이."

"소생을 살리고 싶으시다면 교산과 함께 살리시고, 소생을 죽이고 싶으시다면 교산과 함께 죽이십시오."

김개는 자신의 뜻을 확고하게 밝힌 다음 자리에서 일어섰다. 먼 길을 나서는 아들이 아버지에게 하직 인사를 올리듯이, 김개는 이이첨에게 큰절을 올렸다. 감정 표현을 극도로 자제하는 이이첨이었지만, 아쉬움과 안타까운 마음을 감출 수 없었다. 그들은 지금 삶과 죽음의 갈림길에 서 있었다.

16일

허공의 소리

8월 21일 새벽

허균은 깨어 있었다. 대낮에도 햇빛이 잘 들지 않는 의금부의 감옥에서 벌써 닷새째 밤을 보낸 것이다. 발에 쇄를 차거나 목에 가를 쓰지는 않았지만 점점 더 죄수의 형색을 닮아 갔다. 산발한 머리와 서너 갈래로 갈라진 턱수염, 땟국물이 흘러 반질반질해진 볼과 이마는 움푹 팬 눈두덩이와 함께 그를 이 누추한 의금옥과 어울리는 인간으로 탈바꿈시켰다. 평범한 죄수들과 다른 점이 있다면, 늘 허리를 곧게 펴고 정좌한 채 눈을 감고 명상에 잠기는 것이다. 그럴 때면 그의 몸에서 알 수 없는 기운이 뻗쳐 옥리들도 쉽게 범접을 못했다. 동지의금 김개가 옥수의량(獄囚衣糧, 옥에 갇힌 죄인들의 옷과 식량)을 살피겠다고 했지만, 허균은 괜한 오해를 받을 수도 있다며 그 호의를 거절했다. 편히 입고 배불리 먹는 것보다도 훨씬 중요한 일이 눈앞에 닥친 것이다.

맑은 정신으로 허굉에게 부치는 서찰을 써 내려갔다.

굉에게 부치노라.

이제 너도 이 아비가 처한 상황을 알겠구나. 의금부의 관원들이 널 잡아들이기 위해 혈안이라고 하니, 무사한지 걱정이 앞선다. 네가 보고 들은 것을 믿지 마라. 이 아비에 관한 그 어떤 소문도 진실이 아니며, 숭례문의 흉격을 둘러싼 그 어떤 논의도 사실이 아니다. 확실한 건 이 아비에 관해 떠드는 자들은 심심풀이로 그 짓을 한다는 게고, 아비는 이 일에 목숨을 걸었다는 것이다. 왜 그따위 일에 목숨을 걸었느냐고 따지는 너의 얼굴이 떠오르는구나. 네 나이 이제 겨우 열세 살이니, 역모의 주동자인 아비를 받아들이기 힘들 게다. 기 정승을 탄핵했다고 집을 나간 네가 아니더냐?

그래서 이렇게 매일, 하루에도 서너 차례 붓을 드는 건지도 모르겠구나. 이런다고 네가 날 완전히 받아들일 것이라고 생각지는 않는다. 다만 지금 이 좁은 공간에서 널 위해 할 수 있는 일이라곤 이것뿐이구나. 이 서찰은 나를 이해시키기 위한 글이면서 동시에 널 이해하기 위한 글이라는 생각이 든다.

홀로 앉아 물끄러미 네 안을 들여다본 적이 있느냐? 타인에게 들키지 않은 너의 너다움을 본 적이 있느냐? 그 너다움으로부터 달아나기 위해 집을 떠난 적이 있느냐? 아무리 도망치려 해도 달아나지 못하고 결국 되돌아와서 너다움과 다시 대면했을 때의 심정을 너는 아느냐? 이 아비는 45년 동안이나 도망치고 도망치고 또 도망쳤었다. 이건 내가 아니라고, 나의 탈을 쓴 괴물이라고 부인하며 팔도를 떠돌았던 게다. 그리고 5년 동안, 나는 철저하게 나의 나다움을 들여다보며, 오직 그 나다움을 버팀목으로 지내 왔다. 꼭한 번은 이 나다움을 향한 시선을 세상 밖으로 드러내고 싶다. 그것이 반백 년, 이 아비의 삶을 나 자신에게 납득시키는 유일한 길이니까. 그 길의 끝에서 아비는 지금 의금옥에 갇혀 있는 게다.

사람들은 지금의 나를 괴물답다고 평한다. 마지막으로 인간답게 말하고 움직인 순간들의 나를 그들은 마치 원숭이 보듯 한다. 너도 나를 원숭이라고 생각하느냐? 아니다. 이건 네게 던질 물음이 아니구나. 원숭이면 어떻고 원숭이가 아니면 또 어떻겠느냐.

아비의 마지막 거사가 성공하지 않을 수도 있다. 점점 더 죽음의 그림자가 짙게 드리우는 것을 느낀다. 잘 사는 것도 중요하지만 잘 죽는 것 역시 중요한 법이다. 다행히 이곳에서는 죽음을 준비하는 나를 방해하지 않고 내버려두고 있다. 거사가 성공하면 할 일들은 이미 준비를 끝내 놓았다. 20년이 넘도록 구상하고 살핀 일들이므로 구태여 이곳에서 다시 되새김질을 할 필요도 없다. 하나 죽음은 다르다. 지금까지 나는 죽음을 준비한 적이 단 한 번도 없다. 그런데 지금 죽음은 삶만큼이나 내 코앞에 확 다가와 있다. 나는 이제 죽음의 얼굴을, 냄새를, 걸음걸이를 생각한다. 죽음 앞에서도 낯설지 않은 웃음을 웃고 싶다.

이 아비는 네가 마음에 걸린다. 거사에 성공하든 실패하든, 너의 인생은 이 일로 인해 완전히 달라질 게다. 네가 그런 변화를 원하지 않는다는 걸 아비도 알지만, 이젠 너도 운명이라는 놈의 버릇없음을 인정해 주기 바란다.

처음에는 아비의 인생을 찬찬히 반추할 생각이었으나 그만두는 편이 낫겠다. 아비의 인생은 아비의 인생이고, 너는 또 너만의 인생을 걸어가야 하니까. 아비는 네가 부끄러워하지 말기를 바랄 뿐이다. 너도 인생을 살다 보면 참으로 고마운 이들을 많이 만날 게다. 훌륭한 스승, 따뜻한 이웃, 믿음직한 벗, 아내 그리고 자식들……. 그들에게 최선을 다하도록 해라. 그들을 위해서라면 너의 모든 것을 주고서도 아깝지 않아야 한다. 네 인생의 주인이 너 자신이라고 착각하지 마라. 너의 인생은 네가 만난 사람들, 네가 읽은 책들, 네가 본 사물들과 풍광들과 함께 만들어 가는 게다. 그리고 너 역시 그들의 삶에 개입하는 것이고.

허균은 깨어 있었다. 허공의 소리를 들었기 때문이다. 붕붕거리는 벌 떼의 소음처럼 귓가를 간질이던 소리가 갑자기 낮고 굵은 사내의 음성으로 바뀌었다.

"균아!"

허균은 단번에 그 음성의 주인공을 알 수 있었다. 30년 전에 북망산으로 떠난 둘째 형 허봉이었다. 두 팔을 베개 삼아 모로 누워 잠들어 있던 허균은 황급히 몸을 일으켜 좌우를 살폈다.

"형님!"

허공의 소리는 대답하지 않았다. 자세를 고쳐 정좌한 다음 다시 허공의 소리를 기다렸다. 공기의 미세한 떨림에 오감을 집중시켰다.

지금까지 허균의 인생에서 가장 큰 영향을 끼친 사람은 둘째 형 허봉이었다.

일찍이 허봉은 서애 류성룡, 손곡 이달, 석봉 한호 등과 교유하여, 그들로 하여금 허균에게 문과 시 그리고 서체를 가르치도록 했다. 허균이 열여덟 살 때에는 허봉이 직접 백운산에서 고문을 가르치기도 했다. 그가 조선 제일의 감식안을 자랑하게 된 것도 허봉이 있었기에 가능한 일이었다. 허균은 허봉에게서 청운의 길과 백운의 길, 인생의 환희와 치욕을 동시에 목도했다. 약관 스물두 살에 과거에 급제한 허봉은 성절사(聖節使, 중국 천자의 탄신일을 축하하기 위해 보내는 사신)의 서장관으로 명나라에 다녀오기도 했고, 예조 좌랑과 이조 좌랑 등의 요직을 두루 거쳤다. 사림이 동서로 나뉜 조정에서 동인의 중론을 이끄는 핵심 중의 핵심이었다. 그러나 허봉은 계미년(1583년)에 율곡 이이를 탄핵했다가 창원 부사로 좌천되었고 뒤이어 갑산으로 유배되었다. 그때부터 허봉은 청운의 꿈을 접고 무자년(1588년) 금강산에서 죽을 때까지 팔도를 유람하며 백운의 길을 즐겼다.

병술년(1586년)에 백운산에서 허봉을 만나자마자, 허균은 이렇게 물었다.

"형님! 이제 그만 돌아가시지요. 왜 이런 곳에서 세월을 죽이고 계시는 겁니까?"

"울분의 근원을 찾고 있느니라."

"울분의 근원이라면……?"

"처음엔 나를 알아주지 않는 세상에 대한 분노였었지. 하나 지금은 그런 세상으로부터 상처받고 고통스러워하는 한심한 내 몰골에 대한 분노가 앞서는구나. 이 모든 것을 다스릴 수 있을 때까지는 한적한 곳에 머물러야겠지.”

“울분의 근원을 다스리게 되면, 다시 세상으로 나가실 겁니까?”

“물론!”

허균은 알고 있었다. 을유년(1585년)에 귀양이 풀린 다음, 서애 류성룡이 그토록 조정으로 돌아오라는 서찰을 띄웠음에도 불구하고 허봉이 왜 나아가지 않았는가를. 허봉은 세상을 등진 것이 아니라 세상을 제대로 부둥켜안기 위해 홀로 고뇌하였다. 그 여름이 끝날 무렵 오랜 벗인 사명당이 찾아왔을 때, 지는 해를 바라보며 허봉이 뱉어 냈던 말들을 잊을 수가 없다.

“대사! 조정으로 돌아오라고 서애가 아무리 독촉해도 나는 가지 않을 것이외다. 공자 왈 맹자 왈로는 사바세계의 중생이 억겁의 고통에서 벗어날 수 없기 때문입니다. 물론 서애야 맑디맑은 위인이지만 서애를 둘러싸고 있는 산과 바다와 나무가 온통 탁하니, 어찌 중생의 마음을 헤아릴 수 있겠소이까? 나는 탁하디탁한 만물을 한순간에 불사르는 법을 찾고 있소이다. 단 한 번의 깨우침으로 열반묘심(涅槃妙心, 불생불멸의 진리)을 이루기 위해, 이 더운 여름날에도 둔한 머리를 다스리고 있다오.”

단 한 번의 깨우침!

허균은 그 말이 평생토록 잊혀지지 않았다. 그것은 결코 허봉 개인을 위한 깨우침이 아니었다. 허봉은 이 땅의 백성들이 억겁의 고통으로부터 벗어날 수 있는 방법을 찾고 있었다. 유교라는 사상, 조정이라는 제도 안에서는 그 길이 보이지 않았기에, 그곳을 떠나 그곳 밖에서 새로운 길을 모색하였던 것이다. 그 길이 무엇이었을까? 더 깊은 이야기를 듣기도 전에 허봉은 세상을 떠났다. 참으로 아쉬운 일이었다.

석씨를 가까이한 것도, 신선술에 관심을 가진 것도 허봉의 영향이었다. 허균은 세상과 타협하지 않았다. 유교에서 깨달음을 얻지 못하면 불교로, 불교가 부족하면 도교로 깨달음의 영역을 넓혀 나갔다.

"균아!"

마침내 허공의 목소리가 다시 들려왔다. 이번에는 눈을 들어 주위를 둘러보지 않았다. 찾는다고 보일 대상도, 찾지 않는다고 사라질 목소리도 아니었던 것이다.

"네가 원하는 것이 무엇이냐? 요순을 이 땅에 재현하는 것이냐? 참과 거짓, 공과 사를 명명백백하게 구별할 수 있는 군왕을 세우는 것이냐?"

"아닙니다."

"너를 따르는 무리들 중에는 교산이 용상을 차지하기 위해 일을 도모한다고 말하는 이도 있다. 너는 정녕 용상을 위해, 허씨 왕조를 세우기 위해 군관과 역관과 땡초와 시정 잡배를 끌어들였느냐? 그들을 위해 벌써 관직을 준비해 두었다는 것이 사실이냐?"

"아닙니다."

"세상에 복수하기 위해서냐? 너를 가두고 모함하고 협박하는 이들의 수족을 자르기 위해 뜻을 세운 것이냐? 억울하게 죽어 간 벗들의 원수를 갚기 위해서라고 수군거리는 무리도 있다. 그게 정녕 네가 원하는 것이냐?"

"아닙니다."

"그렇다면 백성들을 위해서라고 대답하겠구나. 굶주리고 헐벗은 백성들을 위해서 완전히 새로운 나라를 세우려는 것이 네 뜻이냐? 내가 30년 전에 품었던 뜻을 네가 이루겠다는 것이냐? 나는 그 뜻을 위해 금강산에 머물렀지만, 너는 그 뜻을 위해 관송의 심장 속으로 들어왔다고 주장하려느냐? 과연 너는 백성을 위할 마음뿐이었느냐? 그 마음은 어디서 비롯되었느냐? 네가 읽은 서책들 속에서, 네가 만난 사람들 속에서, 네가 본 천지 만물의 움직임 속에서, 그 깨달음이 찾아들었다고 대답할 작정이냐?"

"형님!"

눈을 크게 뜨고 허공을 우러렀다. 소리의 근원을 찾았지만 지독한 어둠은 더 이상 입을 열지 않았다. 이마에 땀이 송송 맺혔고 입술이 바싹바싹 타들어 갔다.

"다른 사람은 몰라도 형님은 아시지 않습니까? 완전히 바꾸어 버리지 않고는 가슴속의 울분을 지울 수 없다는 것을. 금상을 죽이고 북인 정권을 무너뜨린다고 이 울분이 사라질까요? 가슴이 새까맣게 타들어 간 이들에게 높은 벼슬과 귀한 보석을 안긴다고 분노와 회한이 사라질까요? 사람만 바뀔 뿐 울분은 그대로라는 걸 누구보다도 형님이 더 잘 아시질 않습니까? 다시는 그런 울분을 느끼지 않도록 단칼에 세상을 바꾸렵니다. 이씨의 나라도 허씨의 나라도 아닌 만백성의 나라를 만들렵니다. 우리에게 행복을 가져다주지 못하는 도덕과 제도를 단숨에 지워 버리렵니다. 두렵지 않냐고요? 두렵습니다. 하나 이 길 외에 다른 길이 없다면, 형님, 이 아우를 도와주시겠습니까?"

옥문 앞에서 전복 차림의 사내가 허균을 불렀다.

"대감, 좌참찬 대감!"

의금부 감찰 남보덕이었다. 허균의 시선이 그에게 옮겨 갔다.

"오늘부터 추국이 시작됩니다. 나오시지요."

남보덕은 이번 추국의 문사낭청(問事郎廳, 죄인의 심문서를 작성하여 읽어 주는 일을 맡은 임시 벼슬)을 자처했다. 허균을 곁에서 꼼꼼히 챙기기 위해서였다.

"위관은 누구누구인가?"

허균이 옥문을 나서며 물었다. 남보덕은 옥리들을 대여섯 걸음 뒤로 물린 다음 낮은 목소리로 속삭였다.

"추국청에는 병조 판서와 동지경연이 나와 있습니다."

"동지의금은? 동지의금은 어디 있는가?"

허균은 동지의금 김개가 그 자리에 없다는 것이 마음에 걸렸다.

"아직 나오시지 않으셨습니다. 전령을 보냈으니 곧 도착하시겠지요."

"판의금부사는?"

"감환 때문에 나오시지 못한다는 전갈이 쌍리동에서 방금 왔사옵니다."

남보덕이 말을 끊고 잠시 허균의 표정을 살폈다.

"대감! 지금부터 두 팔을 결박하고 족쇄를 채우도록 하겠습니다. 남들의 이목도 있고 하니 힘들더라도 잠시만 참으십시오. 추국청에서 물러나면 곧 다시 풀어 드리겠습니다. 혹 일이 잘못되어 형신을 당하게 되더라도 너무 심려 마십시오. 소생이 이미 나장들에게 언질을 주었으니, 몸을 상하지는 않으실 겁니다."

"고마우이."

남보덕이 고개를 돌리자 옥리들이 뛰어와서 허균의 두 팔을 묶고 두 발목에 족쇄를 채웠다. 걸음을 옮길 때마다 철거덕철거덕 쇳소리가 났다.

"아!"

옥을 나서자 허균은 잠시 동안 눈을 뜨지 못했다. 아침 햇살이 그의 동공을 예리하게 파고들었던 것이다.

의금부 앞뜰에 마련된 추국청에는 죄수를 눕히는 형대와 직사각형 모양으로 각이 지게 깎은 바윗덩어리들이 즐비하게 놓여 있었다. 대청마루에는 병조 판서 류희분과 동지경연 박자홍이 나란히 자리를 잡았다. 며칠 전까지만 해도 편전에서 함께 나라의 중대사를 논하던 당상관들이었다. 허균을 뜰 가운데까지 끌고 나온 다음 강제로 무릎을 꿇렸다. 서늘한 강쇠바람이 흙먼지를 일으키며 불어왔다. 산발한 머리카락과 더러운 수염과 찢어진 옷가지들이 어지럽게 흔들렸다. 병조 판서 류희분이 곧장 본론으로 들어갔다. 사사롭게 대화를 주고받다가는 감정이 앞서서 제대로 추국을 할 수 없을 것만 같았다.

"죄인은 들으라. 좌포도대장 김예직에게 죄인 우경방을 풀어 달라는 서찰을 보냈는가?"

"그렇소이다."

"그 까닭이 무엇인가?"

허균은 대답 대신 미소를 지으며 박자흥에게 시선을 옮겼다.

"그 이유야 동지경연이 더 잘 알 터인데, 왜 내게 묻는 게요?"

박자흥이 엉덩이를 반쯤 들면서 따지듯 물었다.

"내가 무얼 안다는 것인가?"

허균이 박자흥을 쏘아보며 설명했다.

"작년 7월 전라도 유생 한보길, 경상도 유생 박몽준 등이 대론을 지지하는 상소문을 들고 상경했을 때, 그대와 내가 만나지 않았소? 그들에게 거처할 곳이 있느냐고 물었더니, 우경방이라는 자가 자신의 집 안방을 내주며 극진히 보살펴 어려움이 없다고 하였소. 하도 기특해서 그대와 내가 직접 우경방을 불러 크게 칭찬하고 함께 술을 마신 적이 있지 않소? 그토록 대론을 지지하며 왕실과 조정을 위해 모든 것을 바친 사람이 사소한 누명을 쓰고 옥에 갇혔는데, 내어찌 그냥 있을 수 있었겠소이까?"

박자흥이 더욱 언성을 높였다.

"우경방이 대론을 지지하는 유생들을 보살핀 것은 사실이나 북삼도에서 도적질을 일삼는 봉학의 무리와 흉측한 뜻을 합쳤기에 잡아들인 것이다. 그 사실을 몰랐다는 말인가?"

허균이 실없는 웃음을 흘리며 혼잣말처럼 뇌까렸다.

"허허허, 동지경연은 아직 멀었구먼……. 그따위 흉문을 믿고 추국을 벌였다면 나는 물론 병판이나 동지경연도 벌써 사약을 받아 마셨을 것이외다. 작년 여름부터 도성을 떠돈 흉문들을 정녕 모른다는 말이오? 이이첨과 허균과 류희분과 박승종이 짜고 임금을 독살하려 한다, 박자흥이 이미 명나라에 밀지를 보내 이 일의 허락을 받아 냈다, 팔도에서 준동하는 화적의 괴수도 바로 이들 가운데 한 명일 것이다."

"닥쳐라!"

"허허! 병판도 기가 찰 노릇이지요? 나 역시 그렇소이다. 이런 흉문을 만든 놈들이 누구겠소? 대론에 반대하는 서인과 남인이외다. 우경방 역시 그들의 모함을 받았음이 틀림없소이다. 우경방이 정말 봉학의 무리와 뜻을 합쳤다면 벌써 그 증거가 나왔어야 하지 않소이까? 한데 우경방을 잡아 가둔 지 몇 달이 지났건만 좌포도청은 아무런 증거도 찾지 못했소이다. 상을 줘도 부족한 사람을 감옥에 가둔 것만 해도 큰 잘못임을 왜 모르시오이까?"

허균은 박자흥을 걸고넘어짐으로써, 우경방의 석방을 청원한 자신의 행동을 정당화했다. 대론을 위한 일이므로 전혀 문제 될 것이 없다는 것이다. 류희분과 박자흥은 말문이 막혔다. 이치를 따져 맞서다가는 허균을 감당할 수 없을 것만 같았다.

그들은 의금부로 들어서는 순간부터 불쾌한 기분을 지울 수 없었다. 판의금부사 이이첨과 동지의금 김개가 자리를 비웠던 것이다. 추국의 시작을 직접 알린 이이첨이나 추국청의 업무를 실질적으로 총괄하는 김개가 동시에 결석하는 것은 상상할 수도 없는 일이었다.

그들의 난감함을 단숨에 해결해 준 사람은 뜻밖에도 곧이어 끌려 나온 기준격이었다. 사흘 전에도 허균과 기준격은 창덕궁까지 끌려가서 동지의금 김개에 의해 형식적인 정국(庭鞫, 대궐에서 행하는 심문)을 받았다. 허균은 오전에, 기준격은 오후에 정국을 받았으므로 같은 자리에서 대면하기는 이번이 처음이었다. 기준격을 맞이하는 허균의 얼굴에는 당황하는 빛이 역력했고, 기준격의 두 눈에는 복수의 불꽃이 번뜩였다. 위관들이 질문을 던지기도 전에 기준격이 허균을 노려보며 큰 소리로 아뢰었다.

"죄인 허균은 성격이 원숭이처럼 경박하여 묻지도 않은 말을 입에서 나오는 대로 소생에게 해 주었습니다. 한데 이제 와서는 말을 꾸미고 날조하여 엉터리로 답하니 참으로 통탄할 노릇입니다. 그러나 두 분께서 엄히 국문하신다면 저도 곧 승복할 것입니다."

허균은 무엇인가 말을 하려다가 기준격의 부릅뜬 눈을
보며 가만히 웃었다.

원숭이!

기준격은 스승인 허균의 품성을 경박한 원숭이에 빗댄
것이다. 불승감창(不勝感愴, 슬픈 마음을 이길 수 없음)이 아닐
수 없었다. 허굉이 가출했을 때 느꼈던 슬픔이 온몸을 감쌌
다. 기준격의 공격이 이어졌다.

"선왕께서 훙서하시기 전, 허균은 선왕의 뒤를 영창이 이
어야 한다면서 김제남의 집을 드나들었습니다. 또한 금상
께서 보위에 오르신 뒤에는, 왕통도 서자가 잇는데 적서의
차별이 있다는 건 말도 되지 않는다며 흉악한 주장을 아끼
지 않았습니다. 그는 「유재론」에서 부끄러운 줄도 모르고
다음과 같은 망언을 남발했습니다. '인재를 태어나게 함에
는 고귀한 집안의 태생이라 하여 그 성품을 풍부하게 주지
않고, 미천한 집안의 태생이라고 하여 그 성품을 인색하게
주지만은 않는다. 그렇기 때문에 옛날의 선철(先哲)들은 명
확히 그런 줄을 알아서, 더러는 초야에서 인재를 구했으며,
더러는 병사의 대열에서 뽑아냈고, 더러는 패전하여 항복
한 적장을 발탁하기도 하였다. 더러는 도둑의 무리에서 고
르며, 더러는 창고지기를 등용했었다. 그렇게 하여 임용한
사람마다 모두 임무를 맡기기에 적당하였고, 임용당한 사

람들도 각자가 지닌 재능을 펼쳤었다. 나라는 복을 받았고 다스림이 날로 융성하였음은 이러한 도(道)를 썼기 때문이다.' 또한 허균이 무륜당의 실질적인 우두머리라는 걸 세상에 모르는 이가 없습니다. 서궁에 흉측한 서찰을 던져 넣은 것도, 숭례문에 흉격을 붙인 것도 모두 허균에 의해 처음부터 끝까지 이루어졌습니다. 이런 자를 당상관에 등용한 것 자체가 나라의 큰 불행이 아닐 수 없습니다."

류희분이 미소를 지으며 허균에게 말했다.

"참 훌륭한 제자를 두었도다. 자공(공자의 제자. 말재주가 뛰어남)보다도 더 말솜씨가 뛰어나니 이 역시 스승을 닮은 것이렷다. 죄인은 제자의 비난에 대해 어찌 생각하는가?"

스승과 제자의 말다툼을 부추기고 있는 것이다. 허균은 옆에 앉은 기준격을 바라보며 조용히 읊조렸다.

"하늘이 인재를 주셨는데 사람이 그 인재를 버리면 하늘의 뜻을 받드는 게 아니외다."

허균은 평소에도 서자와 중인에게 관심과 애정을 표시했다. 이재영에게 명나라로 보내는 공문서의 초를 잡게 하고, 현응민에게 명나라 사신과의 통역을 맡기고, 이정을 비롯한 도화서의 화원들에게 궁중의 풍광은 물론 백성들의 생활까지 담도록 시킨 이가 바로 허균이었다. 신분 차별 없이 뛰어난 인재들을 등용하는 것이 나라를 부강하게 만드는 지름길이라는 주장을 굽히지 않았다. 박자홍이 말꼬리를 잡아챘다.

"그래서 무륜당의 나라를 만들려고 한 것인가? 하남대장군이 누군지 바른 대로 고하라."

"무륜당의 나라를 만들려고 한 적은 없소이다. 숭례문에 흉격을 붙인 일은 판의금부사가 있을 때 이야기하고 싶소. 내가 지금 할 수 있는 말은 하늘의 뜻에 따라 순리대로 모든 일을 처결하려 했다는 것뿐이외다. 지금 나를 모함하는 자는 곧 대론을 없애려고 노력하는 자요, 내 집을 드나들던 이들을 역도로 모는 자는 곧 자신의 집 뒤뜰에 반역의 칼과 창을 숨겨 둔 자가 분명하외다."

기준격이 끼어들어 큰 소리로 부르짖었다. 목까지 차오른 분노를 가라앉힐 수 없었던 모양이다.

"허균은 세상사를 모르는 어린아이나 다름이 없습니다. 바른 도리를 구별하지 못하는 요망스러운 위인이지요. 소생의 앞에서 흉역스러운 말을 무수히 발설하였는데, 이제 와서 굳게 숨기고 이 핑계 저 핑계를 대니 안타까울 따름입니다. 대론이라는 것은 조정의 대론인데 어찌 저 혼자서 주장한 것일 수 있겠습니까. 조정의 의논을 훔쳐서 자신의 죄를 면하려고 하는 것이 참으로 가소롭습니다. 허균은 본래 청환(淸宦, 학식과 문벌이 높은 사람에게 내리는 벼슬)과 현직

(顯職, 실질적인 권한이 있는 높은 벼슬)을 거치지 못했기 때문에 매양 갑자기 부귀해지기를 바라더니, 감히 이와 같은 흉모를 꾸민 것입니다. 허균은 환란을 즐기는 자로서, 자기와 비슷한 무리들을 적게는 수십 명, 많게는 수백 명씩 규합하여 일을 꾸미고 있으니, 이 어찌 나라의 근심거리가 아니라 하겠습니까? 속히 능지처참의 죄로 다스려야 할 것입니다."

열에 들떠 악을 바락바락 쓰며 스승을 능지처참해야 한다고 주장하는 제자를 바라보면서, 허균은 씁쓸한 웃음을 감출 수 없었다. 부모를 잃었을 때도 이토록 비도산고(悲悼酸苦, 슬픔과 고통)를 느끼지는 않았었다. 친아들처럼 기준격을 아끼고 사랑했던 지난 세월이 눈앞을 스치고 지나갔다. 기준격의 처절한 토로를 듣던 류희분과 박자흥도 기분이 상한 모양이었다.

그때 좌포도군관 강문범이 김예직의 서찰을 가지고 들어왔다. 서찰을 펼쳐 든 류희분의 두 눈이 튀어나올 듯 커지더니, 곧 안색을 고쳐 문사낭청에게 명령했다.

"급히 의논할 일이 있으니 추국을 잠시 중지하도록 하라!"

류희분은 박자흥을 데리고 서둘러 방으로 들어갔다. 문사낭청 남보덕이 나장을 시켜 바가지에 냉수를 받아 오도록 했다. 허균은 목이 말랐지만 제자부터 챙겼다.

"나는 괜찮으니 저 아이에게나 주게."

기준격이 그 말을 듣고는 바가지에 침을 퉤 뱉은 후 고개를 싸늘하게 돌려 버렸다. 허균은 잘못된 길을 선택한 제자를 타이르는 스승의 심정으로 이렇게 말했다.

"나에게 복수를 한다고 생각하겠지. 하나 넌 지금 네 심장에 비수를 꽂고 있을 뿐이다. 내가 설령 너로 인해 목숨을 잃는다고 해도 너의 가슴에 활활 타오르기 시작한 불덩이는 결코 끌 수 없을 게야. 관송으로부터 무슨 약속을 받았는지는 묻지 않겠다. 하나 관송을 믿어서는 안 돼. 너는 지금 호전걸육(虎前乞肉, 호랑이에게 고기를 청함. 전혀 기대할 수 없는 것을 기대하는 어리석은 행동)과 같은 짓을 하고 있어. 설령 네 소원대로 나에게 중벌이 내려진다고 해도, 관송은 틀림없이 네가 교산의 집을 드나든 지 15년이 가까웠는데 이제야 고변을 하는 저의가 무엇이냐며 네 목숨을 앗으려 할게야. 말을 아껴라. 너 스스로 이 일의 옳고 그름을 가리려고 하지 마라. 말을 하면 할수록 너만 더 깊은 수렁으로 빠져들어."

기준격은 어깨를 들썩이며 분노의 눈물을 흘릴 뿐 아무런 대꾸도 하지 않았다. 허균의 간과 쓸개를 씹어 먹기 전에는 결코 원한을 풀지 않으려는 듯했다.

다시 방문이 열리고 류희분과 박자흥이 나왔다. 두 사람의 표정은 훨씬 딱딱하게 굳어 있었다. 박자홍이 자리를 잡고 앉자마자 허균에게 물었다.

"죄인은 아직도 죄가 없다고 주장하는가?"

허균이 차분히 대답했다.

"내게 죄가 있다면 삼창에게 죄가 있는 것이고, 삼창에게 죄가 없다면 나 역시 벌을 받을 일을 한 적이 없소이다."

문창 부원군 류희분이 고개를 설레설레 저었다.

"우리가 모두 역적모의를 했다는 것인가? 어찌 자신의 죄를 남에게 떠넘기려 하는고? 한 나라의 당상관이었던 자가 그렇게 책임을 회피하고 변명만 늘어놓다니 부끄럽지도 않느냐? 지금이라도 늦지 않았으니 이실직고를 하렷다. 너와 뜻을 합친 당상관이 누구누구이며 당하관이 누구누구인가를 소상히 아뢰고 용서를 구하면, 옛날의 정리를 생각하여 목숨만큼은 살려 주도록 힘써 보겠다."

허균이 류희분을 똑바로 쳐다보며 답했다.

"좋소이다. 그렇게까지 말씀하시니 그동안 뜻을 모은 이들을 고해 올리도록 하겠소이다. 먼저 벼슬을 나누어 주는 문제는 광창 부원군 이이첨과 논의하였고, 군대를 통솔하는 문제는 문창 부원군 류희분과 마음을 맞추었으며, 명나라나 노추, 왜와의 관계는 밀창 부원군 박승종, 동지경연 박자홍 부자와 머리를 맞대고 숙의하였소이다. 이들과 의

논해도 해결이 되지 않을 때는 도승지 한찬남을 찾아가서 일의 전후를 맞추었고, 그래도 석연치 않은 점이 있으면 탑전에 아뢰어 바른 길을 찾았소이다. 내가 과연 역적모의를 했는가는 그들을 불러 물어보면 될 터이고, 그들에게서 원하는 답을 얻을 수 없다면 탑전에 아뢰어 옳고 그름을 따져야 할 것이외다."

허균의 주장에는 비수가 숨어 있었다. 자신을 계속 벼랑 끝으로 내몬다면, 그동안 삼창과 함께 전횡한 일들을 광해군에게 모조리 고하겠다는 위협인 것이다. 박자흥이 자리를 박차고 일어섰다.

"이놈! 이미 너와 함께 역모를 꾸민 놈들이 잡히지 않았느냐? 우경방, 하인준, 원종, 현응민, 김윤황은 네가 수족보다도 더 아끼던 자들이다. 하나 그런 피라미들만 데리고 일을 꾸미지는 않았을 터, 그 외에 누구누구가 너와 손을 잡았는지 사실대로 고하렷다."

허균은 바로 옆에 꿇어앉은 기준격을 슬쩍 한 번 쳐다보았다. 그리고 미소를 지으며 차분히 답했다.

"이런 경우를 가리켜 위려마도(爲礪磨刀, 숫돌을 위해 칼을 감, 주객전도)라고 하는가 보오. 세인들이 나를 일러 판의금부사의 개라고 했소이다. 그 개가 누군가를 물었다면 그 책임이 주인에게 있는 것은 자명한 일이외다. 또 판의금부사와 좌참찬이 금상의 좌우를 보필하였다는 것을 모르는 사람이 없소이다. 그 두 사람이 뜻을 합쳐 해괴한 짓을 했다면, 그 일을 은밀히 명령한 이가 누구인지도 명약관화하지 않소이까?"

"이놈이 그래도……."

섬돌 아래로 내려서는 박자흥을 류희분이 만류했다.

"자자, 참으시오. 어차피 우경방, 하인준, 원종, 현응민, 김윤황 등을 형신하면 모든 것이 밝혀질 터, 괜히 마음만 상하는 짓은 마시오. 문사낭청! 저 두 죄인을 의금옥에 다시 가두도록 하라."

"예!"

남보덕이 옥리들을 거느리고 허균과 기준격에게 다가왔다. 허균은 엉거주춤 몸을 일으켜 의금옥이 있는 쪽으로 돌아섰다. 기준격은 나란히 걷는 것도 싫은 듯 허균이 저만치 앞서 갈 때까지 제자리를 지켰다.

"괜찮으십니까?"

남보덕이 귓속말로 물었다. 허균이 입으로만 웃으며 고개를 끄덕였다. 무릎이 아프고 목이 탔지만 그런대로 버틸 만했다. 당장 형신을 시작할 것 같은 분위기였는데 왜 갑자기 추국이 중단되었는지 궁금했다. 남보덕도 그 까닭을 모르는 듯했다.

의금옥에 거의 다다랐을 때 한 무리의 옥리들이 웅성웅성거리며 몰려나왔다. 단순히 죄인을 호송하는 것이 아니라 무엇인가를 구경하기 위해 모인 것 같았다. 옥리들의 맨 앞에는 좌포도대장의 서찰을 전했던 강문범이 서 있었다. 남보덕이 옥리들을 엄히 꾸짖었다.

"뭐 하는 짓들이야? 왜 이리 시끄러워?"

웅성거림이 잦아들면서 옥리들에게 둘러싸인 사내의 정체가 드러났다. 머리를 산발하고 두 손을 앞으로 결박당한 채 뚜벅뚜벅 걸음을 옮기는 사내는 동지의금 김개였다.

"형님!"

김개가 먼저 아는 체를 했다.

"자네……!"

허균은 김개를 쳐다보기만 할 뿐 말을 잇지 못했다. 김개가 걸어 나와 허균의 곁에 나란히 섰다. 그는 일부러 옥리들이 모두 들을 수 있도록 큰 소리를 쳤다.

"형님! 아무 염려 마십시오. 우리가 관송의 오장육부까지 훤히 들여다보고 있는데, 관송이 어찌 우릴 죽일 수 있겠습니까? 며칠만 지나면 풀려날 터이니 편히 계십시오. 자, 그럼 관송에게 붙어먹은 망할 놈의 새끼들을 꾸짖어 준 후에 뵙지요. 형님이 계셔서 심심하지는 않겠습니다그려."

허균이 천천히 고개를 끄덕였다. 솔개 한 마리가 아득히 높고 푸른 가을 하늘을 빙빙 돌며 먹잇감이 나타나기만을 기다리고 있었다.

　자정 무렵

　광해군은 선정문(宣政門)을 비롯하여 판의문(判義門), 건중문(建中門), 선휘문(宣暉門) 등에 겹겹이 경계를 세웠다. 내관과 궁녀의 출입을 철저히 통제했고 도승지 한찬남을 제외한 다른 승지들도 선정문 안으로 들어오는 것을 금했다. 선정전에는 침묵이 감돌았다. 용상에 앉은 광해군은 잔뜩 찌푸린 얼굴로 대신들을 내려다보고 있었다. 침전으로 들기 직전, 판의금부사 이이첨으로부터 뵙기를 청한다는 전갈을 받았던 것이다. 삼창이 원한다면 언제든지 만나 주겠노라 약조는 했지만, 오늘따라 뒷목이 뻐근하고 양팔이 묵직해서 쉬고 싶은 마음이 간절했다. 도승지 한찬남에게 내일 아침에 만나는 것이 좋겠다는 언질을 주었건만, 이이첨은 화급을 다투는 일이라며 거듭 배알하기를 청했다.

　허균이 곁에 있다면 마음 편히 술잔이나 기울일 밤이로다!

　광해군은 불현듯 의금옥에 갇힌 허균의 얼굴을 떠올렸다. 허균은 아무리 화급하고 중요한 일이 있더라도 용안부터 살폈다. 광해군이 얼굴을 찡그리면, 만사를 제쳐 두고 그의 마음부터 편하게 만들려고 노력하는 신하였다. 대낮부터 어주를 내려 달라고 청하거나 간밤에 기생들에게서 배웠노라며 노래 한 자락을 불러 젖힌 적도 있었다. 그때마다 승지들은 허균의 손발을 붙잡으며 만류했지만, 허균은 장난기 가득한 얼굴로 더더욱 결례를 범했다.

"신은 전하의 마음을 살피지 못하는 예의보다 전하를 기쁘게 해 드리는 무례함을 택하겠나이다."

이이첨에 의해 허균이 중용된 다음부터는 상황이 달라졌다. 군왕과 신하가 지켜야 하는 딱 그만큼의 거리를 유지한 채, 광해군은 어명을 내렸고 허균은 그것을 따랐다. 광해군은 언젠가 꼭 한 번은 허균이 다시 폭포수와도 같은 웃음을 쏟으며 어주를 청해 오리라 생각했다. 그러나 허균은 의금옥에 갇혔다. 우정을 되찾기에는 너무나 먼 거리가 아닐까?

이이첨과 함께 편전으로 들어온 대신은 우의정 박홍구, 병조 판서 류희분, 동지경연 박자홍이었다. 도승지 한찬남은 그들보다 네댓 걸음 뒤로 물러나서 문을 등지고 자리를 잡았다. 광해군이 시선을 박자홍에게 고정시킨 채 불쾌한 목소리로 물었다.

"좌상은 아직도 기복하지 않겠다고 고집을 부리느냐? 나라가 위급한 지금이야말로 원로대신이 몸을 돌보지 않고 나랏일을 살펴야 할 때이다. 과인은 좌상이 이 나라와 더불어 희로애락을 함께 나눌 줄 알았는데, 어찌 이다지도 과인의 마음을 몰라준단 말인가?"

박자홍이 제대로 대답을 못하고 주저주저하자 이이첨이 대신 나섰다.

"좌상이 어찌 어심을 거스를 수 있겠사옵니까. 머지않아 출사할 것이오니 노여움을 푸시옵소서."

광해군이 시선을 돌려 이이첨을 노려보았다.

"판의금부사는 요즈음도 동궁전에 자주 드는가? 판의금부사가 살피기에 세자의 학문이 어떠한고?"

이이첨은 기다렸다는 듯이 답했다.

"세자 저하의 예질(睿質, 세자의 기질)이 탁월하심은 모르는 이가 없사옵니다. 예학(睿學, 세자의 학문)을 지나치게 부지런히 하셔서 혹 예후(睿候, 세자의 건강)라도 그르치실까 염려되옵니다."

박자홍이 이이첨을 거들었다.

"세자 저하께서는 전하의 뒤를 이어 성군이 되실 것이옵니다."

광해군이 박자홍의 말을 잡아챘다.

"아무나 성군이 될 수 있는가? 경들처럼 훌륭한 신하들의 보필이 있어야지만 가능한 일일 게야."

"성은이 망극하옵니다."

침묵이 흘렀다. 서론을 접고 본론으로 들어가야 하는 순간이었지만 누구도 선뜻 입을 열지 않았다. 이이첨이 사위인 박자홍에게 눈길을 주었으나 박자홍은 고개를 숙인 채 입술을 딱 붙였다. 침묵을 깬 쪽은 광해군이었다.

"동지의금까지 잡아들인 까닭이 무엇인가?"

이이첨이 준비한 답을 아뢰었다.

"죄인 김개는 허균의 수족과도 같사옵니다. 죄인은 허균을 건천동에서 잡아들일 때도 오라로 묶지 않았고 의금옥에 가둔 후에도 가와 쇄를 채우지 않았사옵니다."

광해군의 역습이 이어졌다.

"김개는 교산의 수족일 뿐 아니라 판의금부사의 수족이기도 하지 않은가? 박응서로부터 고변을 받아 낸 사람이 바로 김개며, 그 김개를 중용한 이가 판의금부사가 아니었던가? 또한 교산을 잡아들일 때 국법을 지키지 않은 죄를 묻는다면, 그것이 어찌 그만의 잘못이겠는가?"

허균을 법에 따라 잡아들이지 않는 것이 문제라면, 그 책임을 동지의금뿐 아니라 판의금부사 이이첨이 져야 한다는 지적이었다. 이이첨이 머리를 조아렸다.

"신의 잘못을 엄히 벌하여 주시옵소서. 하나 김개의 죄는 거기에 그치는 것이 아니옵니다. 동지의금 김개, 공조 좌랑 김우성 등은 허균과 한 무리가 되어 조정의 대소사를 사사롭게 처결하였사옵고 특히 성균관의 유생들과 전라도의 유생들을 동원하여 자신들에게 유리하도록 세론을 이끌려 하였사옵니다. 허균이 역적의 머리라면 김개와 김우성은 두 팔과 같사오니 당연히 잡아들여 추국해야 하옵니다."

"세론을 이끌려 하였다? 김개와 김우성 등이 교산을 도와 건천동에 소청(疏廳, 유생들이 상소건의(上疏建議)를 위해 모이는 장소)을 마련하고 대론을 이끌었음은 천하가 다 아는 사실이다. 그들의 공을 인정하고 상을 내려도 모자라는 판에 잡아들여 문초를 하겠다니, 참으로 어리석도다. 과인은 그들을 토사구팽할 수 없다."

이번에는 류희분이 나섰다.

"전하! 토사구팽이 아니옵니다. 허균이 어찌 혼자서 역모를 꾸밀 수 있었겠사옵니까? 우경방, 하인준, 원종, 현응민, 김윤황 등이 그를 도왔다고 하나 그들은 한낱 시정잡배에 불과하옵니다. 허균과 뜻을 모은 사대부들이 조정에 있을 터이온데, 김개와 김우성이 곧 그들이옵니다. 이제 그들을 추국하면 조정에 남아 있는 허균의 잔당이 모두 밝혀질 것이옵니다. 통촉하시옵소서."

박자홍이 류희분의 뒤를 받쳤다.

"병판의 논의가 참으로 지당하옵니다. 일찍이 허균은 문묘에 오현만 배향하는 것을 문제 삼으면서, 화담 서경덕이나 율곡 이이 등을 모시지 못한 것을 통탄하였사옵니다. 겉으로는 아량을 내세웠으나 속으로는 노장과 석씨의 학문도 공맹과 똑같이 훌륭하다는 어리석은 생각을 하였사옵니다. 허균의 방자함은 이에 그치지 않고 서자와 천민까지 등용하자고 주장하였으며, 만약 그 기회를 부여하지 않을 때는 호민(豪民)이 난리를 일으킬 것이라고 하였사옵니다. 이런 헛된 망언을 일삼은 허균과 몸과 마음을 합친 자들을 어찌 그냥 둘 수 있겠사옵니까? 신은 허균, 김개, 김우성 등과 조정에서 나란히 자리를 함께했다는 사실조차 부끄러워 고개를 들 수가 없사옵니다. 속히 이 괴물들을 추국하여 엄히 다스리시옵소서."

"괴물…… 괴물들이라! 우상의 뜻은 어떠한가?"

잠자코 자리만 지키던 박홍구에게 질문이 날아들었다. 박홍구는 검버섯이 퍼져 있는 왼쪽 눈자위를 실룩거리며 답했다.

"허균의 아비 허엽은 힘써 학문을 익히고 이단을 배척하여 나라의 중론을 이끌었사옵니다. 문장을 좋아하는 자 중에서 누군들 이단의 글을 읽어 보지 않았겠습니까마는, 허균은 심심풀이로 이단의 글을 읽는 수준을 넘어섰사옵니다. 부처를 곁에 두고 새벽이면 꼭꼭 절을 하며 장삼을 입고 염주를 든 채 염불을 한다고 하니, 이는 곧 중이 아니고 무엇이겠습니까. 허균을 괴물로 지칭하는 것은 이로부터 비롯된 일이라 사료되옵니다."

"교산이 노장과 석씨를 가까이한 것은 어제오늘의 일이 아니다. 교산이 나라를 어지럽히는 사악한 종교에 뜻을 둔 것이 아니라 휴정이나 유정과 같은 승려들과 교분을 가졌음을 과인은 알고 있느니라. 교산은 이 일로 여러 차례 삭탈관직되었으니 자신의 죄과를 충분히 치른 셈이다."

류희분이 광해군의 뜻을 거스르며 간곡히 아뢰었다.

"허균의 죄는 노장이나 석씨를 가까이한 것보다 공맹의 가르침을 버린 데 있사옵니다. 공자께서는 '약삭빠른 말과 남을 위해 꾸민 얼굴빛을 지닌 사람 중에는 어진 이가 드물다.'라고 말씀하셨는데, 이는 곧 허균에게 해당되는 것이옵니다. 이미 숭례문에 흉격을 붙인 역도들이 잡혔고 조정에서 그들과 뜻을 모은 신료들이 밝혀졌으니, 허균에게 사약을 내리는 것도 가벼운 벌이옵니다."

박자흥이 류희분의 뜻을 이었다.

"민심을 살피시옵소서. 허균이 난을 일으키려다가 의금부에 압송되었다는 소문이 이미 도성에 가득하옵니다. 누구누구가 허균과 내통했고, 누구누구가 허균의 반대편에서 있는지를 백성들도 손바닥 보듯 훤히 알고 있사옵니다. 전하! 속히 허균의 목을 베시옵소서. 차일피일 미루다가 허균의 잔당들이 딴 뜻을 품을까 그것이 걱정이옵니다."

광해군이 허리를 뒤로 젖히며 잠시 천장을 올려다보았다. 지금까지 대신들이 아뢴 말들을 찬찬히 되새기는 듯했다. 이윽고 다시 시선을 내린 다음 박홍구에게 물었다.

"우상! 경은 어찌 생각하는가? 삼창이 서로 다투어 내왕을 끊었다는 소문까지 나돌았는데, 이제 보니 손발이 척척 맞아 들어가고 있지 않은가?"

"그, 그러하옵니다."

박홍구가 영문도 모른 채 맞장구를 쳤다.

"삼창이 교산을 죽이기로 마음을 합쳤다 이 말인데…….
교산을 포함시켜 사창(四昌)으로 불리는 것이 싫은 모양이군. 하나 그렇다고 교산을 죽이라? 대론을 함께 이끈 과거도 잊고 단칼에 모든 일을 정리하겠다? 판의금부사! 꼭 이렇게 해야만 하는, 과인이 모르는 이유라도 있는가?"

"병관과 동지경연은 국법에 따라 죄인들을 엄벌하도록 청했을 뿐이옵니다. 숭례문에 흉격을 붙인 것만으로도 허균은 목숨을 부지할 수 없사옵니다. 게다가 흉악한 도적인 우경방을 석방시키려 했고, 김개와 김우성 등을 동원하여 대론의 높은 뜻을 무너뜨리려 하였사옵니다."

광해군이 이이첨의 말을 잘랐다.

"판의금부사! 고작 그런 소리나 늘어놓으려고 이 밤에 과인을 찾은 것인가? 과인이 교산을 너그럽게 보겠다는데, 율칙(律勅, 형률의 칙령)을 들이미는 저의가 의심스럽도다. 결국 판의금부사는 교산이 지은 죄를 하나도 찾지 못했다 이 말이냐? 동지의금 김개가 교산과 가깝게 지낸 것은 과인도 아느니라. 하나 교산이 친하게 지낸 신하가 어디 김개뿐이겠느냐? 앞으로 몇 사람이나 더 잡아들여야 교산의 죄가 드러날꼬. 차라리 지금이라도 교산을 풀어 주고 과거처럼 힘을 합쳐 대론을 이끄는 편이 낫지 않겠는가? 도승지의 생각은 어떠한가?"

이이첨의 얼굴이 벌겋게 상기되었다. 한찬남은 이이첨의 뒤통수를 힐끔 바라본 다음 광해군을 두둔하고 나섰다.

"신의 뜻도 성교(聖敎, 임금의 말씀)와 같사옵니다. 지금까지 허균은 삼정승이 궐석한 가운데서도 의정부를 큰 문제 없이 이끌었사옵고, 강홍립이 도성을 떠나는 데에도 미력한 힘이나마 보탬이 되었사옵니다. 그런 충신을 죽이는 것은 왕실과 조정에 전혀 보탬이 되지 않사옵니다."

광해군이 고개를 끄덕였다.

"그렇지. 대명의 사신들을 교산만큼 능숙하게 다루는 신하가 어디 있는가? 그 한 가지만으로도 교산은 조정에 있어야 해. 판의금부사!"

"예, 전하!"

"이틀을 더 주겠다. 이틀 안에 교산이 역모를 꾸몄다는 증거를 가져오지 않는다면, 교산을 형조 판서로 삼고 그의 딸을 소훈으로 맞아들이겠다. 물러들 가라!"

광해군이 허균의 재주를 아끼는 줄은 알았지만, 이렇듯 완강하게 허균을 두둔할지는 몰랐다. 류희분과 박자홍은 헛기침만 쏟으며 편전에서 물러났고 박홍구는 병을 핑계 삼아 먼저 돈화문을 나섰다. 세 사람이 떠난 후에도 이이첨은 연영문(延英門) 앞에서 서성거렸다. 도승지 한찬남을 만나기 위해서였다. 한찬남은 승정원에 들러 우부승지 이명남과 동부승지 조유도에게 전하의 침전 곁을 떠나지 말라고 신신당부를 한 다음 연영문으로 왔다. 이이첨은 한찬남을 보자마자 화부터 냈다.

"충신이라니? 허균이 충신이라니?"

한찬남이 큰 눈을 끔벅이며 양손을 등뒤로 맞잡은 다음 배짱을 부렸다.

"어허허! 그것 때문에 따로 보자고 한 겝니까? 천하의 관송이 이토록 자잘한 일에 마음을 쏟다니요."

"이놈!"

이이첨이 한찬남의 어깨를 확 잡아채며 주먹으로 명치

를 올려쳤다. 갑작스럽게 일격을 당한 한찬남이 비명도 지르지 못한 채 앞으로 고꾸라졌다. 사모가 떨어져 땅바닥에 나뒹굴었다.

"과, 관송!"

이이첨이 한찬남의 멱살을 틀어쥐고 일으킨 다음 낮게 속삭였다.

"교산과 날 한꺼번에 처치하려는 네놈의 술책을 모를 줄 아느냐? 하나 조심해야 할 게다. 오늘 현응민이라는 놈의 공초에 네놈의 이름 석 자가 또렷하게 적혀 있더구나. 교산이 김개, 김우성과 뜻을 합쳤을 뿐 아니라 도승지 한찬남과도 이미 의논을 끝냈다고 했어. 오늘 보니 과연 그 말이 사실이로구나. 교산을 충신이라고 치켜세울 정도니, 뜻을 합쳤더라도 수백 번은 합쳤을 게야."

한찬남이 양손을 휘휘 내저었다.

"천부당만부당한 말씀이시오. 교산과 절교하고 지냈음을 관송도 아시지 않소이까? 역도들이 자기들의 세력을 부풀리려고 나를 끌어들인 것이에요. 관송! 오늘 일은 미안하외다. 전하의 뜻을 살피다 보니 실언을 하였소이다. 도승지라는 이 자리가 그렇지 않소이까? 널리 헤아려 주세요."

이이첨이 갑자기 멱살을 풀고 땅바닥에 떨어진 한찬남의 사모를 집어들었다. 그리고 얼굴에 웃음을 가득 띤 채 한찬남의 사모를 고쳐 씌워 주었다.

"허허허헛, 놀라셨소? 도승지가 날 골탕 먹이기에 나도 잠깐 도승지를 속인 것뿐입니다. 내 주먹이 도승지의 명치를 친 것이 아니라 도승지의 명치가 내 주먹에 와서 닿았음이에요. 도승지가 교산을 멀리했음을 잘 알고 있소이다. 내 어찌 도승지를 의심하겠소이까."

"고, 고맙소이다."

"하나 공초에 이름이 올랐으니 각별히 언행을 조심해야 할 겝니다. 오늘처럼 오해받을 말씀은 삼가세요. 아시겠습니까?"

"알겠습니다."

이이첨은 한찬남과 나란히 돈화문까지 걸어 나왔다. 한찬남은 거듭 이이첨에게 고마움을 표시했다. 이이첨이 웃으며 한찬남을 안심시켰다.

"허허허, 도승지가 세상 민심을 제대로 탑전에 전하셔야지요. 그래야 왕실과 조정이 편안한 법입니다."

이이첨은 남여 위에서 눈을 꼭 감은 채 쌍리동에 이를 때까지 미동도 하지 않았다. 밀린 잠을 보충하는 것인지, 개가 짖고 바람 소리가 매서워도 눈을 뜨는 일이 없었다.

광해군이 교산의 목을 선뜻 베지는 않으리라고 짐작은 했다. 역모를 파헤친 공이 판의금부사 이이첨에게 돌아가지 않고 자신에게 넘어올 때까지, 광해군은 그렇게 용상에 앉아 신하들을 힐책할 것이 분명했다. 그러나 막상 광해군으로부터 호된 꾸중을 들으니 마음이 편치 않았다. 일인지하 만인지상의 권세를 누렸지만, 자신의 머리 위에 있는 단한 사람이 역시 문제였다. 광해군은 대신들은 물론 친아들인 세자까지도 믿지 않았다. 임진년의 전쟁과 오랜 동궁 생활 속에서 터득한 삶의 지혜였다.

이틀!

광해군은 그에게 이틀을 더 주었다. 이틀 안에 교산이 역모를 꾸몄다는 결정적인 증거를 찾지 못하면 어떤 일이 벌어질까? 당연히 교산은 풀려날 것이고 판의금부사인 그는 탄핵을 받을 것이다. 죄 없는 당상관을 의금옥에 가두었으니 최소한 삭탈관직을 당할 것이 분명했다.

교산은 형조 판서에 오르고 관송은 삭탈관직을 당한다!

있을 수 없는 일이다. 김개를 잡아들였으나 그는 쉽게 입을 열 위인이 아니었다. 박응서는 사라졌고 허굉 역시 자취를 감추었다. 의금옥에 갇힌 허균과 그 하수인들은 죽기를 각오하고 버틸 것이 분명했다. 쌍리동에 도착한 이이첨은 대문밖까지 마중을 나온 노복에게 조용히 물었다.

"왔는가?"

"자시에 도착하셨습니다. 사랑방에서 대감마님을 기다리

고 계십니다."

"정중히 안방으로 모셔 오너라. 주변을 살피는 것을 잊지
말고."

"알겠사옵니다."

이이첨은 안방으로 들어서자마자 호롱불의 심지를 낮추
고 관복을 벗었다. 광해군의 질책을 받는 것이 힘겨웠던지,
어깨와 등에 땀이 흥건히 배어 있었다. 심의를 입고 상투관
을 썼다. 서안 앞에 앉아 『서경』을 이리저리 들추는데 노복
의 목소리가 들려왔다.

"대감마님! 뫼시고 왔사옵니다."

"드시라 하라."

방문이 열리고 두루마기에 갓을 쓴 사내가 방 안으로 들
어섰다.

"어서 오시게, 여인! 오랜만에 그대의 소안(韶顔, 아름다운
얼굴)을 보는구먼."

이이첨이 자리에서 일어서며 반갑게 손님을 맞이했다.
이재영이 상기된 얼굴로 이이첨이 내민 손을 맞잡았다.

"자, 이리이리 앉으시오. 오늘은 마음껏 취해 봅시다. 그
갓도 벗어 놓으시게."

"아니, 됐습니다."

"어허! 우리가 어디 하루 이틀 사귄 사이요? 나는 여인을

오랜 벗으로 대하는데 여인은 나를 상전 모시듯 하니, 이게
될 말인가? 오늘은 내 집에 왔으니 내 뜻을 따라 주시게."

이재영은 마지못해 갓을 벗어 무릎 옆에 놓았다. 이이첨
이 큰 소리로 노복에게 명했다.

"술상을 내오너라. 산해진미가 가득해야 할 것이야."

상다리가 휘어질 정도의 술상이 곧 나왔다. 이이첨이 웃
으며 술을 권했다.

"신선들이 마시는 술은 아니더라도 속세에서 마시는 술
중에는 최상일 게요."

"감사합니다."

이재영이 술잔을 들어 술을 받은 다음 고개를 모로 돌려
잔을 비웠다. 술병을 든 채 그 모습을 지켜보던 이이첨이
잠깐 짜증을 부렸다.

"우리가 무슨 사제지간이라도 되오? 그렇게 예의를 차려
서야 어디 술맛이 나겠소?"

이번에는 이재영이 이이첨의 잔을 채웠다. 이이첨이 단
숨에 술잔을 비웠다.

"미안하오. 전하께서 교산에 관해 이런저런 당부를 하시
는 바람에 늦었구먼."

'교산'이라는 단어에 유독 힘을 주었다. 이재영은 바로
앞에 놓인 꽃전복(경상도 해안에서 나는 전복을 따서 꽃 모양으로

썰어 만든 음식)을 이리저리 들추며 이이첨의 시선을 피했다.

"전하께서는 오늘이라도 당장 교산의 목을 자르라고 하셨소."

이재영이 저도 모르게 고개를 치켜들었다. 두 사람의 시선이 마주치자, 이이첨이 가볍게 웃었다.

"하나 과히 심려하지는 마오. 나 이이첨이 교산을 그렇게 쉽게 죽도록 내버려 둘 것 같소? 추국이 끝날 때까지는 아무도 죽이지 않을 터이니 안심하오."

이이첨이 잠시 말을 끊고 표고버섯무침을 먹었다.

"자, 이걸 먹어 보오. 오대산과 태백산의 표고도 좋지만 역시 제주에서 나는 것이 최고라오. 표고버섯이라면 교산도 끔찍이 좋아했는데 이 자리에 없는 것이 영 아쉽구먼."

이재영이 술잔을 비운 후 이이첨에 대한 불편한 심기를 드러냈다.

"대감께서 교산을 의금옥에 가두시고는 이 자리에 없음을 아쉬워하시다니요? 모순입니다."

"허허허, 내가 지금 여인을 놀린다고 생각하는 게요? 하면 쌍리동에 오는 것도 마음이 편치 않았겠구먼. 교산을 잡아들인 관송의 집인데 어찌 마음이 편안했겠소. 그래서 안주도 제대로 먹지 않고 술잔만 비웠던 게요? 허허, 딱한 사람! 아무렴 내가, 교산과는 형제보다도 더 친한 관송이 나서서 교산을 잡아들였겠소?"

"아니라는 말씀이신가요?"

"교산을 위해서 한 일이오. 전하께서는 지난 16일에 당장 교산의 목을 베어야 한다고 노발대발하셨소. 그렇게 노여움을 드러내시는 건 나도 처음 보았지. 성후(聖候, 임금의 건강)가 염려될 정도였다오. 안정(眼精, 눈)에서 불꽃이 일어나고 어수(御手, 임금의 손)가 떨렸으니……. 그때 내가 나서서 교산을 잡아들이겠다고 했소. 여인!"

이재영은 오른손으로 입술을 훔치며 이이첨을 노려보았다.

"전하께서 궐 밖 일에 어두우시다는 소문은 거짓이오. 전하께서는 용상에 앉으셔서도 북삼도 하삼도에서 일어나는 모든 일을 보고 듣고 계신다오. 오늘 밤에도 전하께서는 이렇게 하교하셨소. 교산을 단지 숭례문에 흉격을 붙인 죄로 다스려서는 아니 된다. 벌써 교산과 뜻을 합친 불측한 무리들이 도성에 들어와 있지 않은가? 그들을 모조리 잡아들여 능지처참하라!"

이재영의 아랫입술이 파르르 떨렸다. 광해군이 이미 그들의 거사를 눈치챘다면 이번 일은 결코 성공할 수 없다. 이이첨이 그 떨림을 예리하게 알아챘다.

"여인! 나는 결코 교산이 적복(賊伏, 숨어 있는 도적)과 힘을 합쳐 역모를 꾸몄으리라 생각지는 않소. 하나 교산이 그들에게 이용당하고 있다면 속히 그 구렁에서 빠져나와야만 하오. 내가 돕겠소. 여인과 내가 힘을 합치면, 교산의 목숨은 구할 수가 있지……."

"무슨 말씀을 하시는지요? 소생은 금시초문입니다."

"나는 여인도 그들에게 이용당하고 있다고 보오. 포도대장들이 역도들을 잡아들이기 전에 내게 미리 알려 주오. 아, 나는 여인, 그대가 무엇을 두려워하는지 잘 알고 있소. 괄괄한 교산의 성품으로 보아 어쩌면 교산과 그대가 역도들과 서찰이나 맹세문을 몇 장 주고받았는지도 모르지. 만약 그런 게 있다면 모조리 불태우도록 하시오. 아니 아니, 태워 버리는 것보다 내게 가져오시오. 그 모두가 조작된 것이라고 입을 맞추는 편이 교산의 죄 없음을 밝히는 데 도움이 되겠구먼."

"교산은 그런 짓을 할 위인이 못 됩니다. 대감께서 잘못 생각하고 계십니다."

이재영은 부인으로 일관했다. 이이첨이 국화병(菊花餠) 하나를 입에 쏙 넣은 다음 오물오물 씹었다. 그 틈을 이용해서 이재영이 장광설을 늘어놓았다.

"소생은 오랫동안 교산과 함께하였습니다. 교산이 일찍이 술과 여자를 좋아하고 노장과 석씨의 말을 즐긴 것은 사

실이오나 역모를 꾸밀 위인은 못 되옵니다. 구태여 살피자
면 교산은 당나라의 이백처럼 시인으로 한평생을 누릴 사
람이지요. 올해 들어서는 교산도 자신의 처지를 깨닫고 소
생과 함께 변산반도를 옥도(玉都, 신선이 사는 곳) 삼아 낙향
할 마음을 품었더랬습니다. 의금옥에 갇히지만 않았어도
벌써 귀거래를 했을 겁니다. 새벽이면 뒷산에 올라 자연을
벗하고, 저녁이면 만소(蠻素, 당나라 시인 백거이의 첩 소만과 번
소)를 양옆에 끼고 시흥에 취해 평생을 보내는 것이 교산의
바람입니다. 일척청표(一尺淸飇, 부채에서 나오는 시원한 바람)
로 세상을 잊으려는 교산의 뜻을 대감께서 탑전에 소상히
아뢰어 주십시오.”

이이첨이 반문했다.

“이백처럼 이름을 드높일 시인은 교산이 아니라 여인이
지 않소?”

“소생이 어찌……?”

“어허, 일찍이 손곡은 여인의 시를 집채만 한 파도와 같
다고 평했소이다. 서자만 아니었다면 홍문관의 으뜸 자리
는 따 놓은 당상이지요. 여인만 한 재능과 열정이면 조선
제일의 시인이 되고도 남아요. 나도 여인이 그렇게 되기를
진심으로 바라오. 하나…….”

이이첨은 잠시 말을 끊고 이재영의 안색을 살폈다. 방금

전까지 이이첨의 말을 건성으로만 듣던 이재영의 눈빛이 달라졌다. 조선 제일의 시인! 그 꿈을 이이첨이 정면에서 거론한 것이다.

"하나 말이오. 그런 일은 없겠지만, 만에 하나 그대가 교산과 함께 역적모의를 했다면, 아니 교산의 역적모의를 알고도 고변하지 않았다면, 그대의 시는 빛을 보지도 못한 채 모조리 불태워질 것이오. 그래도 좋소?"

"그, 그것은⋯⋯."

이재영의 목소리가 눈에 띄게 떨렸다. 자신의 시가 불태워지는 장면을 상상했던 것이다.

뼈를 깎는 고통 속에서 탄생한 언어들이 한 줌의 재로 돌아간다? 안 돼. 그럴 수는 없어. 내가 죽는 한이 있더라도 내 시가 불태워지는 일만은 막아야 해.

이재영이 마른침을 삼키며 저도 모르게 고개를 설레설레 저었다. 이이첨은 그즈음에서 이야기를 접었다. 충분히 미끼를 던졌으므로, 이제 낚싯대가 움직이기만을 기다리면 되는 것이다.

"허허, 여인은 정말 교산의 둘도 없는 친구구려. 하나 지금 그런 식으로는 결코 교산의 목숨을 구할 수 없소. 강요는 않겠소. 다만 교산의 목숨을 구할 길이 없거든, 그땐 주저하지 말고 쌍리동의 소장문(小墻門, 담이 낮은 문)을 두드리시오. 그 길만이 죽마고우도 살리고 여인의 시도 무사할 수 있는 길일 게요. 내가 나머지 일은 알아서 할 터이니, 아시겠소이까?"

17일

짧은 재회

8월 22일 아침

어제부터 허균은 식사를 거부하고 있었다. 지난 16일 의금옥에 들어왔을 때에는 김개가 은밀히 넣어 주는 술도 마시고 밥도 한 공기씩 거뜬하게 비웠다. 그러나 김개가 의금옥에 갇힌 뒤로는 아무것도 입에 대지 않았다.

"드세요. 몸을 보전하셔야 합니다."

의금부 서리 박충남은 희멀건 소금국과 잡곡밥을 든 채 계속 허균을 졸랐다. 지난밤에 자신이 쓴 서찰을 살피던 허균은 귀찮다는 듯이 대꾸했다.

"허어, 자네는 10년이 넘도록 절곡을 했으면서 내가 하루 굶는 걸 갖고 이렇게 호들갑인가? 내게 겁살(劫殺, 죽음을 당할 나쁜 운수)이라도 끼었는가?"

"웅(雄)을 알고서도 자(雌)를 지켜 천하의 골짜기로 돌아가기 위해〔知其雄 守其雌 爲天下谿, 여기서 '웅'은 남자이고 '자'는 여자〕절곡을 하는 것이라면 막을 까닭이 없지요. 하나 지금 형님은 토납(吐納, 입으로 탁한 기운을 토해 내고 코로 맑은 기운을 마시는 도가의 수련법)을 하는 것이 아니라 오히려 가슴에 불덩어리를 키우고 있습니다. 이런 상태에서 절곡을 하면 몸도 마음도 상합니다. 그러니 제발 이 국이라도 주욱 들이켜고 마음을 편히 하십시오."

박충남의 두 눈에는 벌써 눈물이 그렁그렁했다. 허균이 조용히 박충남을 달랬다.

"자네의 마음을 내가 왜 모르겠는가. 깊이 헤아릴 일이 있어 잠시 곡기를 멀리하는 것뿐이야. 당장 내일 아침부터 다시 밥을 찾을지도 모르니 염려 말게나."

허균은 마른기침을 뱉은 다음 서찰을 찬찬히 읽어 내렸다.

……파암에게 많은 것을 배우도록 해라. 파암은 이 아비가 가지지 못한 것을 넘치도록 지니고 있다. 그를 스승으로 모시고 적어도 10년은 동고동락하는 게 좋을 듯싶다. 대나무처럼 단단한 파암의 성품을 네 것으로 만든 연후에는 여인에게 배우면 될 게다. 여인은 파암과 달리 조용하고 차분

하며 사물을 다정다감하게 감싸 안는 법을 알고 있다. 그로부터 또 한 10년 글을 배우면, 너는 더 이상 스승을 구할 필요가 없을 게다. 파암과 여인은 그 기질이 각각 다르나, 자신이 이루고픈 일에 대해서는 무섭게 집착한다는 점에서 또한 같은 족속이기도 하지. 너도 그들처럼 네 삶을 지독하게 아끼고 사랑하여라.

아비는 후회하지 않는다. 나는 내 방식대로 세상의 불의와 맞서려고 노력했던 게다. 좋은 벗들을 만났고 훌륭한 스승들을 모셨으며 사랑하는 여인들과 즐기기도 했다. 가슴을 치며 통곡한 적도 있고 두 눈을 부릅뜬 채 밤을 지새운 적도 하루 이틀이 아니었다. 이 아비의 방식이 너무 빠르거나 너무 느린 것일지도 모른다. 하나 나는 내게 닥친 삶의 문제를 피하지 않고 정직하게 맞서 왔다.

너도 너만의 고뇌를 시작할 때가 되었다. 늦은 밤 홀로 깨어 세상의 문제를 헤아리고 앉았노라면, 숨이 턱턱 막히고 오금이 저려 당장이라도 첩첩산중으로 달아나고 싶어진다. 하나 탈주는 비겁이다. 너는 더욱 엉덩이를 무겁게 하여 세상의 중심을 노려보아라. 그 중심을 너 혼자 힘으로 안아 들어야 한다. 스승과 벗이 있긴 하지만, 결국 인생이란 너 혼자의 몫인 게다. 매일매일 너의 전부를 돌이켜 보아라. 말과 웃음과 걸음걸이와 가슴과 배와 머리와 이와 눈물까지도. 그것들이 만들어 가는 너의 인생을 꽉 움켜쥐어야 한다. 인생을 시간에 내맡기는 것처럼 어리석은 일은 없단다. 세상의 시간이 너를 탁월한 자리로 밀어 올린다 해도, 그 자리는 네 것이 아닌 게다. 얄팍한 감상이나 개인적인 아량으로 너의 고뇌를 덮을 생각은 버려라. 넌 이제 홀로 걸어가야 한다. 그것이 너의 자유이고 운명임을 명심해라⋯⋯.

"부탁이 있네."

"말씀하시지요."

"자네에게 맡겨 두었던 돈 말일세. 그걸 매산전(買山錢, 은거할 산을 구입할 돈)으로 썼으면 하네."

"이미 변산 자락에 암자를 구해 놓으시지 않으셨습니까?"

"한 군데로는 심심하지 않겠는가? 강원도에는 강릉이 있고 전라도에는 변산이 있으니, 이번에는 경상도에 좋은 산을 찾아봐 주시게."

"마음에 두신 곳이 있으십니까?"

"울산이나 언양쯤이면 좋겠네만⋯⋯."

"알겠습니다."

"또 한 가지 부탁이 있네. 내 아들놈 말일세. 시는 헌보에게서 배웠으니 제대로 익혔을 테지만 아직까지 삶의 이치

를 몰라. 그 아이에게 노장과 주역을 가르치겠다고 약조해
주게."

박충남의 눈에서 기어이 눈물 한 방울이 불을 타고 흘
렀다.

"굉의 글솜씨가 자명무쌍(慈明無雙, 대적할 상대가 없음)하
다는 소문이 파다한데, 어찌 제가 스승 노릇을 할 수 있겠
습니까? 형님께서 직접 가르치시지요."

"아비가 할 일과 스승이 할 일이 따로 있는 법이지. 그 아
이가 서책만 파고드니 더욱 걱정이라네. 당상관에 오른 내
가 어찌 청담을 논할 수 있겠는가? 자네가 맡아 주게."

"알겠습니다. 주역의 간단한 이치와 『도덕경』을 함께 읽
도록 하지요."

"고맙네. 그리고 마지막으로 한 가지 더!"

허균이 벼루와 먹으로 고정해 둔 종이들을 둘둘 말아서
내밀었다. 허굉에게 쓴 다섯 장의 서찰이었다.

"자네가 이걸 가지고 있다가 적당한 때를 봐서 그 아이
에게 전해 줄 수 있겠나?"

"적당한 때라고 하면……?"

"이번 거사를 모두 끝낸 후가 좋겠지."

"직접 전하는 게 낫지 않겠는지요?"

"그러고도 싶네만, 앞으로 일이 어떻게 될지도 모르고…….

자네가 잘 간직하다가 그 아이에게 주게나."

"알겠습니다."

박충남은 품속 깊숙이 서찰들을 챙겨 넣었다. 허균이 주위를 두리번거리며 목소리를 낮추었다.

"다른 사람들은 어찌하고 있는가?"

허균의 감옥은 다른 이들과 철저하게 격리되어 있었다. 박충남이 이곳을 출입하는 것도 의금부 감찰 남보덕의 배려 덕분이었다.

"다들 편히 있습니다. 걱정 마시고 형님 몸이나 돌보십시오."

박충남은 거짓말을 했다. 어제부터 하인준, 김윤황, 원종, 우경방, 현응민은 끔찍한 형신과 함께 추국을 당하고 있었다. 주리를 틀거나 장정 네 사람이 겨우 드는 바위를 무릎 위에 얹는 것은 기본이었다. 거꾸로 매달아 코에 잿물을 들이붓기도 하고 거적을 씌워 놓고 실신할 때까지 난장을 치기도 했다. 역모를 꾸민 동기와 동참한 사람들, 구체적인 회합 장소와 일시 등을 자백하라는 위관의 엄명이 떨어졌지만, 다섯 사람은 말을 빙빙 돌리며 막무가내로 버텼다. 서로가 서로를 처음 보는 사이라고 둘러댔으며, 특히 허균은 이 일과 아무런 연관이 없다고 딱 잡아뗐다. 우경방은 허균을 멀리서 한 번 보았을 뿐이라고 했고, 현응민은 우경방의 이름을 들은 기억도 없다고 했다. 하인준과 원종, 김윤황은 아예 입을 굳게 다물고 압슬형을 받았다.

"동지의금은 어떠한가?"

"동지의금이야 의금옥을 손바닥 보듯 훤히 알고 있지 않습니까? 옥리들도 함부로 대하지 못할 뿐 아니라 남 감찰이 각별히 살피고 있습니다."

"다행이군."

허균이 천천히 고개를 끄덕였다.

박충남에게 거짓을 아뢰도록 부탁한 사람이 바로 김개였다. 괜히 허균의 마음을 어지럽힐 필요가 없다는 것이다. 박충남은 내밀었던 소금국과 잡곡밥을 거두어들이며 촉촉하게 젖은 눈으로 웃어 보였다. 김개와 원종에 대한 추국이 시작될 시각이었다. 그들은 당연히 허균을 보호하려 할 터이고, 그럴수록 혹독한 형신이 그들의 몸을 바스러뜨릴 것이다. 원종의 부릅뜬 눈, 김개의 앙다문 입술! 그들의 비명 소리가 들려오는 듯했다. 박충남은 긴 숨을 내쉬며 돌아섰다.

역시 그런 고통을 형님에게 전할 필요는 없겠어. 그것을 안다고 한들 형님이 지금 무엇을 할 수 있는가. 차라리 몸과 마음을 온전히 하여 난국의 돌파구를 찾는 편이 낫겠지.

허균은 다시 자세를 고치고 눈을 감았다.

허공의 소리 대신 누군가의 얼굴이 자꾸 어른거렸다. 눈을 감고 어둠을 노려볼수록 더욱 또렷해지는 눈망울, 넓은 이마, 윤기 있게 흘러내린 턱수염. 가슴에는 쌍학흉배가 아름다웠으며 머리에 쓴 사모는 깨끗하고 깔끔한 인상을 풍겼다.

악록 형님!

그것은 맏형 허성의 초상이었다. 허성은 비록 배다른 형이지만 막내인 그를 끔찍이 아꼈다. 허균은 어려서부터 그보다 스물한 살이나 위인 큰형의 그늘 아래에서 자랐다. 허균의 나이 열두 살에 아버지 허엽이 죽은 후부터 허성은 허균의 아비 노릇까지 도맡았다. 허성은 허봉이나 허균처럼 재주가 넘치고 호방한 인물은 아니었지만, 성격이 꼼꼼하고 매사에 바른 길만을 찾아 걷는 올곧은 선비였다. 허균은 허성의 깐깐하고 치밀한 성품을 두려워하면서도 흠모했다. 허성은 병조 판서, 이조 판서, 예조 판서를 거치면서 그림자처럼 허균을 돌보고 지켜 주었다. 허균이 허성에게 병조와 이조와 예조 중에서 어떤 일이 가장 힘드냐고 물었을 때, 허성은 이렇게 답했다.

"병조 판서는 몸은 힘들어도 계획을 세우기는 힘들지 않고, 이조 판서는 계획하기는 힘들어도 마음까지 피곤하지는 않은데, 예조 판서는 마음과 몸이 다 피곤하구나."

예조 판서는 조정의 크고 작은 예의(禮儀)를 총괄하는 자리였다. 동방예의지국을 자처하는 조선이기에 예조 판서가 맡아야 할 일이 특히 많았다.

  경인년(1590년), 통신사의 서장관으로 왜국에 다녀온 허성은 전쟁이 일어나지 않을 것이라는 김성일의 주장을 같은 동인이면서도 반대했고, 전쟁을 방비할 계책을 마련해야 한다는 서인 황윤길의 입장을 지지했다. 당색보다 왕실과 조정의 이익을 우선 살피는 것이 한결같은 자세였다. 선조는 공빈 김씨와의 사이에서 태어난 의창군을 허성의 딸과 혼인시켜 그에 대한 믿음을 간접적으로 표현했다. 이 모두가 허성의 흔들림 없는 단심 때문이었다. 허균이 그렇게 많은 파직을 당했으면서도 다시 새로운 벼슬을 얻을 수 있었던 것도 모두 허성의 후광 덕분이었다. 비유컨대 허균은 구만리나 되는 허성의 날개 밑에서 자신의 뜻을 마음껏 시험하였던 것이다. 허균이 파직을 당해 건천동으로 돌아올 때마다 허성은 좋은 말로 막내를 타일렀다.

  "공자께서는 밥이 쉬어 맛이 변한 것과 생선이 상한 것과 고기가 썩은 것은 잡숫지 않으셨다. 색깔이 나빠도 잡숫지 않으시고 냄새가 나빠도 잡숫지 않으셨다. 잘못 익힌 것도 잡숫지 않으시고 제철 음식이 아닌 것도 잡숫지 않으셨다. 썬 것이 반듯하지 않아도 잡숫지 않으시고 간이 제대로 되지 않아도 잡숫지 않으셨다. 몸가짐을 이처럼 해야지만 너에 대한 세상의 오해가 풀릴 것이야."

그때마다 허균은 허성에게 사과하고 다시는 이런 일이 없을 것이라고 맹세했다. 그러나 허균은 늘 그 약속을 어겼고, 허성은 다시 허균을 불러 사대부로서의 바른 도리를 반복해서 가르쳤다. 허성은 허균의 가슴에서 이글이글 타오르는 불덩이를 얼음장처럼 차가운 호수에 던져 버리고 싶어 했다.

"네가 원하는 것이 무엇이냐? 지금보다 더 나은 세상이냐? 그렇다면 지금의 네 몰골을 돌아보아라. 천자로부터 서인에 이르기까지 한결같이 자신의 덕을 닦음으로써 근본을 삼는 법! 너는 너 하나도 다스리지 못하면서 어찌 천하의 일을 도모하려 드느냐? 세상을 탓하지 말고 먼저 네 근본을 두텁게 하도록 힘써라."

임자년(1612년) 가을, 허성은 숨을 거두면서도 허균을 걱정했다. 그때 허균은 『성소부부고』를 묶은 다음 전라도 등지를 떠돌아다니고 있었다. 허성은 차라리 허균이 그렇게 산림처사로 살아가기를 바랐다. 도성으로 돌아온다는 것은 새로운 세상을 향한 열망을 버리지 못했다는 반증인 것이다.

허균은 허성이 없는 조정에서 혼자 힘으로 좌참찬에까

지 올랐다. 허성이 살았더라면 허균에게 벼슬을 버리고 물러날 것을 종용했을 것이다. 허균이 이이첨과 함께 벌인 일들을 허성이 반대했을 것은 불을 보듯 뻔했다. 허균은 허공에 어른거리는 허성의 초상을 똑바로 바라보며 혼잣말을 했다.

"형님! 막내 균이 여기 있습니다. 다시는 의금옥에 갇힐 짓을 하지 말라셨는데 그 약조를 지키지 못했습니다. 하나 마음을 따르는 이는 대인이 되고, 귀와 눈의 욕심을 따르는 이는 소인이 된다는 형님의 말씀을 한순간도 잊은 적이 없습니다. 마음을 따랐음에도 의금옥에 갇힐 수밖에 없는 아우를 너무 탓하지 마십시오. 다만 저로 인해 형님의 이름이 푸른 역사에 더럽혀질까 그것이 걱정입니다. 아우는 백성을 위하는 나라를 원합니다. 적서의 차별이 없는 나라를 원하고 붕당이 없는 나라를 원합니다. 형님은 그 모든 바람을 정도를 걸으며 하나씩 차례차례 이루라고 하셨지만 아우는 형님과는 다른 길을 택하였습니다. 세상을 원망해서도, 둘째 형의 뜻을 따른 것도 아닙니다. 법수(法水, 중생의 번뇌를 씻어 버리는 불법)나 신선술로 이룰 수 없는 일이 있는 것처럼, 공맹이 세상의 모든 문제를 해결하는 건 아니었습니다. 지금 아우는 형님이 형님의 방식대로 세상과 맞서 왔다는 것을 깨닫습니다. 형님이라고 해서 변방으로 내달리고 싶은 마음이 없었겠습니까? 형님이라고 해서 의관을 풀어헤치고 시원한 계곡물에 발을 담근 채 시를 논할 뜻이 없었겠습니까? 그러나 형님은 넓게 트인 세상보다 좁고 꽉 막혔지만 단단하고 한결같은 삶을 택하셨습니다. 그러면서도 결코 아우들이 변방으로 질주하는 것을 막지는 않으셨죠. 형님은 조정에서도 가문에서도 늘 한 걸음 뒤로 물러나서서 버팀목의 자리를 지키셨습니다. 형님의 크고 넓은 날개 밑에서 못난 아우는 오랫동안 행복한 꿈을 꾸었는지도 모릅니다. 하나 아우는 그날부터 지금까지 한순간도 행복한 꿈을 위해 세상을 등진 적이 없습니다. 벼랑을 기어오르는 심정이었습니다. 한 뼘이라도 더 높은 곳을 움켜쥐기 위해 안간힘을 썼던 나날입니다. 지금도 아우는 칼바람 몰아치는 벼랑을 오르고 있습니다. 형님! 아우가 걸어온 길이 형님이 보시기에 정도는 아닐지라도 아우가 택할 수 있는 최선의 길이었음을 이해해 주십시오. 처음부터 다시 시작한다고 해도 아우는 이 벼랑에 들러붙을 겁니다."

덜컥!

옥문이 열렸다. 의금부 감찰 남보덕이 옥문 옆에서 말했다.

"판의금부사께서 찾으십니다."

허균이 발에 찬 족쇄를 가볍게 흔들며 자리에서 일어섰다.

"추국청으로 가는 겐가?"

남보덕이 고개를 가로저었다.

"아닙니다. 판의금부사께서는 별실에서 기다리고 계십니다. 자, 따르시지요!"

남보덕은 허균의 두 팔을 결박하지도 않고 그대로 돌아섰다.

별실은 인기척이 뜸한 후원에 자리 잡고 있었다. 남보덕은 섬돌 앞에서 허리를 굽힌 채 허균의 발목에 묶인 족쇄를 풀어 주었다. 향긋한 음식 냄새가 코를 자극했다.

"들어가시지요."

허균은 어정어정 걸음을 옮겨 대청마루로 올라섰다. 방문이 스르르 열렸다. 관복을 입은 이이첨이 환한 웃음을 흘리며 양팔을 벌린 채 걸어 나와 허균을 와락 끌어안았다.

"교산! 미안허이."

정겨운 반말이었다. 문득 30여 년 전 처음 만났을 때의 깡마른 얼굴이 눈앞을 스치고 지나갔다. 허균은 이이첨의 팔에 이끌려 방으로 들어섰다. 상다리가 휘어질 정도로 푸짐한 음식들이 가득 놓여 있었다. 허균이 고개를 돌려 이이첨의 얼굴을 물끄러미 쳐다보았다. 이이첨이 다시 허균의 팔을 잡아끌었다.

"자, 일단 앉으세. 앉아서 이야기하도록 해."

이이첨이 허균을 상석에 앉히려고 했다. 허균이 몸을 뒤로 뺐지만, 이이첨은 오늘만큼은 자신이 자리를 양보하겠노라고 막무가내로 우겼다.

"술은 자네가 좋아하는 태상주를 준비했네."

이이첨이 술병을 들었지만 허균은 옥잔을 쥐지 않았다.

"동지의금 때문에 자네가 끼니를 거른다는 이야기는 들었네. 하나 아무 걱정 말게나. 이제 곧 자네도 동지의금도 풀려날 걸세. 전하께서 이 달이 가기 전에 자네들을 모두 석방하겠다고 약조하셨다네. 참으로 끝을 알 수 없는 용덕(龍德, 임금의 덕)을 입은 게야."

허균은 두 눈을 크게 뜨고 이이첨을 노려보았다.

늙은 살쾡이! 나를 감옥에 가두었다고 승리를 자신하지는 마라. 아직 내 앞에서 으스대긴 일러. 우리의 싸움은 지금부터거든!

"날 믿지 못하는 겐가? 하긴 의금옥에 이레나 갇혀 있었으니 실감하지 못하는 게 당연해. 잘 들으시게. 전하께서는 여러 대신들 앞에서 몇 번이나 강조하셨다네. 교산이 과인의 목을 노리지 않는 한 과인은 결코 교산을 벌주지 않겠노라. 좌포도대장 김예직, 우포도대장 윤홍, 도승지 한찬남 등이 모두 함께 들었으니, 믿지 못하겠다면 그들을 불러 주겠네. 내가 자음자가(自飮自歌, 혼자 술 마시고 노래함)를 좋아하지 않음은 자네도 알지 않나? 자, 이제 마음을 풀고 마음껏 대취하시게. 기축년(1589년) 생원시에 급제했을 때, 저잣거리에서 사흘 밤 사흘 낮 동안 농주를 마셨던 걸 잊지는 않았겠지? 술은 충분하고 원한다면 기생도 불러 줄 수 있으이."

"……."

허균은 즉답을 하지 않았다. 이이첨이 천천히 고개를 끄덕였다.

이제 그만 포기해. 넌 졌어. 패배를 인정하고 죽음을 받아들여. 비열한 승리보다 깨끗한 패배를 원하는 네가 아니었던가?

"기생이 싫다면 이 여인은 어떠한가?"

방문이 스르르 열렸다. 곱게 몸단장을 한 성옥이 양손을 앞으로 모은 채 다소곳이 앉아 있었다.

"대감!"

성옥이 떨리는 음성으로 허균을 불렀다. 허균은 고개를 돌리지 않았다.

"자자, 오랜만에 낭군을 뵈었는데 어찌 그렇게 장승처럼 꿈쩍도 않는 겐가? 어서 이쪽으로 와서 술이라도 드리게."

성옥이 조용히 허균의 오른편에 자리를 잡고 앉았다.

"이래도 잔을 들지 않으시겠는가?"

허균의 손이 천천히 옥잔을 향해 움직였다. 성옥이 부어 주는 술을 단숨에 들이켰다.

죽기 전에 여자나 마지막으로 품으라고 조롱하는 건가? 설마 이걸 마지막 배려라고 여기는 건 아니겠지? 나의 전부를 빼앗았다고 자랑하고픈 그 마음, 왜 모르겠나. 하나 넌 내게서 아무것도 훔칠 수 없어. 나의 처첩을 취할 수 있다고 생각하는가? 천만에! 나의 벗들을 죽일 수 있다고 생각하는가? 천만에! 나의 희망과 의지를 불태울 수 있다고 생각하는가? 천만에! 나의 목숨을 앗을 수 있다고 정녕 생각하는가? 천만에! 넌 내게서 아무것도 가져갈 수 없어. 늙은 살쾡이! 네가 일을 벌이기 전에 너의 손목을 잘라 버릴 테니까.

이이첨이 웃으며 이야기를 계속했다.

"숭례문에 흉격을 붙인 일도 불문에 부치겠다고 하셨네. 하인준, 현응민, 김윤황 등도 곧 풀려날 거야. 또한 우경방도 대론에 기여한 공을 참작하여 선처하도록 하교를 내리셨어. 김윤황과 함께 붙잡힌 원종도 죄지은 바가 없으니 석방될 테고 건덕방의 사람들도 무사히 돌아갈 걸세. 처음부터 이렇게 되어야만 하는 일이었지. 좌우포도청에서 숭례문의 일을 확대하지만 않았어도 벌써 잊혀졌을 게야. 교산! 자네만 의금옥에서 고생을 했구먼. 하나 이해하시게. 이미 숭례문의 일이 온 천하에 알려졌으므로, 전하께서도 명분이 필요하셨던 게야. 육출기계(六出奇計, 한나라 고조의 승상 진평이 낸 여섯 가지 기이한 계책)를 능가할 만큼 세상 이치에 밝은 교산이라면 능히 이 일을 감당할 수 있으리라 믿으셨던 게지. 다행히 자넨 전하의 뜻을 잘 헤아렸네. 좌참찬에서 삭탈관직된 것이 당장은 아쉽겠지만 곧 판서의 반열에 오를 터이니 새옹지마라고 생각하게. 전하께서 자네에게 형조 판서를 약조하셨다던데, 사실인가?"

허균은 옥잔을 만지작거리며 동문서답을 했다.

"술에 취하는 데는 각기 적절함이 있는 법입니다. 꽃에서 취할 때에는 해의 광명을 받아야 하고, 눈(雪)에서 취할 때에는 밤을 이용하여 눈의 청결을 만끽해야 하고, 득의(得意)에 의해 마실 때에는 노래를 불러서 그 화락(和樂)을 유도해야 하고, 이별에 의해 마실 때에는 바리때를 두들겨서 그 신기(神氣)를 장쾌하게 해야 하고, 문인과 취할 때에는 절조와 문장을 신중하게 하여 그의 수모를 받지 않도록 해야 하고, 준인(俊人)과 취할 때에는 술잔의 기치(旗幟)를 더하여 그 열협(烈俠)을 도와야 하고, 누각에서 취할 때에는 여름철을 이용하여 그 시원함을 의뢰해야 하고, 물에서 취할 때에는 가을철을 이용하여 그 상쾌함을 돋우어야 하지요."

성옥이 허균의 잔에 다시 술을 따랐다.

"교산! 경하할 일이 또 있다네. 자네의 딸 해경이를 소훈으로 맞아들이기로 오늘 결정을 보았어. 이제 자네는 세자 저하의 장인이 되는 걸세. 내가 세자빈의 외할아비고 자네가 소훈의 아버지니, 두 가문의 영화가 자자손손 이어질 걸세. 이 어찌 기쁜 일이 아니겠는가! 이제는 함께 물러나 지거(芝車, 시선이 타는 수레)를 타고 편히 신선술을 익히는 일만 남았으이."

허균이 다시 술잔을 비웠다.

"달에서 취할 때에는 누각이 적절하고, 여름에 취할 때에는 빈 배가 적절하고, 산에서 취할 때에는 그윽한 곳이 적절하고, 가인(佳人)과 취할 때에는 얼근하게 마시는 것이 적절하고, 문인과 취할 때에는 기발한 말솜씨에 까다로운 주법(酒法)이 없어야 하고, 호객(豪客)과 취할 때에는 술잔을 휘두르면서 호탕한 노래를 불러야 하지요."

이이첨의 말이 점점 빨라졌다.

"아직도 날 의심하는군. 교산, 자네도 생각해 보게. 내가 정말 자넬 칠 생각이었다면, 이렇게 시일을 끌며 도성을 시끄럽게 만들지는 않았을 게야. 자네도 알다시피, 우리가 언제 이런 식으로 지저분하게 일을 처결한 적이 있었나? 자네의 목숨을 노리는 쪽은 내가 아니라 정원군과 김류지. 그들이 은밀히 언관들을 시켜 자네를 죽이라는 상소를 올리

고 있음이야. 만에 하나 자네가 죽는다면 가장 비통한 눈물
을 흘릴 사람이 바로 나 관송일세. 나 혼자 어떻게 저 음흉
한 서인과 남인을 막아 낼 수 있단 말인가? 추국청이 열린
지난 이레 동안 난 자네에게 손가락 하나 대지 않았으이.
이런 식의 추국을 들어 본 적이 있는가? 교산! 날 믿게. 나
를 믿어야 자네도 살고 나도 살고, 나아가서 전하의 보위도
더욱 튼튼하게 지켜지는 걸세.”

　허균이 옥잔을 다섯 손가락으로 빙글빙글 돌리며 물었다.
　“어심이 교산을 구하는 쪽으로 기울었다 이 말씀입니
까?”

　“그렇대도!”

　“전하께서 어리석고 미약한 교산을 믿으신다 이 말씀이
지요?”

　“전하는 늘 자네를 믿고 아끼셨네.”

　허균이 옥잔을 내려놓으며 다시 물었다.

　“하면 판의금부사께선 교산을 믿으십니까?”

　두 사람의 시선이 마주쳤다. 5년 전, 허균이 변산반도에
서 상경하여 쌍리동을 찾아왔을 때도 똑같은 물음을 던졌
었다. 그때 이이첨은 어떻게 답했던가? 믿고 아니 믿고는
중요하지 않네. 우리의 적이 같다는 것만이 중요할 뿐이지.
대답은 그렇게 했지만, 이이첨은 허균을 신뢰한 적이 단 한

번도 없었다.

"……믿네."

이이첨의 목소리가 상대적으로 작아졌다. 허균이 허리를 젖힌 채 히죽거렸다.

"관송, 무엇이 그렇게 다급하시오? 관송이 누군가를 믿는다는 건 지금까지 쌓아 온 권세를 포기하겠다는 것과 같아요. 정시체(正始體, 죽림칠현이 노장사상에 심취하여 지은 시풍)를 흉내 내며 죽림으로 들어가기로 결심이라도 하신 겁니까? 정말 교산을 믿으십니까? 하하하, 하하하핫!"

"……."

이이첨은 갑자기 터져 나온 교산의 웃음이 당혹스러웠다.

아직도 패배를 인정하지 않겠다는 말인가? 네 몰골을 봐. 사지를 묶인 채 눈 멀고 귀 멀고 혀까지 뽑혀야 패배를 시인하겠는가? 그렇지! 몰락을 쉽게 받아들일 수는 없겠지. 하나 불안과 공포를 그런 웃음으로 감추려 하지 마. 잘난 체한다고 달라지는 건 없어.

옥잔을 비울 때까지도 허균의 웃음이 이어졌다.

"관송! 나는 관송을 믿은 적이 한 번도 없소이다. 관송이 내게 들려준 이야기들이 모두 사실이라고 해도 나는 관송을 믿을 수 없어요. 우리 사이에 신의가 있었소이까? 있었다면 시정잡배들도 익히 아는 사사로운 이로움을 위해서였겠지요. 관송! 벌써 잊으셨소이까? 5년 전 김제남을 죽일 때 관송이 내게 그랬습니다. 전하를 믿지 말게. 전하를 믿는 순간 자네도 김제남처럼 죽어 갈 터이니……. 그사이 개과천선을 하신 건 아닐 게고, 결국 교산을 믿는다고 엉터리 고백을 할 만큼 관송의 마음이 편치 않은 모양입니다. 그렇지 않고서야 어떤 일을 하더라도 늘 전후좌우를 살피던 관송이 선뜻 속마음을 내비칠 수가 있소이까?"

"교산! 비아냥거리지 말게나. 난 자넬 죽이고 싶지 않으이."

허균의 웃음이 더욱 커졌다.

죽이고 싶더라도 넌 날 죽이지 못해. 벼랑 끝에 서 있는 건 내가 아니라 늙은 살쾡이 너니까. 뒤를 조심해. 거기, 거기, 거기, 칼날이 숨어 있어. 네 목덜미를 꿰뚫을 나의 비수가 보여? 아냐, 그건 비수가 아니라 나의 손바닥이지. 네가 뛰놀고 있는 나의 손바닥!

"하핫, 이제야 바로 말씀하십니다그려. 관송이 구해 주지 않는다면 교산이 죽을 상황이라 이 말씀이지요? 죽을 운명이라면 죽어야겠지요. 하나 내가 보기엔 오히려 관송의 얼굴에 죽음의 그림자가 짙게 드리웠소이다. 자자손손 영화를 보다니, 당치도 않은 말씀! 관송, 10년이면 족하지 않소이까?"

"교산!"

"죽을 운명이라면 죽어야겠지요. 하나 교산이 죽는다고 교산이 한 짓을 모두 잘못이라고 말씀하지는 마세요. 사마천은 이것조차 핑계라고 질책했지만, 나는 항우가 한고조에게 쫓겨 죽음의 구렁텅이로 들어가면서 뱉은 말이 진실이라고 믿어 왔소이다. 어디 들어 보시겠습니까? '내가 군사를 일으킨 지 8년이 되었다. 몸소 70여 차례의 전투를 벌였는데, 맞선 적은 격파시키고 공격한 적은 굴복시켜 일찍이 패배를 몰랐으며, 마침내는 천하의 패권을 차지하게 되었다. 그러나 지금 결국 이곳에서 곤궁한 지경에 이르렀으니, 이는 하늘이 나를 망하게 하는 것이지, 결코 내가 싸움을 잘하지 못한 죄가 아니다. 오늘 정녕 결사의 각오로 통쾌하게 싸워서 기필코 세 차례 승리하여, 그대들을 위해 포위를 뚫고 적장을 참살하고 적군의 깃발을 쓰러뜨려서, 그대들로 하여금 하늘이 나를 망하게 하는 것이지 싸움을 잘못한 죄가 아님을 알게 하고 싶노라.' 관송! 내 목을 원하시오이까?"

"교산! 나는 교산의 목을 원하지 않네."

"관송이 내 목을 원한다고 해도 관송을 원망하지는 않겠소이다. 관송이 내 목을 가지는 것이 운명이라면 내 목만 가져가세요. 동지의금이나 다른 사람들의 피까지 관송이 떠맡을 필요는 없소이다. 여기 있는 이 여자도 자유롭게 훨훨 날아가도록 풀어 주시오."

"대감!"

성옥이 기어이 눈물을 쏟았다. 허균은 울고 있는 성옥 앞에 빈 잔을 놓았다. 성옥이 옷고름으로 눈물을 훔친 다음 술잔을 들었다. 허균은 잔이 철철철 넘칠 때까지 술을 따랐다.

"날 원망해라. 비웃고 욕하고 침을 뱉고, 그리고 잊어라. 알겠느냐?"

"흐흐흑, 대감!"

성옥이 흐르는 눈물을 닦지도 않고 잔을 비웠다. 허균이 재삼 당부의 말을 했다.

"네가 날아가고 싶은 곳으로 가거라! 없는 사람 그리워 말고."

성옥이 천천히 몸을 일으켜 양손을 가지런히 눈썹에 갖다 댔다. 허균을 향해 마지막 큰절을 올렸다. 허균의 눈에서도 뜨거운 눈물 한 줄기가 흘러내렸다.

허균은 추섬의 맑은 눈망울뿐 아니라 성옥의 뜨거운 혀도 아끼고 사랑하였다. 추섬과는 시문을 함께 논하였다면, 성옥과는 음양의 조화를 온몸으로 이루어 냈던 것이다. 허균은 큰절을 하는 성옥의 모습 속에서 운우지락을 이루던

숱한 밤들을 떠올렸다. 타올라도 타올라도 꺼질 줄 모르던 성옥의 알몸이 눈앞에 어른거렸다. 허벅지에 힘이 불끈 쥐어졌다. 마지막으로 그녀와 뜨거운 사랑을 나누고 싶었다.

어색한 분위기를 지우려는 듯, 이이첨이 엉덩이를 들고 오른손을 뻗어 허균의 어깨를 짚었다.

"그런 일은 없을 걸세. 교산은 내 꽃상여가 쌍리동에서 나가는 것을 보고서야 눈을 감을 거니까. 나를 믿게. 가문의 명예를 걸고 맹세하지. 자, 어서 드시게."

허균이 허리를 펴며 눈을 치켜떴다. 두 사람의 시선이 마주쳤다. 산발한 머리카락이 눈을 찌를 만큼 가까운 거리였다.

늙은 살쾡이! 지금쯤 몸이 달았겠지? 비수가 날아오리라는 건 알겠는데, 어디서 어떻게 들이닥칠지는 모를 테니까. 조바심 내지 말고 기다려. 이제 곧 칼끝이 네 목에 닿을 거야. 비명은 지르지 마. 고통을 느끼지 않도록 짧고 깊숙하게 찔러 줄게. 기다려!

침묵이 흘렀다. 이이첨은 허균의 확답을 듣기 전까지는 오른손을 풀지 않을 작정인 듯했다.

교산! 넌 이번만큼은 빠져나갈 수 없어. 천지신명이 돕더라도 갈기갈기 찢어 주마. 너야 입을 꾹 다물겠지만, 과연 네 주위에 모인 멍청이들, 바보들이 널 지킬 수 있을까?

난 그저 기다리면 돼. 누군가가 너의 치명적인 약점을 가르쳐 줄 때까지. 그러니까 지금은 술이나 마시고 세상일은 잊어. 힘이 남는다면, 죽음을 생각해. 곧 네 앞에 다가올 죽음, 영원히 널 가둘 어둠!

이번에는 허균이 엉덩이를 들며 이이첨의 오른팔을 잡아끌었다. 기우뚱 앞으로 쏠린 이이첨을 감싸 안듯 부축하며 조용히 귓전에 속삭였다.

"형님! 고맙습니다. 사실 저도 형님을 믿습니다!"

이경(二更, 밤 9~11시)

적풍(賊風, 나쁜 바람)이 불었다. 의금부 감찰 남보덕이 전복을 휘날리며 의금옥으로 들어섰다. 갑작스러운 출현에 당황한 옥리들이 창을 곧추세우고 어색한 부동자세를 취했다. 남보덕이 어두운 실내를 쓰윽 한 번 훑고는 옥리들을 모두 밖으로 불러냈다. 먹구름 때문에 별 하나도 제대로 볼 수 없는 밤이었다.

"너희는 행운아다! 판의금부사께서 너희를 위해 배려를 하셨느니라. 오늘 밤은 각자 집으로 돌아가 푹 쉬도록 해라. 훈련도감에서 특별히 차출된 군사들이 이곳을 수위(守衛, 지키어 호위함)할 것이다. 조용히 좌협문으로 나가도록!"

대부분의 옥리들은 모처럼의 휴식을 기뻐하며 의금부를 벗어났다. 그러나 몇몇은 아무래도 마음이 내키지 않는 듯 선뜻 자리를 뜨지 않았다. 추국청이 설치되었으므로 적어도 닷새는 한뎃잠을 잘 각오를 했던 것이다. 남보덕이 눈을 부라리며 다시 물었다.

"너희는 남아서 숙직을 서고 싶다 이 말이지?"

그제야 그들도 덩굴째 굴러 들어온 행운을 실감했다. 옥리들의 모습이 사라지자마자, 더그레를 입은 한 무리의 군사들이 박충남의 인도를 받으며 뛰어 들어왔다. 앞에 선 독사눈의 사내가 남보덕을 향해 고개를 끄덕였다.

"서두르시오."

남보덕도 고개를 주억거리며 오른손으로 의금옥을 가리켰다. 박치의는 고개를 돌려 뒤따라오던 구척장신 돌한에게 명령했다.

"망을 보게!"

창을 쥔 돌한이 장정들을 두 패로 나누어 의금옥의 좌우에 배치했다. 박치의가 홀로 남은 소년을 보며 짧게 말했다.

"가지!"

두 사람은 박충남을 따라 의금옥으로 성큼 들어섰다. 군데군데 불타오르는 횃불 사이로 좁고 지저분한 감옥이 그 모습을 드러냈다. 허균을 찾는 것은 어렵지 않았다. 허균이 갇힌 곳 외에 나머지 감옥들은 텅 비어 있었던 것이다. 허균을 철저하게 격리하라는 이이첨의 명령 때문이었다. 김개를 비롯한 다른 이들의 모습은 보이지 않았다. 박충남이 옥쇄를 박치의에게 건넨 다음, 양 볼이 벌겋게 상기된 소년에게 다정하게 속삭였다.

"진작부터 기다리셨습니다."

두 사람은 박충남을 입구에 세워 둔 채 빠른 걸음으로 다가섰다. 그때까지 벽을 보며 모로 누워 있던 허균이 스르르 몸을 일으켰다. 산발한 머리와 부르튼 입술, 땟국물이 흐르는 볼과 목덜미는 갈기갈기 찢어진 옷과 함께 영락없이 죄인의 형색이었다. 어둠 속에서도 빛나는 두 눈동자만이 허균의 살아 있음을 증명했다.

"아, 아버지!"

허굉이 무릎을 꿇고 그 자리에 풀썩 주저앉았다. 의금옥에 갇혔다는 소식은 들었지만 이렇게 비참한 몰골이리라고는 생각하지 못했던 것이다. 아무리 많은 서책을 읽고 제자백가의 사상을 논해도, 허굉은 이제 겨우 열세 살이었다. 박치의가 옥문을 열었다.

"문안 여쭈어야지?"

허굉이 속울음을 울며 옥으로 들어갔다. 가부좌를 튼 허균이 실눈으로 허굉의 얼굴을 올려다보았다. 허굉이 양손을 가지런히 앞으로 모아 쥔 다음 큰절을 했다. 그리고 무릎을 꿇었다.

아버지! 소자의 버릇없음을 꾸짖어 주십시오. 멋대로 아버지를 떠났다가 또 이렇게 갑자기 뵈러 왔습니다. 소자가 건천동을 나와서 보낸 지난 1년은 소자에게 많은 것을 가르쳐 주었습니다. 물론 지금도 아버지를 완전히 받아들인 것은 아닙니다. 이이첨과 결탁한 아버지에 대한 미움은 여전할 뿐 아니라 점점 더 그 실망의 키가 자라고 있습니다. 그런데도 소자는 아버지를 뵈러 왔습니다. 지난밤 내내 왜 아버지를 뵈러 가고 싶은 것일까 고민했더랬습니다. 제 삶의 두께가 얇기 때문일까요? 명쾌하고 확실한 답을 찾지 못했습니다. 그저 아버지니까…… 아버지니까 찾아가서 아버지의 아버지다움을 확인하고 싶다는 것……. 소자의 깨우침은 여기까지인가 봅니다.

허균은 찬찬히 아들의 얼굴을 살펴보았다. 깊은 눈은 허봉을 닮았고 넓은 이마는 허난설헌과 비슷했으며 코와 입술은 허성의 단정한 분위기가 풍겨 나왔다. 자신을 닮은 곳은 단 한 군데도 없는 듯했다. 허굉이 떨리는 음성으로 지난 일을 사죄했다.

"불효막심한 소자를 용서하십시오."

허굉은 곧이어 쏟아지려는 말들을 목구멍 안으로 밀어

넣었다.

아닙니다. 소자를 절대로 용서하지 마십시오. 회초리로 치십시오. 아버지가 이토록 고통받으리라고는 생각지도 못 했습니다. 소자는 따뜻한 방에서 편하게 앉아 책을 읽고 글을 쓰며 아버지를 원망했습니다. 아버지의 근황을 살피지 않은 것입니다. 독사 아저씨의 설명을 들으면서도 설마설 마했습니다. 단지 의금부에 잠시 몸을 피한 것뿐이라고 의 심하기도 했습니다. 그러나 아버지는 정녕 죄수가 되어 어 두컴컴한 의금옥에 계십니다. 아, 이 지독한 곳에서…….

허균이 시선을 올려 허굉의 뒤에 서 있는 박치의를 쳐다 보았다. 박치의가 천천히 고개를 끄덕였다. 변산 갯벌에서 의 일을 모두 이야기했다는 뜻이다.

아들아!

허굉을 바라보는 허균의 시선은 따뜻하기 그지없었다. 허균은 오늘 이 만남을 위해 많은 준비를 해 왔다. 아들의 장래를 위한 격려와 충고가 대부분이었다. 처음에는 아들 에게 이해를 구하고 싶었다. 아버지가 이런 길을 갈 수밖에 없는 이유를 소상히 설명하고, 아들로부터 더 이상 아버지 를 부끄러워하지 않겠노라는 말을 듣고 싶었다. 그것 때문 에 밤을 새워 서찰을 써 내려갔는지도 모른다. 서찰을 통하 지 않고 직접 아들을 만난다면 더욱 속 깊은 이야기를 나눌 수 있으리라 생각하기도 했다. 그러나 허균은 한순간의 대화로 아들을 이해시킬 수 없다는 것을 깨달았다. 체험이 동반되지 않는 앎이란 모래 위에 세운 성과 다르지 않다. 그래서 그는 아들을 보듬어 안고 다독거리기보다는 허허벌판에서 비바람을 맞히는 쪽을 택했다.

허균은 아랫입술을 짓씹으며 안색을 바꾸었다.

"용서라니? 네가 무엇을 잘못했다고 내게 용서를 비는 것이냐?"

갑작스러운 허균의 태도 변화에 허굉은 더욱 고개를 바닥에 처박았다.

"부디 노여움을 푸십시오. 소자를 꾸짖어 주십시오."

"어허! 헌보에게서 못된 것만 배웠구나. 너는 내가 대비를 서궁에 가두고 기 정승을 탄핵한 것을 납득할 수 있다 이 말이냐?"

"아닙니다."

"적서의 차별을 폐하고 만백성의 나라를 만들기 위해 시정잡배들과 힘을 모아 범궁하는 것을 인정한다 이 말이냐?"

"아닙니다."

"공맹을 멀리하고 봉도(蓬島, 신선이 사는 섬)를 그리워하며 노장을 읽고 소순지장(蔬筍之腸, 산나물과 죽순만 먹은 창자, 육식하지 않는 승려)처럼 석씨의 말에 깊이 빠질 준비가 되었다

이 말이냐?"

"……아닙니다."

허균이 언성을 더욱 높였다.

"하면 네가 내게 용서를 구할 것이 무엇이냐? 세인들은 나를 일러 괴물이라고 한다는구나. 그들이 나를 괴물이라고 부르는 것은 나의 언행을 우습게 여기기 때문이다. 너역시 그들처럼 나를 인정하지 않으면서 어찌 내게 용서를 구한단 말이냐?"

"아버지를 인정할 수는 없으나 이해할 수는 있습니다."

허균이 오른손을 들어 주먹을 쥔 채 허공을 꾸짖었다.

"닥쳐라! 내가 네 아비가 아니더라도 날 이해할 수 있겠느냐? 자고로 사람이란 절대로 하지 않는 것이 있어야만 무엇인가를 할 수 있느니라. 네가 건천동을 떠났을 때, 이 아비는 반나절 동안만 섭섭하였고 나머지는 기뻤느니라. 아무리 부모라고 하더라도 결코 받아들일 수 없을 때는 반발하는 것이 당연한 일이다. 한데 이제 보니 너는 아직 강보도 벗어나지 못한 어린애일 뿐이구나. 아비니까 이해한다? 사사로운 혈연을 내세우고서야 어찌 큰일을 할 수 있겠느냐? 이 아비는 지금 괴물이라고 불릴 때보다도 더욱 분하고 안타깝구나."

"……."

아버지!

이제야 알겠습니다, 소자가 집을 나갔을 때 아버지의 심정이 어떠했는가를. 그때 소자는, 아버지가 방금 보여 주신 것처럼, 차갑고 날카롭고 섬뜩했겠지요? 아버지의 말씀이 옳습니다. 어찌 소자가 아버지를 전부 이해할 수 있겠습니까? 이제야 비로소 아버지를 바라보기 시작했을 따름이지요. 그러나 아버지! 외면하지 마시고 소자를 조금만 더 지켜보세요. 이제 아버지의 삶을 무시하지 않겠습니다. 처참한 아버지의 지금 모습 그대로를 받아들이고 지난날 아버지의 꿈과 희망도 살피겠습니다.

허굉은 고개를 들지 못하고 흐느끼기만 했다.

"파암이 나를 만나러 가자고 설득을 하였겠지. 네 마음을 움직이기 위해 괴통(한 고조를 도운 재담가)처럼 몇 가지 좋은 시절과 풍경과 논의를 폈을 게다. 넌 파암의 말을 곧이곧대로 받아들이는 철부지일 뿐이냐? 그렇다면 당장 강릉으로 가서 땅이나 파먹으며 죽음을 기다리는 편이 낫다. 네가 이곳까지 나를 만나러 온 이유가 무엇이냐? 아버지를 이해하게 되었다, 고작 이 말을 하려고? 잘 들어라! 나는 네게 이해받고 싶지 않다. 이해한다는 말처럼 쉽고 어리석고, 결국 아무 말도 하지 않는 말이 어디 있느냐. 아비를 이해하려고 애쓰지 마라. 차라리 괴물이라고 욕하며 달아나는 편이 낫

다. 그게 어른스러움이고 학인으로서 지켜야 할 자세인 게
다.”

“……여기 이대로 계시다가는 목숨을 부지할 수 없습니
다. 속히 밖으로 나가셔야 합니다.”

허굉이 겨우 울음을 멈추고 탈옥을 권했다. 허균의 서슬
퍼런 노기는 조금도 사그라들지 않았다.

“그게 두자미를 배운 놈이 할 소리냐? 목숨을 부지하는
것이 목적이었다면 벌써 의금옥을 나갔을 게야. 그런 망발
을 늘어놓는다면 다시는 널 보지 않겠다. 돌아가거라!”

“……아버지!”

소자는 아버지가 곁에 계시지 않을까 두렵습니다. 이제
겨우 아버지를 향해 걸어가기 시작했는데, 아버지는 점점
더 먼 곳으로 떠나시는 것만 같습니다. 소자의 시도 고쳐
주시고 소자의 물음에도 답해 주셔야지요. 아버지가 아니
면 알지 못하는 삶의 비밀스러운 풍경들도 가르쳐 주셔야
지요. 아버지! 소자에게 기회를 주십시오.

박치의가 다가와서 허굉을 다독거렸다. 허굉은 눈물을
훔치며 박충남이 있는 입구 쪽으로 갔다. 박치의가 옥으로
들어와서 허균과 마주 보고 앉았다.

“너무 심했네. 이제 겨우 열세 살이 아닌가?”

“변산에서의 일은 왜 이야기했나? 아직 저 아인 세상을

살피고 판단할 만큼 몸도 마음도 자라지 못했네. 난 저 아이가 아비의 그림자로 살기를 원치 않아. 나중에 아비의 뜻을 잇게 되더라도 스스로 판단해서 짊어질 때까지는 그냥 두고 싶었네."

박치의는 허균의 속마음을 눈치챘다.

"그랬군. 내 생각이 짧았으이. 하나 변산에서의 일을 이야기하지 않고는 이곳까지 데려올 수가 없었어. 교산, 자네를 닮아 이만저만 고집이 대단한 게 아니네."

"후후후후!"

허균이 소리를 낮추어 웃었다. 외모는 닮지 않았지만 불 같은 성격은 자신과 똑같았던 것이다.

"지금 당장 탈옥해야 한다는 데는 나도 같은 생각이네. 자네를 이렇게 잃을 순 없어. 나와 함께 가세."

"동지의금은 어찌하고 있는가? 추국이 시작되었다고 하니, 하 진사나 원 정랑도 무사하지는 못하겠지?"

허균은 김개를 비롯한 동료들을 걱정했다. 박치의가 천천히 고개를 저었다.

"틀렸네. 이미 압슬을 하고 주리를 트는 바람에 제대로 걷지도 못한다네."

"벌써 그렇게까지……."

허균은 긴 숨을 내쉬며 고개를 꺾었다. 형신을 당하리라

예상은 했지만 반병신이 되었을 줄은 몰랐다.

"남 이야기를 할 때가 아니야. 교산, 자네도 당장 내일 아침부터 형신을 당할지 몰라. 그들을 모두 구했으면 좋겠지만 여러 모로 사정이 좋지 않네. 자네만이라도 나가야 해."

"나는 가지 않겠네."

허균이 산발한 머리를 흔들었다.

"정 마음에 걸린다면 동지의금과 원 정랑을 새벽에 다시 와서 구하도록 하겠네."

"그 때문이 아니야."

"그럼 뭔가? 속 시원히 털어놓게."

허균이 어깨를 좌우로 가볍게 두 번 흔들며 물었다.

"파암! 자넨 이대로 도성을 빠져나갈 생각인가?"

"아니지. 그냥 돌아갈 수는 없네."

허균이 미소를 지으며 고개를 끄덕였다.

"그래, 하늘이 내린 기회지! 자네가 만약 장정들을 이끌고 도성을 빠져나가겠다면 나도 오늘 탈옥을 해서 자네 뒤를 따르겠네. 하나 자네가 당장 군사를 일으켜 범궁할 작정이라면 나는 이곳에 있겠어."

박치의가 이해할 수 없다는 듯 고개를 갸우뚱거렸다.

"이유가 뭔가?"

"어차피 하루 이틀 사이에 끝장이 날 테니까. 자네가 성

공하면 의금옥은 당연히 파옥될 것이니 힘들여 나갈 필요
가 없지. 자네가 실패하면 누군가가 이 일의 책임을 져야
할 거야. 그때는 모든 죄를 내게 뒤집어씌우게. 나의 죄가
커지면 커질수록 자네를 뒤쫓는 손길은 줄어들 터이니, 이
것이야말로 일석이조가 아닌가?"

"안 돼. 그럴 수는 없어."

박치의가 두 눈을 번득이며 허균의 뜻을 거절했다. 허균
이 눈으로만 웃으며 박치의를 설득했다.

"졸렬하더라도 빠른 승리를 구하라고 했으이. 오늘 밤 내
가 탈옥하면 관송이 우리의 움직임을 눈치채고 더욱 방비
를 튼튼히 할 게야. 그땐 아무리 백만 대군을 몰아쳐도 우
리의 뜻을 이룰 수 없네. 내가 의금옥에 갇혀 있으면 금상
은 물론 관송도 저으기 마음을 놓을 게 아닌가? 방심한 틈
을 타서 자네가 군사를 일으키면 승리할 수 있어. 자, 보다
시피 나는 아직 다친 곳이 한 군데도 없네. 오늘 아침 관송
이 나를 불러 마음을 떠보더군. 며칠 더 의금옥에 갇혀 있
다고 해서 내 목숨이 어떻게 되는 건 아니라네. 파암! 날 구
하고 싶다면 하루라도 빨리 창덕궁을 차지하게나. 그러면
나 스스로 돈화문 앞에 가서 덩더꿍 춤을 출 터이니. 아시
겠는가?"

"일이 다급하게 되면 관송이 자네의 목을 노리지 않겠는

가?"

"그럴 수도 있지. 하나 그 정도로 관송이 앞뒤를 구별할
수 없다면 우리의 뜻은 벌써 이루어진 후야. 이까짓 목숨
하나 잃는다고 무엇이 문제겠는가…… 후후후. 하나 꼭 나
와 함께 새로운 하늘을 보고 싶다면, 관송의 수급을 취하시
게나."

"알겠네. 내 반드시 그렇게 하겠네. 하루만 더 참고 기다
리시게."

"감옥 밖에 있는 자네가 고생이지, 감옥 안에 있는 나는
참으로 마음이 편안하다네. 금강산 유람을 다닐 때에도 이
보다 평온하지는 못했으이. 그나저나 명허 대사께서는 어
찌 지내시는가?"

박치의의 얼굴이 밝아졌다.

"당장 군사를 일으키지 않으면 소소래사로 돌아가겠다
고 으름장을 놓고 있다네. 교산! 이제 구체적인 범궁 계획
을 일러 주게나. 소소래사에서 봉학에게 귀뜀한 것과 달라
진 게 있나?"

허균이 빙긋 웃으며 목소리를 낮추었다.

"있네. 그때는 두 패로 나누어 좌우협공을 할 계획이었네
만, 지금은 세 패로 나누어 들어가는 게 좋겠어. 저들의 병
력을 완전히 분산시켜 초반에 괴멸시키기 위함이야. 먼저

내일 아침까지 도성 밖의 장정들을 도성 안으로 끌어들인 다음 자시부터 움직이기 시작하게. 한 패는 신문에서 새문 안길을 따라가며 육조거리를 어지럽히는 거야. 적의 시선을 유도하기 위함이지. 또 다른 패는 조용히 창경궁을 돌아 금원으로 내려오고, 나머지 패는 견평방 근처를 어슬렁거리다가 바로 돈화문을 급습하는 걸세. 어떤가? 늦어도 모레 새벽이면 창덕궁이 우리 차지가 되지 않겠는가?"

박치의가 고개를 끄덕였다. 세 패로 나누어 창덕궁을 치자는 계획은 허균의 부탁을 받은 이재영이 세운 것이다. 그가 최선책을 찾았노라며 박충남을 통해 계획을 알려 온 것이 오늘 새벽이었다. 허균은 이런 사실을 알려 주려다가, 박치의가 선입견을 가질 것을 염려하여 그만두었다. 허균 역시 이재영과 똑같은 결론에 이르렀기에, 구태여 이재영까지 거론하며 박치의의 심기를 불편하게 만들고 싶지 않았다.

"완벽한 계획이구먼. 그대로 따르겠네."

"자넨 역시 돈화문을 맡을 테지?"

박치의는 검은자위가 보이지 않을 만큼 실눈을 뜬 채 웃었다. 허균이 당부를 했다.

"너무 방심하지는 말게. 아무래도 관송은 낯선 장정들이 도성에 들어와 있음을 눈치채고 있는 것 같아."

"걱정 말게. 이미 늙은 살쾡이의 목숨은 내 손 안에 있다네."

박치의와 허균은 서로의 얼굴을 쳐다보며 동시에 웃었다. 무륜당에서 꿈꾸어 왔던 일들이 모레 아침이면 현실로 드러나는 것이다. 그들은 먼저 간 벗들의 얼굴을 떠올리고 있었다. 이경준, 서양갑, 심우영, 박치인, 김경손. 뜻을 이루면 그들의 이름을 가장 높이 받들 것이다. 허균이 갑자기 생각난 듯 물었다.

"도원을 죽이지 않은 건 잘한 일이야. 이미 죽은 목숨이 아닌가. 귀를 자를 필요도 없었네만, 어쨌든 잘 살피고 있겠지?"

"걱정 말게. 요승 성지와 함께 거두어 두고 있네. 오늘도 보니 여인이 도원을 상대하고 있는 것 같았네."

"여인은 어때?"

"기인지우(杞人之憂, 쓸데없는 근심)에 휩싸여 있다네. 뭘 하자는 건지……."

"후후후, 너무 마음 상하지 말게. 여인이야 원래 매사에 걱정하고 걱정하고 또 걱정하는 사람이 아닌가? 하나 그만한 벗도 없지. 5년 전 무륜당의 벗들이 죽은 후 여인만이 유일하게 내 곁에 머물렀다네. 괴물의 친구 노릇 하기가 어디 쉬웠겠는가? 자네가 마음을 잘 추스르도록 하게. 이왕 여기까지 왔으니 끝까지 함께 가야 하지 않겠는가? 죽어도 같이 죽고 살아도 같이 살고."

"알겠네."

갑자기 밖이 시끄러웠다. 창을 곧추들고 의금옥 밖을 살피고 돌아온 박충남이 다급하게 말했다.

"빨리 피해야 합니다. 좌포도군관들이 들이닥쳤어요."

허굉이 허균의 옥문 앞까지 후닥닥 달려왔다.

"아버지!"

함께 가기를 간절히 바라는 얼굴이었다. 그러나 허균은 박치의와 손을 마주 잡은 다음 벽을 향해 돌아앉았다. 박치의가 옥문을 나와 허굉의 팔을 잡아끌었다.

"가자! 여기서 개죽음을 당할 수는 없어."

허굉은 밖으로 나가면서도 두 번 세 번 뒤를 돌아보았다. 허균은 가부좌를 튼 채 돌부처처럼 꿈쩍도 하지 않았다. 그의 두 눈에서 굵은 눈물이 볼을 타고 주르륵 흘러내렸다.

아들아!

너는 평생 교산의 아들이라는 멍에를 짊어지고 살아갈 수도 있다. 괴물의 아들, 반역자의 아들이 의미하는 바를 아직은 모르겠지. 그것은 아무도 너를 인간으로 바라보지 않는다는 뜻이다. 너를 알지 못하는 사람들이 너의 얼굴에 침을 뱉고 옆구리에 비수를 꽂는다는 뜻이다. 평생 네 이름을 내걸고 시를 짓거나 글을 쓸 수 없다는 뜻이다.

아들아!

나를 원망하고 비난해라. 얼마든지 네가 하고픈 대로 이 아비를 깔아뭉개도 좋다. 하나 네 앞에 주어진 인생을 결코 포기하지는 마라. 마음이 통하는 여인을 만나면 활화산처럼 사랑을 하고, 시흥이 절로 나는 풍광 앞에 서면 청산유수로 눈부신 시를 지어라. 세상이 알아주지 않는다고 슬퍼하지는 마라. 넌 잘할 수 있을 게다. 이미 삶의 바닥을 보았으니 더 이상의 두려움도 없을 테지. 절벽을 맨몸으로 기어오르라고 해도 너라면 할 수 있을 게야.

아들아!

너와 더 많은 시간을 함께 못하는 것이 아쉽구나. 고백하건대 이 아비 역시 따뜻한 아버지의 정을 그리워하며 자랐더랬다. 넌 네 아들에게, 그러니까 나의 손자에게 늘 함께 뛰노는 아버지가 되도록 하려무나.

넌 이제 혼자다. 어머니도 누이도 너를 지켜 주지 못해. 지금부터 넌 혼자서 삶의 질곡을 넘어서야 한다. 삶의 무게를 홀로 견딜 수 있을 때, 혼자 싸우다가 혼자 빈 들판에서 죽어 갈 자신이 생길 때, 비로소 넌 어른이 되는 게다. 그때 다시 오늘을 기억하도록 해라. 그리고 네 심장을 향해 물어보아라. 왜 아비가 의금옥에 갇혔으며 괴물이 될 수밖에 없었는가를.

의금옥을 나서자마자 화살 하나가 날아와서 그들의 발 아래에 꽂혔다. 박치의가 재빨리 장검을 꺼내 들고 좌우를 살폈다. 이미 싸움이 시작된 듯 여기저기서 비명 소리가 들려왔다.

"이리로!"

박충남이 그들을 의금부 뒤뜰로 안내했다. 담장과 나란히 서 있는 소나무를 이용하면 감쪽같이 탈출할 수 있으리라 여겼던 것이다. 그러나 뒤뜰로 들어서기가 무섭게 10여 명의 군졸들이 그들을 에워쌌다. 미리부터 길목을 잡고 잠복해 있었던 것이다. 박충남은 군졸들을 지휘하는 군관의 얼굴을 알아보았다. 좌포도청에서 용맹하기로 소문난 강문범이었다. 허굉은 검을 들어 본 적도 없었고 박충남 역시 장창을 자유자재로 놀릴 만큼 전투에 익숙하지 않았다. 결국 박치의와 전체의 대결이었다. 박치의가 아무리 바람처럼 날렵하게 상대를 벤다 해도, 좌포도청의 군졸들 역시 군사 훈련을 받은 강병들이었다.

"쳐랏!"

명령이 떨어지자마자 군졸들이 겁 없이 앞으로 달려들었다. 박치의가 오른쪽으로 원을 그리며 검을 휘둘렀다. 두 명은 허벅지에서 피가 뿜어져 나왔고 한 명은 목을 움켜쥔 채 그대로 쓰러졌다. 그러나 곧 군졸들이 스무 명이나 보강되어 포위망을 더욱 두텁게 했다. 이대로 가다가는 박치의도 결국 지치고 말 것이다.

"이놈들!"

그 순간 돌한이 부러진 참나무를 옆구리에 끼고 포위망 속으로 뛰어들었다. 장작을 패기 위해 쌓아 두었던 참나무를 운 좋게도 발견한 모양이었다. 참나무를 휘돌리며 앞으로 나서자 포위망이 순식간에 넓어졌다. 윙윙윙 소리를 내며 돌아가는 참나무에 머리를 맞으면 그대로 박살이 날 것만 같았다.

"도련님! 어서 담을 넘어가세유. 어서!"

돌한이 두 발을 전후좌우로 움직이며 소리쳤다.

"궁수, 궁수는 어디 있느냐?"

궁수를 찾는 강문범의 목소리가 어둠을 갈랐다. 제 아무리 천하장사라고 하더라도 장전(長箭)을 맞고는 버텨 낼 재간이 없는 것이다. 부축을 받으며 허굉이 먼저 담을 넘었고 그 뒤를 박충남이 따랐다. 이제 박치의와 돌한만이 남은 것이다. 박치의가 다시 두 명의 가슴을 벤 후 돌한에게 말했다.

"먼저 넘어 가거라. 뒤는 내가 맡으마!"

돌한이 누런 이를 드러내며 웃었다.

"나으리! 여긴 소인이 맡겠시유. 모기를 죽이는 데 장검까지 쓸 필요는 없지유."

돌한이 다시 참나무를 휘두르며 사정없이 군사들을 몰아세웠다. 돌한의 뒤로 돌아든 박치의가 담벼락과 소나무를 탁탁탁탁 번갈아 차며 담 위로 올라섰다. 궁수들이 달려오는 것이 보였다. 박치의가 공중제비를 돌며 담벼락에서 사라지는 것과 동시에 다섯 명의 궁수들이 한 줄로 서서 활을 쏘았다. 그중 두 발이 돌한의 왼쪽 허벅지와 종아리에 박혔다.

"윽!"

돌한은 비명을 토하는 것과 동시에 왼쪽 무릎을 꿇었다. 함성을 지르며 앞으로 내달리는 군졸들을 강문범이 막아섰다.

"죽여서는 아니 된다. 생포해서 오늘 밤의 일을 소상히 밝혀야 하느니라. 포승줄로 잡도록 하라."

숙달된 군졸 하나가 머리 위로 포승줄을 빙빙 돌리며 천천히 앞으로 다가섰다.

"이노옴들!"

돌한이 고함을 지르며 다시 몸을 일으켰지만, 이미 허공을 가른 포승줄이 그의 목을 낚아챈 후였다. 숨이 턱 막히는 것과 동시에 강문범이 몸을 날려 돌한의 가슴을 두 발로 걷어찼다. 돌한은 담벼락에 머리를 부딪히며 정신을 잃었다. 그제야 물러나 있던 군사들이 슬금슬금 다가와서 돌한의 몸을 두 겹 세 겹으로 묶었다.

자정

박치의는 허굉과 남보덕, 박충남만을 데리고 겨우 목멱산으로 돌아왔다.

"아니, 그 많던 장정들을 모두 죽인 겐가?"

이재영은 파옥에 실패하고 돌아온 박치의를 처음부터 몰아세웠다. 함부로 장정들을 움직이는 바람에 거사 계획이 탄로 나게 생겼다는 것이다.

"이제 관송도 철두철미하게 대비를 할 걸세. 관송이 낌새를 알아챘다면 틀렸어. 일단 금강산으로 몸을 피한 후 훗날을 도모하는 편이 좋겠네."

박치의가 이재영의 말을 단칼에 잘랐다.

"어림없는 소리! 이 순간을 위해 5년을 기다렸네. 자네 자꾸 훗날 훗날 하는데, 이보다 더 좋은 훗날이 있을 것 같은가?"

이재영이 두 주먹을 불끈 쥔 채 아랫입술을 물어뜯었다.

5년이 아니라 10년을 기다렸다고 해도, 불리한 건 불리한 거고 불가능한 건 불가능한 거야. 세상을 부숴 버리고 싶겠지. 도성을 쑥대밭으로 만들고 싶겠지. 하나 이 싸움은 우리가 졌네. 쥐도 새도 모르게 범궁을 해도 성공할까 말까 한 일을 저잣거리에 나가 큰 소리로 떠벌린 꼴이 된 거야. 그런데 자넨 지금 자네가 무슨 짓을 했는지도 몰라. 앞으로 자넨 자네가 데려온 장정들을 모두 죽이고 교산도 죽이고 또 나도 죽일 걸세. 멋지게 몰락하고 싶은가? 장엄한 죽음을 원해? 그따위 자족은 자네 혼자서 하게. 나는 죽을 수 없네. 나의 시를 세상에 알리기 전에는 죽을 수 없어.

"일단 교산을 탈옥시키세. 지금은 아무 일도 벌여서는 안 돼. 돌한이 비록 충직하기는 하나 이이첨의 감언이설에 넘어갈 수도 있고, 나머지 의금옥에 갇힌 사람들도 끔찍한 형신을 당하고 있으니 언제 입을 열지 모르는 일이야."

박치의의 얼굴이 흙빛으로 바뀌었다.

"자, 잠깐! 백계가 배신이라도 한다 이 말인가? 여인! 자넨 지금 날 모욕하고 있네. 백계는 결코 배신자가 될 수 없어. 배신자가 되느니 차라리 죽음을 택할 위인이라고. 자네가 도성에서 광해가 던져 주는 쌀과 재물로 호의호식하고 지낼 때, 백계와 나는 꽁꽁 언 대동강을 맨발로 건넜고 눈 내리는 백두산을 맨손으로 기어오르며 복수의 칼을 갈았다네. 한데 백계가 우릴 배신한다고?"

여인! 겁이 나는가? 죽음의 공포가 온몸을 감싸는가? 이가 덜덜덜 떨리고 무릎이 후들거려 제대로 앉아 있지도 못할 것 같은가? 수십 년 동안 입버릇처럼 되뇌던 날이 다가왔는데, 자넨 하늘과 땅이 뒤집히는 것이 두려운 모양이지? 하나 그 두려움을 다른 사람에게 덮어씌우지는 말게. 이미 우린 아득히 먼 곳까지 나와 버렸는데, 자넨 다시 돌아갈 곳이라도 있는 듯 말하는군. 여인! 우린 바로 지금 여기서 끝장을 봐야 한다네. 사람답게 살 수 있는 마지막 순간인데 자넨 무얼 머뭇거리는 게야? 그것이 소위 시인이라는 족속의 시인다움인가?

이재영도 지지 않고 맞받아쳤다.

"지금은 때가 아니라는 것뿐이네. 이런 상황에서 군사를 일으키면 우린 전멸하고 말아. 외방(外邦, 도성 이외의 지방)으로 피하는 것이 상책일세."

"이런 상황이라니? 어떤 상황 말인가? 자넨 그게 문제야, 조금이라도 미흡하면 시작조차 하지 않는 것. 하나 어찌 이런 일에 완벽한 상황이 있겠는가? 부족하면 부족한 대로 밀어붙여야 해. 이번 거사가 그토록 탐탁지 않다면 물러나서 구경이나 하게. 시나 짓고 술이나 마셔!"

이재영의 온몸이 부들부들 떨렸다.

"날 지금 겁쟁이 취급하는 겐가? 시나 짓고 술이나 마시라니?"

이재영이 언성을 높였지만 박치의는 눈 하나 꿈적하지
않았다.

"우린 지금 세상을 바꾸려는 거네. 그깟 시 나부랭이 때
문에 말다툼할 시간이 없어."

"뭐, 시 나부랭이라고?"

이재영이 두 주먹을 움켜쥐고 자리에서 벌떡 일어섰다.

이제야 본색을 드러내는군. 자넨 교산이나 나와는 완전
히 다른 족속이야. 자네가 무륜당으로 온 건 시를 즐기려
는 게 아니라 이런 날을 준비하기 위함이었어. 그러니까 감
히 시를 나부랭이로 취급하는 거겠지. 교산은 자네에게 이
용당한 거야. 자네만 없었다면 교산도 의금옥에 갇히지 않
았을 테고, 범궁을 도모하지도 않았겠지. 자, 이제 자네가
원하는 걸 말해 봐. 당상관 자리가 탐났나? 금은보화를 원
해? 자네 마음에 들지 않는 자를 모조리 죽일 권세가 필요
했어? 자넨 속물이야, 속물. 자네와 함께 마주 보고 앉아 있
다는 것 자체가 부끄러울 지경이야. 자네 같은 속물이 어떻
게 새로운 나라를 만든다는 겐가?

"당장 사과하게. 자넨 지금 나와 내 시를 모독했어."

박치의도 따라 일어서며 싸늘하게 비웃었다.

"시 나부랭이를 보고 시 나부랭이라고 했는데 뭘 사과하

318

라는 거야? 그깟 시로는 굶주린 아이 하나 살리지 못해. 지금 우린 세상을 바꾸려는 거야. 만백성을 구할 거라고."

여인! 자네의 말대로 나는 지금 자네의 시를 모독하고 있네. 아주 오래전부터 나는 자네의 얼굴에 침을 뱉고 있었던 게야. 하나 그 침은 자네의 얼굴이 아니라 나의 뺨 위로 고스란히 떨어졌다네. 세상은 우리가 읽고 쓰는 시처럼 아름답지도 않고 선하지도 않으며 눈부시지도 않지. 세상이 그저 세상일 뿐이라면 시도 한갓 시일 뿐이지 않겠는가? 삶을 모독할 때에는 가만히 참다가 시를 모독할 때에는 불같이 화를 내는 건 학동들도 웃을 짓이야. 자네의 간절함을 비웃는 건 결코 아니라네. 하나 시를 짓는 것과 세상을 바꾸는 걸 동궤에 놓아서는 곤란해. 교산과 난 자넬 시인으로 아껴서 이번 거사에 동참시킨 게 아니야. 한데 자넨 끝까지 미망에 사로잡혀 있군. 길이 아닌 곳으로만 가려고 해.

"말 다 했어?"

이재영이 달려들어 박치의의 멱살을 틀어쥐려고 했다. 그러나 이재영은 화적 떼의 두령 박치의의 적수가 아니었다. 박치의가 가볍게 이재영의 손목을 꺾어 쥐며 확 뒤로 밀어 넘어뜨렸다. 엉덩방아를 찧은 이재영이 벌떡 몸을 일으켰다. 그러나 가까이 다가서지는 못하고 목청만 높였다.

"일이 잘못되면 그건 모두 자네 탓이야!"

박치의도 지지 않고 대꾸했다.

"그래, 내가 책임지겠어. 그러니까 자넨 빠져!"

"이, 이, 이건 아냐. 이건 아니라고!"

이재영은 박치의를 한껏 노려보다가 밖으로 뛰쳐나갔다. 봉학이 따라 나가려고 했지만 박치의가 막아섰다.

"두렝님! 비키시라요. 내레 저 아아새끼레 살려 둘 수 없 시요."

박치의가 독사눈을 번뜩이며 짧게 명령했다.

"내버려 둬!"

씩씩거리며 산길을 내려가던 이재영은 앞이 확 트인 공 터에서 걸음을 멈추었다. 어둠에 휩싸인 도성, 길과 집과 개천을 구분할 수도 없는 도성이었지만, 조선의 도읍지 한 양의 존재가 갑자기 그를 휘감았다. 내일 밤이면 저곳도 불바다가 된다. 이재영은 어깨를 쫙 펴고 깊게 숨을 들이 마셨다. 차가운 밤공기가 답답하던 가슴을 시원하게 쓸어 주었다.

결국 이렇게 되는 것인가?

거사에 성공하면 박치의가 날 몰아세우겠지. 하나 이미 교산에게 범궁 계획을 건넸고 또 나의 시집을 활자로 찍 어 주겠다는 언질까지 받았으니, 시를 쓰고 시인 노릇을 하 는 데는 지장이 없을 거야. 문제는 거사가 실패할 경우인

데……. 내일 거사에서 발을 뺀다고 해도 박치의와 그 수하들이 내 이름을 거명한다면, 나는 결코 살아남을 수 없고 내 시도 모두 불태워지겠지. 박치의가 미친년 널뛰듯 서두르는 걸 보면 성공할 가능성보다 실패할 가능성이 훨씬 높아. 그렇지만 아직 실패한 것도 아닌데 이이첨을 찾아갈 수도 없는 노릇이지. 어떻게 한다? 아예 오늘 밤 도성을 빠져나가서 변산으로 숨어 버릴까? 안 될 일이다. 도성에 남아 있어야 이 일의 성패를 알 것이 아닌가. 아! 교산을 살리고 나를 살릴 수 있는 길이 보이질 않는구나. 내일 밤의 결과를 지금 미리 살필 수만 있다면, 조그마한 암시나 조짐이라도 있다면……. 교산! 자네라면 어찌하겠나? 관송에게 가겠나? 아니면 조용히 숨어 내일의 거사를 살피겠나? 참으로 난감한 일이로다.

이재영은 고개를 설레설레 저은 다음 더듬더듬 나뭇가지들을 붙들거나 부러뜨리며 산길을 내려가기 시작했다.

그래, 마지막으로 도성 안을 살피자. 저들의 방비가 얼마나 엄중한가를 직접 확인한 다음, 관송에게 가든지 숨어서 기다리든지 정하는 게 낫겠어. 범궁 경로를 따라서 차근차근 훑어보는 거야. 하늘이 내 시를 어여삐 여긴다면 무언가 암시를 주겠지.

계곡 가까이에 서 있는 아름드리 소나무가 산길을 막아

섰다. 그 소나무를 기점으로 삼아 길이 좌우로 갈라져 있었다. 어떤 길을 통하더라도 남별궁까지 가는 것은 마찬가지였다. 이재영은 잠시 걸음을 멈추고 두 갈래 길 중 어느 쪽이 더 편할까 가늠해 보았다. 길의 폭과 바닥에 박힌 돌의 크기, 샘물이 있는 장소까지 일일이 기억해 냈다. 아무리 생각해 보아도 두 길 모두 폭과 기울기가 엇비슷했다.

발길 닿는 대로 가지, 뭐.

이재영이 양손을 털며 앞으로 나섰다. 그 순간 소나무 뒤에서 송아지만 한 짐승이 쓰윽 나타났다. 작은 횃불 두 개가 좌우로 흔들리며 번쩍번쩍 빛을 발했다.

호, 호, 호랑이!

그의 온몸이 마른 장작처럼 순식간에 뻣뻣해졌다. 숨이 콱 막힌 채 겨우 뒷걸음질을 치다가 나무뿌리에 채여 벌렁 나자빠졌다. 그의 몸이 계곡을 따라서 통나무 구르듯 떨어져 내렸다. 양팔을 허우적댔지만 제대로 손에 걸리는 것이 없었다. 몸이 통통 퉁기면서 어깨와 허리와 팔다리가 나무와 돌덩이에 제멋대로 부딪혔다. 아픔을 호소할 수도 없을 만큼 죽음의 공포가 밀어닥쳤다. 그러다가 쾅! 하는 소리와 함께 의식을 잃었다. 그루터기에 머리가 부딪힌 것이다.

얼마나 시간이 흘렀을까.

천천히 눈을 떴다. 어슴푸레 동쪽 하늘이 밝아 오고 있었다. 손을 뻗어 머리를 더듬었다. 손바닥에 흥건한 피가 묻어 나왔다. 지독한 한기가 찾아들었다. 온몸이 사시나무처럼 떨렸고 아프지 않은 부위가 한 군데도 없었다. 눈에 띄는 곳마다 멍이 시퍼렇게 들어 있었다. 그래도 죽지 않고 살아남은 것이 다행이었다. 눈물 한 방울이 똑 떨어졌다. 점점 더 굵은 눈물방울이 양 볼을 타고 흘러내리기 시작했다.

양 손바닥으로 눈물을 쓰윽 훔쳤다. 가까스로 몸을 추스르며 엉거주춤한 자세로 일어섰다. 오른쪽 무릎이 떨어져 나갈 것처럼 아팠다. 고개를 들고 다시 동서남북을 확인했다. 비릿한 피 맛이 혀끝에서 맴돌았다. 삶에 대한 집착이 목구멍을 타고 올라왔다.

가자!

시뻘건 가래침을 탁 뱉은 다음, 이재영은 전선에서 낙오된 패잔병의 몰골로 걸음을 내디뎠다.

18일

반역의 하루

8월 23일 사시(巳時, 오전 9~11시)

쌍리동 이이첨의 대문 앞에는 호사스러운 덩이 놓여 있었다. 안방에서는 대전 상궁 김개시의 웃음소리가 마당까지 흘러나왔다. 마주 앉은 이이첨의 얼굴에도 미소가 가득했다. 서안 위에는 김 상궁을 위해 특별히 마련한 선물들이 있었다. 밀화매죽문비녀(蜜花梅竹簪)와 밀화봉황비녀(蜜花鳳簪)가 왼쪽에 놓였고, '仁義禮智(인의예지)'와 '壽福康寧(수복강녕)'이 나란히 적힌 도투락댕기가 가운데에 길게 펼쳐져 있었으며, 대삼작노리개가 청, 홍, 황 세 가지 색으로 술을 달고 오른쪽에 자리를 잡았다.

"부원군 대감! 소첩에게 이것들을 모두 주시겠다 이 말씀이어요?"

김 상궁이 대삼작노리개의 옥나비 한 쌍과 밀화 덩어리 그리고 산호 가지를 차례차례 어루만지며 물었다.

"그동안 김 상궁이 왕실과 조정을 위해 힘써 준 데 대한 자그마한 성의라오."

"소첩이 무슨 일을 했다고 이렇듯 귀한 선물을 주시는지요. 소첩은 다만 주상 전하와 세자 저하를 위하는 대감의 뜻에 따랐을 뿐이옵니다."

이이첨이 미소를 머금은 채 고개를 저었다.

"아니오. 부끄럽게 여기지 마시오. 김 상궁이 아니었던들 어찌 대론을 성사시킬 수 있었겠소. 중전께서는 그 성품이 온후하시나 내명부의 궂은일을 보살필 만큼 강건하시지 못하고, 빈궁께서도 아직 노회한 상궁들을 다스릴 만큼 세상 이치에 밝지 못하십니다. 김 상궁이 두 분을 도와 정면에서 서궁과 맞섰기 때문에 일이 쉽게 풀린 것입니다. 당상관 열 명이 할 일을 혼자 해낸 거지요. 진작 인사를 드려야 하는데 차일피일 미루다 보니 이렇게 늦었소이다. 보잘것없는 패물들이니 편한 마음으로 쓰도록 하세요. 그리고 김 상궁이 원하는 경기도 광주 땅도 곧 살펴서 드리도록 하리다."

"참으로 감사하옵니다. 부원군 대감!"

김 상궁이 도투락댕기로 입을 가리며 웃었다. 20대의 청순함은 사라졌으나 남자의 마음을 쥐고 흔드는 노련함이 배어 나왔다. 이이첨은 그녀의 매혹적인 미소를 슬쩍 아래로 피하며 물었다.

"서궁 마마는 어찌하고 계십니까?"

"요즈음 들어 부쩍 눈물이 많아지셨지요. 소밥(고기, 생선을 섞지 않은 반찬으로 먹는 밥)도 하루에 한 끼 겨우 먹는 형편이고 늘 허한(虛汗, 몸이 허약하여 흘리는 땀)을 흘리실 뿐 아니라 여름부터 시작된 감환과 미열이 끊이질 않아요. 아무래도 울화가 턱 밑까지 차오른 모양입니다. 그저께는 내의원을 데리고 가서 맥을 살폈는데 오장육부가 모두 썩어 들어가는 형국이라고 하더군요. 겨울까지 이런 증세가 계속되면 큰일을 치를 수도 있다고 하였습니다."

큰일을 치른다? 서궁이 병으로 죽을 수도 있다는 말이다.

"저런! 탕제라도 넣어 드리지 그랬소?"

김 상궁의 웃음이 더욱 차가워졌다.

"밥도 넘기지 못하시는데 탕제를 드실 수 있겠는지요? 또한 소첩이 탕제를 올리면, 서궁 마마는 틀림없이 그 안에 맹독이라도 들었을까 의심하여 버리실 것이옵니다. 아무리 소첩이 봉안(奉安, 편안하게 모심)하려고 해도 서궁 마마께서 받아들이시지 않지요. 피접(避接, 병을 치료하기 위해 떠나는 요양)을 조용히 아뢰었으나 역시 허락하지 않으셨사옵니다. 소첩을 아직까지도 오만 방자하다고 여기시는 게지요."

"김 상궁의 정성을 헤아리실 날이 올 게요."

"호호호! 그런가요? 하나 더 이상은 서궁 마마의 심기를 불편하게 해 드리고 싶지 않네요."

아무런 약도 넣어 주지 않고 천천히 죽어 가는 모습을 구경하겠다는 뜻이다. 김 상궁의 웃음소리가 갑자기 섬뜩하게 느껴졌다. 김 상궁은 이이첨의 얼굴을 뚫어져라 쳐다보며 물었다.

"하온데, 대감! 교산이 은밀히 장정들을 모으고 있었던 게 사실이온지요? 대감과 소첩의 이름을 살생부의 첫머리에 적어 두었다는 소문을 들었습니다만."

소문은 그뿐이 아니었다. 허균의 부하들이 벌써 이이첨의 수족을 죽이기 시작했다는 말도 있고 노추에게 조선을 칠 것을 종용하고 있다는 풍문도 돌았다. 흉물스러운 조짐들이 그런 소문을 뒷받침했다. 숭례문 근처에서는 개구리가 뱀을 잡아먹는 광경이 목도되었고 새문안길에서는 실성한 처녀가 발가벗고 뛰어다니기까지 했다. 햇무리가 계속 일었고 까마귀들이 육조거리로 몰려와서 시끄럽게 울었다. 사천대관(司天臺官, 천문 기상을 담당하는 관리)도 이런 일들을 속 시원하게 설명하지 못했다. 거기다가 한동안 잠잠하던 허공의 소리가 또다시 밤마다 들려왔다. 이번에는 노골적으로 광해군을 비난하는 내용이었다.

"서자가 용상에 앉았으니 이제 이 나라는 서자의 나라이다. 한데 왜 나라를 위해 큰일을 할 수 있는 기회를 서자들에게 주지 않는 것인가!"

이이첨도 여러 경로를 통해 그 소문을 들었다.

"김 상궁도 두려운 게 있소?"

"교산이 아니라면 이렇듯 염려할 턱이 없지요. 하나 교산은 가늠할 수 없습니다. 함께 일을 도모할 때는 참으로 든든한 버팀목이지만 맞서 싸워야 할 상대라면 두렵지요. 대감은 두렵지 않으십니까?"

이이첨이 손뼉을 치며 말머리를 돌렸다.

"허허허, 나는 김 상궁이 더 두렵소이다. 전하의 마음을 움직일 사람은 조선 팔도에 김 상궁뿐이니까요."

"호호호! 그런가요?"

김 상궁이 창덕궁으로 돌아간 후, 이이첨은 김예직과 윤홍, 이시언을 쌍리동으로 불렀다. 좌포도대장 김예직과 우포도대장 윤홍은 만나자마자 서로를 잡아먹지 못해 안달이었다. 훈련대장 이시언이 중재를 했다.

"자자, 진정들 하시오. 좌포도청과 우포도청이 이렇게 으르렁거려서야 도성을 제대로 방비할 수 있겠소이까? 진정 서로 미워하고 원망하는 뜻을 거두지 못하겠다면 내일이라도 훈련원으로 오시오. 술 시합이라도 해서 누가 상구(上口,

술을 잘 마시는 사람)인지 가리든가, 씨름이라도 해서 누가 더 힘이 센지 결판을 내도록 합시다."

이이첨이 두 사람의 얼굴을 번갈아 쳐다보며 맞장구를 쳤다.

"그 참 재미있겠군요. 그땐 나도 꼭 부르도록 하세요. 허허허."

이시언이 이이첨의 웃음을 자르며 물었다.

"놈들이 입을 열었소이까?"

쌍리동에서 사로잡은 김윤황, 현응민, 원종이 이실직고를 했는지 묻고 있는 것이다. 좌포도대장 김예직이 말꼬리를 잡아챘다.

"그보다 어젯밤에 잡은 돌한이라는 놈은 어떻소이까?"

이이첨이 입맛을 다시며 차근차근 설명했다.

"참으로 지독한 놈들입니다. 완전히 동문서답을 하고 있소이다. 서로 만난 적이 없을 뿐 아니라 우연히 길을 가다가 쌍리동에서 잡혔다 이런 식입니다."

김예직이 끼어들었다.

"저런 죽일 놈들이 있나! 김윤황을 그냥 두셨소이까? 좌포도군관에게 화살을 쏜 놈이외다. 두 팔을 분질러 놓아야지요."

이이첨이 고개를 끄덕이며 말을 이었다.

"돌한이라는 놈이 더욱 가관이외다. 혼자서 의금옥을 파옥하려 했다고 생떼를 쓰고 있어요. 의금옥 근처에서 거둬들인 시체들을 보여 줘도 모르는 자들이라고 딱 잡아떼고 있소이다."

윤홍이 주먹코를 실룩거리며 물었다.

"교산의 하인들이 아니라는 말입니까?"

"낯선 놈들이오. 더욱 이상한 점은 그중 두 놈이 아예 머리카락이 없다는 게요."

"중이다 이 말인가요?"

이이첨이 고개를 끄덕였다. 이시언이 근심에 찬 얼굴로 입을 열었다.

"아무래도 떠도는 소문이 헛소리만은 아닌 듯하외다. 교산과 내통한 장정들이 도성으로 들어왔다는 것도 사실인 듯하고, 저잣거리에 낯선 사내들이 부쩍 많아진 것도 수상합니다. 더군다나 의금옥까지 파옥하려 했다면 참으로 대담한 놈들이 아닙니까? 대책을 세워야지 잘못하면 큰 낭패를 보겠소이다."

김예직이 코웃음을 치며 거드름을 피웠다.

"교산과 어울리던 시정잡배들이겠지요. 교산이 석씨의 무리를 가까이한 것은 천하가 아는 사실이 아닙니까? 그래 봤자 한 줌도 아니 되는 무리입니다. 일렬로 세워 놓고 단칼에 베어 버리면 그만이에요."

윤홍이 한술 더 떴다.

"우포도청에 맡겨 주십시오. 오늘 안에 그놈들을 모조리 잡아들일 터이니……."

이이첨이 서안을 고쳐 놓으며 세 사람의 시선을 모았다.

"우리, 지금까지의 일은 모두 잊어버립시다. 왕실과 조정을 위해 헌신하다 보니 이런저런 마찰이 생겼던 것 아닙니까? 훈련대장의 지적처럼 도성 안의 분위기가 심상치 않습니다. 단순한 불한당들이 아닌 듯하외다. 그러기엔 숫자도 너무 많고 삼삼오오 떼를 지어 몰려다니는 것이 조직적이기도 하고……. 아무래도 경계를 해야 할 것 같습니다. 떠돌아다니는 흉문도 그들의 입에서 나왔을 가능성이 크지요. 이럴 때일수록 무엇보다 좌우포도청과 훈련도감이 힘을 모아야만 합니다."

이시언이 토를 달았다.

"그 정도로 심각합니까?"

"저들은 우리를 완전히 알고 있소이다. 포도청과 훈련도감의 병력이 얼마나 되고 어디에 머무르고 있는지 벌써 알아냈을 게요. 하나 우리는 저들을 모릅니다. 몇 명이나 되는지, 그들을 이끌고 있는 우두머리가 누구인지, 단순히 도성 안을 어지럽힐 속셈인지, 아니면 창덕궁을 넘보고 있는

지……."

김예직이 언성을 높였다.

"그놈들이 범궁이라도 한다 이 말씀이시오이까?"

"좌포도군관을 향해 화살을 쏘고 의금옥을 부수려고 했던 놈들이에요. 극형을 면치 못하는 죄를 스스럼없이 짓는 놈들입니다. 못할 짓이 없지요. 만약 그들이 교산의 명령에 따라 움직이고 있다면 더욱 유심히 살펴야 하외다. 교산을 비롯한 많은 이들이 의금옥에 갇혔으니 최후의 발악이라도 하려 들지 않겠습니까?"

윤홍이 끼어들었다.

"교산의 입을 열게 만드는 것이 급선무겠군요. 한데 왜 교산에게는 형신을 가하지 않는 것이외까?"

김예직과 이시언도 그 점이 궁금했다. 이이첨이 당연한 일이 아니냐는 듯 어깨를 으쓱 들어올렸다.

"형신을 한다고 털어놓을 교산도, 형신을 하지 않는다고 잠자코 있을 교산도 아닙니다. 차라리 교산의 입을 틀어막고 도성을 살피는 편이 나아요. 교산이 무슨 말을 했다고 칩시다. 우포도대장은 그 말을 믿을 수 있겠소이까? 교산의 주장이 사실인가 아닌가를 교산 외에 누가 알 수 있습니까? 그러니까 차라리 교산을 조용히 가두어 두는 편이 나아요. 교산과 맞서서 얻어 낼 것이 하나도 없다 이 말씀입니다. 다행히 교산이 데리고 있던 자들 중에는 교산만큼 담이 크고 영리한 놈이 없는 듯하니, 곧 단서를 얻어 낼 수 있을 겁니다. 그동안 잡아들인 잔당들의 움직임만 살펴도 대충 놈들의 계획을 살필 수 있지요."

이이첨이 벽에 걸린 포도 무늬 고비(葡萄文考備, 벽에 걸어 벽면을 장식하면서 간찰이나 작은 두루마리를 얹어 보관하던 생활용품)에서 지도를 꺼내 서안 위에 폈다. 「도성전도」였다. 이이첨이 오른손을 들어 목멱산을 짚었다.

"아무래도 놈들은 이곳을 통해 넘나들고 있는 듯합니다."

윤홍이 이의를 제기했다.

"하나 그곳 역시 관군이 밤낮으로 지키고 있지 않소이까?"

이이첨이 고개를 끄덕였다.

"그렇지요. 전하의 하명이 내린 다음부터는 도성을 벗어나는 피난민을 막기 위해서라도 좌우포도청의 군졸들까지 동원하여 지키고 있습니다. 하나 이 목멱산 자락은 다른 곳에 비해 상대적으로 성이 얕고 무너진 곳까지 있어서 사람들의 왕래가 용이한 곳이지요. 원종이 계속 남별궁 근처를 어슬렁거린 것도 의심스럽고 두미포 근처에서 중들과 장정들이 번갈아 몰려왔다 사라지는 것도 이상합니다. 윤 대장이나 김 대장은 마음 상하지 말고 들어 주세요. 교산이 역관이나 군관과 어울렸다는 건 널리 알려진 일입니다. 혹 좌우포도청에도 교산에게 마음을 빼앗긴 자들이 있을 수 있으니 유념하셔야 합니다. 물론 훈련도감이나 의금부도 예외일 순 없겠지요."

윤홍이 말꼬리를 잡았다.

"우포도청엔 그런 군관이 없소이다."

김예직도 지지 않고 답했다.

"좌포도청도 마찬가지외다."

이이첨이 두 사람을 달래듯 미소를 지어 보인 다음 창덕궁을 가리켰다.

"그래도 다시 한 번 살펴 주세요. 뭐니 뭐니 해도 창덕궁을 지키는 것이 중요합니다. 내금위 군사들만으로는 부족하니, 좌우포도청의 군사들이 정선방에서부터 성균관까지를 맡아 주세요. 사대문에 나가 있는 군사들도 모두 불러들이는 편이 좋겠습니다. 남한산성으로 내려보냈던 의금부의 별군(別軍, 이이첨이 기르던 사병)들을 목멱산 근처로 불러올리도록 어제 아침 서찰을 띄웠습니다."

김예직이 물었다.

"피난을 떠나는 백성들은 어떻게 합니까?"

"사대문을 철통같이 지킨다 해도 떠날 사람은 떠나게 되어 있지 않습니까? 그보다는 창덕궁을 방비하는 것이 훨씬 중요합니다. 이 대장은 남별궁 근처를 맡으세요."

이시언이 다른 의견을 냈다.

"그러지 말고 아예 목멱산 자락을 물샐틈없이 지키는 편이 낫지 않겠소이까? 창덕궁을 에워싸는 건 지나치게……."

"수세적이다 이 말씀이지요?"

이이첨이 이시언의 말을 받으며 지도에서 창덕궁 자리를 오른손으로 덮었다. 비장한 기운이 순식간에 방 안을 휘감았다.

"비관할 정도는 아니지만 그렇다고 낙관할 일도 아닙니다. 포도청과 훈련도감, 의금부의 군사들 중에서 쓸 만한 장정들은 이미 도원수 강홍립이 차출하여 떠났소이다. 남아 있는 군사들 중 태반은 전투를 한 번도 치르지 않은 애송이거나 기력이 쇠한 노인입니다. 이런 군사들을 여러 갈래로 나누어 도성 곳곳에 배치했다가는 단숨에 둑이 터지듯 놈들에게 당할 겁니다. 놈들의 계획을 안다면야 길목 길목마다 복병을 깔 수 있겠으나 지금으로선 이 방법이 최선입니다. 말하자면 배수의 진을 치는 것이지요. 방금 전에도 말했듯이 적은 우리를 알고 있지만 우리는 적을 모릅니다. 반드시 패할 수밖에 없는 형국에서 싸워야 한다는 점을 명심해 주세요. 지금부터는 포도청의 군사, 훈련도감의 군사, 의금부의 군사가 따로 있지 않습니다. 모두 주상 전하를 위해 목숨을 바치는 군사들이지요."

이시언은 창덕궁을 가린 이이첨의 손을 바라보며 물었다.

"놈들은 몇 명이나 되겠소이까?"

"적어도 500, 아니면 1000, 어쩌면 그보다 더 많을지도 모릅니다."

1000명!

장정 1000명이면 지금 도성에 남아 있는 군사들을 모두 합친 숫자보다도 더 많았다. 그제야 김예직과 윤홍, 이시언은 이이첨이 그토록 수세적인 작전을 펼 수밖에 없는 이유를 알았다. 윤홍이 떨리는 목소리로 물었다.

"탑전에는 아뢰셨소이까?"

이이첨이 지도에서 오른손을 거둬들이고 김예직을 쳐다보며 답했다.

"아닙니다. 일이 시작되기 전에야 어떻게 알현할 수 있겠습니까? 역도들이 도성에 들어와 있는 것 같다, 그들이 교산과 뜻을 합친 것 같다, 이렇게 아뢸 수는 없는 일입니다. 이제 와서 그렇게 아뢰었다가는 우리 모두 중벌을 면치 못할 겁니다. 지금으로서는 우리가 할 수 있는 최선의 방비를 마친 다음 기다리는 것뿐입니다. 하늘이 우리의 충정을 살피시겠지요."

김예직이 이이첨의 말을 지지하고 나섰다.

"이왕 이렇게 된 일, 구태여 탑전에 아뢸 필요는 없을 것 같소이다. 판의금부사께서 말씀하신 대로 군사들을 창덕궁 근처에 모으도록 하고 정선방에 벽유당막(碧油幢幕, 전투를 벌일 때 장수가 거처하는 장막)을 치도록 하십시다. 놈들이 설령 우리보다 많다손 치더라도 도적 떼가 정예병을 당할 수 있겠소이까?"

이시언과 윤홍도 고개를 끄덕였다. 이이첨이 천천히 지도를 말며 다짐을 받듯 말했다.

"하루 이틀이면 끝나는 일입니다. 의금옥에 갇혀 있는 놈들 중에서 한 놈이라도 입을 열겠지요. 그러면 당장 역도들을 싸그리 잡아들일 수 있습니다. 그때까지만 수고를 해 주세요. 세 분 장군의 공을 잊지 않으리다."

세 사람이 돌아간 후, 이이첨은 다시 포도 무늬 고비에서 지도를 꺼내 방바닥에 넓게 폈다. 창덕궁을 겹으로 에워싸고 버티기! 이것은 천자문을 배우는 학동도 생각할 수 있는 작전이다. 그러니까 역도들도 충분히 예측할 수 있는 작전이라는 뜻이다.

어디로 올 것인가? 어떻게 범궁을 시도할 것인가?

세 장군 앞에서 큰소리를 쳤으나, 이이첨 역시 역도들의 움직임을 모르기는 마찬가지였다. 장정들뿐 아니라 중들까지 합세하였기에 더욱 진로를 예상하기 어려웠다. 처음에는 허균을 끌어내서 형신을 할까 생각했다. 차라리 허균을 죽여 버리면 난폭해진 역도들이 미쳐 날뛰지 않을까. 그러나 그것은 더 큰 화를 부를 수도 있었다.

단숨에 제압해야 한다. 단숨에!

역도들과 전투가 시작되더라도 하루를 넘겨서는 안 된다. 시일을 끌면 의금부가 위험하고 무엇보다도 전하께서 이 일에 직접 간섭할지도 모른다. 그렇게 되면 교산과 흥정하여 오히려 나를 죽일 수도 있다. 전하라면, 전하라면 충분히 나 이이첨을 희생해서 이 위기를 넘기려고 할 수도 있다. 전하께서 교산과 만나는 일을 막고 교산의 잔당을 단숨에 쓸어 버려야 한다. 하나 아무리 지도를 주람(周覽, 곳곳을 두루 돌아다니며 자세히 살핌)하여도 어둠이다. 한 치 앞도 보이지 않는 깜깜함 그 자체다. 어떻게 이 어둠을 벗어날 수 있을까? 빛은 어디에 있나?

"대감마님! 봉상시 주부가 뵙기를 청하옵니다."

창덕궁을 노려보던 이이첨의 두 눈이 초승달처럼 작아졌다. 어둠 속을 가르며 뿜어져 나온 한 줄기 희망의 빛을 만나기 위해서였다.

"정중히 뫼시어라."

이이첨은 지도를 접어 포도 무늬 고비에 다시 넣었다. 두루마기를 입고 갓을 쓴 이재영이 방문을 열고 들어섰다. 안색이 창백하고 두 다리가 흔들려 당장이라도 쓰러질 것만 같았다. 그는 예를 갖춘 후 자리를 잡고 앉자마자 물기 어린 눈으로 이이첨을 올려다보며 이렇게 물었다.

"대감! 교산의 목숨만은 살려 주시겠다던, 또한 다른 이들도 선처하시겠다던 지난날의 약조를 잊지는 않으셨겠지요? 소생의 시를 불태우지 않으시겠다는 말씀, 지키실 수 있으시겠지요?"

이이첨의 입꼬리가 천천히 위로 올라갔다. 입 안 가득 고인 침을 꿀떡 삼킨 다음 천천히 고개를 끄덕였다.

"처음부터 끝까지, 모두 털어놓게나."

이재영은 왼손으로 오른쪽 팔꿈치를 감싸 쥔 채 기침을 쏟았다. 그리고 품속에서 지도 한 장을 꺼내 펼쳤다.

자정

오후부터 비를 머금은 조각구름이 하나둘 모여들어 뭉치더니 황혼 무렵에는 장대비가 쏟아졌다. 순식간에 땅이 질퍽거렸다. 북풍까지 몰아친 저잣거리의 분위기는 을씨년스럽기 그지없었다. 백성들은 너나없이 하루 일을 정리하고 일찍 잠자리에 들었다. 술시(戌時, 밤 7~9시)를 넘기면서부터 차츰 비가 잦아들었지만, 여전히 는개가 흩뿌려 행인들의 옷을 축축하게 적셨다.

　도성에는 폭우가 쏟아진 것 외에도 중요한 변화들이 있었다. 우선 사대문을 지키던 군사들의 수가 눈에 띄게 줄어들었다. 오후까지만 해도 대문 근처를 얼씬거리지 못했는데, 지금은 대문을 향해 곧장 걸어가서 손바닥으로 대문을 탁탁 쳐도 내다보는 군졸 하나 없었다. 새문동에 별궁을 만드는 일이 오후부터 중단된 것도 특이했다. 한가위에도 밤을 새워 돌을 깎고 기둥을 세웠었는데, 판의금부사 이이첨과 병조 판서 류희분이 직접 와서 공사를 중지시킨 것이다. 그 덕분에 새문동 근처는 모처럼 밤다운 밤을 맞이하게 되었다. 밤을 새워 활활 타오르던 횃불들이 모두 사라진 것이다.

　“퇴로는 염려하지 않아도 좋을 듯합니다. 신문에는 겨우열 명의 군졸이 있을 뿐이고 새문동 근처도 조용합니다.”

　정탐을 마치고 돌아온 장정들은 하나같이 군사들의 수가 줄어들었음을 알렸다. 봉학은 쇠 방망이를 천천히 돌리며 재채기를 했다.

　오늘만 지나믄 우리 시상이야. 피안도에 숨어 지내는 아새끼들을 몬저 데리고 와야게서. 썅! 스무 놈쯤은 본보기로 때려죽이야지. 삼창이 내 몫으로 돌아온다믄 뼈 마디마디를 확 분지르는 기야. 특히 고 리이첨은 손목과 발목을 콱 꺾어 버리고 무릎과 팔꿈치를 부수고 엉치뼈와 어깨뼈를 산산조각 낸 다음 저잣거리를 질질 끌고 다녀야 직성이 풀리지, 고롬! 당연히 높은 벼슬도 한자리 해야게서. 두렝님이나 교산이 알아서 하겠지만 적어도 빙조 판서나 판의금부사 정도는 맡아야 체면이 서지 않갔나. 피안도에서 온 아 아들에게도 골고루 상이 돌아가야디. 목숨을 걸고 거사에 동참했으니, 보상은 당연한 것 아이갔어? 한데 용상은 누가 앉는 기야? 영의정은? 설마 한마디 의논도 없이 제놈들 멋대로 자리를 나누는 건 아니갔디? 그라기만 해 봐! 확 뒤엎어 버릴 테니끼니. 두렝님이 알아서 챙겨 주긴 하시갔디만, 내일 새벽에 당장 깅방 행님한테 가야게서. 행님이라믄 내일부터 우리가 할 일을 가르쳐 줄 기야. 행님이 좌의정이 되면 나라고 우의정이 되지 말라는 법 있갔니. 오늘 밤, 확실하게 새끼들의 대갈통을 거두어야게서. 나중에 군말 나지 않게 확실히 증거를 잡는 기지.

봉학이 이끄는 장정 300명은 모두 더그레 차림이었다. 백호가 그려진 우포도청의 깃발까지 들었으니, 누가 보더라도 그들은 우포도청의 군졸들이었다. 그리고 그들 중에는 정말 우포도군관도 있었다. 길 안내를 맡은 동인남, 차인헌, 전승현 등은 우포도대장 윤홍이 가장 아끼는 군관들이었다. 봉학이 동인남을 불러 눈을 치뜨며 물었다.

"신문을 지키던 군졸 새끼들이 와 창덕궁으로 몰리간 기가? 혹 계획이 탄로 난 기 아이가?"

동인남을 따라왔던 차인헌이 아무 일도 아니라는 듯 대답했다.

"쩝, 그게 폭우가 쏟아질 것 같으니까, 쩝쩝, 군사들을 쉬게 한 겝니다. 이 비를 맞고, 쩝, 성벽을 기어오를 놈은 없을 테니까요."

동인남이 고개를 돌려 차인헌을 쏘아보았다.

"어명이 내린 건 아닙니다. 우포도청뿐 아니라 좌포도청의 군졸들도 모두 창덕궁 근처로 물러났어요. 윤 대장과 김 대장이 임의로 군사를 움직인 겝니다. 무슨 꿍꿍이가 있는 것도 같은데…… 지금으로서는 알 수가 없소이다."

창덕궁을 지키는 군사들이 늘어날수록 범궁은 어려워진다.

"동군관! 아무래도 우포도청의 분위기를 살펴 두는 기 좋갓어. 육조거리에서 만나기로 허고 날래 우포도청으로 가 보라우."

"알겠습니다."

동인남이 차인헌과 전승현을 데리고 우포도청으로 떠났다. 봉학은 세 사람의 뒷모습을 바라보며 긴 숨을 몰아쉬었다.

두렝님을 뫼시고 벌인 전투에서 단 한 번도 진 적이 없
다. 아무리 불리한 상황에서도 두렝님은 승리의 비결을 알
고 기셨으니까. 이번에도 두렝님이 칼을 뽑으셨으니, 승리
는 우리 꺼야. 리재영? 도성에서 시 나부랭이나 재잘거리던
멍충이 새끼가 무얼 알아? 우리는 이겨. 고롬, 이기고말고!

"자, 날래 서학동(西學洞)으로 가자우."

봉학이 결단을 내렸다. 이런 상황일수록 육조거리를 소
란스럽게 만들어 창덕궁을 호위하는 군사들을 유인할 필요
가 있었다. 오관동(五官洞)에 머무르던 일행은 5인 1조로 서
학동까지 내달렸다.

이제 길만 건너면 육조거리였다. 봉학은 화전(火箭, 불화
살)으로 육조거리를 어지럽힐 작정이었다. 좌우로 늘어선
건물 중에서 한두 군데만 실화(失火, 실수로 낸 불)를 가장하
여 불을 지르면, 삽시간에 거리 전체가 불바다로 변할 것
이다.

멀리 기로소가 눈에 띄었다. 나이 많은 당상관들을 예우
하기 위해 마련된 건물이었다. 발소리를 죽이고 최대한 기
로소로 접근했다. 평소에는 숙직을 서는 관리들이 밤 늦게
까지 돌아다녔지만 오늘은 인기척을 느낄 수 없었다. 우포
도청으로 간 동인남 일행을 기다릴까 생각도 해 보았지만,
먼저 기로소부터 불태워 버리는 것이 나을 듯싶었다.

선봉이 가장 큰 상을 받는 법이디. 기선을 제압한 후 창 덕궁으로 튀는 기야!

봉학이 쇠 방망이를 치켜들고 흔들었다. 화전 하나가 포 물선을 그리며 허공을 가른 다음 건물 안으로 날아들었다.

"와아아!"

화전이 채 바닥에 닿기도 전에 깜깜하던 주위가 대낮처 럼 밝아졌다. 사방에서 중전(重箭, 육량전, 장전, 아량전 등의 무 거운 화살)이 비 오듯 쏟아졌다. 앞뒤를 둘러보았지만 어디 에서 날아오는 화살인지 가늠할 수 없었다.

"이, 이런, 썅!"

함정임을 깨닫고 몸을 돌릴 사이도 없이, 아량전(亞兩箭, 무게가 넉 냥이나 나가는 무거운 화살) 하나가 봉학의 오른쪽 어 깨에 박혔다. 쇠 방망이를 움켜쥔 채 뒤로 쓰러졌다.

"한 놈도 놓쳐서는 아니 된다!"

장검을 들고 큰 소리로 군사들을 독려하는 장수는 우포 도대장 윤흥이었다.

"저, 저 간나 새끼가……."

봉학은 가까스로 화살을 뽑고 다시 쇠 방망이를 고쳐 들 었다.

"저놈이 봉학이다. 저 쇠 방망이 든 놈을 죽여랏!"

윤흥의 장검이 정확하게 봉학을 가리켰다. 봉학은 피

가 거꾸로 확 솟구치는 느낌이 들었다. 우포도대장 윤홍이 300명의 장정 중에서 정확하게 자신을 지목한 것이다. 장전(長箭)이 그를 향해 비 오듯 쏟아졌다. 그중 하나가 왼쪽 어깨마저 꿰뚫었다.

"함정이야. 쌍! 퇴각, 퇴각!"

봉학이 후퇴 명령을 내렸지만 이미 때가 늦었다. 우포도청의 궁수들에게 완전히 포위된 장정들은 고슴도치처럼 화살을 맞고 겹겹이 쓰러졌다. 봉학은 왼쪽 어깨에 박힌 화살을 힐끔 쳐다보았다. 그리고 천천히 쇠 방망이를 치켜들었다. 화살을 뺀 오른쪽 어깨에서 피가 촬촬촬 흘러나오고 있었다. 봉학의 눈에 우포도대장 윤홍이 들어왔다.

"이놈……. 죽여 베리게서!"

봉학이 쇠 방망이를 휘돌리며 앞으로 내달렸다. 화살이 우수수 쏟아졌지만 쇠 방망이를 흔들며 좌우로 피했다. 창을 든 군졸들이 앞을 막아섰다. 봉학이 허공으로 날아오르며 군졸 다섯의 머리를 박살 냈다. 군졸들이 쓰러진 자리에 피가 홍건하게 고였다.

윤홍의 얼굴에도 당황하는 기색이 역력했다. 봉학이 어금니를 꽉 다물었다.

황천길로 날래 가자우!

봉학이 다시 몸을 날리려는 순간, 수십 개의 올가미가 어둠을 뚫고 날아들었다. 쇠 방망이가 먼저 허공으로 당겨 올라갔고, 봉학은 사지를 꽁꽁 묶인 채 생포되고 말았다.

　같은 시각

　명허 대사가 이끄는 100명의 무승들은 응봉에서 창덕궁과 창경궁을 내려다보고 있었다. 어둠이 내린 저잣거리는 눈앞을 분별할 수 없을 지경이었지만, 궁궐에서는 그래도 희미한 불빛들이 새어 나왔다. 저녁부터 내린 비 때문에 금원으로 이어지는 비탈길은 그야말로 진흙탕이었다. 무승들이 응봉의 산비탈에서 몸의 균형을 잡을 수 있는 것이 불행 중 다행이었다.

　해시(亥時, 밤 9~11시)가 되기도 전에 도착한 명허는 매의 발을 닮은 매족바위 아래 홀로 가부좌를 틀고 앉아서, 서산 대사가 남긴 「전장행」을 읊었다.

　"생각하니 일찍이 수전(水戰)하던 그날/ 바다를 나는 일만의 배는 하늘의 골새 같았네/ 두 쪽 군사가 서로 얽혀 싸우니 분별하기 어려웠고/ 아픔을 참는 큰 소리에 물결이 마를 듯했네// 숲을 이룬 서릿발 같은 칼날에 햇빛이 번쩍이고/ 천 개의 머리를 하나의 머리카락 베듯 다 베었네/ 망망한 푸른 바다 놀란 혼이 우는데/ 차가운 모래밭에 밤 달은 백골을 비추었네// 백 리의 봄 숲에 제비는 날고/ 버들이 우거진 마을에 사람은 없는데 꾀꼬리 소리 매끄럽네/ 그대는 듣지 못했는가 태평한 세월이 오래면 인심이 무디어져/ 방일하고 게으름에 하늘도 벌을 내리는 것을// 가을바람에 나그네 한 지팡이 짚고 지나가니/ 옛 절의 갈라진 비(碑)가 거친 풀 속에 묻혔네."

임진년 봄, 서산 대사를 모시고 묘향산에서 하산하던 때가 눈에 선했다. 산을 거의 내려왔을 때 명허는 스승에게 이렇게 물었다.

"스승님은 한 번 마음의 계율을 깨뜨리면 온갖 허물이 함께 일어난다고 가르치셨습니다. 나라를 지키기 위해 사람을 죽이는 것은 계율을 깨뜨리는 일이 아니옵니까?"

스승은 잠시 북쪽으로 흘러가는 새털구름을 바라본 후 답했다.

"하늘의 도는 친(親)하는 일이 없으나 항상 선한 사람과 함께하고, 하늘의 도는 말하지 않으나 항상 잘 대답하느니라."

명허는 스승의 가르침을 다시 한 번 되뇌었다.

"천도불언(天道不言)이나 역상선응(亦常善應)이라."

스승님!

역시 하늘의 도는 말을 하지 않습니다. 임진년 왜란에 죽어 간 승병들의 원혼을 이제야 달랠 수 있게 되었습니다. 벼슬을 얻고 전답을 얻자고 하는 짓이 아닙니다. 임진년부터 7년 동안 죽은 승병들의 이름을 역사에 남기기 위함입니다. 스승님의 이름을 팔아 부귀영화를 누리는 요승들을 가려내기 위함입니다. 대자대비하신 부처님의 뜻을 이 나라에 널리 펴기 위함입니다. 스승님! 정의를 바르게 행함에 이익을 꾀하지 말며, 도를 밝힘에 공을 도모하지 말라고 하신 가르침을 지금도 잊지 않고 있습니다. 오늘 우리가 흘릴 피는 정의를 바르게 행하고 하늘의 도를 밝히기 위한 것입니다. 소수해민(消愁解悶, 근심과 번민을 해소함)하고 일만교화(一萬教化, 부처의 수많은 가르침)를 펼 수 있도록 살펴 주십시오.

명허는 가부좌를 푼 다음 여장을 짚고 일어섰다. 이제 금원으로 쳐들어갈 시각이 된 것이다. 대삿갓을 쓰고 간편하게 바지저고리만 입은 무승들도 스르르 몸을 일으켰다. 명허가 그들 한 사람 한 사람과 시선을 교환했다. 그중 몇 명은 임진년부터 동고동락한, 피붙이보다도 더 가까운 사이였다. 이제 더 이상 각오를 다질 필요도 없었다. 그들은 지난달 변산을 떠날 때부터 이미 죽기로 결심했던 것이다. 임진년에 죽었어야 할 목숨을 20년이나 이어 왔다는 농담까지 곁들일 만큼 그들의 의지는 굳고 단단했다. 명허가 천천히 여장을 치켜들었다. 무숭들이 일제히 산길을 따라 뛰어 내려가기 시작했다. 발을 딛기도 힘든 진창이 여럿 있었지만 너무나 가볍게 그 위를 획획 지나쳤다. 평지를 달리는 것보다도 더욱 빨랐다.

무숭들이 응봉을 거의 다 내려온 순간, 커다란 굉음과 함께 서늘한 바람이 봉우리 위에서 아래로 불어닥쳤다. 선두에서 대열을 이끌던 명허가 고개를 돌려 응봉을 바라보았다.

쿠쿵, 쿵!

그 순간 산비탈을 타고 굴러떨어진 바위들과 불붙은 거대한 참나무들이 그대로 그들을 덮쳤다. 아무리 몸을 빨리 놀려도 어둠 속에서 바위와 참나무를 피할 수는 없었다. 제대로 무기를 들고 겨뤄 보지도 못한 채, 무숭들의 절반 이상이 바위에 깔려 내장이 터지고 머리가 깨졌다.

"쳐랏!"

겨우 목숨을 건진 무숭들이 숨을 돌릴 틈도 없이, 이번에는 정면에서 좌포도대장 김예직이 장검을 빼어 든 채 군사들을 이끌고 달려들었다. 명허가 여장을 휘돌려 몇 명을 거꾸러뜨렸지만, 응봉에서 바위를 굴린 군사들이 산비탈을 타고 내려와 합세하자 명허는 완전히 사면초가에 빠지고 말았다. 무숭들은 하나같이 용감하게 싸웠으나 점점 피투성이로 쓰러져 갔다. 여기저기 잘려 나간 팔과 다리가 흩어졌고 주인을 잃은 대삿갓이 피범벅이 된 채 나뒹굴었다.

"항복하라! 항복하면 목숨만은 살려 주마."

어느덧 명허를 포함하여 일곱 명의 무승만이 남았다. 대부분 수족을 다쳐 제대로 몸을 놀리지 못했지만, 명허를 에워싼 채 끝까지 칼과 각목을 휘두르며 저항했다. 끈질긴 저항에 주춤하던 군사들이 길게 늘어서서 활을 쏘았다. 무승들은 팔과 다리, 목과 가슴에 화살을 맞고 피를 토하며 쓰러졌다. 군사들이 달려들어 그들의 온몸을 난도질한 후 수급을 취했다. 이제 명허만이 남았다.

"항복하라!"

김예직이 한 걸음 앞으로 다가서며 소리쳤다. 명허는 여장을 옆구리에 낀 채 소리 없이 웃으며 두 손을 모았다. 피와 살이 튀는 주변을 느낄 수 없을 만큼 평화롭고 조용한 미소였다. 김예직이 다시 두 걸음을 나아갔다. 기왕이면 저 늙은 중을 사로잡아 전공을 빛내고 싶었다. 더 이상 명허가 저항하려는 뜻이 없는 것처럼 보이자, 김예직도 마음을 놓고 천천히 칼을 아래로 내렸다. 바로 그 순간 명허가 여장을 하늘 높이 치켜들고 앞으로 내달렸다. 엉겁결에 김예직은 장검을 들어 명허의 가슴을 베었다.

"윽!"

짧은 비명과 함께 명허의 입에서 뿜어져 나온 피가 김예직의 갑옷을 적셨다. 양손을 모은 명허는 고목이 쓰러지듯 김예직의 몸을 덮쳤다. 김예직이 장검으로 명허의 옆구리를 찔러 댔다. 그러나 명허는 이미 절명한 뒤였다.

같은 시각

견평방에서 서쪽 하늘만 쳐다보던 박치의는 답답한 마음을 풀 길이 없었다. 이미 불바다가 되었어야 할 육조거리가 너무나 잠잠했던 것이다.

봉학에게 무슨 일이 생긴 걸까?

허균이 공들여 키운 사아리의 사병 500명과 변산에서 함께 올라온 100명의 장정들도 초조하기는 마찬가지였다. 그들은 모두 보부상 차림이었다.

"불꽃입니다."

드디어 육조거리에서 불꽃이 피어올랐다. 박치의가 몸을 일으켜 내달리려는 순간, 어둠 속에서 더그레를 입은 사내들이 썩 나섰다. 동인남과 차인헌, 전승현이었다.

"자네들이 웬일인가?"

동인남이 서둘러 말했다.

"어서 피하십시오. 들통이 났습니다. 길목마다 매복이 깔

렸습니다."

"뭣이라고?"

"의금부와 포도청, 훈련도감의 군사들입니다. 판의금부사가 은밀히 키우던 사병들까지 목멱산 자락에 배치되었다고 합니다. 창덕궁은 그 어느 때보다도 안전하고 견고합니다."

놀란 토끼 벼락 바위 쳐다보듯, 박치의는 잠시 육조거리와 창덕궁을 번갈아 쳐다보았다.

"그래도 예서 돈화문까지는 한걸음이다. 물러설 수 없어. 비켜라!"

박치의가 동인남의 만류를 뿌리치고 앞으로 나섰다. 그 순간 서쪽에서 함성이 터져 나왔다. 윤홍이 이끄는 우포도청의 군사들이 봉학의 무리를 괴멸시킨 뒤 견평방까지 이른 것이다. 명허를 돕기 위해 장정들을 이끌고 응봉으로 가려 해도 이미 단 솥에 물을 붓는 형국이었다. 설상가상으로 정선방 쪽에서도 군사들이 튀어나왔다. 돈화문을 급습하는 일은 불가능해진 것이다. 이대로 버티다가는 협공을 받아 전멸할 수도 있었다. 박치의는 결단을 내려야 했다.

"후퇴하라. 목멱산으로 돌아간다!"

박치의의 명령이 떨어지자마자 장정들이 몸을 돌려 달아나기 시작했다. 건천동과 생민동을 지나 남별궁 뒷산을 오르는 것이 정해진 퇴로였다. 그러나 퇴각은 순조롭지 않았다. 건천동을 지나 낙선동으로 접어들자마자 장전(長箭)이 날아들었고 생민동에 이르러서는 흑마를 탄 기병 100여 명이 나타나서 목을 베었다. 남별궁에 다다랐을 때는 600명을 헤아리던 장정들이 50명도 채 남지 않았다. 남별궁을 돌아 솔숲에 숨어 잠시 숨을 고르는데 횃불을 앞세우고 한 떼의 군사들이 나타났다.

"역도들은 들어라. 나는 훈련대장 이시언이다. 네놈들은 완전히 포위됐다. 항복하라. 항복하면 선처할 것이로되 저항하면 모조리 태워 죽이겠다. 항복하라!"

박치의는 눈앞이 아찔했다. 퇴로까지 완전히 적에게 노출된 것이다.

누굴까? 누가 이이첨에게 거사 계획을 고해바친 걸까?

이재영의 창백한 얼굴이 눈앞을 스치고 지나갔다.

이 개새끼!

박치의가 어금니를 악물었다. 그러나 지금은 배신자를 응징하는 것보다도 무사히 포위망을 빠져나가는 것이 급선무였다. 목멱산 자락에 숨겨 두고 온 허균의 아내 김씨와 추섬, 허굉과 해경이 마음에 걸렸다. 의금부 감찰 남보덕과 박충남에게 호위를 부탁했지만 벌써 적들에게 당했을 수도 있다. 박치의가 남은 장정들을 불러 모았다.

"두 개 조로 나누어 포위망을 뚫는다. 먼저 동쪽을 쳐 적들의 시선을 유도한 다음 서쪽으로 빠져나간다. 포위망을 뚫은 후엔 각자 목멱산을 넘어 청계산으로 가라."

청계산에는 만약을 대비해서 숨겨 둔 장정 500명이 있었다. 하삼도와 북삼도를 오가며 용맹을 떨치던 장정들은 관군의 숫자가 아무리 많아도 당황하거나 겁을 먹지 않았다. 항복을 권하는 이시언의 목소리가 더욱 커졌다.

"끝내 명령을 따르지 않겠다 이 말인가? 에잇, 안 되겠다. 불을 질러라!"

명령이 떨어지자마자 횃불이 허공을 갈랐고 화전(火箭)이 비 오듯 쏟아졌다. 그와 동시에 스무 명 남짓한 장정들이 서쪽으로 내달리기 시작했다. 군졸들이 우르르 그쪽으로 몰려드는 틈을 타서, 박치의는 서른 명의 장정과 함께 동쪽 언덕을 내질렀다. 서풍을 만난 불꽃이 따라왔고 훈련도감의 정예병들이 앞을 막아섰다. 선두에서 길을 내던 박치의가 품에서 단도를 꺼내 들었다. 휙휙휙휙. 단도가 바람을 가를 때마다 군졸들이 맥없이 쓰러졌다.

목멱산으로 숨어든 후에는 쉽게 추격을 허락하지 않았다. 백두대간을 오르내리며 화적 떼를 이끌던 솜씨가 빛을 발한 것이다. 멀리 은거지가 드러났다. 다행히 허궁 일행은 무사했다. 박치의는 남보덕과 허궁을 불러 급박한 상황을 설명했다.

"아직도 반재강중(半在江中, 몸의 반은 강에 있음, 아직도 위험한 상황에서 벗어나지 못하였음)이오. 곧 이곳으로 들이닥칠 것이니 지금으로선 청계산으로 물러나는 게 최선이오. 내가 앞장을 설 터이니 남 감찰은 뒤를 맡으시게."

"알겠소이다."

허굉이 떨리는 음성으로 물었다.

"아저씨! 아버지는…… 아버지는 어찌 되시는 겁니까?"

박치의는 허굉의 두 눈을 들여다보며 또박또박 답했다.

"무사하실 게다. 지금은 네가 어머니와 누이를 지켜야 한다. 알겠느냐?"

허굉이 어금니를 굳게 물고 고개를 끄덕였다. 박충남이 끼어들었다.

"도원과 요승 성지는 어찌하실 작정이신지요?"

그들까지 데리고 탈출할 수는 없는 노릇이었다. 남보덕은 무슨 고민을 그렇게 하는지 이해할 수 없다는 표정으로 말했다.

"당연히 죽여야 하외다. 살려 두었다가는 큰 화근이 될 겁니다."

박치의가 고개를 돌려 허굉에게 시선을 옮겼다.

"네 생각은 어떠하냐?"

허궁이 기다렸다는 듯이 침착하게 답했다.

"살생은 그만두시지요. 눈과 입을 가린 채 소나무에 묶여 있으니, 그냥 두고 떠나도 큰 문제는 없을 것입니다."

박치의의 독사눈이 허궁을 쏘아보았다. 당장이라도 불호령이 떨어질 분위기였다.

"잠시만 기다려라!"

박치의는 바람처럼 솔숲을 내려갔다. 100년은 족히 넘은 소나무에 박응서와 성지가 나란히 묶여 있었다. 박치의는 지키고 있던 장정들을 올려 보낸 다음, 박응서와 성지의 입에 물린 재갈을 풀어 주었다. 먼저 성지에게 다가섰다.

"죽을 때가 되었다. 극락왕생이라도 빌어 두어라!"

성지가 고개를 좌우로 저으며 애원했다.

"사, 사, 살려만 주십시오. 도, 돈을 달라면 돈을, 벼슬을 다, 달라면 벼슬을 드, 드리겠습니다."

박치의는 성지의 눈을 가린 무명천을 칼등으로 툭툭 쳤다.

"닥치지 못할까! 네가 뭔데 돈과 벼슬을 주겠다고 하느냐? 조선이 네놈의 나라냐? 잔말 말고 내 칼을 받아라!"

"나, 나으리! 아악!"

성지는 박치의의 칼날이 목에 닿기도 전에 비명을 지르며 정신을 잃었다. 지독한 냄새가 코를 찔렀다. 죽음의 공포 때문에 오줌과 똥을 한꺼번에 싸 버린 것이다.

"쯧쯧, 저런 걸 국사라고 떠받들다니!"

박치의는 성지의 질퍽질퍽해진 사타구니에 가래침을 뱉은 다음, 게걸음으로 박응서에게 갔다. 성지의 비명을 들었을 텐데도 박응서는 아무런 말이 없었다. 박치의가 장검을 높이 치켜들고 물었다.

"살고 싶나?"

"......"

박응서는 역시 침묵했다.

"살려 달라고 빌어라. 그러면 살려 주지."

잘려 나간 왼쪽 귀를 바라보는 박치의의 독사눈이 더욱 싸늘해졌다. 박응서가 천천히 입을 열었다.

"죽이게. 더 이상은 살고 싶지 않으이."

박치의의 물음은 집요했다.

"어허! 자네답지 않게 왜 이러나? 그토록 목숨을 아끼던 자네가 살고 싶지 않다니? 괜한 고집 부리지 말고 살려 달라고 해. 옛 우정을 생각해서 죽이지는 않겠네."

"죽여! 죽이란 말이야. 죽여, 죽여, 죽엿!"

박응서가 갑자기 고함을 지르기 시작했다.

"알겠네, 소원이라면!"

박치의는 어깨를 가볍게 흔들며 높이 든 장검을 고쳐 쥐었다. 그리고 빙글 몸을 돌리며 장검을 내리그었다.

"악!"

지독한 비명 소리와 함께 박응서의 오른쪽 귀에서 피가 뿜어져 나왔다. 목을 자르는 대신에 남은 귀를 벤 것이다. 박치의는 고통을 참지 못하고 절규하는 박응서를 바라보며 싸늘하게 웃었다.

"후훗! 자네의 소원을 들어줄 수야 없지. 자넬 죽이는 것보다 이런 몰골로 살려 두는 게 훨씬 재미있을 것 같아. 자, 그럼 남은 인생 잘 살아 보게. 나도 귀 없는 자네 근황을 종종 챙길 터이니."

탈출은 힘에 겨웠다.

땅이 질퍽거리는 데다가 허균의 아내 김씨와 추섬이 제대로 산을 타지 못했던 것이다. 닦여 있는 길은 매복이 있을 가능성이 컸으므로 길이 아닌 곳을 헤매는 통에 더욱 시간을 지체했다.

"악!"

갑자기 추섬이 오른쪽 발목을 잡고 나뒹굴었다. 돌부리에 채여 발을 헛디딘 것이다. 진흙으로 온몸이 뒤범벅이 되었는데도 아랫배를 감싸 안았다. 생명의 씨앗을 놓치지 않으려는 안간힘이었다. 뒤따라오던 남보덕이 추섬을 부축해서 일으키려고 했다. 그러나 추섬은 자지러지는 비명과 함께 다시 그 자리에 풀썩 주저앉고 말았다. 발목이 부러지기라도 한 모양이었다. 박치의가 걸음을 멈추고 추섬을 살피러 왔다.

"제, 제발……. 소첩을 그냥 버리고, 어서어서 가세요."

"힘을 내시오. 여기서 잡히면 모든 것이 끝장이라오. 이 고비만 넘기면 편안히 교산의 아이를 낳을 수 있으니, 자, 힘을 내시오."

박치의가 남보덕에게 눈짓을 보냈다. 남보덕이 고개를 끄덕인 후 등을 보이며 돌아앉았고, 추섬은 박충남의 부축을 받으며 그 등에 업혔다. 박치의가 다시 오르막을 뛰어올라갔고 일렬로 늘어선 대열은 산등성이를 타기 시작했다. 박충남이 뒤따라오며 추섬에게 용기를 불어넣어 주려고 애썼다.

"조금만 참으세요. 이제 곧 무너진 성벽에 도착합니다. 성벽 아래에는 100여 명의 장정들이 미리 대기하고 있습니다. 교산을 생각하세요, 교산을! 조금만, 조금만……."

희미하게 나무들 틈으로 성벽이 보였다. 박치의의 단검이 군졸 셋을 단숨에 해치웠다. 이제 저 성벽만 넘으면 탈출에 성공하는 것이다. 박치의가 손을 들어 더욱 빨리 걸음을 옮길 것을 종용했다. 온몸이 땀으로 얼룩진 남보덕도 고개를 치켜들고 멀리 목적지를 바라보았다.

"욱!"

바로 그 순간 어둠을 뚫고 날아온 경전(輕箭, 가벼운 화살)이 남보덕의 목을 꿰뚫었다. 고개가 아래로 푹 꺾이면서 그의 몸이 오른쪽으로 쓰러졌다. 추섬도 크게 엉덩방아를 찧으며 덩달아 굴러떨어졌다. 박충남이 허겁지겁 추섬에게 내려가려는데, 어느 틈에 달려온 박치의가 그의 손목을 잡아챘다.

"틀렸네. 어서 가세!"

뒤쫓아온 군사들이 이미 추섬에게 달려들고 있었다. 박충남은 눈물을 뿌리며 박치의와 함께 성벽을 넘었다.

"흐흑, 아가! 아아악!"

홀로 남은 추섬은 주위를 둘러싼 군사들의 시선에도 아랑곳 않고 아랫배를 감싸 쥔 채 실성한 사람처럼 울음을 터뜨렸다. 치맛단을 움켜쥐었다가 양 볼을 문질러 대는 그녀의 손은 온통 피범벅이었다. 하혈을 한 것이다. 수급을 거두려고 미친 듯이 달려들던 군사들도 추섬의 흐느낌 앞에서 걸음을 멈추었다.

죽음보다 지독한 반역의 하루가 끝나 가고 있었다.

19일

배신

8월 24일 새벽

푸른 하늘이 열리더니 파랑새가 휙 날아올랐다. 흰옷 입은 선녀들이 바람에 날리는 무지개 치마 사이로 쌍쌍이 거문고를 뜯었고, 구슬 고리들과 노리개들이 투명한 소리를 내며 부딪혔다. 퉁소 가락을 따라 이슬 젖은 은하수에서 샛별이 떨어져 내렸다.

누님!

허균은 눈을 번쩍 떴다. 허난설헌의 무릎을 베고 누워 상상하던 신선들의 세계가 눈앞에 펼쳐졌던 것이다. 지독한 한기와 함께 몸이 부들부들 떨렸다. 어두컴컴한 의금옥에는 오직 그 혼자만이 갇혀 있었다. 횃불은 이미 꺼져 버렸고 옥문을 지켜야 하는 옥리들도 없었다.

허균은 몸을 일으킨 후 손바닥으로 입 주위를 훔쳤다. 침을 질질 흘리며 잔 탓일까? 볼이 얼얼하고 입술이 제대로 움직이지 않았다. 양손으로 코와 입 그리고 턱을 조심스럽게 만졌다.

"이…… 이!"

얼굴을 더듬던 손놀림이 빠르고 격해졌다. 입 전체가 왼쪽으로 돌아갔을 뿐 아니라 인중이 없어지고 반쯤 열린 입으로 쉴 새 없이 침이 흘러내렸다. 찬 바닥에 얼굴을 대고 잠을 잔 것이 화근이었다. 왼쪽 눈이 제대로 감기지 않았고 얼굴을 찡그리거나 미소를 지으려는 노력도 헛수고였다. 따뜻한 물수건으로 얼굴을 닦고 싶었지만 그의 곁에는 아무도 없었다.

"이, 이, 이……."

혀까지 굳었는지 말을 뱉을 수가 없었다. 양손으로 얼굴을 비벼 대던 그는 헉헉헉 격한 숨을 내뱉으며 뒤로 벌렁 쓰러졌다. 제대로 감기지도 않는 왼쪽 눈에서 한 줄기 눈물이 주르륵 흘러내렸다.

박치의는 범궁에 성공하여 금상의 목을 베었을까? 아내와 아이들은? 옆 감옥에 갇힌 김개, 우경방, 김윤황, 원종, 하인준, 현응민은 무사할까? 사위인 이사성도 이틀 전에 잡혀 왔다는데, 설경에게까지 화가 미치는 것은 아닐까? 해가 떠오르면 모든 것이 끝날 터, 조급하게 이것저것 염려할 필요는 없겠지. 하나 마침 이런 날 입이 돌아가다니…… 불길한 징조가 아닐까? 성공하든 실패하든 오늘은 옥문을 나갈 터인데 이런 몰골이라니…… 죄가 많은 탓일까? 아니지! 풍(風)을 만나 똥오줌을 가리지 못한다 한들 그게 무슨 대수이리오. 당달봉사가 되고 벙어리나 곰배팔이, 앉은뱅이가 되어도 어떠리. 50 평생 꿈꾸어 오던 새로운 역사의 첫 장이 오늘부터 펼쳐지는 것이다.

이번 거사에 가담한 이들의 논공행상을 준비해야겠다. 아니, 그들의 오해부터 바로잡는 일이 더 급하다. 허균이 왕이 되고 박치의가 영의정이 되고 이재영이 이조 판서가 되기 위해, 또 누구누구가 무엇무엇이 되기 위해 거사를 도모한 것이 결코 아니다.

처음부터 그들에게 이런 내 마음을 전할 수는 없었다. 인간이란 무엇인가? 이익이 없다면 따르지 않는 족속이 아닌가. 공맹은 이(利)를 쫓지 말고 인(仁)으로 세상을 살아가라 했지만, 그 말도 따지고 보면 대부분의 인간들이 이를 추구하기 때문에 나온 것이다. 그렇다고 인간들의 삶이 추악하다거나 비열한 것은 결코 아니다. 그들도 이 일을 위해 목숨을 걸었고, 그만큼의 이를 취하도록 최대한 배려할 것이다.

살생에 있어서는 신중할 필요가 있다. 관송의 수족으로 살았다 한들, 사사로운 원한 때문에 죽여서는 아니 된다. 백이, 숙제와 같은 삶을 조정 대신들에게 강요할 수는 없는 것이다. 꼭 피를 보아야 한다면…… 금상과 이이첨으로 족하리라. 그동안 나에게 보여 준 우정을 생각한다면 금상을 강화도 교동쯤에 위리안치시키고 싶지만, 이 일은 어차피 금상의 목을 베어야지만 끝난다. 그가 살아 있는 것 자체만으로도 내란의 위기가 상존하는 것이므로.

전하! 신을 원망하지 마시옵소서. 내세에는 같은 고을에서 함께 태어나 현세에서 못다 이룬 관포지교를 이어 가기 원하옵니다.

내가 용상에 앉지 않겠다는 말은 박치의나 이재영을 그 자리에 앉히겠다는 뜻이 결코 아니다. 요순과 같은 성군이 나타나지 않는 이상, 용상을 비워 둘 것이다.

용상이 없는 정치!

무륜당의 벗들도 나의 이런 제안이 터무니없는 망언이라고 놀렸었다. 나라가 있는데 어찌 임금이 없을 수 있겠는가? 그러나 역사를 돌이켜 보라. 글도 깨우치지 못한 젖비린내 나는 어린애를 용상에 앉혀 두고 제멋대로 정치를 한 적이 얼마나 많은가. 문제는 그 나라의 정치를 이끄는 당상관들이 옳은가 그른가, 정직한가 정직하지 않은가, 민심을 제대로 살피는가 살피지 않는가에 있지, 용상이 있는가 없는가가 아니다.

앞으로도 수많은 난관에 봉착할 것이다. 우선 명나라가 예의를 어겼다 하여 간섭하리라. 사신을 보내 종용하다가 말을 듣지 않으면 군대를 파병할지도 모른다. 나의 뜻을 이루기 위해서는 뛰어난 장수들을 북삼도에 배치하여 외침을 막아야 한다. 새로운 나라를 지키기 위해서는 명나라와도 당당히 맞설 수 있는 군대가 필요하다. 박치의라면 이 일을 맡을 수 있을 것이다. 김개와 현응민이 돕는다면 강병을 양성하는 일이 더욱 수월하겠지.

하늘이 내린 인재를 업신여기는 일도 없을 것이다. 백대붕(白大鵬, 전함사(典艦司)의 종으로 시를 잘 지어 허봉 등과 어울렸음)은 비록 천민이었지만 그 재능은 이백을 능가할 정도였다. 그와 같은 인물이 또 나오지 말라는 법이 어디 있는가. 눈을 씻고 찾으면 수천수만의 백대붕을 발견할 수 있을 것이고, 그들은 새로운 나라의 동량이 아닐 수 없다. 또한 산속 깊은 암자에 숨어 진리를 깨치고 있는 스님들 중에도 사명 대사와 서산 대사처럼 그 뜻이 높고 시문에 능한 이들이 많다. 그들이 고려 때 태어났더라면 벌써 대궐로 들어와서 국정에 깊이 관여하였을 터이다.

규방의 여인들 중에서도 난설헌 누님이나 옥봉의 시는

자못 성당의 시와 어울렸었다. 특히 금가라는 계집종의 연시가 아직도 가슴 한편을 울린다. '장흥동에서 처음 헤어지고는/ 승학교 가에선 남몰래 애가 끊겼다오/ 해 질 무렵 방초에서 헤어진 후론/ 꽃 지는 그 어디에선들 임 생각 아니했으리〔長興洞裡初分手 乘鶴橋邊暗斷魂 芳草夕陽離別後 落花何處不思君〕' 이런 재주를 규방이나 부엌에서 썩히는 것은 나라의 큰 손실임이 분명하다. 이들이 모두 도성으로 올라와서 육조거리를 차지하고 나라의 대소사를 의논하면, 자연스럽게 적서 차별이라는 말 자체도 없어지고, 양반이라야지만 된다는 명분도 사라지는 것이다. 임금이 임금답고 양반이 양반답고 백성이 백성다운가를 따지기 전에 인간다운 삶을 추구하는 나라를 만들고 싶다.

인간다움을 배우고 익히는 길에 공맹이 따로 있고 노장이 따로 있고 석씨가 따로 있을 턱이 없다. 우리의 시문이 대명의 시문보다 못할 까닭이 또한 없다. 공맹을 익히느라 젊은 날을 소진하는 것보다는 조선 팔도를 돌아다니며 백성들의 삶을 직접 느끼고 체험하는 것이 백배는 나은 일이다.

인간이 본디 이(利)를 쫓게 마련이라면, 나는 무슨 이를 위해 이런 일을 도모하였는가? 자신 있게 밝힐 수 있는 것은 결코 관직이나 재물에 눈이 어두워서 벌인 짓이 아니라는 것이다. 나는 이미 평생 놀고먹을 만큼의 충분한 재물을 취했고, 벼슬 또한 이대로 세월만 죽여도 정승의 반열에 오를 수 있다. 이것은 나의 망상이 아니라 조정의 모든 당상관, 당하관의 한결같은 생각이다. 하나 나는 그 자리를 박차고 나와 앞장서서 이번 거사를 모의했다. 무엇 때문에?

기억의 첫머리부터 나는 늘 반골(叛骨)이었다.

건방진 인간이라는 뜻이다. 무엇을 완성하기보다는 짓밟고 부수는 쪽에 더 마음을 빼앗겼다. 나보다 못한 이들이 나보다 앞서 조정에 들어가고 벼슬이 높아지는 것을 보면서, 아예 세상을 조롱하고 침을 뱉었다. 뚜렷한 이유가 있어서 그랬던 적도 있으나 기질을 이기지 못해 판을 뒤엎은 적도 여러 번이었다.

그럼에도 불구하고 나는 내 인생이 반골로 점철되다가 끝나기를 바라지 않는다. 젊은 날에는 알고 있으면서도 애써 외면했던 사실이다. 무륜당에서 벗들과 어울릴 때도 여전히 세상을 뒤엎을 생각만 했다. 그때의 어리석음은 비수를 들고 허공을 향해 휘두르는 것과 진배없었다. 그러다가 그 비수가 내 가슴에 꽂히면 나라는 인간의 인생도 끝장이 나는 것이다. 교산이라는 인간은 그렇게 비참하게 죽을 것이라고, 직접 내 앞에서 말들을 하지는 않았지만, 나를 아는 지인들은 똑같이 생각하고 있었다. 그들의 눈빛만 보아도 알 수 있다. 그러나 나는 결코 그렇게 죽을 수 없었다.

새로운 길을 가고 싶었다. 무엇인가를 반대하고 비난하는 자리에서부터 무엇인가를 직접 계획하고 이끌어 가는 자리로 옮기고 싶었다. 쉰이라는 나이도 이런 나의 바람을 막을 수는 없다. 나는 이제 겨우 쉰인 것이다.

지난 5년 동안 나의 기질을 억누르며 지냈다. 주색을 멀리하지는 못했으나 벼슬을 박차고 금강산이나 강릉 혹은 변산으로 숨는 짓은 하지 않았다. 왜 그랬을까?

나는 무엇인가를 완성해 보고 싶었다. 50 평생 부수고 부수고 또 부수어 온 많은 인간들 앞에서, 거대한 깨달음의 탑 하나를 세우고 싶었다. 완전히 새로운 나라를 만들어 보겠다는 의지가 나를 여기까지 이끈 것이다. 이번 거사에서 나의 이로움을 따진다면, 파괴가 아니라 완성을 향한 이 열망이 충족되는 것이리라.

거사에 참여한 수많은 사람들 중에서, 나의 이로움을 눈치채고 있는 사람은 박치의와 이재영뿐이다. 거사가 성공하면, 두 사람과 함께 새로운 나라의 틀을 만들어 가리라. 처음부터 다시 시작하는 마음으로! 이곳이 곧 태초의 어둠이라는 마음으로!

"뜻을 이룬 다음에는 다시 시로 돌아올 거니?"

허공의 소리.

당황스럽지 않다. 내 심장의 고동 소리처럼 익숙한 목소리이기 때문이다.

물론입니다. 누님! 우선 변산으로 내려가 병든 몸을 다스려야겠지요. 오신(五辛, 다섯 가지 매운 향신료)을 멀리하며, 눈으로 코를 보고 코로는 배꼽을 대하여 심화(心火)를 내려 기해(氣海, 일신의 정기가 모인다는 배꼽 밑의 혈)로 들여보내도록 내련(內煉)을 할 생각입니다. 또한 유서침(柳絮枕, 버들솜을 넣은 베개)과 노화피(蘆花被, 갈꽃을 넣어서 만든 이불)를 만들어 침상에 잇대 놓고 누님의 시를 밤새 읽을 겁니다. 멀리서 벗이 찾아오면 칠화반(漆花盤, 옻으로 그림을 그린 쟁반) 위에 과두저(蝌蚪筯, 올챙이 모양의 젓가락)와 어미시(魚尾匙, 물고기 꼬리 모양의 숟가락)를 놓고 시를 논하며 벽방주(碧芳酒, 연꽃을 찧어서 만든 술)를 마시고 싶습니다.

걸쭉한 침이 입술을 타고 흘러내렸지만 허균은 조금도 개의치 않았다. 허공의 소리에 답하는 자리에서는 감출 것이 없었다.

"네가 좋아하는 것은 무엇이니?"

풍일(風日)이 맑고 아름다운 것, 따뜻한 차와 죽순이 준비된 때, 산수(山水) 사이, 주인이 뽐내지 않는 것, 먼지를 떨어내는 것, 이름난 향(香), 울창한 대나무, 고승(高僧), 백설(白雪), 잠에서 깨어난 뒤, 병이 나은 뒤, 기이한 바위, 천하가 무사한 것, 고증하는 것이지요.

"그렇다면 구태여 이런 일을 벌일 필요가 있었어? 이 일을 하든 하지 않든 네가 시로 되돌아오는 것은 마찬가지인 것을……. 반역의 자리에서 너는 행복하니?"

시에 머무르는 것보다 행복한 순간은 없다는 걸 누님도 아시지 않습니까? 행복하기만을 바랐다면 벌써 낙향했을 터이지요. 시의 밖에서 불행하였던 누님의 삶을 모르는 바는 아니지만, 중형 또한 청운의 길로 나아가 여러 번 치욕을 맛보았지만, 막내는 그래도 속세를 버릴 수 없습니다. 누님처럼 시인으로만 남기에는 막내의 품성이 너무나 속되기 때문이지요. 그래요, 어쩌면 이번 거사는 제가 시로 돌아가는 순간, 난새를 타고 한밤중 봉래도에 내려 기린 수레 한가롭게 올라타고 향그러운 풀잎을 밟는 순간, 한여름의 낮잠처럼 깨끗이 잊혀질지도 모릅니다. 시를 짓기 위해 간수(磵水, 바위틈에서 나오는 물)나 송풍(松風, 솔잎 사이를 스쳐 부는 바람) 소리를 들으며 차를 끓이는 것보다 못할지도 모릅니다. 하나 저는 아직 시로 돌아가지 않았고, 이번 거사는 행복과 불행의 문제가 아닙니다.

"운명을 이야기하자는 거니? 누구도 죽음을 앞당기는 짓을 하지는 않는단다."

누님은 아우의 거사가 실패할 거라고 생각하시는군요. 누님은 늘 그랬습니다. 어떤 일을 하든지 항상 부족하다고 느꼈고 세상의 어두운 부분만을 취했지요. 시통(詩筒)에서 각자가 좋아하는 시를 꺼내 평할 때도 그랬습니다. 김정(金淨, 조선 중기의 학자)의 시 「가월(佳月)」을 두고 다퉜던 일을 기억하시겠지요? '고운 달이 먹구름에 덮이니/ 아득히 어두운 하늘이 시름겨운 듯/ 맑은 달빛을 기다릴 수 없어/ 밤 깊도록 강 누각에 기대어 있네〔佳月重雲掩 迢迢暝色愁 淸光不可待 深夜倚江樓〕' 제가 이 시의 전구를 '맑은 달빛을 그래도 기다릴 수 있어〔淸光猶可待〕'로 바꾸면 더욱 시가 좋아질 거라고 했을 때, 누님은 시 전체의 어두운 빛을 잃게 만든다며 끝까지 반대했었지요. 운명이라는 것이 정말 있다면, 누님의 불행은 누님이 만든 것인지도 모릅니다.

"그건 바로 나의 모습이자 너의 모습이지 않았니? 아니, 네가 나보다 몇 배는 더 어둡고도 어두웠다. 삶의 충격들을 툴툴 털어 내는 작은오빠와는 달리, 너는 허세를 부리며 당당히 맞서는 척하면서도 뒷마당에 홀로 숨어 깊은 한숨을 몰아쉬었지 않니? 네 시가 아무리 호방하고 힘이 넘치더라도 한구석을 흐르는 쓸쓸한 바람을 나는 느낀단다. 끝을 보고 싶다면 시 안에서 하렴. 넌 지금 또 다른 자학을 하고 있는 거야. 세상을 바꾸겠다고? 어림없는 소리! 단 한 사람의 마음을 바꾸는 것도 태산을 옮기는 것만큼 힘겨운데, 아내가 남편의 마음을 헤아리지 못하고 시어머니가 며

느리의 슬픔을 어루만지지도 못하는데, 대궐의 주인만 바뀐다고 세상이 바뀌겠니? 너도 처음부터 알고 있었잖아? 여기가 끝이야. 이제 모든 걸 접고 시인으로 돌아오렴. 눈부신 시들을 토해 놓으렴. 이제 넌 비로소 다시 시작할 수 있게 되었단다. 완전히 새로운 시를 짓도록 해. 너만의 시경을 만드는 거야. 넌 할 수 있어. 오직 너만이 할 수 있어."

완전히 새로운 나라를 만드는 것 역시 저만이 할 수 있는 일입니다.

"과연 그 일이 가족도 버리고 친구도 버리고 부와 명예도 버릴 만한 가치가 있을까? 기껏해야 너는 반정에 성공해서 공신으로 늙어 갈 뿐이야."

아닙니다. 저는 그보다 훨씬 많이 멀리 오랫동안 걸어갈 것입니다.

"그래, 네 말은 진심일 거야. 하지만 용상을 비워 두겠다는 네 말을 누가 따르겠니? 모두들 손가락질하며, 또 어느 불쌍한 왕실의 자손을 그 자리에 앉히려고 할 게야. 피비린내가 진동하겠지. 어제의 벗이 오늘의 적이 되어 서로가 서로를 비방하고 배신하겠지."

아닙니다. 이번에는 그렇게 끝나지 않을 겁니다. 이번만큼은…….

허공의 소리가 사라졌다. 양 볼을 타고내린 눈물이 목덜미를 축축하게 적셨다. 고개를 들 힘도 없었다. 더럽고 칙칙한 냄새가 천장을 빙빙 돌다가 아래로 내려왔다. 서서히 주위가 밝아졌다. 해가 떠오르기 시작한 것이다.

겨우 몸을 수습한 다음 가부좌를 틀고 앉았다. 얼굴에 경련이 일었지만 아랑곳하지 않았다. 양손을 바닥에 갖다 댔다. 차가운 냉기가 두 팔을 타고 스르르 올라왔다. 두 눈을 크게 뜨고 정면을 응시했다. 왼쪽 눈이 일그러지는 바람에 초점을 맞추기가 힘들었다. 그런데도 그는 어두컴컴한 의금옥의 벽을 뚫어져라 쳐다보았다. 그리고 이렇게 되풀이해서 물었다.

하늘이 무엇이라 하던가? 하늘이 무엇이라 하던가? 하늘이 무엇이라 하던가?

사시(巳時, 아침 9~11시)

광해군이 편전으로 들자마자, 도승지 한찬남은 산더미처럼 쌓인 상소문을 서둘러 들고 들어왔다. 광해군은 얼굴을 잔뜩 찡그리며 그것들을 흘깃 노려본 후 펼쳐 읽으려고도 하지 않았다.

"교산을 당장 사형시키라는 거겠지. 본실(本實, 본래의 사실)은 드러나지도 않았는데 왜들 이렇게 서두르는지 모르겠구나. 김윤황과 하인준 등의 공초를 보아도 석연찮은 점이 많은데 무조건 극형에 처하라니, 이게 말이나 되는 소리인가? 허균의 죄를 항목별로 일일이 국문한 후에 왕법을 시행하도록 할 것이다. 아니 그런가?"

한찬남이 잠시 뜸을 들인 다음 침착하게 답했다.

"역도들을 엄히 다스려야 한다는 충심에서 올린 글들이옵니다."

"과인이 교산을 풀어 주기라도 한다 이 말인가? 그들의 주장대로 교산이 오래전부터 역모를 꾸며 왔고 밤마다 산에 올라가 변란이 일어난다고 소리쳐 민심을 흐트러뜨렸다면, 당연히 사형을 면치 못할 것이다. 그렇기 때문에라도 더욱 자세히 저들을 추국하여 완전히 그 뿌리를 뽑아야 하지 않겠는가?"

"전하……."

"그리고 어제 추국청에서 올라온 맹세문도 이상한 점이 한두 가지가 아니다. 우경방과 봉학 등이 숨어 지냈던 신창동에서 찾은 맹세문이라고 했는데, 판의금부사는 그 맹세문이 있는 곳을 어찌 알았을꼬? 혹 추국을 해도 별다른 증거가 나오지 않으니까 거짓으로 꾸민 건 아닌가?"

"아니옵니다. 전하! 판의금부사를 믿으시옵소서."

"판의금부사를 믿으라?"

광해군은 아직까지도 간밤에 일어난 혈투를 모르고 있었다. 이이첨이 도승지 한찬남과 좌포도대장 김예직은 물론 대궐 안팎의 내관들과 궁녀들의 입을 모조리 틀어막은 것이다. 한찬남은 어깨를 움츠리며 어제 일을 아뢸까 말까 망설였다. 그때 대전 내관 최보용의 목소리가 들렸다.

"동부승지 입시이옵니다."

"들라 하라."

동부승지 조유도가 잰걸음으로 황급히 들어왔다.

"무슨 일이냐?"

조유도는 대답 대신 품에서 서찰 하나를 꺼내 수북이 쌓인 상소문 위에 놓았다. 광해군은 더 이상 캐묻지 않고 그것을 펼쳤다. 짐작대로 도원수 강홍립의 비밀 장계였다.

삼가 행군의 일을 아뢰옵니다.

8월 7일 도성을 떠난 후 황해도를 거쳐 8월 23일 묘시(卯時, 새벽 5~7시)에 평양성으로 들어갔사옵니다. 부원수 김경서를 비롯한 1만 대군이 성문 밖까지 마중을 나왔고, 주상 전하의 천천세를 바라는 북삼도의 백성들 역시 따뜻하게 원군을 맞아 주었사옵니다. 평안도 순변사 우치적의 도움으로 행군 도중에는 아무런 일도 없었사옵고, 군사들의 사기 또한 하늘을 찌를 듯하옵니다. 압록강을 넘어왔던 노추도 지금은 다시 되돌아갔으며, 대명을 향해 진격하던 그들의 걸음이 눈에 띄게 무뎌졌다고 합니다.

전하!

요동 군무 양호는 이틀에 한 번 꼴로 공문을 보내 속히 압록강을 건너오기를 재촉하옵니다. 부원수 역시 선발대만이라도 의주로 파병하기를 원하니, 군영이 자못 소란스럽고 신의 뜻대로 헤아리기에 힘이 부치옵니다. 다시 한번 성심을 가르쳐 주시옵소서.

삼가 생각한 바를 갖추어 아뢰옵니다.

만력(萬曆, 명나라 신종의 연호) 46년 8월 23일

광해군이 서찰을 움켜쥐고 한찬남에게 따지듯 물었다.

"평안도 관찰사 김경서에게 도원수의 뜻을 무조건 따르라는 교지를 전했는가?"

"그러하옵니다."

"한데 왜 자기 멋대로 군사를 의주로 보내겠다는 것이냐?"

"……."

한찬남과 조유도는 아무 말도 하지 않고 하명을 기다렸다. 광해군은 움켜쥐었던 서찰을 다시 펴서 행간에 담긴 의미를 찬찬히 읽어 내렸다. 강홍립은 요동의 정세가 생각보다 심각하지 않다는 뜻을 은밀히 전하고 있었다. 압록강을 넘어왔던 노추도 돌아갔고 요동으로 진격하던 선봉대도 주춤댄다면, 구태여 지금 조선의 원군이 압록강을 건널 필요가 없는 것이다.

"도승지!"

광해군이 한찬남을 불렀다. 한찬남이 공손하게 앞으로 나아와서 서찰을 받아 읽었다.

"버틸 때까지 버티는 편이 좋겠지?"

한찬남도 광해군의 속마음을 눈치챘다.

"이제 곧 눈보라 몰아치는 겨울로 들어서옵니다. 적어도 얼음이 녹는 봄까지는 군사를 움직이지 마시옵소서."

"내 뜻과 같구나. 도승지가 오늘 밤까지 밀지를 적어 침전으로 가져오라."

"알겠사옵니다."

"이 상소문들은 일단 승정원에서 맡아 두라. 또한 의금부는 누가 어디서 이런 글을 짓게 뇌었는지 자세히 조사하도록 하라. 밤이 오면 천천히 읽겠노라."

동부승지 조유도가 턱 밑까지 차오른 상소문을 들고 물러갔다. 대전 내관 최보용이 다시 아뢰었다.

"판의금부사 입시이옵니다."

"들라 하라."

관복을 갖춰 입은 이이첨이 천천히 편전으로 들어섰다. 밤을 꼬박 새웠건만 어디에도 피곤함이 묻어나지 않았다. 흰 수염에서는 전에 없는 윤기가 흘렀고 두 뺨은 약간 불그레하기까지 했다. 광해군은 이이첨의 밝은 표정을 놓치지 않았다.

"밤사이 좋은 소식이라도 들었는가? 경의 얼굴에 봄꽃이 만발하였도다."

이이첨이 한찬남을 슬쩍 흘겨본 다음 자리를 잡고 앉았다. 작심을 한 듯 곧바로 본론을 꺼냈다.

"지난밤 허균의 잔당이 도성 안팎을 어지럽혔나이다."

"무엇이라고?"

광해군이 용상에서 벌떡 일어섰다. 이이첨의 목소리가 더욱 커졌다.

"역도들이 범궁을 기도하였나이다."

"범궁! 창덕궁을 치려 했다 이 말이냐?"

"그러하옵니다."

광해군의 얼굴이 벌겋게 상기되었다. 당장이라도 불호령이 떨어질 것만 같은 분위기였다. 그러나 광해군은 이이첨을 뚫어져라 노려보다가 다시 용상에 앉았다.

"자초지종을 말하라!"

"역도들은 세 무리로 나누어 창덕궁을 넘보았나이다. 우경방과 의형제 사이인 도적 봉학은 신문에서, 요승 명허는 응봉에서, 지난 칠서의 변 때 달아났던 간악한 원흉 박치의는 견평방에서 각각 불한당들을 이끌었나이다. 다행히 좌포도대장 김예직, 우포도대장 윤홍, 훈련대장 이시언 등이 그들을 막아 괴멸시켰사옵니다. 명허의 수급을 취했을 뿐아니라 도적 봉학과 허균의 애첩 추섬을 사로잡았나이다."

광해군의 시선이 천천히 도승지 한찬남에게 옮겨 갔다. 도성 안의 변란을 지금까지 숨긴 까닭을 묻고 있는 것이다. 한찬남이 머리를 바닥에 부딪치며 눈물을 쏟았다.

"전하! 신을 죽여 주시옵소서."

이이첨이 한찬남을 옹호하고 나섰다.

"전하! 도승지는 잘못이 없사옵니다. 역도들을 치기 전에 미리 탑전에 아뢰는 것이 당연하오나 허균에게 마음을 빼앗긴 무리들을 염려하여 신이 도승지를 만류하였나이다."

광해군이 칼날 같은 음성으로 물었다.

"내관들과 궁인들 중에 역도가 있다 이 말이냐?"

"그러하옵니다. 좌우포도청은 물론이고 의금부와 육조 그리고 창덕궁에도 허균을 따르는 무리들이 적지 않사옵니다. 하나 이미 그들이 누구인지 모두 알아내었으니 과히 심려 마시옵소서."

이이첨은 광해군이 묻는 말에 곧바로 답했다. 예사롭지
않은 자신감이었다. 광해군은 허리를 뒤로 밀며 잠시 시간
을 벌었다. 분노를 터뜨린다고 해결될 문제가 아니었던 것
이다. 어젯밤까지만 해도 추국청에서 올라오는 추안(推案,
죄인에 대한 신문조서)은 실망스럽기 그지없었다. 거의 반병
신을 만들 만큼 형신의 강도가 높아졌는데도, 죄인들은 한
결같이 허균을 감싸고돌았다. 특히 하인준과 현응민은 숭
례문의 흉격을 두 사람이 모의하여 붙였을 뿐 허균과는 무
관하다고 주장했었다. 그런데 하루아침에 허균의 잔당을
모두 밝혀냈다는 사실이 믿어지지 않았다.

"그들이 교산과 내통한 증거가 있느냐?"

"있사옵니다."

"무엇이냐? 또 어제처럼 이상한 맹세문 따위는 아니겠
지?"

이이첨이 품에서 서책 한 권을 꺼냈다. 그 서책을 받아
든 광해군의 얼굴이 새파랗게 질렸다. 겉장에 '殺生簿(살생
부)'라고 적혀 있었던 것이다. 이이첨은 고개를 숙인 채 꿈
쩍도 하지 않았다. 광해군이 떨리는 손으로 첫 장을 넘겼다.

光海(광해)!

마른침을 삼키며 다음 장을 넘겼다.

觀松(관송)!

광해군이 급히 서책을 덮고 이이첨에게 물었다.

"어디서, 어디서 이런 해괴망측한 것을 얻었는고?"

이이첨이 즉답을 피했다.

"전하! 청이 하나 있사옵니다."

"무엇인가?"

"무륜당의 일을 기억하시옵니까? 그때는 박응서의 고변으로 김제남의 역모를 밝혀낼 수 있었나이다. 지금 신에게 이 살생부를 건네준 자 역시 박응서처럼 목숨만은 부지할 수 있도록 윤허하여 주시옵소서."

박응서처럼 누군가가 허균을 배신했다는 뜻이다. 친구를 배신한 것은 지탄받을 일이지만, 그로 인해 왕실이 백척간두의 위기에서 벗어난다면 백번이고 목숨을 부지하도록 허락할 용의가 있었다. 광해군이 선선히 고개를 끄덕였다. 이이첨이 고개를 돌려 큰 소리로 말했다.

"들게."

방문이 열리자마자 봉상시 주부 이재영이 서리병아리(이른 가을에 깬 힘없고 약한 병아리)처럼 고개를 숙인 채 편전으로 들어섰다. 그는 채 다섯 걸음도 옮기지 못하고 그 자리에 이마를 박고 엎드렸다. 눈물이 앞을 가려 더 이상 걸을 수 없었던 것이다. 흐느낌이 좀처럼 잦아들 기미를 보이지 않았다. 광해군이 두 눈을 부라리며 물었다.

"너는 교산의 둘도 없는 친구 봉상시 주부 이재영이 아니냐?"

이재영이 겨우 양손으로 눈물을 닦아 내며 아뢰었다.

"그, 그러하옵니다. 전하!"

"이 살생부를 교산이 쓴 것이 사실이냐?"

이재영이 양손으로 바닥을 치며 통곡했다.

"전하! 허균을 살려 주시옵소서. 허균은 지금 오뉴월 뙤약볕에 말라 죽어 가는 붕어와 같은 신세이옵니다. 전하께서 한 말의 물이라도 부어서 그의 목숨을 구해 주시옵소서. 살려 주시옵소서. 살려 주시옵소서."

이이첨이 문 앞에 서서 상황을 살피던 대전 내관 최보용에게 말했다.

"데리고 나가게. 어서!"

최보용은 젊은 내관 둘을 대동하고 들어와서 이재영을 끌어냈다. 광해군도 이이첨도 말이 없었다. 이제 명명백백한 증거가 드러난 것이다. 그러나 광해군은 선뜻 허균을 죽이라는 어명을 내리지 않았다. 그 대신 날카로운 시선으로 이이첨에게 물었다.

"판의금부사! 경이 봉상시 주부로부터 살생부를 얻은 경위를 낱낱이 아뢰어라. 봉상시 주부는 교산의 둘도 없는 벗임을 과인도 알고 있다. 그런 그가 아무런 이유도 없이 살생부를 넘겼을 까닭이 없다. 혹 교산을 살려 주겠다고 했는가?"

"그러하옵니다. 허균을 살려 주마 약조하였나이다."

"그렇다면 경은 그와의 약조를 지킬 것인가?"

이이첨이 어깨를 흔들며 큰 소리로 답했다.

"전하! 이재영과의 약조는 사사로운 것이옵고 이 나라의 종묘사직을 구하는 일은 참으로 크고도 중요한 일이옵니다. 어찌 사사로운 약조를 지키기 위해 대역 죄인을 살려둘 수가 있겠나이까. 대역 죄인 허균을 당장 능지처참하여이 나라의 기강을 바로 세우시옵소서."

"기준격을 끌어들인 것도 경이 한 일인가?"

"그러하옵니다."

"기준격과도 약조를 했겠지? 기 정승의 귀양을 풀고 도성으로 들어올 수 있도록 하겠다고 했는가?"

"그러하옵니다."

"그와의 약조도 역시 지키지 않을 작정인가?"

"기준격은 허균이 역모를 꾸미고 있음을 진작부터 알고있으면서도 시일을 끌다 뒤늦게 고변한 죄가 참으로 크옵니다. 벽처로 귀양을 보내시옵소서."

왕실과 조정을 위해 이재영이나 기준격과의 약조를 어기겠다는 논리였다. 광해군은 이이첨의 심중을 좀 더 헤아릴 필요가 있었다.

"판의금부사!"

"예, 전하! 하교하시옵소서."

"경이 원하는 게 뭔가?"

"……."

이이첨은 고개를 들어 광해군을 올려다보았다. 전하께서는 아직도 교산을 살리고 싶으십니까? 광해군이 고쳐 물었다.

"경이 원하는 건 교산의 머리인가, 아니면 이 나라 전부인가?"

이이첨이 황망히 넙죽 엎드렸다.

"저, 전하! 신이 어찌 그런 망상을 하겠사옵니까? 신은 다만 역적을 가려 벌하려는 것뿐이옵나이다. 신의 언행이 무례하였다면 중벌을 내려 주시옵소서."

"판의금부사! 경의 주장대로라면 지금 도성에 남아 있는 자들 중에서 열에 한둘은 교산과 연루되어 있다. 그들을 모두 잡아들인다는 건 민심을 완전히 버리겠다는 뜻과 다르지 않아. 과인은 조용히 이 일을 덮고 싶다. 어젯밤, 역도들을 섬멸한 걸 알고 있는 사람이 누구누구인가?"

"김예직, 윤홍, 이시언 그리고 신과 도승지가 알고 있나이다."

광해군이 고개를 끄덕였다.

"교산을 잡는 데 박치의까지 끌어들일 필요는 없겠지?"

박치의가 도성을 휘젓고 다녔다는 소문이 나면, 도성의 백성들이 더더욱 기를 쓰고 피난을 떠날 것은 불을 보듯 뻔했다. 광해군은 박치의가 도성에 머물렀다는 사실 자체를 지워 버리려는 것이다. 눈치 빠른 이이첨이 광해군의 속마음을 읽어 냈다.

"전하! 신은 오직 전하의 어명을 따를 뿐이옵니다."

광해군이 시선을 한찬남에게 돌렸다.

"도승지!"

"예, 전하!"

"친국(親鞫, 임금이 직접 행하는 국문) 준비를 하라. 인정전 앞뜰에서 역적 교산을 친국할 것이니라."

"분부대로 거행하겠사옵니다."

판의금부사 이이첨은 중죄인 허균을 의금옥에서 인정전까지 끌고 오느라 동분서주했고, 한찬남을 비롯한 승지들은 친국 소식을 당상관들에게 전하기 위해 바삐 움직였다. 우의정 박홍구를 비롯하여 의금부 당상 이이첨, 대사헌 남근, 대사간 윤인, 도승지 한찬남 등이 속속 인정전으로 모여들었다. 이이첨은 친국이 열리기 전에 미리 대신들에게 어젯밤의 일을 귀띔해 주었다. 박치의나 명허의 이름은 거명하지 않았고, 허균의 잔당들이 대신들의 집을 노려 준동하였다는 식으로 둘러댄 것이다. 어젯밤은 무사히 넘겼으나 오늘 밤은 장담할 수 없다고 으름장까지 놓았다.

허균이 군졸들에 의해 끌려 나왔다.

"저런!"

"쯧쯧쯧."

"바람병이야, 바람병!"

찢겨져 나간 바지저고리와 산발한 머리, 왼쪽으로 돌아간 입에서 질질 흘러내리는 침, 초점 없는 눈동자. 조선 제일의 글재주를 자랑하던 교산 허균의 참혹한 몰골을 확인하고, 대신들은 저도 모르게 고개를 돌리며 혀를 차 댔다. 인간의 형색이 아니었던 것이다. 양손과 양발을 결박당한 채 의자에 앉은 모습이 원숭이보다도 옹색하고 보잘것없었다. 이이첨이 허리를 한껏 뒤로 젖히고 천천히 그의 곁으로 다가갔다. 허균이 힘겹게 고개를 들었다. 이이첨이 흰 수염을 쓸며 미소를 지었다.

"허허, 교산! 모든 게 끝났네. 기억나는가? 민심을 살펴 화근을 찾는 건 자네가 하고 그 화근을 자르는 건 내가 맡기로 했었지? 오늘이 바로 그 화근을 자르는 날일세."

"……."

허균은 갈라진 입술로 웃음을 만들 뿐 아무런 대답도 하

지 않았다. 몸은 비록 만신창이였지만 여유가 넘치는 얼굴
이었다. 이이첨의 눈꼬리가 파르르르 떨렸다.

"누가 어제 일을 망쳐 놓았는지 궁금하지 않나?"

"……."

허균의 두 눈에 힘이 잔뜩 들어갔다.

"여인일세. 여인이 모든 걸 가르쳐 주었다네. 자넨 참 운
이 억세게도 없군. 무륜당의 일은 도원이 망쳤고 또 이번에
는 여인이 배신했으니……. 그러니까 서자들은 믿지 못하
는 거야. 평생 그놈들은 간에 붙었다 쓸개에 붙었다 할 수
밖에 없거든. 허허허!"

"이…… 이……."

허균은 피가 나올 만큼 아랫입술을 꽉 깨물었다. 거사에
실패한 것보다 이재영의 배신이 더욱 가슴 아팠다.

"주상 전하 납시오!"

대전 내관 최보용의 목소리가 인정전 앞뜰에 울려 퍼지
자 웅성대던 대신들이 자세를 고쳤다. 광해군이 용상에 앉
자마자 문사낭청 황중윤에게 말했다.

"고개를 들라!"

황중윤이 복명복창했다.

"대역 죄인 허균은 고개를 들라!"

허균의 어깨가 움찔하더니 산발한 머리가 반원을 그리

며 올라갔다.

전하!

허균이옵니다. 전하를 모시고 동궁전에서 밤을 지새웠으며, 새로운 정치를 함께 펴 나가자고 마음을 합쳤던 바로 그 허균이옵니다. 겨우 며칠이 지났을 뿐이온데, 전하와 신의 거리가 하늘과 땅처럼 멀게만 느껴지옵니다. 신의 이름 앞에 '대역 죄인'이라는 군더더기가 덧붙어 있기 때문이옵니까? 전하께서는 임해군도, 영창 대군도, 능창군도 대역 죄인이라는 굴레를 씌워 죽이셨사옵니다. 종친들도 그렇게 죽이셨으니, 신과 같이 미약한 신하를 죽음의 나락으로 밀어뜨리는 건 너무나 쉬울 것이옵니다. 신은 결코 이 목숨을 전하께 구걸할 생각이 없사옵니다. 다만 지금 신의 몰골이 몇 년 후 전하의 몰골이 되지나 않을까 염려스러울 뿐이옵니다.

광해군의 얼굴이 일순간 일그러졌다. 허균의 수염과 목덜미가 온통 흘러내린 침으로 칠갑을 했던 것이다.

교산!

너를 이런 자리에서 이런 식으로 만나리라고는 상상도 못했다. 젊어 한때 네가 석씨와 잡술에 심취하였고 탐관오리로 내몰릴 만큼 고을 백성들을 살피지 않았고 수많은 여자들의 치마폭에 싸여 세월을 탕진했을 때도, 나만은 그런 너를 충분히 이해했다. 너의 그 방종이 이 나라 왕실과 조정에 대한 울분의 다른 표현임을 짐작했던 것이다. 그래서 더욱 너를 그리워하고 아꼈는지도 모른다. 그 울분을 달랠 수 있는 기회를 주고 싶었다. 동궁전에서 펼쳐 놓은 이 나라의 웅장한 미래를 네가 직접 만들어 가기를 원했던 것이다. 5년 전, 네가 걸인의 형상으로 돌아왔을 때, 언관들의 반대를 무릅쓰고 너를 받아들인 건 이이첨의 추천이 있었기 때문이 아니라 교산 바로 너였기 때문이다. 너라면 왕실과 조정에 새 기운을 북돋워 주리라 믿었기 때문이다. 그런데 너는 지금 처참하게 무너진 모습으로 나타났구나. 이런 모습을 보이려고 내 곁으로 돌아왔던 것이냐?

광해군이 고개를 돌려 이이첨에게 물었다.

"판의금부사! 교산에게 형신을 아니했다고 하지 않았는가?"

"그러하옵니다."

"저것이 형신을 하지 않은 사의 모습인가? 압슬을 당해도 심하게 당했고 곤장을 맞아도 수천 대는 맞은 것 같도다."

광해군에게 주저하는 빛이 보이자, 이이첨이 우의정 박홍구에게 눈짓을 보냈다. 박홍구가 한 발 앞으로 나섰다.

"전하! 대역 죄인 허균이 대론을 주장했던 것은 거짓이고 반역을 도모한 것이 진실이옵니다. 대역 죄인이 잡힌 것을 만백성이 경하하고 있사오니 속히 사형을 명하시옵소서."

도승지 한찬남이 박홍구를 도왔다.

"대역 죄인 허균이 방면될 것이라는 흉문이 퍼지고 있사옵니다. 이제 사형하기를 더 늦추시면 어리석은 백성들이 어심을 잘못 알까 두렵사옵니다. 허균을 능지처참하시옵소서."

광해군이 박홍구와 한찬남을 노려보며 화를 냈다.

"사형하지 않겠다는 것이 아니라 신문을 마친 뒤에 사형하겠다는 것이다. 경들은 결안정법(結案正法, 사형을 결정하는 안문(案文)을 만들어 사형에 처함)도 모르는가? 형신도 하지 않고 결안도 받지 않은 채 단지 공초만 가지고 죄인을 사형에 처할 수는 없다."

침묵이 흘렀다. 판의금부사 이이첨이 갑자기 용상 앞으로 나아와 엎드렸다.

"전하! 허균을 모르시옵니까? 서궁의 흉서와 숭례문의 흉격이 모두 허균의 머리에서 나왔나이다. 지금 허균에게 이런저런 사정을 추국하신다면, 허균은 반드시 살아날 계책을 꾸며 함부로 거짓을 아뢸 것이옵니다."

"그래도 과인은 친국을 하겠노라."

이이첨은 이마를 돌바닥에 부딪치며 큰 소리로 아뢰었다.

"전하! 신을 죽여 주시옵소서. 지금 허균의 입을 열게 하시면, 허균은 반드시 신과 모든 일을 상의하였다고 아뢸 것이옵니다. 대역 죄인의 입에서 신의 이름이 나올 것이온데, 어찌 신이 살기를 바라겠나이까. 신을 죽이신 연후에 친국을 계속하시옵소서."

교산과 나, 둘 중 하나를 택하라는 이이첨의 최후통첩이었다. 광해군은 한숨을 내쉬며 용상에 몸을 묻었다. 이이첨을 힘으로 누르기에는 이미 늦은 것이다. 광해군은 침묵 속에서 허균을 내려다보았다.

교산!

정녕 이 길밖에 없었느냐? 나를 죽이는 방법밖에 없었느냐 이 말이다. 너의 결정에는 한 점 사사로움도 없었음을 안다. 사랑도 시도 정치도 반역까지도, 너는 너 자신을 위해 도모한 적이 없었지. 돌이켜 생각해 보면, 너는 항상 주어진 상황에서 네가 할 수 있는 최고의 것을 하려고 했다. 극한에 서 있는 너를 향해 세인들이 붙여 준 별명이 바로 '괴물'인 것이다. 빛나던 청춘의 한 시절에…… 배고픔과도 같은 희망…… 이라고 했었지. 죽기 전까지는 희망을 버리지 않겠다는 의지의 표현이었다. 이미 완성된 곳, 끝나 버린 자리에 대해서는 아무런 매력을 느끼지 못한다고도 했다. 지금은 비록 미완성이며 부족한 것투성이지만, 더 나은 미래를 향해 나아가고 있음을 믿으라고 나를 위로하던 기억이 새롭구나. 도대체 왜 너는 나를 짓밟아야지만 너의 희망을 이룰 수 있는 것이냐? 나에 대한 실망의 순간들이 있었겠지. 더 이상 나와 함께 희망을 논할 수 없다고 판단한 나날이 있었겠지. 네가 그런 마음을 가지게 된 것을 짐작하지 못하는 바도 아니다. 스무 살의 기백으로 삶을 꾸릴 수 없음은 당연한 이치이다. 말 그대로 너도 타락했고 나도 타락했을 것이다. 너보다 내가 좀 더 큰 폭으로 변했을지도 모른다. 그래도 한마디 귀띔은 할 수 있지 않느냐? 군왕과 신하의 관계가 어렵다면, 비슷한 시기에 태어나 역경을 함께 헤치고 나온 오랜 벗에 대한 우정으로라도, 너의 진심을 내게 털어놓았어야 하지 않느냐? 왜 나를 침묵의 방에 가두고 너 혼자 빈 들로 나선 것이냐? 그리고 내 손에 너의 피를 적시라고 강요하는 것이냐?

광해군은 허균의 거침없는 말투와 자유로운 행동을 부러워했다. 용상이라는 자리, 대궐이라는 공간은 천하의 권세가 집중된 만큼 정해진 법도들과 예식들 또한 번거로웠다. 진군(眞君, 우주의 주재자, 조물주)을 만나 뵙기 위해 조선팔도의 명산대찰을 돌아다녔다는 허균의 너스레를 들을 때면, 차라리 그처럼 살고 싶었다. 그런 그가 이이첨과 함께 대론을 이끌기 시작했을 때, 광해군은 내심 기뻐하면서도 불안했던 것이 사실이다. 팔도를 훨훨 날아다니던 새가 좁은 도성으로 들어온 것 자체가 불행의 씨앗이었는지도 몰랐다.

전하!

전하를 위하는 신의 마음은 예나 지금이나 변함이 없사옵니다. 조선이 개국한 이래 그 어느 군왕이 전하처럼 정치에 힘쓰고 명나라와 오랑캐의 동정을 살폈사옵니까? 전하께서는 최선을 다하신 것이옵니다. 그럼에도 불구하고 이 나라는 점점 더 몰락의 길로 접어들고 있사옵니다. 전하의 힘만으로는 결코 되돌릴 수 없는 지경이 되고야 말았사옵니다. 이대로 가면 조선은 머지않아 멸망하고 말 것이옵니다. 신은 요순과도 같은 태평성대를 이루고 싶다고 하신 전하의 소원을 이루어 드리고 싶사옵니다. 하나 그 소원은 전하께서 직접 이루실 수 없사옵니다. 전하! 전하께서는 이이첨을 비롯한 외척들로부터 자유로우실 수 있사옵니까? 그들의 목을 모조리 벨 수 있사옵니까? 중전 마마와 빈궁 마마를 궐 밖으로 내칠 수 있사옵니까? 신이 전하를 대신하여 전하의 소원을 이루려고 했다면 믿으시겠사옵니까? 믿지 못하시오면 주저 말고 신을 죽이시옵소서. 죽이시옵소서.

광해군은 허균의 목숨만은 살려 두고 싶었다. 오늘 이후로 도성에 발을 들여놓지 못한다 하더라도, 자유롭게 세상을 돌아다니도록 배려하고 싶었다. 그러나 그렇게 하기에는 이미 때가 늦은 듯했다. 광해군의 시선이 허균에게 머물렀다.

교산!

죽음이 보이느냐?

죽음 너머 아득한 곳에 쉴 곳은 마련해 두었느냐? 아니면 이승을 떠도는 한 마리 학으로 환생하려느냐? 나와의 인연을 끊고 도성을 떠나면 너는 자유롭겠느냐? 너와 함께 변산으로 금강산으로 떠돌고 싶다는 나의 바람은 한낱 물거품이 되어 버리는 것이냐? 아니면 지금이라도 내가 너를 살려 주리라 믿고 있느냐? 때 이른 죽음을 받아들이지 못하고 삶을 향한 갈망으로 온몸이 후끈 달아올랐느냐?

이 죽음은 네가 스스로 만든 것이다. 너와 함께 오랫동안 이 나라를 이끌고 싶다던 나의 바람을 완전히 짓밟은 것도 너다. 내가 너를 용서할 수 없는 지경까지 몰고 간 것도 역시 너다. 왜 그토록 빨리 죽음을 불러들였는지 납득할 수 없구나. 이 들끓는 세상을 두고 어디로 간다는 말이냐? 지금까지 수많은 죄인에게 사약을 내렸으나 이번만큼 가슴 아픈 적은 없구나.

"알겠다. 누구누구를 사형시키면 되겠느냐?"

"우선 대역 죄인 허균, 우경방, 현응민, 하인준, 김윤황을 오늘 당장 능지처참하시옵소서. 그리고 원종, 봉학, 돌한, 추섬, 성옥 등도 살려 둘 수 없사옵니다."

이이첨은 고개를 치켜들고 또박또박 대답했다.

"대역 죄인들을 저잣거리에서 능지처참하고 효시경중(梟示警衆, 목을 베어 긴 장대에 매달아 여러 사람들에게 뵈는 것)하라!"

광해군이 용상에서 일어나 편전으로 돌아가기 위해 몸을 돌렸다. 그 순간 의자에 널브러져 있던 허균이 벌떡 몸을 일으켜 창덕궁 전체가 쩌렁쩌렁 울릴 만큼 큰 소리로 광해군을 불렀다.

"저언하!"

군졸들이 달려들어 그의 어깨를 짓눌렀다. 광해군이 놀란 눈으로 고개를 돌렸다.

전하!

신은 전하를 원망하지 않사옵니다. 오늘의 만남이 어찌 전하와 신의 잘못으로 말미암은 것이겠사옵니까? 신은 다만 전하께서, 신의 죽음을 계기 삼아 이 나라의 처지를 다시금 살피시기를 바랄 뿐이옵니다. 전하! 전하께서 누리시는 것들을 모두 잃을 각오를 하시옵소서. 그 자리가 오늘

신의 자리이옵고 또한 앞으로 전하께서 머무를 자리이옵니다. 전하께서 베푸신 은혜 잊지 않겠사옵니다. 부디 지금까지 이룬 것에 만족하지 마시고 첫 마음으로 돌아가시옵소서. 전하, 전하!

군졸들이 허균을 질질질 끌고 나갔다. 허균은 고개를 치켜들고 방금 자신에게 능지처참을 명한 광해군을 노려보았다. 형편없는 몰골과는 대조적으로 여전히 이글이글 불타오르는 눈이었다. 광해군이 탄복하고 아끼던 바로 그 젊은 눈이었다.

교산!

가거라. 이제 네게 남은 것은 너답게 죽는 것뿐이다. 오늘 너를 잃지만 나는 너를 영원히 잃어버리지 않겠노라. 네가 내게 들려준 희망의 말들을 고스란히 간직하겠노라. 어찌하리, 우리의 인연이 여기까지인 것을!

함거를 타고 저잣거리로 나가는 동안, 허균은 내내 하늘을 우러렀다. 까마귀들이 벌써 죽음의 냄새를 맡고 도성의 하늘을 빙빙 맴돌았다. 구름 한 점 없는 푸른 하늘이었다. 악록 허성, 하곡 허봉, 난설헌 허초희의 얼굴이 차례차례 떠올랐다. 임진년에 죽은 아내와 아들 그리고 새로 맞아들인 아내와 추섬, 성옥의 모습도 그 뒤를 이었다. 마지막으로 찾아든 것은 눈에 넣어도 아프지 않은 설경과 해경 그리고 굉이었다.

아비를 용서하렴!

좋은 아비가 되고 싶었는데, 하늘이 허락하지 않는구나. 앞으로 너희에게 닥칠 시련과 고통을 생각하면, 지금 너희의 곁을 떠난다는 것이 너무나 아쉽고 안타깝다. 하나 아비는 너희를 믿는다. 너희는 죽음도 두려워하지 않는 이 아비의 자식들이니까. 이 아비를 죽인 세상을 원망하지는 마라. 울분은 더 큰 울분을 낳을 뿐이다. 너희에게 주어진 일에 최선을 다하고 하루하루 가족을 돌보며 감사하도록 해라. ……만약에 너희가 받아들일 수 없는 불의가 있다면…… 맞서라. 그때 이 아비의 자세를 기억해 주면 고맙겠구나.

설경아!

너무 슬퍼하지 마라. 네 몸을 아끼고 보살피는 일에 게으르지 말고, 늦었지만 난설헌 고모처럼 멋진 시를 짓도록 해라. 그리고 먼 훗날 오늘 일이 잊혀질 때쯤, 외손자들에게 이 못난 외할아비의 시문이라도 몇 줄 읽어 주었으면 좋겠다.

해경아!

너와 함께 창덕궁을 거니는 것은 이룰 수 없는 꿈이 되었구나. 아비는 딱 부러진 너의 성격과 글재주를 아꼈지만, 네가 너무 모나게 살아가지는 않을까 걱정도 많았단다. 이제부터 사람들을 만날 때는 한 걸음 뒤로 물러서서 상대방의 심중을 헤아리도록 노력해라. 아량과 겸손이 너의 삶을 더욱 풍요롭게 만들 게다.

굉아!

아직도 너와 함께 의금옥을 탈출하지 않은 아비를 원망하느냐? 살아남는 것이 목적이었다면 당연히 너와 동행했겠지. 하나 사람은 어떻게 사느냐 하는 것만큼이나 어떻게 죽느냐 하는 것도 중요한 법이다. 후일을 기약할 수 있지 않았느냐고 묻고도 싶겠지. 하나 세상을 바꿀 기회는 평생 한 번도 찾아오기 힘들다. 5년이나 벼르고 별렀지만 준비가 부족했던 게 사실이다. 하나 결코 무모한 건 아니었다. 이런 기회는 준비가 완벽해지기를 기다려 찾아오는 게 아니란다. 내가 할 수 있는 일은 준비 부족을 하나의 조건으로 받아들이고 그것을 극복하기 위해 최선을 다하는 거였다. 그러니까 아비가 이번 일에 실패했더라도 결코 인생에서 패배한 것은 아니라는 걸 알아주기 바란다. 최선을 다하지 못했다면 비난받아 마땅하지만, 최선을 다하고서도 실패하는 것 역시 인생이라는 걸 깨달을 날이 올 게다. 설령 내가 목숨을 보전하기 위해 감옥에서 달아나더라도, 조선 팔도에 역적의 괴수로 알려진 다음에야 어찌 또 다른 거사를 준비할 수 있겠느냐. 그런 때가 또 온다면 그건 나의 몫이 아닐 게다. 아비는 오늘을 위해 수많은 사람들을 끌어들였다. 그들을 끝까지 실망시키고 싶지 않구나. 나의 죽음이 그들에게 새로운 희망이 되었으면……. 어린 네 어깨에 무거운 짐을 지우는구나. 삶이란 어차피 고행일 따름이니 잘 참고 견뎌라. 앞으로 나아가기를 게을리 말고, 새로운 사람을 만나고 새로운 책을 읽고 새로운 글을 쓰도록 하려무나. 끝까지 너의 걸음걸이를 지켜보겠다.

저잣거리에는 우경방, 현응민, 하인준, 김윤황이 무릎을 꿇은 채 기다리고 있었다. 우경방은 두 팔이 부러졌고 현응민은 비공입회수형을 당하느라 코가 퉁퉁 부어올랐다. 하인준은 왼쪽 다리를 굽히지도 못했고 김윤황은 손가락 마디마디가 부러져 나무토막 하나도 잡을 수 없었다.

우경방이 먼저 입을 열었다.

"이레 퍼뜩 가는 기 억울하지만, 좋은 벗들캉 북망산을 오르는 것도 나쁘지는 않제."

김윤황이 그 뒤를 이었다.

"교산 형님을 만나 처음으로 인간다운 대접을 받았소이다. 나를 믿고 인정해 준 사람을 위해 한 목숨 바치는 것은 사나이가 당연히 해야 할 일이지요."

하인준이 소감을 밝혔다.

"공맹의 헛된 망언 속에 늙어 가느니, 새로운 세상을 꿈꾸다 젊은 날에 사라지는 편이 낫습니다."

현응민이 너털웃음을 터뜨렸다.

"허허허, 뭐 그리들 비장한가! 아직도 이 세상에 미련이 남았는가? 저세상에서도 같이 만나 한바탕 신명 나게 놀아 보세."

다섯 마리의 황소가 긴 울음소리와 함께 끌려 나왔다. 덩치가 크고 힘이 센 놈들이었다. 날카로운 뿔에 한 번 받히면 그대로 심장이 터질 것만 같았다. 그 뒤를 밧줄을 든 군졸들이 따르고, 우의정 박홍구, 판의금부사 이이첨, 도승지 한찬남, 동지경연 박자홍 등이 마지막으로 걸어 들어왔다. 구경꾼들에 의해 커다란 원이 만들어졌고, 다섯 마리의 황소가 머리를 구경꾼들 쪽으로 향한 채 그 안에 머물렀다.

"대역 죄인 허균!"

드디어 허균의 이름이 불려졌다. 군졸들이 그를 부축해서 일으켜 세웠다. 허균은 고개를 들어 푸른 하늘을 우러렀다. 점점이 박힌 검은 까마귀들이 어지럽게 허공을 맴돌았다. 그때 우경방이 비틀거리며 결박된 몸을 일으켰다.

"행님! 비킬소. 지가 먼저 갈랍니더."

허균이 우경방을 바라보며 고개를 저었다.

뒤따라오게나. 내가 자네들을 여기까지 이끌었으니 북망산의 길잡이도 나의 몫이라네.

"행니임!"

허균은 조용히 미소 지었다. 군졸들이 그를 원의 중심으로 끌고 나와 꿇어앉혔다. 입술이 가늘게 떨리면서 마른기침이 쏟아졌다. 머리를 좌우로 흔들어 겨우 속을 안정시켰다.

파암! 자네는 무사하겠지? 볏짚을 지고 불로 뛰어들어도 살아 나올 사람이니까, 틀림없이 포위망을 뚫었을 거라 믿네. 지금쯤 나를 비난하고 있을지도 모르겠군. 어리석은 교산의 말만 믿다가 천재일우의 기회를 놓쳤다고 말이야. 그래, 확실한 건 범궁에 실패했다는 거네. 자넨 툴툴 털고 일어설 수 있겠지? 아직 북삼도에는 자네를 하늘처럼 믿고 따르는 청년들이 많으니, 그들에게 가게. 가서 교산이라는 작자가 말만 앞섰지 제대로 한 일이 없었다고 꾸짖어도 좋아. 내 이름을 짓밟고 올라서도록 하게. 그게 자네다워.

군졸들이 허균의 목과 양팔, 양다리에 각각 밧줄을 묶었다. 턱 밑을 죄는 힘 때문에 숨을 제대로 쉴 수가 없었다. 숨이 갑자기 탁 막히면서 사지가 떨렸다. 그러나 아무도 그의 고통을 덜어 주지 않았다. 밧줄의 다른 쪽 끝을 다섯 마리 황소의 뒷다리에 단단히 묶었다. 허균은 거친 숨을 내쉬며 대자로 누운 채 푸른 하늘을 바라보다가 갑자기 고개를 오른쪽으로 돌렸다. 낯익은 얼굴이 첫눈에 들어왔다.

자넨가?

이재영은 온몸을 부들부들 떨면서 울고 있었다.

여인! 울지 말게. 자네가 꼭 죄인 같구먼. 자네만이라도 목숨을 건졌으니 다행이야. 미안해하진 말게. 자넨 처음부터 이런 일을 부담스러워했지. 자넬 끌어들인 내 잘못이 크네! 자넨 지금부터라도 자네가 그렇게 원하던 시인의 길을 가게나.

이재영이 두 팔을 내밀었다.

미안해, 교산! 이렇게 될 줄 몰랐어. 난 자넬 살리고 싶었다네. 믿어 줘.

허균이 천천히 고개를 끄덕였다.

그래, 믿고말고. 하나 나는 자네가 걱정이야. 자넨 이제 도원과 같은 신세가 되었다네. 하루하루 질타와 비웃음과 가래침 속에서 살아갈 걸세. 그 모멸을 견딜 수 있겠나? 그 치욕 속에서 눈부신 시를 쓸 수 있겠나? 여인! 지금 당장 도망치게. 이이첨에게서 달아나 변산으로 숨게나. 그게 자네와 자네의 시를 지키는 유일한 길일세.

이재영이 소맷자락으로 스윽 눈물을 훔쳤다. 그리고 앞으로 한 걸음 걸어 나왔다.

아니야. 나도 여기서 자네와 함께 죽겠네. 자네 없이 어떻게 세상을 살겠나. 죽음으로 속죄하고 싶으이.

허균이 두 눈을 부릅떴다.

그만두게. 여긴 나 하나로 족해. 자넨 자네의 길을 가!

이재영이 앞으로 달려 나오는 순간 허균이 고개를 획 돌렸다.

"하하핫!"

저잣거리가 떠나갈 듯 큰 소리로 웃어 젖혔다. 이재영이 멈칫거리며 제자리에 섰다. 허균의 곁에 있던 군관이 검은 깃발을 휘돌리며 명령했다.

"당겨!"

허균의 몸이 요동치며 공중으로 부웅 떠올랐다. 까마득하게 보이던 검은 점들이 순식간에 그를 덮쳐 왔다. 오른쪽 다리가 떨어져 나갔고 왼쪽 다리와 양팔이 바닥에 나뒹굴었다. 허공으로 튀어오른 머리에서 뿜어져 나온 붉은 피가 이이첨의 관복과 이재영의 두루마기를 더럽혔다. 남아 있던 네 명의 대역 죄인이 허균의 웃음에 화답이라도 하듯 웃음을 터뜨린 것은 바로 그 순간이었다.

"하하하, 하하하핫!"

또 다른 허균

8월 25일 오후

저잣거리에 효시된 다섯 개의 머리가 장대 끝에서 일제히 흔들렸다. 필운산을 넘어온 강쇠바람 때문이었다. 좌우로 벌려선 의금부의 군졸들이 길게 하품을 해 댔다. 주위를 둘러싼 구경꾼들은 역적의 괴수 허균의 머리를 바라보며 혀를 차기도 하고 침을 뱉기도 했다. 까마귀 한 마리가 바람을 등에 업고 너울너울 날아와서 이마 위에 앉았다. 머리를 움켜쥐고 둥지로 돌아가려 했지만 장대에 단단히 묶인 머리는 꿈쩍도 하지 않았다. 맨 앞줄에 서서 오랫동안 허균의 머리를 노려보던 두 사내가 있었다. 신경진과 김류였다.

시퍼렇게 부어오른 이마와 피딱지가 덕지덕지 붙은 턱수염, 푸르딩딩한 입술과 하얗게 변색된 코 그리고 몸뚱이

411

를 잃어버린 목. 가을 서리에도 죽지 않은 파리 떼들이 그 위로 새까맣게 몰려들었다. 진득진득하고 누런 진물이 귀와 코와 눈과 입으로 흘러내렸다. 부릅뜬 오른쪽 눈은 실핏줄이 사방으로 뻗은 흰자위뿐이었고, 왼쪽 눈은 까마귀가 쪼아 먹기라도 했는지 텅 비어 있었다. 그곳에서 나온 하얀 실벌레들이 핼쑥한 볼을 타고 천천히 아래로 내려가는 것이 보였다.

"자알 뒈졌다!"

신경진이 손가락질을 해 대며 침을 탁 뱉었다. 역적의 괴수를 향해 침을 뱉는 것이므로 군졸들도 만류하지 않았다. 김류는 무표정한 얼굴로 여전히 허균의 머리를 노려보았다. 신경진이 장대와 김류를 번갈아 쳐다보며 물었다.

"형님! 뭘 그렇게 보시는 겝니까? 가십시다. 가서 역적 허균이 뒈진 것을 기뻐하며 축하주라도 마십시다."

김류는 목이 타는지 혀를 내밀어 윗입술과 아랫입술을 적셨다. 그리고 이렇게 속삭였다.

"잘 봐 두게. 잘못하면 우리도 저런 꼴을 당하는 게야."

신경진이 웃음을 터뜨렸다.

"하핫! 형님, 괜한 걱정이십니다. 저 괴물과 우릴 비교하시다니요? 염려 탁 붙들어 매십시오. 형님은 제가 끝까지 지켜 드리겠소이다."

김류는 고개를 설레설레 흔든 다음, 들릴 듯 말 듯 혼잣말을 뇌까리며 뒤돌아섰다.

"허균이 나서도 안 되는 일이야……. 세상을 바꾸는 건 얼마나 힘이 드는지……. 하늘이 돕지 않고는 정녕 이룰 수 없는 꿈일까……?"

"뭐라고요?"

신경진이 두 귀를 쫑긋 세우고 다가섰다. 김류가 팔꿈치로 신경진의 명치를 치며 표정을 밝게 바꾸었다.

"술을 마시고 싶다고? 가세. 오늘 밤은 마음껏 취해 보세나."

"정말입니까요? 그럼 제가 앞장을 서지요."

신경진이 양팔을 휘저으며 구경꾼들에게 다가오자 대나무가 갈라지듯 저절로 길이 만들어졌다. 두 사람은 느릿느릿 그 사이를 통과했다. 구경꾼들과 스무 걸음쯤 거리를 유지하고 서 있는, 패랭이를 쓴 장돌뱅이 차림의 사내 셋이 눈에 띄었다. 그들 중에서 키가 작고 앳된 얼굴의 사내가 얼른 뒤돌아섰다. 이상한 낌새를 알아차린 김류가 다가가서 어깨를 짚으려고 했다. 그 순간 앞서 걷던 신경진이 돌아서서 김류를 불렀다.

"형님! 어서 가십시다. 어서!"

"그래. 알았네."

신경진의 재촉을 받은 김류가 고개를 갸우뚱거리며 사내들의 곁을 지나쳤다.

독사눈의 박치의가 허굉의 어깨를 짚었다. 허굉이 다시 뒤돌아서서 허균의 머리를 마주 보며 섰다.

"눈을 들고 똑똑히 봐."

허굉이 천천히 고개를 들었다. 장대 끝에 매달린 아버지의 머리는 작고 더럽고 초라했다. 허굉의 두 눈에 눈물이 고였다. 오른손으로 쓰윽 눈자위를 훔친 다음 아랫입술을 안으로 말아 넣어 앞니로 꾹 눌렀다.

아버지!

불초(不肖) 굉입니다. 의금옥에서 밤을 새워 가며 쓰신 서찰을 어젯밤에야 전해 받았습니다. 아버지가 이루려고 하셨던 완전히 새로운 나라를 만분의 일이나마 겨우 이해할 수 있었습니다. 아버지의 말씀대로 독사 아저씨를 스승으로 모시고 앞날을 꾸려 가겠습니다. 아버지의 아들인 것을 부끄러워하지 않겠습니다. 아버지의 분노, 아버지의 슬픔, 아버지의 가슴 벅찬 나날을 허투루 사라지도록 두지 않겠습니다. 아직은 아버지의 분신으로 살아갈 자신이 없습니다. 나이를 먹고 더 많은 경험을 하고 다섯 수레의 서책을 읽은 연후에야, 과연 내가 아버지의 분신으로, 또 다른 허균으로 살아갈 수 있을지 가늠할 수 있겠지요. 그때까지는 다만 숨어서 노력할 따름입니다. 오늘부터라도 아버지가 남기신 시문을 처음부터 꼼꼼히 읽겠습니다. 그러니 아버지! 어리석고 힘없는 아들 걱정은 접어 두시고 아버지가 또한 원하셨던 신선들의 세계에서 편히 쉬십시오.

박치의가 작지만 단단한 목소리로 읊조렸다.

"잘 가게. 친구! 나는 자네의 죽음을 슬퍼하지 않네. 자네와 함께 꿈꾸었던 일들을 이제 나 혼자 완성하게 된 것이 안타까울 뿐이야. 기쁨과 행복이 넘치는 날일수록 자네와의 시절이 그리울 걸세."

그 곁에서 잠자코 서 있던 박충남이 성큼성큼 앞으로 걸어 나갔다. 박치의가 만류할 틈도 없이 구경꾼들을 헤치고 장대를 향해 곧장 나아간 것이다.

"멈춰!"

군졸들이 창을 곧추세우며 박충남을 제지했다. 그러나 박충남은 검극의 위협에도 굴하지 않고, 허균의 머리를 달아맨 장대를 양손으로 움켜쥔 채 흔들어 대기 시작했다. 장대가 앞으로 확 기울면서, 허균의 머리는 물론이고 나머지 네 사람의 머리도 바닥에 나뒹굴었다. 너무나 갑작스럽게 일어난 일이라서 군졸들도 박충남을 제대로 막지 못했다.

"교오산!"

박충남이 허균의 머리를 아기 보듬듯 가슴에 품은 채 퍼

지르고 앉았다.

형님!

기어이 이렇게 되고 말았습니다. 저의 불길한 예감이 또한 번 들어맞은 게지요. 굉에게『주역』과『도덕경』을 가르치겠다는 약속은 지키지 못할 것 같습니다. 굉과 같은 젊은 이에게 필요한 스승은 이 세상이 그래도 살 만하다고 느끼는 사람이어야만 하니까요. 제가 이 세상에서 마지막으로 하고 싶은 일이란 이렇게 형님의 머리를 부둥켜안고 흐느끼는 것뿐입니다. 그리고 저는 죽을 것입니다. 저들이 아량을 베푼다 해도 북망산에 오르기를 늦추지 않겠습니다. 형님! 미리 나와 기다려 주세요.

군졸들이 달려들었지만, 새우처럼 허리를 굽힌 채 완강하게 버티는 박충남을 제압하기가 쉽지 않았다. 보다 못한 군졸 하나가 창을 들어 그의 옆구리를 힘껏 찔렀다. 창끝에 붉은 피가 선연하게 묻어나왔다. 박충남은 아랑곳하지 않고 고개를 치켜들며 소리쳤다.

"죽여라! ……나도 살고 싶지 않다."

두 눈에서 닭똥 같은 눈물이 뚝뚝뚝 흘러내렸다. 두 주먹을 움켜쥐고 부들부들 떨던 허굉이 걸음을 내딛었다. 박치의가 허굉의 팔목을 잡아챘다.

"아저씨!"

박치의가 싸늘한 눈빛으로 허굉을 만류했다.

"개죽음을 당하고 싶으냐? 눈물과 한숨이 도대체 우리에게 무얼 줄 수 있지?"

군졸들이 한꺼번에 달려들어 박충남의 사지를 번쩍 들어올렸다. 그런 상황에서도 박충남은 허균의 머리를 가슴에 품고 알아들을 수 없는 고함을 질러 댔다.

"이놈들…… 교산이 왜…… 죽어, 죽어……."

박치의의 차가운 말이 허굉의 가슴을 파고들었다.

"어차피 탐욕과 감상으로 혁명을 도모하는 자는 배신하거나 절망하게 마련이다. 교산을 잃은 슬픔을 저따위로 드러내는 건 바보짓이야. 저런 놈들을 데리고는 아무 일도 할 수 없지. 도원이나 여인처럼, 혁명을 무산시키고 친구를 팔아넘길 바에야 차라리 지금 잡혀가는 게 좋아. 오늘부터 욕심을 버리고 눈물을 버려라. 너는 남들과는 다른 삶을 살아야 하니까."

군졸들은 허공에 뜬 박충남의 옆구리와 등을 사정없이 후려쳤다.

"윽!"

박충남이 소금 벼락을 맞은 지렁이처럼 몸을 비틀자, 허균의 머리가 퉁 소리와 함께 떨어졌다. 박충남은 의금부로 끌려갔고 허균의 머리는 다시 장대에 매달렸다.

"가지!"

박치의가 가볍게 허굉의 등을 두 번 툭툭 쳤다.

금강산으로 잠시 몸을 피했다가 경상도 땅으로 숨을 작
정이었다. 그들을 뒤쫓는 의금부 관원들이 지쳐 나가떨어
질 때까지 적어도 3년은 세상으로 나오지 않을 것이다. 그
동안 허굉은 허균은 물론 허성, 허봉, 허난설헌의 시문을
두루 읽을 생각이었고, 박치의는 다시 장정들을 모아 미래
를 준비할 계획이었다.

허굉은 고개를 치켜든 채 꿈쩍도 하지 않았다. 다시 허균
의 머리로 내려앉은 까마귀가 날카로운 부리로 양 볼의 살
점을 콕콕 찍어 댔다.

"저건 교산도 뭣도 아니라고 생각해라. 이젠 네가 곧 네
아버지다."

허굉이 천천히 고개를 젓다가 끄덕였다. 그 순간 허균의
머리를 움켜쥐고 있던 까마귀가 허공으로 푸드득 날아올랐
다. 봇짐을 고쳐 맨 두 사람은 바람을 정면에서 맞으며 저
잣거리를 빠져나갔다. 시커먼 먹구름이 무거운 몸을 뒤채
듯 천천히 필운산을 넘어왔으며 번쩍이는 번갯불을 앞세우
고 천둥이 우르르릉댔다.

세상은 또 한 번의 탈바꿈을 준비하고 있었다.

허균 연보

- 1569년(선조 2년) 11월 3일, 한양 건천동에서 초당 허엽의 3남 3녀 중 막내아들로 태어났다. 어머니는 예조 판서 김광철의 딸로 허엽의 후처였다. 허엽은 전처 한씨와의 사이에 1남 2녀를, 후처 김씨와의 사이에 2남 1녀를 두었다. 큰형 악록 허성은 전처 한씨 소생이고, 작은형 하곡 허봉과 누이 난설헌 허초희, 교산 허균은 후처 김씨 소생이다.
- 1572년(선조 5년) 허봉이 친시 문과에 급제하였다.
- 1574년(선조 7년) 김효원의 이조 정랑 천거 문제로 사림파가 서인(심의겸, 박순)과 동인(김효원, 허엽)으로 분열되었다.

  허봉이 예조 좌랑이 되었고, 서장관으로 명나라에 다녀왔다.
- 1575년(선조 8년) 허봉이 이조 좌랑이 되었다.

  7월, 심의겸과 김효원의 파당이 논쟁을 하면서 동서당론이 일어났다.(을해당론(乙亥黨論)) 허엽도 동인의 영수로 깊이 개입하였다.
- 1576년(선조 9년) 허봉이 홍문관과 예문관의 응교를 역임하였다.
- 1577년(선조 10년) 건천동에서 상곡으로 이사를 갔다. 이곳에서 임수정, 임현, 최천건 등과 함께 공부하였다. 시를 잘 지어 칭찬을 받았다. 허초희가 김성립과 결혼하였다.
- 1578년(선조 11년) 『논어』와 『통감』을 읽었다. 허엽으로부터 우리나라의 역사를 배웠다.
- 1579년(선조 12년) 5월, 허엽이 경상 감사가 되어 내려갔다.
- 1580년(선조 13년) 『사략(史略)』을 읽었다.

2월 4일, 허엽(1517~1580)이 상주 객관에서 병으로 사망하였다.

12월, 허엽의 『전언왕행록(前言往行錄)』이 간행되었다.

- 1582년(선조 15년) 『당음(唐音)』을 읽었다.

  시인 이달을 처음으로 만났다.

  허엽의 신도비가 건립되었다.

- 1583년(선조 16년) 허봉으로부터 글이 늠름하다는 칭찬을 받았다.

  허성이 별시 문과에 급제하였다.

  6월, 허봉이 병조 판서 이이를 탄핵하다가 창원 부사로 좌천되었고 곧이어 갑산으로 유배되었다.(계미삼찬(癸未三竄))

- 1585년(선조 18년) 김대섭의 둘째 딸과 결혼하였다.

  봄, 한성부에서 치르는 초시에 임현과 함께 급제하였다.

  6월, 허봉이 귀양에서 풀려난 후 백운산, 인천, 춘천 등지를 떠돌았다.

- 1586년(선조 19년) 허봉에게 글을 배우기 위해 처남인 김확과 함께 백운산으로 갔다. 고문을 배웠다. 그곳에서 금각, 심액 등과 사귀었다.

  여름, 허봉의 오랜 친구인 사명대사를 만났다.

- 1588년(선조 21년) 9월, 허봉(1551~1588)이 금강산을 떠돌다가 금화현 생창역에서 사망하였다.

- 1589년(선조 22년) 생원시에 급제하였다. 함께 급제한 이이첨을 처음으로 알게 되었다.

  3월 19일, 허초희(1563~1589)가 사망하였다.

- 1590년(선조 23년) 3월, 허성이 서장관이 되어 일본으로 떠났다.

  11월, 『난설헌집(蘭雪軒集)』을 엮었다. 류성룡이 서문을 썼다.

- 1591년(선조 24년) 3월, 통신사 일행이 돌아와서 일본 사정을 보고하였다.

  정사 황윤길과 서장관 허성은 전쟁이 임박했다고 주장했으며, 김성일은 이와 반대되는 의견을 냈다.

- 1592년(선조 25년) 4월 13일, 임진왜란이 일어났다. 어머니와 부인 김
  씨, 딸을 데리고 피난길에 나서서 함경도 단천으로 갔다.

  7월, 첫아들을 낳았다. 아내와 아들이 연달아 죽었다.

  가을, 강릉으로 옮겨 애일당에서 거처하였다. 교산이라는 호를 쓰
  기 시작했다.

- 1593년(선조 26년) 10월, 강릉에서 『학산초담(鶴山樵談)』을 지었다.

- 1594년(선조 27년) 2월 29일, 별시 문과에 급제하였다.

  봄, 승문원의 사관으로 요동에 다녀왔다.

  여름, 소갈병에 걸려 강릉으로 돌아왔다.

- 1595년(선조 28년) 허성이 대사간이 되었다.

  가을, 부인 김씨의 묘를 단천에서 강릉으로 이장하였다.

- 1596년(선조 29년) 강릉 부사였던 정구와 함께 『강릉지(江陵誌)』를 엮
  었다.

- 1597년(선조 30년) 김효원의 딸을 재취로 삼았다.

  『동정록(東征錄)』을 지어, 그때까지의 전쟁 상황을 사실적으로 기
  록하였다.

  봄, 예문관 검열 겸 춘추 기사관, 세자시강원 설서가 되었다. 3월
  에 파직당했다.

  4월 2일, 문과 중시에 장원급제하였다. 예조 좌랑이 되었다.

  7월, 원군을 청하는 사신의 수행원으로 명나라에 갔다.

  10월, 병조 좌랑이 되었다.

- 1598년(선조 31년) 명나라의 문인 오명제에게 『조선시선(朝鮮詩選)』을
  엮어 주었고, 『난설헌집』을 명나라에 전파하였다.

  10월 13일, 다시 병조 좌랑이 되었고, 평안도를 다녀왔다.

- 1599년(선조 32년) 3월 1일, 다시 병조 좌랑이 되었다.

  5월 25일, 황해 도사가 되었다.

  12월 19일, 기생이나 무뢰배와 어울린다는 이유로 황해 도사에서 파직되었다.

- 1600년(선조 33년) 3월, 부인 김씨의 묘를 원주로 이장했다.

  7월, 예조 정랑이 되었다.

- 1601년(선조 34년) 봄, 『태각지(台閣志)』를 엮었다.

  봄, 전라도 지방 향시의 시관이 되어 돌아다녔다.

  6월, 전라도와 충청도의 세금을 운반하는 해운판관이 되었다.

  7월 23일, 부안의 기생인 계생과 사귀었다.

  8월, 친구 임현이 사망하였다. 장례식에 참석하였고 글을 지어 곡하였다.

  8월 14일, 진안에서 어머니 김씨가 사망하였다.

  7~9월, 전라도 일대에서 기생 광산월과 사랑을 나누었다. 어머니의 상중에 기생과 사귀었다고 나중에 비판을 받았다.

  12월, 원접사 이정귀의 부름을 받고 상경하였다. 형조 정랑이 되었다.

- 1602년(선조 35년) 2월 13일, 원접사 이정구의 종사관이 되어 서행길에 올랐다.

  윤2월 13일, 병조 정랑이 되었다.

  8월 27일, 성균관 사예가 되었다.

  10월 1일, 사복시정이 되었다.

- 1603년(선조 36년) 여름, 춘추관 편수관을 겸직하였다.

  8월, 사복시정을 그만두고 금강산을 구경한 다음 강릉으로 돌아왔다.

422

- 1604년(선조 37년) 7월 27일, 성균관 전적이 되었다. 허성이 예조 판서가 되었다.

   9월 6일, 수안 군수가 되었다.
- 1605년(선조 38년) 2월, 허봉의 문집『하곡집(荷谷集)』을 편찬하였다.

   5~6월, 석봉 한호가 수안에 놀러 와서 머물렀다.

   11월, 불교를 신봉한다고 탄핵을 받아 수안 군수에서 파직당했다.
- 1606년(선조 39년) 아들 굉이 태어났다.*

   1월 6일, 의흥위 대호군이 되었다.

   1월 21일, 원접사 유근의 종사관이 되어 한양을 출발하였다. 서자 출신으로 오랜 친구인 이재영과 화가 이정 등이 동행하였다.

   3월 27일,『난설헌집』을 주지번에게 주었다.

   4월 20일,『난설헌집』에 대한 주지번의 글을 얻어 왔다.

   5월, 허성이 이조 판서가 되었다.

   12월,『난설헌집』의 서문을 썼다.
- 1607년(선조 40년) 허성이 예조 판서가 되었다.

   3월 23일, 삼척 부사가 되었다.

---

* 허균의 아들 허굉의 출생 연도에 대해서는 논란이 있을 듯하다. 이이화에 따르면,『양천허씨족보』에는 허균의 아들이 허굉, 손자가 허흠으로 적혀 있고, 허굉의 생몰 연대가 1573~1633년, 허흠의 생몰 연대가 1606~1634년으로 되어 있다. 그런데 이 족보대로 허굉이 1573년에 태어났다면, 허균이 다섯 살에 아들을 본 것이 된다. 이런 모순에 대하여, 이이화는 굉의 생몰 연대는 거짓으로 만들어 위장한 것이고, 흠에 관계된 기록이 사실로서 한 인물을 둘로 만들어 끼워 넣은 것으로 해석하고 있다. 필자는『허균, 최후의 19일』에서, 이이화의 추정에 따라 허굉이 1606년에 태어난 것으로 형상화하였다.(이이화,『허균의 생각』(여강출판사, 1991), 66~67쪽 참조.)

423

5월, 고을에 도착한 지 13일 만에 부처를 섬긴다는 이유로 삼척 부사에서 파직되었다.

7월, 내자시정이 되었다.

12월 9일, 공주 목사가 되었다. 여름, 가을, 겨울 세 차례의 과거 시험에서 모두 장원을 하여 공주 목사가 된 것이다.

겨울, 우리나라의 시를 가려 뽑아 『국조시산(國朝詩删)』을 엮었다.

• 1608년(선조 41년, 광해군 즉위년) 4월, 목판본 『난설헌집』을 출간하였다.

8월, 공주 목사에서 파직되었다.

12월, 승문원 판교가 되었다.

• 1609년(광해군 1년) 2월 15일, 이상의 종사관이 되어, 이재영과 화가 이정을 데리고 한양을 출발하였다.

6월, 첨지중추부사가 되었다.

9월 6일, 형조 참의가 되었다. 망부인 김씨에게 숙부인의 직첩이 내렸다.

9월말과 10월, 원주에 머물렀다.

• 1610년(광해군 2년) 4월, 천추사가 되었으나 병으로 임무를 맡지 못하다 가 탄핵을 받고 의금부에 잡혀갔다.

여름, 내내 아팠다.

10월, 나주 목사가 되었으나 곧 취소되었다.

11월, 과거 시험의 대독관이 되었다. 조카를 부정한 방법으로 합 격시켰다는 탄핵을 받고 42일 동안 의금옥에 갇혔다.

12월 29일, 유배가 결정되었다. 전라도 함열로 떠났다.

• 1611년(광해군 3년) 1월 15일, 함열에 도착하였다.

4월 23일, 문집 『성소부부고(惺所覆瓿藁)』 64권을 엮었다.

11월, 유배지에서 풀려났다.

11월 12일, 한양으로 와서 잠깐 머무르다가 24일에 전라도 부안으로 내려갔다.

- 1612년(광해군 4년) 서산 대사의 『청허당집(淸虛堂集)』, 사명 대사의 『사명당집(四溟堂集)』이 간행되었다. 이 문집들의 서문을 모두 허균이 썼다.

  8월 9일, 허성(1548~1612)이 사망하였다.

  12월에 왜정 진주사가 되었으나 곧 갈렸다.

- 1613년(광해군 5년) 호남 지방을 두루 다녔다.

  5월, 칠서의 변이 일어났다.(서양갑, 심우영, 박응서, 이경준, 박치의, 박치인, 김경손)

  12월, 예조 참의가 되었으나 곧 갈렸다.

- 1614년(광해군 6년) 2월 15일, 호조 참의가 되었다.

  여름, 천추사가 되어 명나라에 다녀왔다.

- 1615년(광해군 7년) 2월 14일, 승문원 부제조가 되었다.

  5월 15일, 문신 정시에서 장원을 하였다.

  5월 22일, 동부승지가 되었다.

  6월 5일, 가선대부가 되었다.

  윤8월 5일, 가정대부가 되었다.

  윤8월, 동지 겸 진주 부사가 되어 명나라로 떠났다.

- 1616년(광해군 8년) 4월, 사직제조가 되었다.

  5월 11일, 형조 판서가 되었다.

  10월 8일, 형조 판서에서 파직되었다.

- 1617년(광해군 9년) 12월 12일, 좌참찬이 되었다.

  12월 24일, 26일, 기준격이 허균의 역모를 고발하는 비밀 상소를 올렸다.

12월 27일, 허균이 반박 상소를 올렸다.

• 1618년(광해군 10년) 1월 7일, 기준격이 상소를 다시 올렸다.

봄, 이달의 문집 『손곡집(蓀谷集)』을 간행하였다.

윤4월 7일, 허균이 상소를 올렸다.

8월 10일, 남대문에 격문이 나붙었다.

8월 16일, 허균을 체포하였다.*

8월 21일, 허균과 기준격을 대면시켜 함께 추국하였다.

8월 24일, 허균, 우경방, 하인준, 현응민, 김윤황에 대한 사형이 집행되었다.

---

* 허균을 체포한 날짜가 8월 16일이냐 8월 17일이냐에 대해서는 논란이 있을 듯하다. 『광해군일기』를 살피면, 8월 16일에 추국청에서 올린 글 중에서, "다만 생각건대 이 옥사의 죄상은 전고에 비할 데가 없는 것으로 진실로 심상하게 추국해서는 안 되는데, 대신이 출사하지 않아 추관(推官)이 갖추어지지 않았으니 오늘은 조사하기 어려울 듯합니다. 그대로 잡아 가두어 두었다가 대신이 나오기를 기다려 추국하소서."라는 대목이 나온다. 여기서 '그대로 잡아 가두어 둘' 죄인들은 당연히 허균과 기준격이다. 그런데 8월 17일을 살피면, 광해군이 "허균과 기준격을 의금부에 내리라고 명하였다. 잡아 수감하였다."라는 대목이 또 나온다. 필자는 『허균, 최후의 19일』에서, 8월 16일에 허균을 우선 체포하고, 17일에 공식적인 어명이 내려온 것으로 추정하여 형상화하였다.

■ 이 연보를 만들기 위해 참고한 문헌은 다음과 같다.

『선조실록』.

『광해군일기』.

허균, 『성소부부고』.

이긍익, 『연려실기술』.

강석중 외 편, 『허균이 가려 뽑은 조선 시대의 한시』(문헌과해석사, 1999).

김동욱 편, 『허균 연구』(새문사, 1981).

김현룡, 『허균』(건국대학교출판부, 1994).

이이화, 『허균의 생각』(여강출판사, 1991).

이익성 편, 『허균』(한길사, 1992).

차용주, 『허균 연구』(경인문화사, 1998).

한국인물유학사편찬위원회 편, 『한국 인물 유학사 2』(한길사, 1996).

허경진, 『허균 시 연구』(평민사, 1984).

허경진 편, 『교산 허균 시선』(평민사, 1986).

허경진 편, 『허난설헌 시선』(평민사, 1987).

허미자, 『허난설헌 연구』(성신여대출판부, 1984).

허미자, 『이매창 연구』(성신여대출판부, 1988).

『한국 민족문화 대백과사전』(한국정신문화연구원, 1991).

초판 작가의 말

　여러 모로 부끄럽지만, 1999년 12월에 『허균, 최후의 19일』의 출간을 결정한 것은 이 작품에 1980년대의 열정과 1990년대의 기다림이 고스란히 담겨 있기 때문이다. 인간에게 가장 행복한 사회 체제에 대한 고뇌, 가난하고 병든 자들을 위한 관심, 오늘보다 더 나은 삶을 향한 갈망, 완벽해서 아름다운 이론과 실천의 조화, 실패하더라도 결코 패배하지는 않는 투지를 지녔던 독자들을 위해 이 소설을 썼다. 답답한 만큼, 눈물 흘리는 만큼, 분노하는 만큼 단단해지는 인생을 그리고 싶었다.

　'지식인이란 무엇인가?'가 이 소설의 화두이다.

　나는 이 문제의 답을 개인적 결함이나 인간성 혹은 개성이나 논리로부터 찾지 않았다. 나쁜 놈은 나쁘고 좋은 놈은 좋다는 식의 동어반복을 다음 세기까지 가져가고 싶지 않았다. 내가 주목한 것은 '전체에 관한 통찰'과 그 '통찰의 현실화 방안'이다. 우리 앞에 세 갈래 길이 있다. 허균의 길, 광해군의 길, 이이첨의 길. 셋 다 지식인의 길을 걸었으나, 인조반정 이후로 그들 모두 지식인의 길을 걷지 않았다고 부정되었다. 이이첨은 간신 중의 간신, 광해군은 폭군 중의 폭군, 허균은 역도 중의 역도로 낙인찍힌 것이다. 나의 관심은 이 부근을 맴돌았다. 왜 그들은 지식인이면서 지식인이 아닌가? 그들을 지식인이 아니도록 만든 것은 무엇인가? 지식인이 아닌 그들의 면모는 어떻게 같고 다른가?

허균 일행의 비참한 최후는 끊임없이 나의 자의식을 건드렸다.

예정된 패배, 어설픈 배신, 막연한 희망, 쓰라린 후회! 1990년대 내내 나를 불편하게 만들던 감정들이 하나둘 되살아났다. 그런 생각이 들었다. 이 소설은 결코 위로가 되어서는 안 되겠구나. 차라리 이 소설은 하나의 생채기거나 울음이거나 하다못해 졸음을 쫓는 죽비여야겠구나. 겁 많고 쫀쫀하고 더럽고 추악한, 그러면서도 지식인입네 나서는 나를 찔러야겠구나. 이재영의 역할이 커진 것도 이런 자기 동일시 때문이다. 허균이 허균의 내면을 물끄러미 들여다볼 때, 나도 나의 20대를 부둥켜안았던 것이다. 꼭 이렇게 그릴 수밖에 없었느냐고 물을 수도 있다. 최고는 아니겠지만 지금으로서는 최선이다. 만화로 떨어지지도 않고 무협지로 날아오르지도 않은 채 땅바닥에 코를 박고 끙끙대는 나의 분신이 불쌍하고 가엾고 고맙다. 정말 고맙다!

역사소설은 그 나라 국학의 수준과 정비례한다.

소설을 쓰기 전에 이미 그 시대 역사소설의 한계를 가늠할 수 있다는 뜻이다. 소설가의 일이란 그동안 쌓인 국학의 성과를 발바닥으로 모으고 눈으로 읽고 손으로 정리하는 것이 전부다. 천성이 게으른 내게는 이 일도 힘겹고 부담스럽다. 우선 이이화 선생님의 『허균의 생각』과 허경진 선생님의 『허균 시 연구』로부터 많은 착상을 얻었다. 17세기 초의 국내외 정세에 관해서는 한명기 선생님의 「선조대 후반—인조대 초반 대명 관계 연구」가 큰 도움이 되었고, 북인 정권의 사회적 기반과 정치적 이념에 대해서는 권인호 선생님의 『조선 중기 사림파의 사회 정치 사상』을 숙독하였다. 궁궐 체제와 궁중 풍속은 홍순민 선생님의 「조선왕조 궁궐 경영과 '양궐 체제'의 변천」과 김용숙 선생님의 『조선조 궁중 풍속 연구』를 참조하였으며, 복식 및 회화는 이팔찬 선생님의 『리조 복식 도감』과 이화여자대학교의 『담인 복식미술관 개관 기념 도록』 및 유홍준 선생님의 『조선 시대 화론 연구』를 살폈다. 풍수지리학에 관해서는 최창조 선생님의『한국의 풍수 사상』으로부터 도움받은 바 크다.

돌이켜 생각하면, 허균에 대한 문헌의 대부분을 이상택 선생님의 연구실에서 보낸 4년 동안 찾아 읽었다. 선생님의 은혜는 고전 대하소설의 세계만큼이나 넓고도 깊다. 초고를 꼼꼼히 살피고 미숙한 부분을 바로잡아 주신 정재서 선생님과 지식인 소설을 쓰도록 권유하신 최원식 선생님께도 감사의 인사를 올린다.

나는 이 소설을 노을이 아름다운 뫼, 논산에서 썼다. 아름다운 것은 뫼뿐이 아니다. 사람이 꽃보다 아름다울 수 있음을, 건양대학교 국어국문학부 학생들을 통해 배우는 요즈음이다.

21세기에도 나는 가장 강하고 멋있고 용감한 소설을 쓰고 싶다.

1999년 12월

김탁환

2판 작가의 말

아름다운 사내, 허균을 만난 건 행운이다.

놀라운 감식안과 번뜩이는 재치, 탁월한 외국어 능력과 엉뚱한 장난기, 끊임없이 맛난 술과 노래와 여자를 탐하고, 굶주린 벗을 위해 가장 늦게까지 울음을 토하는 사내. 그에 관한 책을 모으고 답사를 다니면서, 나는 인간이란 얼마나 복잡한 영혼인가를 알아 나갔다. 그리고 허균의 인생에서 가장 극적인 마지막을 담기 위해 단 하나의 물음을 틀어쥐었다. 광해군 시절 북인 정권의 실세로 권력을 장악한 그가 왜 혁명을 꿈꾸었을까.

나는 우아하게 빙빙 돌거나 날렵하게 건너뛰지 않고, 투박하게 정면으로 뚜벅뚜벅 곧장 걸어가는 쪽을 택했다. 장르 불문하고 절대 음감으로 노래하는 가수처럼, 감히 나는 내 문장으로 조선 최고의 천재이자 이단아와 맞섰던 것이다. 승패는 중요하지 않았다. 최선을 다해 이 사내의 마지막 나날을 짚어 새로운 전망을 얻고 싶었다. 너무나 견고하여 다른 대안이라고는 없을 것만 같은 이 답답한 세상 너머로 나아가는 법을 배우고 싶었다.

『허균, 최후의 19일』을 내고 10년이 지났다. 안타깝게도, 아직 허균의 마지막 나날에서 배울 것이 많은 듯하다. 여전히 시절은 수상하고 일상은 힘겹다. 10년 전 나는 "배고픔과도 같은 희망"이라고 적었다. 인간은 밥 없이는 살지만 희망 없이는 못 산다. 날 선 물음이 동공을 찌른다. 그 희망을 채우기 위해, 무엇을 할 것인가.

우리 모두 치열하자, 10년 뒤에도 또 그 10년 뒤에도!

2009년 1월

김탁환

소설 조선왕조실록 17

허균, 최후의 19일 2

1판 1쇄 펴냄 1999년 12월 15일
2판 1쇄 펴냄 2009년 1월 23일
3판 1쇄 펴냄 2019년 3월 15일
3판 2쇄 펴냄 2021년 1월 20일

지은이   김탁환
발행인   박근섭·박상준
펴낸곳   (주)민음사

출판등록   1966. 5. 19. 제16-490호
주소   서울특별시 강남구 도산대로1길 62(신사동)
           강남출판문화센터 5층(우편번호 06027)
대표전화   02-515-2000 | 팩시밀리   02-515-2007
홈페이지   www.minumsa.com

© 김탁환, 2019, 2009, 1999. Printed in Seoul, Korea

ISBN 978-89-374-4218-6 04810
ISBN 978-89-374-4201-8 04810(세트)

* 잘못 만들어진 책은 구입처에서 교환해 드립니다.